Diogenes Taschenbuch 22758

de
te
be

Jonathan Latimer

Verbotener Dschungel

Roman

Aus dem Amerikanischen von
Ulrike Wasel und
Klaus Timmermann

Diogenes

Titel der 1942 bei
The Sun Dial Press, New York,
erschienenen Originalausgabe:
›Dark Memory‹

Umschlagzeichnung von
Tomi Ungerer

Deutsche Erstausgabe

80/95/43/1
ISBN 3 257 22758 2

I

Am Nachmittag drang Nebel von den Bergen herab auf die Hochebene, verhüllte die niedrigen Bäume, das Unterholz und die Straße. Es war ein dichter, kalter Nebel, der die Windschutzscheibe des Citroën-Lastwagens mit einem dünnen Film überzog, so wie Atemluft bei kaltem Wetter die Fensterscheiben beschlägt. Die Straße verlief halb auf der Hochebene, halb in den Bergen, und sie hatte viele steile Gefällstrecken und Haarnadelkurven. Der Straßenbelag war durch den Nebel rutschig geworden, was, zusammen mit dem Nebel selbst und der beschlagenen Windschutzscheibe des Citroëns, das Fahren sehr schwierig machte.

Als der Nebel aufkam, stellten sie fest, daß der Scheibenwischer nicht funktionierte. Er hatte sich irgendwie verklemmt. Sie versuchten, die Scheibe mit einem Lappen sauberzuwischen, aber die Scheibe beschlug schnell immer wieder. Dann versuchten sie es damit, daß Bill den Kopf zum Beifahrerfenster hinausstreckte, die Straße beobachtete und Jay, der am Steuer saß, von Zeit zu Zeit die Richtung ansagte. Es klappte nicht sonderlich gut, und einmal hätten sie um ein Haar eine alte Frau mit einer Ziege erwischt, aber bisher hatte es so einigermaßen funktioniert. Trotzdem war ihnen nicht wohl dabei. Dieser Teil des Landes war düster und bedrückend. Nasse Flechten hingen von den Bäumen, die Blätter waren schwärzlich, und das braune Gras struppig. Die Berge konnten sie überhaupt nicht sehen. Der kalte Nebel drang in das Wageninnere, legte sich feucht auf ihre Gesichter und Hände. Es war alles sehr deprimierend.

»Mehr nach links«, sagte Bill plötzlich.

Jay zog das Lenkrad herum, und eine Weile fuhren sie ruhig weiter. »Noch mehr«, sagte Bill. Jay bewegte das Lenkrad noch ein Stückchen, und fast im gleichen Augenblick sagte Bill: »Gut so.« Jay drehte das Lenkrad zurück in die alte Position. Sie fuhren ungefähr sechzig Meilen die Stunde.

Jay dachte, was für ein Mist. Sein Gesicht war ganz gefühllos vor Kälte. Die Scheinwerfer nutzten nicht viel. Sie machten gelbe Flecken im Nebel, die aber ebenso undurchdringlich waren wie die unbeleuchtete Nebelmasse. Jay ließ das Licht eingeschaltet, weil er das Gefühl hatte, es sei sicherer, mit Licht zu fahren, obwohl er wußte, daß es keinen großen Unterschied machte. Es war fast wie eine Fahrt im Traum, dachte er. Undeutlich hatte er den Eindruck, daß struppiges Gras und niedrige Bäume und Büsche, die man durch den Nebel kaum sehen konnte, gleichmäßig an ihnen vorbeizogen, und trotzdem schienen sie nicht weiterzukommen. Sie sahen immer nur noch mehr Gras, Büsche und Bäume. Der Motor klang seltsam und fern, als ob er nicht zu dem Wagen gehörte.

Irgendwann fragte Jay: »Kannst du den anderen Laster hören?«

»Nein«, sagte Bill.

Die Straße führte über einen Berg und dann hinunter in eine Schlucht. Der Weg hinab hatte eine ganze Reihe von Kurven, manche davon sehr scharf. Auf halber Höhe lichtete sich der Nebel plötzlich, und Jay sah weiter unten einen grünen Dschungel aus Bambus und dichtem Unterholz. Außerdem war genau in diesem Moment eine Kurve zu erkennen, hinter der es dreihundert Meter steil in die Tiefe hinabging, und er drehte rasch am Lenkrad, um den Laster herumzureißen. Die Räder rutschten einen Augenblick über den Schlamm, lang genug, um einem das Gefühl zu geben, daß sie über die Böschung schliddern würden, dann griff das Reifenprofil, und sie bogen in die Kurve. Der Nebel wurde wieder dichter.

»Verdammt, jetzt reicht's«, sagte Jay. »Wir halten an.«

»Was wird Cable dazu sagen?« fragte Bill.

»Zum Teufel mit ihm.«

»Laß mich fahren«, sagte Bill.

»Nein.«

Während sie die andere Seite der Schlucht hinauffuhren, dachte Jay an Lewis Cable. Er hatte in letzter Zeit viel über ihn nachgedacht. Er war zu dem Schluß gekommen, daß er ihn nicht mochte, was ziemlich schade war, denn nach Professor Jarvis Huntley war Cable offiziell der zweite Leiter der Expedition. Im Grunde war er der Leiter, denn Professor Huntley war nicht besonders praktisch veranlagt. Nicht, daß er morgens vergaß, seine Schuhe anzuziehen, aber sein Verstand ließ sich leicht von unmittelbaren Problemen ablenken, um zu wissenschaftlichen Betrachtungen überzugehen. Es konnte ihm passieren, daß er zufällig eine seltsame Eidechse entdeckte oder eine unbekannte Steinformation und darüber seinen Zug verpaßte. Lew Cable dagegen verpaßte nichts, wenn es um die Expedition ging; er kaufte die Vorräte ein, überprüfte die Pässe, achtete auf die Ausrüstung und sorgte dafür, daß jeder an seinem Platz war. Jay wußte, daß er Verteidiger in der Nationalmannschaft gewesen war, als er in Georgia oder Alabama für eine dieser Hochschulen mit erstklassigen Footballmannschaften gespielt hatte, und nach seinem Abgang von der Schule hatte er bei einer Maklerfirma angefangen. Bis 1929 war er recht erfolgreich gewesen, und selbst der große Börsenkrach konnte ihm nicht viel anhaben. Er hatte im selben Jahr in eine reiche New Yorker Familie eingeheiratet, und so zog er sich einfach aus dem Geschäftsleben zurück, was noch eine ganze Menge anderer Leute taten, nur daß er sich nicht auf irgendeinem Landsitz auf Long Island mit fünfunddreißig Zimmern, Swimmingpool und Yachthafen zur Ruhe setzte. Seitdem hatte Lew Cable nicht mehr gearbeitet, obwohl er im Aufsichtsrat von mehreren Wohltätigkeitsorganisationen saß und Kurator beim Columbia-Museum geworden war, dem Geldgeber der Expedition. Darüber hinaus war er in einigen renommierten Nachtclubs, wie dem ›Stork-Club‹, ›El Morocco‹ und ›Larue's‹ Stammgast geworden, wo man ihn häufig mit Starlets, Schlagersängerinnen und unverheirateten jungen Damen der besseren Gesellschaft sah. Bei einer Reihe von kurzen, einseitigen Schlägereien in diesen oder anderen Nachtclubs hatte er etliche Betrunkene k. o. geschlagen. Einmal erwischte er sogar einen Rausschmeißer im ›Club 21‹. Winchell brachte die Story in seiner Gesellschaftsspalte. Er war groß, stark, durchtrainiert und galt als gefährlich, besonders, wenn er getrunken hatte. Jay wußte nicht, wie seine Frau aussah. Er hatte gehört, daß sie wesentlich älter sein sollte.

Inzwischen fuhren sie in eine weitere Schlucht hinunter. Sie kamen an eine steinerne Brücke. Der Nebel war hier nicht so dicht, und man konnte den Straßenverlauf ein paar Meter weit erkennen. Auf beiden Seiten der Schlucht waren Bambuswälder und dichtes Unterholz. Unter der Brücke floß ein Bach, dessen Wasser an tiefen Stellen schieferfarben und in Ufernähe silbrig aussah. Der Bach machte ein ruhiges, rauschendes Geräusch wie Wind in einem Kiefernwald. Sie konnten es hören, als sie über die Brücke rollten. An den Bambusstämmen hingen weiße Tautropfen. Jay sah einen kegelförmigen Haufen Dung auf der Straße und wich ihm aus. Von diesem und anderen Haufen auf der Straße stieg grauer Dampf auf.

»Elefanten!« sagte Bill aufgeregt.

Sie sahen die Elefanten nicht, und etwas weiter oberhalb wurde der Nebel wieder dichter, so daß sie noch nicht einmal mehr den Bambus sehen konnten. Dieser Nebel hing tief wie Rauch von feuchtem Feuerholz. Er brachte die typischen Waldgerüche mit sich, es roch nach Moos und jungen Blättern, nach Rinde und moderndem Laub. Der Wagen arbeitete sich mit Mühe eine lange Steigung hinauf, aber das Heulen des Motors wurde von den Bäumen und dem dunstigen Nebel verschluckt. Jay schaltete den Citroën in den zweiten Gang. Solange es bergauf ging, war alles in Ordnung, aber er dachte nur ungern an das nächste Gefälle. Bei ihrem langsamen Tempo waren sie zwar kaum in Gefahr, aber er fand es töricht, die Ausrüstung aufs Spiel zu setzen, wenn doch keine Eile bestand. Man reist keine zehntausend Meilen oder egal wie weit, dachte er, um sich dann mit einem Citroën-Lastwagen oder mit irgendeinem anderen in die nächstbeste Schlucht zu stürzen.

»Fahr mal langsam«, sagte Bill. »Ich glaube, da sind sie.«

»Gut.«

»Halt an«, sagte Bill.

Jay hielt an, stellte den Motor ab und stieg aus. Die Augen taten ihm weh, und er rieb sich mit dem Handrücken darüber. Seine Haut war naß. Nach dem dauernden Geräusch des Wagens war die Stille eigenartig. Um sie herum hörten sie durch den Nebel hindurch den unregelmäßigen Klang von tropfendem Wasser. Der Nebel hatte auf den Blättern Tropfen gebildet, die nun zu Boden fielen. Das war das einzige Geräusch, das sie ausmachen konnten.

»Gespenstisch«, sagte Bill.

Jay folgte ihm zu dem anderen Lastwagen. Rechter Hand, auf einer Lichtung, standen zwei Zelte, und ein Feuer brannte. Sie konnten den Somali-Koch sehen, der dabei war, auf einem tragbaren Ofen das Abendessen zu kochen. Lew Cable saß auf dem Trittbrett des Lastwagens und betrachtete eine Landkarte.

»Da kommen ja die Pfadfinder«, sagte er.

Er hatte eine dröhnende Stimme und war ein großer, schwerer Mann mit einem mächtigen Brustkorb und breiten, leicht abfallenden Schultern. Er hatte einen schwarzen Schnurrbart, und auf seiner Stirn war eine Narbe als weiße Linie auf der braunen Haut zu sehen. Er trug Stiefel, Reithosen und ein Hemd, das am Hals offenstand.

»Was für ein Nebel«, sagte Bill.

»Ich dachte, Ihr Freund, Herr Unterpfadfinder Nichols, könnte Auto fahren«, sagte Cable.

»Kann er auch«, sagte Bill.

»Warum tut er's dann nicht?«

»Ich habe ihm gesagt, er soll es vorsichtig angehen lassen.«

»Ihr hättet ganz schön in der Klemme gesteckt, wenn Ihr uns vor Einbruch der Dunkelheit nicht mehr erwischt hättet.«

Bill sagte: »Daran habe ich nicht gedacht.«

»Offensichtlich nicht.« Cable sah Jay an. »Setzen Sie den Lastwagen hinter unseren, Herr Unterpfadfinder.«

Jay parkte den Wagen hinter dem zweiten Citroën. Er konnte nicht viel gegen Lew Cable machen. Man hatte ihn eingestellt, um zu fahren, Fotos zu machen und während der Expedition kleinere Arbeiten zu verrichten. Er war Hilfskraft. Lew Cable war ein reicher Mann. Wenn er wollte, konnte er eine Hilfskraft ruhig Unterpfadfinder nennen. Es war seine Art von Humor. Wie Jay während der Überfahrt von England festgestellt hatte, besaß Lew Cable in gewisser Hinsicht einen sehr ausgeprägten Sinn für Humor, den er sich dank seiner Größe und seiner Qualitäten als Boxer erlauben konnte. Entweder man wußte ihn zu würdigen, oder man ging sehr schnell zu Boden.

Jay grinste, als er den Motor abstellte. Er wollte nicht zu Boden gehen. Er würde es lernen, Cables Humor zu mögen. Er kletterte aus dem Lastwagen und ging hinüber zu dem größeren Zelt, wo Bill und Mr. Palmer, der Großwildjäger, standen. Es gab nichts zu tun. Mr. Palmers Somalis hatten die Feldbetten in den Zelten aufgestellt, und nun holten sie Feuerholz für die Nacht. Der Somali-Koch war dabei, ein Huhn zu rupfen.

»Ganz schön nebelig, was?« sagte Mr. Palmer zu Jay.

»Ist das Wetter öfter so?« fragte Jay.

»Weiß ich nicht.« Mr. Palmer schüttelte den Kopf. »Kenn' mich in dieser Gegend nicht aus, wissen Sie.«

Mr. Palmer hatte eine Farm in der Nähe von Nairobi, aber er verdiente sich seinen Lebensunterhalt damit, daß er reiche Leute auf Safaris führte. Jay hatte gehört, daß er schon einmal den Prinzen von Wales geführt hatte oder vielleicht einen Bruder des Prinzen. Er war ein mittelgroßer Mann von fünfzig Jahren mit klaren blauen Augen und einem roten Gesicht. Im Krieg war er Major gewesen, aber er hatte es nicht gern, wenn man ihn Major Palmer nannte. Das war aus und vorbei, soweit es ihn betraf. Die Kuratoren des Columbia-Museums hatten ihn telegrafisch engagiert, die Expedition zu betreuen. Er war ein Freund von Carl Akeley.

Bill und Jay standen ein paar Minuten neben dem Zelt; sie waren ein wenig gehemmt wegen Mr. Palmer, weil sie wußten, daß er ihnen gegenüber gehemmt war, aber sie wußten nicht, was sie dagegen tun konnten. Dann gingen sie zu den Wagen zurück. Lew Cable saß noch immer auf dem Trittbrett, studierte die Landkarte und machte sich Notizen. Er machte sich ständig irgendwelche Notizen. Jay hatte beschlossen, über diese Reise ein Buch zu schreiben. Bill holte eine Flasche deutsches Bier und zwei Pappbecher aus ihrem Lastwagen. Es war eine große Flasche, ein Liter, wie Bill meinte. Sie füllten die Becher und tranken. Nach dem langen Tag in den Bergen war das Bier schön kalt.

»Du hättest nicht die Schuld für meine Fahrerei auf dich nehmen müssen«, sagte Jay.

»Ist schon in Ordnung.«

»Cable wird versuchen, dich fertigzumachen.«

»Soll er doch.« Bill goß sich erneut ein. »Es war meine Idee, daß du mitkommst.«

»Das heißt aber nicht, daß du für mich verantwortlich bist.«

»Alter Junge«, sagte Bill, »war ich nicht schon immer verantwortlich für dich?«

»Ja.«

Sie lächelten sich an. Sie waren schon lange befreundet. Sie tranken langsam ihr Bier und sahen zu, wie der Nebel eine andere Farbe annahm. Er war silbriggrau gewesen, doch nun wurde er dunkler. Die untergehende Sonne färbte ihn dunkler. Er schwebte still über der Lichtung, feucht und ziemlich dicht, und wechselte stetig die Farbe.

»Noch eine Flasche?«

»Klar.«

Das Bier entspannte sie. Es war alles nicht so wichtig, solange es Bier gab. Später, beim Abendessen, saßen sie auf Klappstühlen neben dem offenen Feuer und hörten das Zischen des feuchten Holzes und das stetige Tröpfeln des Wassers. Sie aßen Hühnchen mit Reis und grünem Mais. Mr. Palmers schwarze Boys saßen auf der anderen Seite des tragbaren Ofens, und ihre Zähne und das Weiße in ihren Augen leuchteten im Feuerschein. Es war dunkel, und nur wenige Meter vom Feuer entfernt verband sich der Nebel mit der Nacht, so daß es unmöglich war, die Gesichter der Boys auszumachen. Das Hühnchen war zäh, aber sie alle hatten Hunger, und wenigstens der Reis war zart.

Nach dem Abendessen zündete Mr. Palmer seine Pfeife an; er nahm ein brennendes Holzstück vom Lagerfeuer, wedelte damit hin und her, bis die Flamme ausging, und hielt das glimmende Holz an den Tabak. Er frage sich, sagte er zu Lew Cable, warum das Museum noch mehr Gorillas haben wolle.

»Jedenfalls nicht, um sie auszustopfen, haben sie gesagt«, erwiderte er. »Dafür hätte Akeley wirklich mehr als genug.«

»Sechs«, sagte Bill. »Er hat sechs.«

»Warum denn dann noch mehr?«

Lew Cable versuchte, es zu erklären. Er sprach ganz ungezwungen mit Mr. Palmer. Er hatte keine Hemmungen. Er war nicht zum erstenmal in Afrika. Jay hörte aufmerksam zu, weil er selbst nicht genau wußte, warum sie hinter Gorillas her waren. Es hatte irgendwas mit den Drüsen zu tun. Er war erst im letzten Augenblick zu der Expedition gestoßen, als Tom Bronson nicht mitkonnte, und bislang hatte sich noch niemand die Mühe gemacht, ihm das Ganze ausführlich zu erklären.

»Wir sollen an zwei von ihnen eine Autopsie vornehmen«, sagte Cable gerade zu Mr. Palmer. »Das Herz überprüfen, ein Blutbild machen, Urintest, den Säuregehalt des Magens feststellen und noch ein Dutzend andere komplizierte Sachen.«

»Aber warum?« beharrte Mr. Palmer.

»Der Körperaufbau des Gorillas ist dem des Menschen recht ähnlich. Trotzdem ist der Gorilla doppelt so groß und viermal so stark. Wir wollen wissen, warum.«

Ein Tier bewegte sich im Gebüsch. Jay sah, daß Bill in die Richtung blickte, aus der das Geräusch kam, aber die anderen achteten nicht darauf.

»Könnte es an der Ernährung liegen?« fragte Mr. Palmer. »Gorillas sind nämlich Vegetarier.«

»Wie George Bernard Shaw«, sagte Bill.

Cable hatte es nicht gern, wenn man ihn unterbrach. »Dann erklären *Sie* es doch, Herr Pfadfinder.«

»Reden Sie weiter. Sie machen das großartig.«

Lew Cable blickte finster, aber er fuhr fort. »Es liegt nicht an der Ernährung. Das wissen wir mit Sicherheit. Es liegt daran, wie der Körper diese Nahrung verwertet.«

Jay hörte ein tiefes Grollen aus dem Wald. Da draußen war wirklich irgendein Tier. Er lauschte angestrengt.

»Es gibt keinen offensichtlichen Grund dafür, warum Gorillas so groß sind«, sagte Cable. »Wenn sie kleiner wären, könnten sie besser auf Bäume klettern. Und sie müßten auch nicht so stark sein. Schließlich töten sie nicht, um zu überleben.«

»Und falls Sie den Grund herausfinden, was dann?« fragte Mr. Palmer.

»Dann können wir feststellen, warum die Menschen nicht gesünder sind.«

Bill fragte: »Was ist das für ein Geräusch?«

»Simba«, sagte Cable. »Ein Löwe.«

»Der ist nur neugierig«, sagte Mr. Palmer. »Nachts sind sie sehr neugierig.«

»Nein«, sagte Bill. »Ich meine das Geräusch aus der Schlucht.«

Sie lauschten. Sie hörten ein Auto, das anscheinend im ersten Gang die Schlucht heraufkam. Das Auto war weit weg. Während sie lauschten, grollte der Löwe. Von der gegenüberliegenden Seite des Lagers kam eine Antwort. Dann brüllten beide Löwen gleichzeitig. Weder Mr. Palmer noch Lew Cable schenkten ihnen die geringste Beachtung.

»Um diese Zeit sollte man nicht mehr fahren«, sagte Mr. Palmer.

»Verdammte Idioten!« sagte Cable.

Der Wagen kam aus der Schlucht herauf, und der Motor war nun lauter zu hören. Mr. Palmer warf Holz aufs Feuer. »Könnte ja sei, daß sie 'ne Pause machen wollen«, sagte er.

Die Flammen schlugen höher, beleuchteten die abgestellten Lastwagen und die Straße. Sie lauschten auf das näherkommende Motorengeräusch. Die Löwen hörten auf zu brüllen. Auch sie hatten es gehört. Endlich tauchten zwei gelbe Scheiben über dem Bergkamm auf, und ein Ford-Kombi hielt hinter den Lastwagen. Der Ford hatte gelbe Nebelscheinwerfer. Ein Mann stieg auf der Beifahrerseite aus, ging um den Kombi herum und öffnete die Fahrertür. Eine Frau stieg aus, ohne auf die ihr dargebotene Hand zu achten, und kam ein paar Schritte auf das Feuer zu.

»Professor Huntley?« rief sie.

Jays Magen zog sich krampfartig zusammen. Er hielt den Atem an. Es war der Klang ihrer Stimme, heiser, fast rauh. Er hatte nicht damit gerechnet, diesen Klang je wieder zu hören. Er versuchte, ihr Gesicht zu erkennen; ihm war übel, und er fühlte sich zittrig.

Lew Cable stand von seinem Klappstuhl auf. »Professor

Huntley ist nicht hier«, sagte er. »Aber er gehört zu unserer Expedition.«

»Ich bin so froh, daß ich Sie gefunden habe«, sagte sie.

Jay atmete auf. Ihre Stimme klang wie die von Linda und doch anders. Lindas Stimme war heiser, aber diese hier war tiefer. Sie waren nicht genau gleich. Trotzdem war es ein Schock. Sie waren sich so ähnlich.

Cable und Mr. Palmer gingen zu der Frau hinüber. Sie unterhielten sich, und ihre Stimmen tönten undeutlich vom Straßenrand herüber. Jay sah, daß der Mann ein Weißer war, aber er beteiligte sich nicht am Gespräch. Er stand an einen Kotflügel des Kombis gelehnt, zündete sich eine Zigarette an, nahm ein paar Züge und drückte die Zigarette aus. Seine Bewegungen waren hastig und nervös.

Kurze Zeit später kam Mr. Palmer zum Feuer zurück. Er ging in die Hocke und zündete seine Pfeife an. »Eine Frau mit Mut«, sagte er.

Er zog geräuschvoll an seiner Pfeife. Die Löwen waren nun etwas weiter weg, aber sie hatten wieder angefangen zu brüllen. Jay spürte ein Prickeln auf der Haut. Er fühlte sich nicht ganz wohl bei dem Gedanken, daß irgendwo da draußen in der Dunkelheit Löwen waren.

»Der Mann ist völlig mit den Nerven fertig«, fügte Mr. Palmer hinzu. »Sie mußte fahren.«

Lew Cable stand neben dem Kombi und sprach mit der Frau. Jay konnte nur seine Stimme hören, tief und energisch. Er redete die meiste Zeit. Die Boys von Mr. Palmer waren nicht neugierig auf die Frau. Sie legten gerade Gras und Decken unter den vorderen Citroën, wo sie alle fünf schlafen sollten.

»Ich weiß nicht.« Mr. Palmer dachte noch immer über den Mann und die Frau nach. »Es ist eine schlechte Nacht. Vielleicht bin ich ja selbst mit den Nerven fertig.« Er grunzte und stand auf. »Ich glaube, ich hau' mich aufs Ohr.«

Sie wünschten ihm eine gute Nacht. Er und Lew Cable schliefen in dem größeren Zelt. Er ging hinein, zündete eine Zeltlampe an und zog die Zeltklappen hinter sich zu. Die braune Zeltleinwand wurde matt von innen beleuchtet. Der Löwe mit der kräftigen Stimme brüllte. Die Schwarzen krochen unter den Citroën. Sie unterhielten sich noch einen Augenblick, dann wurden sie still. Sie hatten keine Schwierigkeiten einzuschlafen. Lew Cable kam auf seinem Weg zum Zelt am Feuer vorbei. »Wir brechen morgen früh um sechs auf«, sagte er. Dann ging er weiter, ohne sich die Mühe zu machen, ihnen irgend etwas über die Frau zu erzählen.

Das Feuer wurde wieder schwächer, und Nebel schwebte über die Lichtung. Sie konnten den Kombi noch immer erkennen. Die Frau und der Mann machten sich fertig zum Schlafengehen. Der Mann half ihr, hinten im Kombi ein Bett zu bauen. Einmal hatte er einen Hustenanfall. Jay beobachtete sie. Er war gespannt, ob sie zusammen schlafen gehen würden. Irgendwie war es ihm wichtig, daß sie es nicht taten. Er dachte, es läge vielleicht daran, daß ihre Stimme so wie die Lindas klang. Aber das war kein Grund, nicht zu wollen, daß sie mit einem anderen Mann ins Bett ging. Trotzdem war er erleichtert, als sie hinten in den Kombi kletterte und die Tür schloß.

»Hier herrscht Zucht und Ordnung«, sagte Bill.

Der Mann saß auf dem Trittbrett. Jay konnte das Glimmen seiner Zigarette durch den Nebel sehen. Er sah sie an, aber er kam nicht herüber. Er rauchte seine Zigarette, wobei er seine Hand immer wieder ruckartig zum Mund und wieder nach unten bewegte. Der große Löwe brüllte. Plötzlich legte sich der Nebel kalt auf Jays Nacken. Der Mann hustete, holte einen Schlafsack vom Vordersitz und schob ihn unter den Wagen. Er zog seine Schuhe aus und kroch in den Schlafsack, so daß er ganz unter dem Wagen lag. Ein paar Minuten später ging das Licht in Cables Zelt aus.

Jay sagte: »Mich wundert, daß Cable nicht losgezogen ist, um die Löwen zu erlegen.«

»Der gute, alte Cable«, sagte Bill.

»Simba Cable«, sagte Jay. »Unser Boss und Kumpel.«

Die Frau hatte im Inneren des Kombis eine Taschenlampe benutzt. Sie machte sie aus. Der Kombi war nicht mehr zu erkennen. Jay fragte sich, was sie wohl von Professor Huntley wollte. Erneut brüllten die beiden Löwen. Sie waren inzwischen näher an das Lager herangekommen. Das Feuer war jetzt fast aus. Es war nur noch etwas Glut übrig und, unter einem Holzstück, eine kleine Flamme.

»Komm, wir gehen schlafen«, sagte Jay.

»Ja. Es ist acht Uhr.«

Jay legte Holz aufs Feuer und folgte Bill ins Zelt, aber er konnte nicht schlafen. Er nahm an, daß Bill auch nicht schlief. Die Löwen machten einen Höllenlärm. Er versuchte angestrengt, an nichts zu denken, aber es ging nicht. Die heisere Stimme der Frau, die der Lindas so ähnlich war, rief ihm alles wieder in Erinnerung. Er dachte an das erste Mal, als er Linda gesehen hatte, im ›Prince‹ auf Long Island, damals im Sommer, und daran, wie sie ausgesehen hatte, mit ihrer vom Schwimmengehen gebräunten, glatten Haut. Er dachte daran, wie er in jener Nacht mit ihr getanzt hatte, und an all die anderen Nächte, später in New York und Quebec, und an die wundervollen Nächte in dem Haus am Meer in der Nähe von Miami. Er lag auf dem Feldbett, und plötzlich fing er an zu weinen. Es war verdammt albern von ihm, aber er konnte nicht anders. Er wußte nicht, wie lange er so dalag, bevor er schließlich einschlief.

2

Als Jay am Morgen hinaustrat, lichtete sich bereits der Nebel, der die ganze Nacht über dem Lager gelegen hatte und von dem noch immer alles ganz naß war. Jay roch den Duft von Kaffee. Auf der Straße war an der Stelle, wo der Ford-Kombi gestanden hatte, ein trockenes Rechteck. Die Frau war nicht mehr da. Lew Cable und Mr. Palmer waren damit beschäftigt, zusammen mit den Somali-Boys den ersten Citroën zu beladen. Als Jay zu ihnen hinüberging, spürte er den leichten Nebel auf dem Gesicht.

»Sie sind spät dran«, sagte Cable.

»Ja. Tut mir leid.«

»Wo ist der andere Pfadfinder?«

»Der steht gerade auf.«

Cable sah sehr gesund aus. Sein Gesicht hatte eine gute Farbe, und seine blauen Augen waren klar. Er hatte sich rasiert, wahrscheinlich wegen der Frau. Er sah sehr groß, energisch und vital aus. »Schaffen Sie es, heute nachmittag im Basislager zu sein?« fragte er.

»Klar.«

»Das sollten Sie auch.«

»Frühstück steht neben dem Feuer«, sagte Mr. Palmer.

Der Koch hatte noch Hafergrütze, gebackenen Fisch und Toast für sie übrig. Der Toast war kalt, aber in Kaffee getunkt schmeckte er gut. Kurze Zeit später fuhr der erste Citroën ab; Cable saß am Steuer. Jay konnte den Motor noch lange, nachdem der Lastwagen verschwunden war, hören. Er war froh, als er abfuhr. Oder genauer gesagt, er war froh, als Cable abfuhr. Bill kam zu ihm ans Feuer.

»Wie hast du geschlafen?« fragte Jay.

»Mies. Ich hab' furchtbare Kopfschmerzen.«

»Nimm lieber etwas Chinin.«

»Es kommt nicht vom Fieber.«

»Woher dann?«

»Von diesen verdammten Löwen.«

»Die haben wirklich einen Heidenlärm veranstaltet«, sagte Jay.

Nach dem Frühstück verstauten sie ihre Feldbetten und Decken hinten im Laster. Dann brachen sie das Zelt ab, und ihre Hände hinterließen dunkle Abdrücke auf der nassen Zeltleinwand. Sie löschten das Feuer mit Erde und stiegen in den Citroën. Jay hatte Schwierigkeiten, ihn zu starten. Ein paarmal sprang der Motor dröhnend an, fing dann an zu stottern, zu spucken und ging wieder aus. Schließlich sprang er doch noch an.

»Ein leichter Asthmaanfall«, sagte Bill.

Anfangs mußte Jay langsam fahren, aber als die Sonne höher stieg, löste sich der Nebel auf, und die Fahrt auf der gutgepflasterten Straße wurde angenehm. Die Gegend war abwechslungsreich, der Nebel verschwunden, und die Berge sahen aus, als wären sie an den Himmel gemalt. Im Vordergrund waren sie braun und grün; weiter weg schienen sie wesentlich blasser, die Grün- und Brauntöne verliefen ineinander, und in der Ferne wurden sie so blaß, daß sie mit dem Himmel verschmolzen. Die Straße wand sich zwischen den braunen Bergen hindurch, manchmal verlief sie im Zickzack hinunter in eine Schlucht, die mit Unterholz dicht bewachsen war. Der Himmel über den Bergen war tiefblau, und wenn der Citroën eine Höhe überquerte, konnten sie in einigen Tälern das silberglänzende Sonnenlicht auf dem Wasser sehen. Die Luft war so kalt, daß es weh tat, wenn man tief einatmete.

Sie fuhren den ganzen Morgen und kamen gut voran, aber gegen Mittag hatten sie eine Panne. Kurz vor dem abgerundeten Kamm eines Berges reagierte der Motor nicht mehr aufs Gas. Jay fuhr an den Straßenrand und zog die Handbremse.

»Vergaser«, erklärte er.

»Bring ihn in Ordnung«, sagte Bill. »Ich packe das Mittagessen aus.«

Der Vergaser war mit rotem Schlamm verstopft. Jay säuberte ihn und setzte sich dann neben Bill auf das Trittbrett. Zum Mittagessen gab es Bier, Wurst und Brot. Es war warm in der Sonne.

»Das laß ich mir gefallen, alter Junge«, sagte Bill.

»Ich hätte das Benzin filtern sollen.«

»Denk nicht mehr dran«, sagte Bill und riß ein Stück Wurst ab. »Ab Morgen gehen wir zu Fuß.«

»Wohin denn?« fragte Jay.

Bill deutete mit einem Stück Wurst in Richtung auf die blaßblaugrünen Berge, die sich jenseits der Hügel erhoben. »Mitten rein in die niedlichen kleinen Dinger da.«

Die Berge glänzten in der sonnenwarmen Luft. Sie erstreckten sich, soweit Jays Auge reichte, bis zu den schneeweißen Wolken, die sich am Horizont türmten. Er nahm an, daß dort die Gorillas waren. Es war ein schönes Land. Wälder und Hügel und Schluchten und Berge, und man konnte sich kaum noch vorstellen, daß es irgendwo Ebenen gab. Die einzigen freien Flächen befanden sich auf den sanften Hängen der Ausläufer des Gebirges. Wie auf ungepflegtem Weideland wuchs braunes Gras von der Straße bis zur Spitze des nächsten Hügels, wo sich ein knorriger alter Baum als Silhouette gegen den Himmel abhob. Oberhalb des Baumes sah Jay zwei Geier, die sich im Aufwind treiben ließen. Sie beobachteten den Baum.

»Die haben was entdeckt«, sagte Bill.

»Aber sie wollen nicht landen.«

»Wahrscheinlich lebt es noch«, sagte Bill.

Die Geier kreisten über dem Baum, wiegten sich im Wind. Jay fragte sich, ob auf dem Hügel gerade irgendein Tier verendete.

»Komm, wir gehen hoch und sehen nach«, sagte er.

»Ist mir zu anstrengend«, sagte Bill. »Geh du nur. Ich trinke in Ruhe mein Bier aus.«

Jay ging durch das braune Gras direkt auf den Baum zu. Der leichte Wind auf dem Hügel war kühl. Mittlerweile schwebten drei Geier hoch über dem Baum. Und es kamen noch mehr. Er veränderte die Richtung, um nicht zu unvermittelt auf das zu stoßen, was die Vögel beobachteten, was immer es sein mochte. Als er oben auf dem Hügel ankam, konnte er den Baum ganz sehen. Daneben, keine fünfzig Meter von ihm entfernt, blickte ihm mit goldbraunen Augen ein Löwe entgegen. Er hatte die Tatzen vor sich ausgestreckt und lag auf der Erde. Der Stamm des Baumes warf einen Schatten quer über seinen Rücken. Es war ein großer Löwe, mit einer schönen braunen Mähne und gelbem Kopf. Hinter ihm lag im Sonnenlicht der teilweise aufgefressene Körper einer Antilope.

Jay ging zurück zum Lastwagen. Er war sehr aufgeregt. Er nahm die Springfield aus dem Wagen und suchte sich eine Schachtel Patronen. Er fing an, das Gewehr zu laden.

»Was ist es?« fragte Bill.

»Ein Löwe.«

»Ein Löwe? Da oben?«

»Ja. Nimm das andere Gewehr und komm mit.«

»Du spinnst«, sagte Bill. »Du willst doch nicht ernsthaft einen Löwen schießen. Was ist, wenn er angreift?«

»Dann knallen wir ihn ab. Komm schon.«

»Du bist völlig übergeschnappt.«

»Willst du nicht mitkommen?«

»Ich will mit Löwen nichts zu tun haben.«

»Du mußt ja nicht schießen. Gib mir bloß Deckung, falls ich ihn nicht erwische.«

»Warum willst du ihn denn erwischen?«

»Hast du Angst?«

Bills Lippen waren weiß. »Ich weiß nicht.«

»Doch, du weißt es«, sagte Jay. »Und ich weiß es.«

Er ließ Bill neben dem Lastwagen stehen und stieg den Hügel empor. Er war ziemlich wütend auf Bill, aber jetzt dachte er hauptsächlich an den Löwen. Er stieg langsam höher, weil er nicht außer Atem sein wollte, wenn er oben ankam. Diesmal hielt er sich etwas weiter vom Baum entfernt; er kletterte so weit, bis er die Stelle sehen konnte, wo der Stamm sich spaltete. Der Löwe war weg. Er war über das Feld verschwunden, hatte sich in eine Senke mit hohem Gras neben niedrigen Büschen zurückgezogen. Er versteckte sich in dem hohen Gras.

Die Geier saßen auf dem Körper der Antilope. Als er näher kam, flogen sie schwerfällig auf. Unter dem Baum lag ein widerlicher Geruch in der Luft, und er sah, daß das Gras an der Stelle niedergedrückt war, wo der Löwe geschlafen hatte. Er betrachtete die Büsche und das Getrüpp jenseits des Feldes, aber er konnte den Löwen nicht sehen. Er war gleichzeitig erleichtert und enttäuscht. Er war sich ganz und gar nicht sicher, wie die Sache ausgegangen wäre. Vielleicht hätte er die Nerven verloren, hätte kopflos auf den angreifenden Löwen geschossen und hätte es nicht geschafft, ihn aufzuhalten. Und doch, wenn der Löwe noch dagewesen wäre, so dachte er, hätte er ein für allemal Gewißheit über sich selbst gehabt. Allein deshalb war er noch einmal auf den Hügel gegangen.

Die Geier kehrten zu der Antilope zurück. Sie fraßen mit ruckartigen Bewegungen, rissen Fleischfetzen aus dem Körper und schlangen sie hinunter. Beim Fressen machten sie ein Geräusch, das fast wie Lippenschnalzen klang. Zwei der Vögel begannen ein Tauziehen um einen Fleischbrocken, den sie aus der Flanke gerissen hatten. Immer mehr Geier ließen sich auf dem Kadaver nieder. Jay wandte sich um und sah Bill hinter sich auf dem Hügel. Er hatte Mr. Palmers großes Gewehr in der Hand.

»Wo ist er?« fragte Bill.

»Weg.«

Sie gingen zurück zum Lastwagen. Jay verstaute die Gewehre. Bill packte die übriggebliebene Wurst und das Brot vom Mittagessen ein. Sie stiegen in den Laster, und Jay ließ den Motor an. Er lief schön rund. Es hatte wirklich am Vergaser gelegen. Sie fuhren im ersten Gang den Hügel hinauf.

»Tut mir leid, daß ich mich so blöd benommen habe«, sagte Jay.

»Hast du gar nicht.«

»Ich war so aufgeregt.«

»Klar«, sagte Bill. »Ist schon gut.«

Aber Jay wußte, daß es nicht gut war. Man konnte nicht einfach jemanden einen Feigling nennen und dann sagen, daß es einem leid tut, und alles war wieder in Ordnung. Er war sehr bedrückt.

In der nächsten Stunde schafften sie elf Meilen. Dann kamen sie an eine ganze Reihe von höheren Bergen, von denen manche so steil waren, daß Jay den Citroën in den ersten Gang schalten mußte. Hier standen ausgedehnte Bambuswälder, deren Stämme aus dichtem Unterholz emporwuchsen. Die Wolken waren vom Horizont herangezogen, und wenn sich eine vor die Sonne schob, wurde es kalt. Die Luft roch jetzt anders, beißend und klar, wie der Geruch einer ultravioletten Lampe. Die Wärme, die vom Motor ausging, tat gut. Jay dachte, daß er lieber erklären sollte, warum er so aufgeregt gewesen war.

»Bei so einem Löwen kriegt man ein ganz komisches Gefühl«, sagte er.

»Klar.«

»Ich mußte einfach auf ihn schießen. Ich konnte an nichts anderes mehr denken. Ich mußte rausfinden, ob ich den Mut dazu hätte.«

»Du hast ihn«, sagte Bill.

»Ich weiß nicht«, sagte Jay. »Ich weiß es einfach noch nicht.«

Der nächste Berg war hoch. Sie brauchten lange, bis sie die Spitze erreicht hatten, aber als sie oben angekommen waren, konnten sie hinter den Vorbergen den Kiwusee sehen. Überall sonst waren Berge. Die näher gelegenen sahen aus wie Scherenschnitte und hatten eine grünlich braune Farbe, aber die weiter entfernt gelegenen verschwammen im Dunst. Das Wasser des Kiwusees sah schwarz aus. Über dem Krater des Tschaninagonga war Rauch zu erkennen, und auf den anderen Gipfeln um ihn herum lag Schnee.

»Wenn du den Löwen gesehen hättest«, sagte Jay, »hättest du dich auch gefragt, ob du den Mut dazu hast.«

»Das habe ich mich auch so gefragt.«

»Nein. Nicht, ohne ihn gesehen zu haben.«

Bill fragte: »Was meinst du eigentlich, warum ich letzte Nacht kaum geschlafen habe?«

Am späten Nachmittag färbten sich alle Berge im Dunst purpur. Ihre Konturen verschwammen, und Jay konnte nur deshalb erkennen, wo sie waren, weil sie dem Nebel eine dunklere Tönung verliehen. Die Straße führte hinunter in eine hügelige Gegend, wo das Gelände offen war und vereinzelte Grasbüschel wuchsen. Noch immer gab es viele niedrigwachsende Baumgruppen. Die Straße war hier fast eben, was das Fahren erleichterte.

»Sei nicht sauer, Bill.«

»Ich bin überhaupt nicht sauer.«

»Dann ist ja gut.«

»Wieso sollte ich sauer sein?« fragte Bill. »Du hast genau gewußt, warum ich nicht mitgekommen bin. Du hattest recht. Ich war feige.«

»Aber du bist doch gekommen.«

»Ja, aber zu spät.«

»Das nächste Mal wirst du da sein.«

»Vielleicht«, sagte Bill. »Aber dieses Mal war ich feige.«

Es wurde dunkel und kalt. Jay hielt den Lastwagen an, und sie zogen sich Pullover über. Dann fuhren sie weiter. Selbst mit den Pullovern war es kalt. Jay dachte über Bill nach. Er hatte sieben Jahre mit ihm zusammengewohnt, während ihrer Zeit am College und später. Bill war sein bester Freund. Bill hatte ihm den Job bei der Expedition besorgt. Und nun hatte er ihn einen Feigling genannt. Auch wenn er das Wort nicht benutzt hatte, es war klar gewesen, was er meinte. Wirklich großartig von ihm. Er war aufgeregt gewesen. Im Grunde hielt er Bill gar nicht für feige. Er hatte Bill gebeten, mitzukommen und sich möglicherweise von einem Löwen töten zu lassen. Und Bill hatte sich geweigert. Wieso auch nicht? Jeder hatte das Recht, sich nicht von einem Löwen töten lassen zu wollen. Und er hatte ihn einen Feigling genannt. So ein Mistkerl war er.

Die Straße gabelte sich, und im Licht der Scheinwerfer sahen sie einen Stock, an den ein Taschentuch gebunden war. Das Licht reflektierte von dem weißen Leinenstoff des Taschentuchs. Sie hielten an und fanden eine Nachricht von Cable. Sie lautete:

Halten Sie sich links. Sechs Meilen. Warum zum Teufel trödeln Sie so?

Lewis Cable

Jay zerriß die Nachricht, und sie stiegen wieder ins Auto. »Ich bin froh, daß er mit vollem Namen unterschrieben hat«, sagte Bill. »So können wir sicher sein, daß sie echt ist.«

»Er hat das Großsiegel des Museums vergessen.«

»Ja«, sagte Bill. »Da müssen wir ihn dran erinnern. Auf alle weiteren Mitteilungen bitte das Großsiegel des Museums.«

Die Straße links führte stetig nach unten und verlief durch einen Wald, in dem es für den Citroën ziemlich eng wurde. Zu beiden Seiten der Straße bildeten Bäume und dichtes Unterholz einen Wall. Es war die wildeste Gegend, durch die sie bisher gekommen waren. Die Straße sah aus wie eine Wagenspur durch den Wald.

»Das hier ist schon eher Afrika, wie es leibt und lebt«, sagte Bill.

Er wirkte trotz allem ziemlich freundlich, fand Jay. Vielleicht verstand er ja, was passiert war. Er hoffte es. Er konzentrierte sich aufs Fahren. Die Straße war sehr schmal. Er konnte den Wald riechen. Im Scheinwerferlicht leuchteten die Augen von Vögeln auf, und Jay hörte immer wieder das sanfte Schlagen von Flügeln. Einmal lief ein kleines Tier mit roten Augen vor dem Lastwagen über die Straße. Es sah aus wie eine Katze. Dann entdeckte Jay die Lagerfeuer und als nächstes den anderen Lastwagen und den Tourenwagen des Professors, dann die Lichtung mit den beiden Zelten und die schwarzen Boys und den tragbaren Herd, über den sich gerade der Koch beugte. Es war, als ob sie nach Hause kämen.

Mr. Palmer saß neben einem der Feuer und trank Whisky mit Wasser. »Wir wollten gerade anfangen, uns Sorgen um Sie zu machen«, sagte er.

»Wir hatten eine Panne«, erklärte Jay.

»Habe ich mir gedacht. Auch 'nen Schluck?«

»Ja. Wo ist der Professor?«

Mr. Palmer goß ihnen ein. »Ist schon mal mit Cable vorausgegangen. Wir stoßen morgen zu ihnen.«

»Wann sind sie los?« fragte Bill.

»Gegen zwei.«

»Mein Gott!« sagte Jay. »So früh sind Sie hier gewesen? Cable muß ja wie ein Irrer gefahren sein.«

»Er fährt großartig«, sagte Mr. Palmer. »Ich hatte die ganze Zeit Angst.«

Zum Abendessen gab es Hühnchen und Erbsen und Pudding

aus der Dose. Mulu, Mr. Palmers Gewehrträger, hatte das Huhn in einem Dorf gekauft, das sechs Kilometer weiter die Straße hinunter lag. Jay fragte sich, ob Hühnchen zu jedem Abendessen in Afrika gehörten. Er hoffte nicht. Eine Expedition, bei er es jeden Abend Hühnchen gab, konnte ihm gestohlen bleiben. Besonders wenn das Hühnchen zäh wie Kautschuk war. Bill redete mit Mr. Palmer über die Frau mit dem Kombiwagen.

»Sie hat den Professor getroffen«, sagte Mr. Palmer. »Dann ist sie nach Bukavu gefahren.«

»Was wollte sie denn?«

»Konnte ich nicht verstehen«, Mr. Palmer nahm eine Portion Pudding. »Ich denke mir aber, daß sie im Iturigebiet zu uns stoßen möchte.«

»Wieso?«

»Ich habe mitbekommen, daß ihr Mann dort vermißt wird.«

»Wie romantisch«, sagte Bill. »Wie lange wird er denn schon vermißt?«

»Weiß ich nicht. Alles ziemlich unklar. Bin mir noch nicht mal sicher, ob es wirklich ihr Mann war.«

»Ich hoffe, sie ist jung«, sagte Bill.

»Oh, das ist sie. Und sehr schön.«

Nach dem Abendessen räumten die Boys den Tisch ab. Mr. Palmer seufzte, lehnte sich in seinem Klappsessel zurück und zündete sich eine Pfeife an. Es war still auf der Lichtung. Über der unregelmäßigen Silhouette der Bäume konnten sie die Sterne sehen und die langgestreckte Lichterkette der Milchstraße. Einer der beiden Somali-Boys, Toto Major, wie Mr. Palmer ihn nannte, legte Holz aufs Feuer. Die Wärme tat gut. Der Tabak in Mr. Palmers Pfeife roch süßlich.

»Wir hätten heute fast einen Löwen erwischt«, sagte Bill.

»Wirklich?«

Bill erzählte ihm die Geschichte.

»Das würde ich nicht noch mal tun«, sagte Mr. Palmer zu Jay.

»Löwen können sehr unangenehm werden. Sind Sie ein guter Schütze?«

»Ich habe früher mal in Südkalifornien Schafe geschossen.«

»Löwen sind erheblich gefährlicher, sollten Sie wissen.«

»Ich war so aufgeregt, daß ich an nichts mehr gedacht habe.«

»Und ich hatte Angst«, sagte Bill.

Mr. Palmer sah ihn an. »Das passiert jedem.«

»Vermutlich«, sagte Bill. »Zumindest, bis man einen geschossen hat.«

»Auch dann noch. Nur ein Dummkopf wird Ihnen weismachen wollen, daß er keine Angst hat. Oder ein Lügner.«

»Aber es wird doch besser, wenn man erst mal einen geschossen hat, oder?« fragte Bill.

»Man fühlt sich selbst besser.«

»Ich hatte eine solche Scheißangst«, sagte Bill.

Die Boys hatten sich unter dem ersten Lastwagen schlafen gelegt. Die ruhige Luft war frostig wie die Luft im Kühllager einer Fleischerei. Das Feuer gab nicht viel Wärme ab. Bill sagte gute Nacht und ging zu Bett. Mr. Palmer blieb noch auf, um seine Pfeife zu Ende zu rauchen.

»Mit Löwen muß man vorsichtig sein«, sagte er zu Jay.

»Das werde ich.«

»Wenn Sie bei einem Schaf vorbeischießen, dann schießen Sie eben einfach vorbei, wissen Sie. Aber wenn ein Löwe es auf Sie abgesehen hat und Sie schießen vorbei, dann sind Sie ein toter Mann.«

»Es ist wirklich etwas anderes«, gab Jay zu.

»Ich würde Sie gar nicht gern verlieren«, sagte Mr. Palmer lächelnd. »Würde meinem Ruf sehr schaden.«

»Meinem auch.«

Mr. Palmer grinste. »Wenn ihr jungen Burschen trotzdem einen abknallen müßt, dann denkt daran, auf die Schnurrhaare zu zielen.«

»Ich werd's mir merken.«

Mr. Palmer klopfte seine Pfeife am Schuhabsatz aus. Er stand auf. Das Feuer war heruntergebrannt, und es war sehr kalt geworden. Die Sterne am Himmel sahen groß und kalt aus. Sie sahen aus wie Eisstücke.

»Bill schafft das schon«, sagte Mr. Palmer. »Man gewöhnt sich recht schnell an die Löwen.«

»Es geht nicht so sehr um Löwen«, sagte Jay.

»Nein?«

»Es geht darum, ob er ein Feigling ist oder nicht.«

»Es gibt keinen Grund, warum er das je herausfinden müßte.« Mr. Palmer gähnte. »Außer er will es unbedingt wissen.«

Jay dachte darüber nach, als er ins Bett ging. Es war leicht zu sagen, daß man es nicht herausfinden müßte, besonders dann, wenn man es selbst schon herausgefunden hatte. Mr. Palmer kannte sich selbst. Deshalb war es ihm nicht mehr wichtig. Wahrscheinlich hatte er vergessen, daß es je wichtig gewesen war. Aber Jay konnte Bills Standpunkt verstehen. Wenn es einem nun einmal wirklich viel bedeutete, kein Feigling zu sein, dann, so dachte er, sollte man sich einen Löwen suchen. Wenn man ihn schoß, bedächtig und ruhig auf die Schnurrhaare zielte, während er groß, wütend und katzenschnell auf einen zusprang, dann war man mutig. Wenn man die Nerven verlor und vorbeischoß, dann würde man wissen, daß man ein Feigling war. Aber man würde es nicht mehr lange wissen. Nicht länger als diese zwei, drei Sekunden, die der Löwe brauchte, bis er seine Beute packte.

3

Das afrikanische Hochland war nicht gerade üppig. Die Konturen des Gebirges zeichneten sich scharf am Horizont ab, jeder einzelne Berg wuchtig, gedrungen und kantig. Sie hoben sich klar vor dem blauen Himmel mit den Kumuluswolken ab; die dunkelgrünen Kämme und Gipfel zeigten keine geschwungenen Linien. Das waren die Berge, in denen die Gorillas lebten, und das war der Pfad, der sie zu ihnen führte: Ausgetreten und glatt von den nackten Füßen der Eingeborenen, rutschig vom Morgentau, wand er sich zwischen hohem Farn und dichtem Unterholz und jungen Bäumen hindurch, vorbei an Schluchten und Tälern und tiefen Gräben. Weit unten waren die Lastwagen und die Asphaltstraße, vor ihnen lag ein Land, das, außer für Jäger und Holzfäller, seit Tausenden von Jahren unberührt geblieben war.

Jay ging mit den Trägern diesen schwarzen Pfad hinauf. Er spürte, daß es ihm guttat, in ein unbekanntes Land einzudringen, fast so, als ob er von allem Besitz ergriff, das er sah. In einem Land wie diesem war das Gefühl besonders stark, denn hier stieß man nicht auf sichtbare Grenzen, die es einem in Form von Zäunen und Schildern, auf denen KEIN ZUTRITT stand, streitig machten. Das gleiche Gefühl mußten die ersten Siedler in Amerika gehabt haben. Mittlerweile konnte man es nur noch an wenigen Orten der Welt finden, und in wenigen Jahren würde auch das vorbei sein. Er hatte das Gefühl, jeden Augenblick seltsame Tiere und Pflanzen entdecken zu können. Und dieses Gefühl war stärker und unabhängig von der Erregung darüber, tatsächlich an einer Safari teilzunehmen.

Am frühen Morgen hatten sie fast einhundert Träger, die Cable am Tag zuvor für ungefähr fünf Cent pro Tag angeheuert hatte, mit Proviant und wissenschaftlichen Geräten beladen. Dann hatten sie einen einheimischen Polizisten dafür bezahlt, daß er die Lastwagen bewachte, und schließlich zwei Führer gefunden, die sie den Pfad hinaufbringen sollten, diesen Pfad, der in der Nähe der Straße breit und leicht zu begehen war, der sich aber später oft verzweigte und mitunter unter Unkraut und Gras kaum noch zu erkennen war.

Der Pfad durchquerte nun eine Gruppe von Bäumen, die mit Flechten und Schlingpflanzen bedeckt waren, und die Aussicht hinunter auf die braunen Felder, die rundlichen Hügel und den Wald war versperrt. Die Bäume verbargen das tiefer gelegene Land. Jay sah weiter vorne Bill, vor Bill einen Träger, der unter einer Kiste mit Lebensmitteldosen ächzte, und vor dem Träger den Pfad. Es war, wie Mr. Palmer ihnen gesagt hatte, ein Holzfällerpfad. Das Unterholz roch nach feuchter Erde und nassem Laub. Ein Vogel, der unablässig *quitten-tot, quitten-tot, quitten-tot* rief, flatterte hinter ihnen her. Die weiche Erde auf dem Pfad gab bei jedem Schritt ein wenig nach, so daß das Gehen erschwert wurde. Jays Oberschenkel fühlten sich allmählich an wie geschwollen, als ob die Haut für die Muskulatur zu eng würde.

Der Pfad führte aus dem Wald heraus auf eine leicht abfallende Wiese mit grobem Gras, verlief im Sonnenlicht, das ihren Augen weh tat, quer über die Wiese und traf auf einen weiteren Pfad, der auf einen Sattel zwischen zwei braunen Hügeln zustrebte. An der Spitze der Träger, die inzwischen schwitzten, so daß ihre schwarze Haut glänzte, konnte Jay Mr. Palmers Cordjacke erkennen. Auf einer weiteren Wiese standen einheimische Rinder mit langen, geschwungenen Hörnern und beobachteten die Safari; das Vieh war wohlgenährt und glänzend und sah freundlich aus. Unter freiem Himmel war die Sonne heiß.

Während sie weiter aufstiegen, nahm die Gegend allmählich ein anderes Aussehen an. Ein paar große Bäume wuchsen aus dem Unterholz, und außerdem gab es Korallenbäume, von denen viele mit karmesinroten Blüten bedeckt waren. Auf den Stämmen der großen Bäume wuchs Moos, und von den Zweigen wehten ganze Fahnen aus Flechten. Während sie durch den Nebel gefahren waren, hatte sich Jay diese Flechten grau vorgestellt, aber nun bemerkte er, daß sie viele Farben hatten: blaßrot, verwittert kupferfarben, braun, beige. Neben dem Pfad wuchs der Farn hüfthoch. Die Stämme der Korallenbäume waren silbriggelb, und die Äste wuchsen nach außen, so daß die Bäume aussahen wie unregelmäßige Sonnenschirme.

Als Bill an einem Korallenbaum direkt neben dem Pfad vorbeikam, wies er nach oben über seinen Kopf. Jay blickte hinauf in den Baum. Er sah ein geflochtenes Vogelnest, das die Form einer Strumpfspitze hatte.

Der Pfad erreichte ein grünes Tal, das in der Mitte mit Sumpfgras bestanden war. Am hinteren Ende des Tales war ein kleiner See mit dunklem Wasser. Am Ufer des Sees wuchsen weiße Blumen in kleinen Büscheln, und der dahinterliegende Berg war mit purpurfarbenen Blüten bedeckt. Die Blumen erfüllten die Luft mit ihrem Duft. Mr. Palmer wartetete am See auf sie.

»Haben Sie Hunger?« fragte er.

»Ja«, sagte Bill. »Und Durst auf Bier.«

Sie legten sich auf den Abhang mit den roten Blüten und tranken Bier und aßen. Es gab gebratenen Schinken und Bohnen und Kaffee. Mr. Palmers Boys aßen Reis mit Fleischsoße. Für die Träger gab es Getreide und Bananen. Es war angenehm, zu essen und sich in dem hohen Gras auszuruhen. Jay war müde. Sie hatten fünf Meilen zurückgelegt.

»Man sollte eigentlich annehmen, daß hier oben Menschen wohnen«, sagte Bill.

»Wahrscheinlich ist es dafür zu kalt.«

»Hier in der Nähe gibt es ein Dorf«, sagte Mr. Palmer, »aber weiter unten. Die linke Weggabelung führt dorthin.

»Gehen wir in diese Richtung?« fragte Jay.

»Nein. Wir gehen bergauf.«

»Ich werde eine Sänfte brauchen«, sagte Jay.

»Wir ruhen uns ja erst mal eine Weile aus.«

»Ich hätte auch gern eine Sänfte«, sagte Bill.

Nach dem Mittagessen streckte sich Jay im Gras aus und betrachtete den Himmel. Dann stützte er sich auf den Ellbogen und betrachtete den See und die Berge. Das Wasser des Sees war schwarz, und am Ufer wuchsen Gras und Schilf. Das ganze Tal war voller Wildblumen. Die Luft war von ihrem süßen Duft erfüllt. Die Berge waren so nah, daß er die grünen Bambuswälder erkennen konnte. Es war ein schönes Land. Er fragte sich, ob Linda Afrika gefallen würde. Sie würde es einfach lieben! Einen Moment lang stellte er sich vor, sie wäre bei ihm, und wieder befiel ihn dieses sehnsuchtskranke Gefühl, das er immer bekam, wenn er an sie dachte. Er schloß die Augen und sah sie vor sich, schlank und jung, und dann mußte er sich zwingen, nicht an sie zu denken. E war nicht gut, tagsüber an sie zu denken. Manchmal, nachts, ging es, wenn das Wirkliche unwirklich und das Unwirkliche wirklich wurde, aber tagsüber war es nicht gut.

Er schloß erneut die Augen. Die Sonne war hell und heiß in dem Windschutz, den das Gras bot. Unter den heißen Strahlen fühlte sich die Haut in seinem Gesicht gespannt an. Die Träger ruhten sich aus und plauderten miteinander. Hin und wieder sagte einer von ihnen etwas Lustiges, und sie lachten. Der Wind, der über das Gras strich, machte ein zischendes Geräusch.

»Hallo!« rief Mr. Palmer plötzlich. »Was ist denn das?«

Jay setzte sich auf. Ein Weißer und ein Dutzend Träger, die mit Lianen verschnürte Bündel trugen, kamen den Weg herunter, der nach links abzweigte. Der Mann trug einen braunen Tropenhelm, ein braunes Flanellhemd und hellbraune Shorts, die nach der englischen Mode lang geschnitten waren. Er gab seinen Trägern ein Zeichen, sich auszuruhen, und kam herüber auf den grasbedeckten Hang.

»*Bonjour*«, sagte er.

»*Bonjour*«, sagte Mr. Palmer.

Die Beine des Mannes, die man zwischen den hinuntergerollten Socken und den Shorts sehen konnte, waren sehnig und braungebrannt, aber er war nicht mehr jung. Er war blond. Sein Gesicht war mit Sommersprossen bedeckt, etwas dicklich und runzelig und sympathisch. »Sie haben sich ein hübsches Plätzchen für ein Lager ausgesucht«, sagte er in sehr schlechtem Französisch.

»*Oui*«, sagte Mr. Palmer.

»Sind Sie Belgier?«

»Nein. Engländer.« Mr. Palmer sah Bill und Jay an. »Und Amerikaner.«

»Na wunderbar.« Der Mann wechselte ins Englische. »Im Französischen bin ich ziemlich aufgeschmissen.« Er lächelte sie an. »Darf ich mich einen Moment zu Ihnen setzen?«

»Aber gern«, sagte Mr. Palmer. »Möchten Sie etwas trinken?«

»Sehr freundlich von Ihnen.«

»Whisky oder Bier?«

»Ein Bier bitte.«

Mulu brachte dem Mann eine Flasche Bier und einen Pappbecher. Er setzte sich ins Gras und erzählte von sich, während er sein Bier trank. Sein Name war Gutzman. Er handelte mit Fellen und Pelzen, und er hatte gerade eine Reise ins Landesinnere hinter sich, wo er mit den Eingeborenen Geschäfte gemacht hatte. Jetzt war er unterwegs nach Bukavu. Die verschnürten Bündel waren seine Felle. Er war bei einer Pelzfirma mit Sitz in Hamburg angestellt und kam zweimal pro Jahr nach Afrika, um Einkäufe zu machen. »Früher war das ein gutes Geschäft«, sagte er. »Jetzt wird es immer schlechter.«

»Ein Jammer«, sagte Mr. Palmer. »Aber alles geht den Bach runter.«

»Möglich.« Herr Gutzman lächelte ihm zu. »Aber das Pelzgeschäft ganz besonders, wegen unserer Ersatzwirtschaft.«

»Ersatz?« fragte Mr. Palmer.

»Sie haben bestimmt schon davon gehört. Die Wirtschaft, bei der alles ersetzt wird. Man macht Leder aus Kohlen. Stoffe aus Holzbrei. Brot aus Sägemehl. Kaffee aus Rüben. Benzin aus Wasser. Ich übertreibe natürlich, aber nicht sehr.«

»Ich habe gehört, daß es eine Schweinerei ist«, sagte Bill.

»Oh, nein. Das will ich nicht gesagt haben.« In seinen Augenwinkeln zeigten sich amüsierte Lachfältchen, als er Bill ansah. »Sie sehen, ich verstehe amerikanischen Slang. Nein, es ist keine Schweinerei. Ich möchte nicht gern in ein Konzentrationslager. Es ist für mein Vaterland. Aber für mich eine bittere Pille.«

»Wozu werden Ihre Pelze und Felle verwendet?« fragte Jay.

»Ganz unterschiedlich. Die Leopardenfelle sind für Damenmäntel. Oder für Teppichvorleger. Die Löwenfelle sind für Männer, die gern behaupten, sie hätten sie geschossen. Schlangenhäute sind für Damenschuhe und Zigarettenetuis. Elefantenhäute für Koffer.« Herr Gutzman schenkte sich Bier nach. »Aber ich rede zuviel über mich. Was ist mit Ihnen? Sind sie auf Safari?«

»Wir haben die Genehmigung für zwei Gorillas«, sagte Mr. Palmer.

»Oh.« Herr Gutzmans Gesichtsausdruck änderte sich. »Warum gehen Sie dann nicht nach Mikeno? Dort werden die meisten geschossen.«

»Da sind schon zu viele geschossen worden.«

»Da haben Sie recht. Der schwedische Prinz hat vierzehn geschossen. Und es gibt hier welche. Ich habe ihre Fährten gesehen. Aber es wird Ihnen nicht gefallen, sie zu schießen.«

Bill fragte: »Wieso nicht?«

»Es ist anders.«

»Ja?«

Herr Gutzmans Gesicht war ernst. »Es ist fast wie Mord.«

»Im Ernst?« sagte Mr. Palmer. »Haben Sie schon mal welche geschossen?«

»Einen. Vor vielen Jahren. Es war, als ob ich einen mutigen nackten Mann getötet hätte, dessen Zorn ich geweckt hatte, weil ich seine Familie bedrohte. Während des Krieges habe ich viele Menschen sterben sehen, aber wenn ich schlecht träume, dann sehe ich meinen Gorilla.«

»Wo soll denn der Unterschied sein zwischen einem Gorilla und einem Löwen oder einem Nashorn?« fragte Bill.

Herr Gutzman zuckte die Achseln. »Sie werden schon sehen.« Er trank sein Bier aus, bedankte sich bei Mr. Palmer, stand auf und gab seinen Trägern durch ein Fingerschnippen zu verstehen, daß es weiterging. »Ich muß leider los«, sagte er, »ich habe noch einen ziemlich weiten Weg vor mir.«

»Selbstverständlich«, sagte Mr. Palmer.

Gutzman verbeugte sich vor jedem von ihnen. Er war sehr höflich. »Ich wünsche Ihnen viel Glück.«

»Danke sehr«, sagte Jay.

Sie sahen ihm nach, bis er hinter dem Talrand verschwand. Seine Träger waren schöne schwarze Männer, größer als ihre. »Wir müssen uns beeilen«, sagte Mr. Palmer.

»Verdammt«, sagte Bill. »Wo ist meine Sänfte?«

Der Aufstieg dauerte den ganzen Nachmittag. Gegen vier Uhr wurde es kalt. Die Luft war so kühl wie an einem Herbsttag im nördlichen Michigan. Die Träger fingen an, über den langen Aufstieg und die Kälte zu murren. Mulu und der Führer hatten Mühe, sie in Bewegung zu halten. Der Pfad war mit Gras und kleinen Pflanzen überwachsen, und dazwischen waren häufig schlammige Stellen. Sie schlugen ihr Camp für die Nacht an der geschützten Seite eines Bergkammes auf, zwischen zwei kleinen

Wäldchen, und schliefen dicht neben den wärmenden Lagerfeuern. Am nächsten Morgen war es sogar während des Aufstiegs kalt. Bis zum Mittag verdeckte ein silbriger Nebel das Hochland. Dann stieg der Nebel die Berge empor, und sie konnten über sich den dunklen Wald sehen.

Sie stiegen fast genau in östlicher Richtung und verließen den Holzfällerpfad, um auf einem Elefantenwechsel weiterzugehen. So weit hinauf kamen keine Holzfäller. Rechts und links von dem Elefantenpfad standen große Bäume mit gewundenen Ästen, deren Stämme von grünem Moos überzogen waren. Unter den Bäumen wuchsen Gras und Farn und Schlingpflanzen, noch feucht vom Nebel. Überall sah man Purpurwinden und Flechten. Sie kamen an einen Hang, auf dem wilder Sellerie stand; er war hüfthoch und sah aus wie Gartensellerie. Jay brach einen Stengel ab und kostete. Er schmeckte bitter.

Er hatte gelesen, daß Gorillas sich von Sellerie ernährten. Er war sich nicht im klaren, was er von den Gorillas halten sollte. Herr Gutzman hatte sie als ziemlich harmlos dargestellt. Aber sie waren zu groß, um harmlos zu sein. Es war gespenstisch, dachte er, durch diesen seltsamen Wald mit den herabhängenden Flechten, den rosa- und purpurfarbenen Winden und verdrehten Bäumen zu wandern, der so ganz anders war als jeder andere Wald, den er je gesehen hatte, und sich dabei zu fragen, ob man gerade von Gorillas beobachtet wurde. Der Gedanke daran, daß er in einem Gorillagebiet war, hatte etwas Aufregendes. Er hatte gelesen, daß Gorillas niemals Menschen angriffen, wenn sie nicht provoziert wurden. Dasselbe hatte der Deutsche gesagt. Irgendwo hatte er aber auch gelesen, daß Gorillas mit einer Pranke das Innere eines Menschen ausgelöffelt hatten. Damals hatte ihn die Vorstellung amüsiert, daß ein Mensch wie eine Art Schalentier verspeist wurde, aber jetzt fand er das nicht mehr so lustig. Bestimmt war ein Gorilla in der Lage, einen Mann sehr schlimm zuzurichten. Er fragte sich, wo sein Gewehr war. Er drehte sich um und sah Juma, den Somali-Boy, der ihm und Bill zugewiesen war, mit der Springfield herankommen. Juma grinste ihn an, zeigte seine schönen ebenmäßigen Zähne, und er grinste Juma an.

Sie waren jetzt weit oben in den Bergen, und die Gipfel vor ihnen sahen nicht mehr so gewaltig aus. Sie stiegen still durch den nassen Wald den Pfad hinauf. Das Sonnenlicht fiel schräg zwischen den Bäumen hindurch. Auf einer sumpfigen Lichtung sah Jay einen Honigsauger-Vogel mit violetter Brust und karmesinrot geringeltem Hals. Er flog mit schwirrenden Flügelschlägen davon. Einige Male kamen sie an kleinen Bambushainen vorbei. Als sie sich wieder einem näherten, berührte Juma Jays Schulter.

»Wild«, sagte er.

Jay blieb stehen. Er hörte etwas in dem Bambuswald. »Was für Wild?«

Juma schüttelte den Kopf.

Jay holte Bill ein. »Hast du links von uns irgendwelche Tiere gehört?«

»Nein.«

»Da waren aber welche.«

Sie kamen an einen Steilhang, der auf ein Plateau zwischen den beiden nächsten Gipfeln führte. Der Pfad verließ das Sumpfland und wand sich den Steilhang hinauf, manchmal so schroff, daß Jay die Hände benutzen mußte, um nicht abzurutschen. Der Aufstieg war anstrengend, und er atmete schwer. Er spürte das Blut in seinem Kopf pulsieren. Seine Schuhe waren schlüpfrig. Er beneidete die Träger mit ihren nackten Füßen. Es war kalt, aber er schwitzte. Am oberen Rand des Steilhangs wartete Mr. Palmer mit einigen Trägern. Sie standen dicht zusammen und starrten auf den Boden. Jay sah Mr. Palmer über die Schulter und entdeckte einen Knöchelabdruck in der weichen Erde. Er sah aus wie der eines Menschen, aber unglaublich groß.

»Himmel!« rief Bill, der auf der anderen Seite von Mr. Palmer stand.

»Kräftiger Bursche«, sagte Mr. Palmer.

Der Abdruck war nicht sehr tief. Der Gorilla hatte sich nur mit den Knöcheln der einen Hand leicht abgestützt. Jay fragte sich, ob er vielleicht die Geräusche des Safaritrupps gehört und sich ins Dickicht getrollt hatte. Mulu, der Gewehrträger, kniete neben dem Abdruck. »Frisch?« fragte ihn Bill.

»Ja, Bwana.«

Jay grinste Bill an. Sie waren beide aufgeregt. Er betrachtete den Abdruck. Mulu drückte die Knöchel seiner rechten Hand in den weichen Boden. Sein Abdruck war kaum halb so groß wie der des Gorillas. Zum erstenmal kamen Jay die Gorillas jetzt real vor. Der große Abdruck ließ sie real werden.

»Wir müssen weiter«, sagte Mr. Palmer.

Sie überquerten das Plateau und stiegen einen sehr steilen Hang hinauf. Jay folgte Bill und benutzte Büsche und Kletterpflanzen, um sich vorwärts zu ziehen, wenn der Boden besonders schlammig war. Die zweite Hälfte des Hangs kroch er empor. Seine Hände waren völlig mit Schlamm bedeckt. Endlich erreichte der Pfad ein weitläufiges Plateau und verschwand in einem undurchdringlichen Bambuswald. Das gesamte Plateau war mit Bambus bestanden. Der Pfad stieg nicht mehr an und war jetzt breiter, als ob die Elefanten, die ihn gemacht hatten, zu zweit nebeneinander gegangen wären. Auf dem ebenen Boden kam Jay wieder zu Atem. Er ging eine Weile durch den breiten Korridor im Bambus hinter Bill her, und dann sah er eine Lichtung und braune Zelte. Die Lichtung lag auf gleicher Höhe wie die meisten Berge im Osten. Unmittelbar hinter dem Camp endete das Plateau, und der Elefantenpfad verschwand nach unten in einer tiefen Rinne. Auf der anderen Seite der Rinne lag ein Wald. Jay konnte jenseits des Waldes die wellenförmigen Berge sehen, die im Vordergrund sahen grün und die hinteren grau aus. Das Camp stand in einer mit hohem Gras bewachsenen Schneise, und man hatte drei Zelte aufgeschlagen. Dahinter, dicht neben einer Wand aus Bambus, der den Rest des Plateaus bedeckte, standen Hütten, die die Träger aus Schlingpflanzen und Bambusstämmen gebaut hatten. Ein knorriger Korallenbaum mit leuchtendroten Blüten und abgeflachter Spitze stand neben dem größten Zelt.

Lew Cable kam heraus, um sie zu begrüßen. »Wo zum Teufel sind Sie gewesen?«

»Wir waren klettern«, sagte Bill.

»Wir haben Sie gestern abend erwartet.«

»Wir sind so schnell gekommen, wie wir konnten.«

»Und das war verdammt langsam. Wir haben einen Tag damit vergeudet, auf Sie zu warten. Was hat Sie aufgehalten?«

»Nichts«, sagte Bill. Er wurde allmählich wütend. »Und was wollen Sie jetzt machen?«

»Nun werden Sie doch nicht gleich wütend.«

Bill fragte: »Wo ist der Professor?«

»Ruht sich in seinem Zelt aus«, sagte Cable. »Sie brauchen nicht wütend zu werden.«

»Lassen Sie mich einfach in Ruhe, dann werd' ich auch nicht wütend«, sagte Bill.

Er ging zu dem größten Zelt. Jay war froh, daß Bill Cable die Stirn geboten hatte. Er konnte es sich aber auch leisten. Er war keine angeheuerte Hilfskraft. Er war Wissenschaftler und hatte im Museum vermutlich eine höhere Position als Cable. Er fragte sich, warum Cable immer so unausstehlich war. Er folgte Bill in das Zelt. Professor Huntley lag quer über dem Bett, so daß der Kopf über die Seite ragte, und beobachtete etwas in einer Holzkiste. Er lächelte zu ihnen auf. »Gentlemen!« Er freute sich, sie zu sehen.

»Was zum Teufel machen Sie da?« fragte Bill.

»Ausruhen, Bill, ausruhen.«

Der Professor trug Wollhandschuhe und einen schäbigen braunen Pullover über einem Flanellhemd. Seine übrige Gestalt war unter einer Decke verborgen. Sein Hemd war bis zum Kragen zugeknöpft, aber er trug keinen Schlips. Jay hatte schon Penner gesehen, die besser gekleidet waren. Er hatte wuscheliges weißes Haar und ein sympathisches Gesicht mit braunen Augen. Er war ein alter Mann, fast siebzig, aber sein Gesichtsausdruck war jugendlich, wach und neugierig. Er war einer der bedeutendsten Paläontologen der Welt.

Bill war sein Assistent im Museum. Er und der Professor verstanden sich sehr gut. Bill behandelte den Professor wie einen kleinen Jungen. Das tat jeder im Museum. Dem Professor gefiel es so. Wenn der Portier ihm das sagte, ging er wieder zurück ins Labor, um seine Überschuhe anzuziehen, und wenn er sein Mittagessen vergaß, unterbrach die Kellnerin aus der Kantine ihn bei der Arbeit und sorgte dafür, daß er etwas aß. Auch Bill paßte so auf ihn auf.

»Das sieht mir nicht nach Ausruhen aus«, sagte er zu dem Professor. »Was haben Sie da in der Kiste?«

»Eine Goldmulle.«

Jay warf einen Blick in die Kiste. Er sah ein kleines schwanzloses Tier mit hellbraunem Fell. Es schien zu schlafen.

»Ein *Chrysochloris*?« Bills Stimme klang überrascht. »Hier in den Bergen?«

»Wir haben es heute morgen gefunden.«

Bill drehte das Tier auf die andere Seite. An den Vorderbeinen waren große Klauen, die in keinem Verhältnis zu seiner Körpergröße standen.

Professor Huntley lächelte Jay an. »Gefällt Ihnen die Arbeit hier besser als bei der Zeitung?« fragte er.

»Es ist herrlich.«

»Anstrengender für die Beine.«

»Da bin ich mir nicht sicher«, sagte Jay.

Der Professor lachte. »Vielleicht nicht«, sagte er. »Haben Sie Ihre Kamera mit?«

»Ja.«

»Ich denke, daß es einiges für Sie zu fotografieren geben wird. Letzte Nacht haben wir einen Gorilla bellen gehört.«

Bill blickte von der Goldmulle auf. »Im Ernst?«

»Ja. Er war im Bambus.«

»Wie hat er sich angehört?«

»Wie ein großer Hund.«

»Wir haben die Spur von einem gesehen«, sagte Jay.

»Knöchelabdrücke«, sagte Bill. »Riesig.«

Der Professor sagte: »Vielleicht bekommen wir morgen einen zu sehen.«

»Vorausgesetzt, Sie sind nicht zu müde«, sagte Bill, der jetzt die Goldmulle betastete.

»Mir geht's gut. Es war nur für einen alten Mann ein langer Marsch bis hier herauf.«

»Es ist für jeden ein langer Marsch«, sagte Jay.

Bill stellte fest, daß sich die Goldmulle leicht aus der Kiste heben ließ. Er strich mit der flachen Hand über das schöne, weiche Fell. »Ich wußte gar nicht, daß Tanreks so weit im Norden anzutreffen sind«, sagte er.

Der Professor setzte sich im Bett auf. »Das ist kein Tanrek.«

Sie fingen an zu diskutieren. Ihre Unterhaltung war so wissenschaftlich, daß Jay ihnen nicht folgen konnte. Sie verglichen die Nasenhöhlen der Tanreks mit denen der Goldmulle. Erhitzt wurde der Madagaskarigel in die Debatte geworfen. »Wie erklären Sie sich die abweichende Ausformung des Jacobsonschen Organs?« fragte der Professor. Bill sagte, daß er sie überhaupt nicht erklärte. Daß er sie ganz einfach außer acht ließe. Der Professor fing an, eine Vorlesung über konvergente Evolution zu halten. Sie amüsierten sich prächtig. Jay verließ das Zelt und ging zu Mr. Palmer, der sich mit Lew Cable unterhielt.

Ein Eingeborener hatte Cable erzählt, daß es Gorillas sowohl in dem oberhalb von ihnen gelegenen Bambuswald gab als auch in dem unterhalb gelegenen. In dem tiefer gelegenen Waldstück war die Jagd leichter, so der Eingeborene, aber dort gab es nicht so viele Gorillas. In dem oberen Wald hatten Holzfäller Hütten gebaut und Gärten angelegt, die sie aber wieder verlassen hatten und in denen jetzt Gorillas lebten. Sie ernährten sich von den Bananen, die die Eingeborenen angepflanzt hatten. Der Nachteil des oberen Waldes war die unebene Topographie, die es schwer machte, einem Pfad zu folgen. Cable konnte sich nicht entscheiden, wo sie jagen sollten.

»Jagen wir alle zusammen?« fragte Mr. Palmer.

»Ich denke doch.«

»Das wird eine ziemlich laute Angelegenheit.«

»Jay kommt natürlich nicht mit«, sagte Cable.

»Sollen wir nicht besser zwei Gruppen bilden?« fragte Mr. Palmer. »Eine für oben und eine für unten?«

»Nein. Der Professor und ich müssen beide bei der Tötung der Tiere dabei sein.«

Mr. Palmer lächelte Jay zu. »Schade.«

»Ich hatte auch nicht damit gerechnet, mitzukommen.«

»Vielleicht werden Sie noch froh darüber sein«, sagte Cable.

»Wieso?«

»Falls ein Gorilla uns angreift.«

»Ist denn damit zu rechnen?«

»Was denken Sie?«

»Keine Ahnung.«

»Ich nehme an, sie unterscheiden sich nicht groß von anderen Tieren«, sagte Mr. Palmer.

Er wandte sich ab und sah zu, wie das Küchenzelt aufgebaut wurde. Diese Arbeit wurde von seinen Somali-Boys erledigt. Die Träger holten Holz und verstauten die Vorräte und die wissenschaftliche Ausrüstung in einem anderen Zelt. Ungefähr fünfzig von ihnen sollten im Lager bleiben. Die übrigen würden zu ihren Dörfern im Tiefland zurückkehren, bis man sie wieder brauchte.

»Sie können das Vorratszelt als Dunkelkammer benutzen«, sagte Lew Cable zu Jay.

»In Ordnung.«

Normalerweise klang Cables Stimme verächtlich. Jetzt klang sie freundlicher. »Ist Bill sehr wütend?«

»Weiß ich nicht«, sagte Jay.

»Tut mir leid, daß ich so gereizt bin«, sagte Cable. »Ich möchte ganz einfach, das alles klappt. Im Grunde trage ich nämlich die Verantwortung.«

»Tatsächlich?«

»Ja. Vor unserer Abreise haben mir die Kuratoren die Leitung übertragen. Es gab hitzige Auseinandersetzungen darüber. Der Professor weiß nichts davon. Aber wieso sollte ich nicht die Leitung haben, wenn ich schon das Geld aufgetrieben habe. Ich kann jetzt nur nicht zulassen, daß irgend etwas schiefgeht. Verstehen Sie?«

»Ja.«

»Ich möchte nicht, daß Bill wütend ist. Er ist ein guter Mann. Sagen Sie ihm, daß es mir leid tut.«

»Das sagen Sie ihm besser selbst.«

Cable warf ihm einen Blick zu. »Na schön, Pfadfinder.«

Jay ging zum Vorratszelt. Er spürte, daß Cable ihn beobachtete. Es lag ihm nichts mehr daran, sich mit Cable gut zu verstehen. Er hatte sich zu lange zu überheblich verhalten. Es war typisch für ihn, daß es ihm nur leid tat, Bill so grob angefaßt zu haben, weil das den Erfolg der Expedition gefährden könnte. Ihm war nicht klar, ob Cable ihm ein Friedensangebot gemacht hatte oder nicht. Es war ihm auch egal. Er erwartete von ihm lediglich die Anerkennung, die einem Angestellten in höherer Position gewöhnlich zuteil wurde.

4

Vor dem Abendessen saß Jay auf einem Klappstuhl im Schutz eines der Schlafzelte und las in Thomas Manns *Der Zauberberg*. Dort, wo der Wind nicht hinkam, war die Sonne warm, aber später würde es kalt werden. Das Küchenzelt stand, und die Träger hatten unter dem braunen Vordach einen Bambustisch aufgestellt. Der Koch bereitete auf zwei Feuern das Abendessen. Das Camp bestand nur aus zwei Schlafzelten, einem Küchenzelt, einem Laborzelt, einem Vorrats- und Dunkelkammerzelt und den Hütten der Träger. Jay sollte im Vorratszelt schlafen, um auf die Ausrüstung aufzupassen.

Ihm gefiel *Der Zauberberg*, aber er freute sich, als Bill aus dem Zelt kam, das er nur mit Mr. Palmer teilte. Wie fast alle große Literatur erforderte *Der Zauberberg* viel Konzentration. Er kam ständig mit den Figuren durcheinander, weil er sich nicht richtig konzentrierte.

»Das ist vielleicht ein Fleckchen Erde«, sagte Bill.

»Es ist herrlich.«

»Ist die Vorstellung, daß hier um uns herum Gorillas sind, nicht aufregend?«

»Doch, doch«, sagte Jay.

Er sah an Bill vorbei. Er sah, daß einige Träger anfingen, dicht neben dem Bambuswald eine Hütte zu bauen. Jeder von ihnen trug einen Armvoll junger Stämme.

»Tut mir furchtbar leid, daß du nicht mitkommst«, sagte Bill.

»Ist schon in Ordnung.«

Aber es war nicht in Ordnung, gestand Jay sich ein. Er war tatsächlich begeistert von den Gorillas und diesem seltsamen

Land. Im Grunde wollte er mitkommen, weniger, um einen Gorilla zu schießen, als vielmehr, um einen zu sehen. Er war neugierig, wie es dort im Hochwald war.

»Vielleicht verirrt sich ja mal ein Gorilla ins Lager«, sagte Bill. »Dann biete ich ihm eine Tasse Tee an.«

»Du könntest ihn erlegen.«

»Dazu hätte ich zuviel Schiß«, sagte Jay.

Die jungen Bäume, die die Träger herbeigeschafft hatten, waren alle etwa anderthalb Meter lang. Die Träger rissen die Blätter ab und rammten das dickere Ende der nun kahlen Bäumchen in den weichen Boden, so daß sie einen Ring bildeten.

»Ich habe keine Angst vor Gorillas«, sagte Bill. »Wenigstens nicht so viel wie vor Löwen.«

»Beschäftigt dich das noch immer?«

»Ich wünschte, ich wäre neulich mit dir gegangen.«

»Bist du doch.«

»Ich habe nur festgestellt, daß ich ein Feigling bin.«

»Zum Teufel!« sagte Jay. »Du hattest eben ein bißchen Angst. Das hat jeder mal.«

»Du hattest keine.«

»Da nicht. Aber bei anderen Gelegenheiten. Ich weiß noch, wie ich einmal mit einer Frau in den Everglades war. Linda. Wir hatten den Wagen geparkt und spazierten an einem Kanal entlang, als mich aus dem Gras eine Mokassinschlange angriff. Sie hat in meine Hose gebissen. Ich bin gerannt wie verrückt und habe mich kein einziges Mal nach Linda oder der Schlange umgesehen. Das war so ein Augenblick, wo ich Angst hatte.«

»Was hat Linda gemacht?«

»Sie hat sie getötet.«

Bill dachte darüber nach. Jay beobachtete die Träger. Sie hatten den Ring aus aufrechtstehenden Stämmen geschlossen, sie dann nach innen gebogen und die Spitzen mit Lianen zusammengebunden. Jetzt waren sie damit beschäftigt, biegsame Äste zwischen die vertikalen Stämme zu flechten. Als Linda die Schlange tötete, erinnerte sich Jay, waren sie auf dem Rückweg von der Insel Useppa gewesen. Sie hatten dort gefischt.

Plötzlich erinnerte er sich an den Vollmond, größer, als er ihn je gesehen hatte, und daran, wie sie nachts zwischen den Inseln geangelt hatten, und an den großen Tarpon, der sich in der Luft wand und dabei aussah wie ein weißer Schatten auf dem Wasser. Er erinnerte sich an das Quietschen der Angelrolle, an die Tropfen, die von der gespannten Leine spritzten, daran, wie der Bauch des Tarpons auf das Wasser klatschte, die silberglänzende Gischt, den Ruck der Leine, die Angel, die sich allmählich wieder aufrichtete, bis nur noch das Gewicht des toten Tarpons zu spüren war. Er holte langsam Leine ein, und sie konnten das Gurgeln des Wassers unter dem Rumpf hören, dann trieb der Fisch aus dem Schatten des Bootes, und er mußte erneut Leine einholen, aber schließlich war er längsseits, tot, die schillernde weiße Unterseite berührte das Heck. Linda war damals schwanger, und er ließ sie nicht fischen, und sie war wütend darüber.

»Das war etwas anderes mit der Schlange«, sagte Bill. »Du hattest keine Zeit zum Nachdenken.«

»Das hattest du auch nicht.«

»Oh, doch.«

»Na schön, und wenn du ein Feigling wärst? Was wäre der Unterschied? Ungefähr genauso, als ob du feststellst, daß du braune Augen hast statt blaue. Manche Menschen haben braune Augen und manche blaue. Manche Menschen sind mutig und andere nicht.«

»Wahrscheinlich«, sagte Bill.

»Es ist ein Unterschied, aber es ist nicht wichtig. Man muß es nur akzeptieren.«

»Meinst du im Ernst, daß es so einfach ist?«

»Nein«, sagte Jay.

Die Hütte sah jetzt aus wie ein umgedrehter Weidenkorb. Die

Träger holten große Blätter. Sie legten die Blätter in Schichten über das Flechtwerk. Manche Blätter waren so groß wie die Männer. Sie bedeckten die ganze Hütte bis auf ein kleines Loch am Boden. Da hindurch konnten sie ins Innere kriechen.

»Sehr gemütlich«, sagte Jay.

»Ich würde mir niemals ein Haus ohne Garage bauen«, sagte Bill.

Jay hatte Mitleid mit Bill. Ein Löwe stellte ein Problem dar, dem man in der zivilisierten Welt ansonsten nicht begegnete, außer es gab Krieg. Und selbst dann war es nicht unbedingt dasselbe. Im Krieg wollte man blind daran glauben, daß man für sein Land oder für eine gerechte Sache kämpfte, und außerdem handelte man nicht als Einzelmensch. Man war nur ein Rädchen im Getriebe. Einem Löwen mußte man aus eigenen freien Stücken entgegentreten. Es war eine äußerst einsame Angelegenheit. Und es war höchst beunruhigend, wenn man spürte, daß man sich der Begegnung mit einem Löwen stellen mußte, aber nicht den Mut dazu hatte. Die Sache war kompliziert, dachte Jay. Man konnte sie schwerlich jemandem erklären, der noch nie einen Löwen brüllen gehört hatte.

Bill holte eine Flasche Bier und zwei Becher aus dem Vorratszelt. Das Bier schäumte beim Eingießen. Es war beim Aufstieg durchgeschüttelt worden. »Ich habe herausgefunden, was es mit der geheimnisvollen Frau auf sich hat«, sagte er.

»Was hast du herausgefunden?«

»Mr. Palmer hatte recht. Ihr Mann ist im Iturigebiet verschollen.«

»Da kann einem seine bessere Hälfte leicht abhanden kommen.«

»Er ist seit einem Monat verschwunden«, sagte Bill. »Die Lady wünscht, daß wir nach ihm suchen, wenn wir in die Gegend kommen.«

Der Professor hatte Bill von ihr erzählt. Sie war Kanadierin, kam aus Montreal, und ihr Mann war Franzose und sehr reich. Er stammte aus der Salles-Dynastie, einer Familie, die große Textilfabriken in Lyon besaß. Er hatte von den Belgiern die Erlaubnis erhalten, die Pygmäen im Iturigebiet zu studieren. Warum er die Pygmäen studieren wollte, wußte der Professor nicht, sagte Bill. Vermutlich war er Amateuranthropologe, meinte der Professor. Viele reiche junge Franzosen frönten wissenschaftlichen Hobbies. Er war jedenfalls mit Trägern und einigen Pygmäenführern ins Iturigebiet gezogen. Das war vor sechs Wochen gewesen. Seine Frau war in Stanleyville geblieben. Dann waren, zwei Wochen später, ein paar seiner Träger wieder in ihren Dörfern aufgetaucht. Die belgischen Beamten hatten mit ihnen gesprochen. Sie erzählten, der weiße Mann habe nahe am Ituri ein Lager aufgeschlagen, und zwar am Rande von einem der Wälder, die in dieser Gegend *tabu* waren. Eines Morgens sei er mit den Pygmäen losgezogen und in das verbotene Gebiet eingedrungen. Er wollte am gleichen Abend wieder zurück sein. Die Träger hatten drei Tage gewartet. Dann hatten sie sich völlig verängstigt auf den Heimweg gemacht.

»Haben die Belgier nicht nach ihm suchen lassen?« fragte Jay.

Die Frau hatte erzählt, daß sie eine sehr oberflächliche Suchaktion durchgeführt hätten, sagte Bill. Keiner war bereit, sie in das Tabugebiet zu führen. Und die Belgier selbst mochten den Urwald auch nicht besonders. Also kamen sie zu dem Schluß, daß Salles tot war. Das war die einfachste Lösung.

»Und sie glaubt nicht, daß er tot ist?« fragte Jay.

»Das hat der Prof nicht gesagt«, meinte Bill. »Ich vermute, sie will es herausfinden. Jedenfalls will sie mitkommen.«

»Nimmt der Prof sie mit?«

»Falls sie die Erlaubnis von den Belgiern bekommt.«

»Das wird ja toll«, sagte Jay. »Es gibt doch nichts Schöneres, als eine Frau dabeizuhaben. Wahrscheinlich müssen wir uns dann zum Abendessen umziehen.«

»Jeden Abend Smokingzwang«, sagte Bill. »Und den Eingeborenen ziehen wir auch noch Hosen an.«

»Zum Teufel mit den Frauen«, sagte Jay.

»Früher hast du nicht so geredet.«

»Nein. Und du weißt ja, was passiert ist.«

Bill war verlegen. Er hatte Jay nicht an Linda erinnern wollen. »Sie scheint ganz nett zu sein«, sagte er. »Sie klang jedenfalls nett.«

»Hast du *Der Zauberberg* gelesen?« fragte Jay. »Ist ein gutes Buch. Handelt von Menschen mit Tuberkulose.«

Nach einer Weile ging Jay zu seinem Zelt. Juma brachte ihm einen Eimer mit heißem Wasser. Er zog sein Hemd aus und wusch sich gründlich, wobei er auch Arme und Brust einseifte. Als er sich wieder anzog, zog er einen Pullover unter seine Jacke an. Es wurde kalt. Er überlegte, ob er noch eine Flasche Bier trinken sollte. Er ging aus dem Zelt und sah, wie Mr. Palmer mit einigen Batwa-Pygmäen und zwei Schwarzen sprach, die ins Camp gekommen waren, um Salz zu erbetteln. Die Pygmäen standen eng beieinander, auf ihre Speere gestützt, und unterzogen das Camp aus den Augenwinklen einer Prüfung. Manche waren so klein wie Zwerge, aber viele mittelgroß. Jay hatte gelesen, daß sie kleiner waren als die Ituri-Pygmäen. Sie alle trugen einen Lendenschurz und Messingringe um Arme und Hals. Sie konnten kein Suaheli, aber die beiden Schwarzen sprachen es. Mr. Palmer machte sich mit Hilfe der beiden verständlich. Der eine, der auf einem Auge schielte, übersetzte am häufigsten.

»Sie sagen, daß Gorillas ganz in der Nähe sind«, sagte Mr. Palmer zu Jay.

Er fragte die Pygmäen, wo. Schielauge übersetzte. Die Pygmäen lächelten, und einige redeten los. Einer zeigte mit seinem Speer auf die grüne Bergspitze im Süden.

»Überall«, sagte Mr. Palmer zu Jay.

Er fragte noch etwas. Schielauge redete mit dem Pygmäen, der mit seinem Speer gezeigt hatte. Die anderen hörten respektvoll zu. Der Pygmäe war jung, hatte lockiges Haar, einen schlanken, muskulösen Körper, und er trug ein Halsband aus roten Perlen. Ganz offensichtlich war er so etwas Ähnliches wie ein Häuptling.

»Sein Name ist Nygano«, sagte Mr. Palmer nach einem Augenblick. »Er ist bereit, uns zu führen.«

»Er sieht intelligent aus«, sagte Jay.

Nygano sprach mit Schielauge, der wiederum mit Mr. Palmer sprach. »Drei Stunden den Berg hinauf«, übersetzte Mr. Palmer. »Nygano sagt, da ist der beste Platz.«

Lew Cable kam zu ihnen herüber. Er verstand genug Suaheli, um der Unterhaltung zu folgen. Er und Mr. Palmer sprachen mit Schielauge. Schließlich schlug Schielauge dem anderen Schwarzen auf die Schulter und schob ihn, vor Verlegenheit kichernd, auf die weißen Männer zu. Der zweite Schwarze blieb noch immer kichernd stehen, und alle betrachteten sein Bein. Jay hatte die Wunde zuvor nicht bemerkt. Sie befand sich am Oberschenkel und war vereitert, so daß sich das Fleisch rundherum verfärbt hatte.

»Wie ist das passiert?« fragte Jay.

»Er sagt, ein Gorilla habe ihn gebissen«, sagte Mr. Palmer.

Schielauge erzählte die Geschichte. Er dramatisierte sie, kämpfte mit einem übermächtigen Gegner, brüllte, wurde gebissen, biß, trommelte sich auf die Brust, wand sich vor Schmerzen. Am Ende fiel er zu Boden. Der verwundete Eingeborene senkte den Blick, als ob ihm sein Ruhm peinlich wäre.

»Ich glaube, ich hab's verstanden«, sagte Mr. Palmer. »Unser verletzter Schwarzer war dabei, mit Freunden Holz zu hacken, und dabei haben sie einen großen Gorilla aufgeschreckt, der im Busch schlief. Er hat sie angegriffen. Sie sind weggelaufen, aber er hat ihn hier erwischt. Der Schwarze hat versucht, ihn mit seiner Axt zurückzutreiben, aber der Gorilla hat sie ihm weggenommen und sie zerbrochen. Dann hat er den Schwarzen ins Bein gebissen und ist abgehauen.«

Sie untersuchten die Wunde erneut. Sie war ungefähr einen Monat alt. Jay glaubte, die Abdrücke von Zähnen erkennen zu können. Mr. Palmer holte eine Carbollösung aus dem Arzneikasten und behandelte das Bein; anschließend gab er den Pygmäen und den großen Schwarzen Salz und Getreide. Man vereinbarte, daß Nygano, der junge Pygmäe, und zwei oder drei andere am Morgen zurückkommen würden, um sie auf Gorillajagd zu führen.

Sie aßen unter dem ausgestellten Vordach des Küchenzeltes zu Abend, wo ihnen die Petroleumlampen Licht und ein großes Feuer Wärme spendeten. Es war klar und kalt und ruhig. Vor dem Bambuswald konnten sie die Feuer der Träger und ihre Hütten sehen, schwarz und rund in dem flackernden Licht. Die beiden Totos servierten Ziegenfleisch, Möhren mit Reis und, als Nachtisch, gedünstete Aprikosen, Kuchen und Kaffee. Der Professor aß nicht viel zu Abend. Er sah nicht gut aus.

»Sie werden uns doch hoffentlich nicht krank«, sagte Bill.

Der Professor lächelte. »Ich bin zäher, als Sie denken.«

»Natürlich«, sagte Bill. »Natürlich sind Sie das. Aber Sie müssen auf sich achtgeben.«

»Das werde ich.«

»Sie müssen was essen«, sagte Bill.

»Ja, William.« Der Professor grinste die anderen an und aß seine Aprikosen.

Jay sah, daß Bill sich ehrlich um ihn sorgte. Er dachte, daß der Höhenunterschied dem Professor vielleicht zu schaffen machte. Er hoffte, daß es nichts Ernstes war.

Während des Abendessens drehte sich die Unterhaltung meist um Gorillas. Die bevorstehende Jagd hatte alle in Aufregung versetzt. Mr. Palmer wollte wissen, wieviele Träger Cable dabehalten wollte, um die Gorillas ins Lager zu tragen.

»Fünfzig«, sagte Lew Cable.

»Damit kann man ja eine ganze Armee transportieren«, sagte Bill.

»Der Wald ist sehr dicht«, sagte Mr. Palmer. »Es ist furchtbar schwierig, da irgend etwas hindurch zu tragen.«

Bill fragte: »Könnten wir die Gorillas nicht auf das Lager zutreiben, bevor wir sie schießen?«

»Ich würd's nicht versuchen.«

»Wir könnten sie von den Trägern treiben lassen«, schlug Lew Cable vor.

»Nicht sehr fair, oder?« sagte Mr. Palmer.

»Ich kann mir nicht vorstellen, daß Gorillas das mitmachen«, sagte der Professor.

Die Totos deckten den Tisch ab. Die Träger kauerten in Decken gehüllt um ihre Feuer, das monotone Summen ihrer Stimmen drang bis zum Zelt. Der Rauch der Feuer hing in einer Wolke über der Lichtung. Die Wolke wurde vom Feuerschein rosig gefärbt.

»Auf welche Stelle zielt man bei einem Gorilla?« fragte Jay.

»Auf den Kopf, denke ich«, sagte Mr. Palmer.

»Ja«, sagte der Professor. »Wir müssen auf den Kopf zielen. Wenn wir eine der großen Körperpartien treffen, können wir ihn nicht mehr konservieren.«

»Das heißt, man muß sehr nah ran«, sagte Bill.

»Ziemlich nah«, sagte Mr. Palmer.

»Besteht die Gefahr, daß einer uns beißt? Wenn wir zu dicht ran müssen?«

Mr. Palmer blickte ihn aufmerksam aus seinen blauen Scharfschützenaugen an. »Weiß ich nicht«, sagte er. »Unser schwarzer Freund ist zweifellos von irgend etwas gebissen worden.«

»Aber ein gut plazierter Schuß würde einen Gorilla doch aufhalten, oder?«

»Der würde alles und jeden aufhalten. Selbst einen Elefanten.«

Mr. Palmers Augen blickten nachdenklich. Er betrachtete Bill eindringlich. »Ist aber schwierig, in dichtem Buschwerk zum Schuß zu kommen.«

»Ich hoffe, es läuft nicht auf einen Ringkampf hinaus«, sagte Bill.

Jay sagte: »Bloß gut, daß ich im Lager bleibe.«

Bill merkte, daß alle ihn ansahen. »Ich habe keine Angst«, sagte er. »Ich will nur nicht, daß der Professor in Schwierigkeiten gerät.«

»Dazu wird es nicht kommen«, sagte Mr. Palmer.

Bill war rot geworden. »Ich habe nur vor Löwen Angst.«

»Ich bin mir sicher, daß es den Löwen genauso geht, William«, sagte der Professor.

»Ja«, sagte Mr. Palmer.

Der Jäger lächelte dem Professor zu. Jay konnte spüren, daß er ihn mochte. Falls Mr. Palmer Menschen nach ihrem Mut beurteilte, dachte Jay, dann war der Professor jemand, auf den er sich verlassen konnte. Er war wirklich mutig, von Grund auf couragiert, wie es manche friedliebende Menschen waren. Er lebte in einer Welt, in der persönliche Belange wie Stolz und Lust und Haß und Feigheit keine Rolle spielten. Er liebte die Wahrheit mit einer schönen, überpersönlichen Liebe. Er war so, wie Audobon und Thoreau und Galileo und Thomas More und Archimedes gewesen sein mußten, dachte Jay. Der Professor würde sich, noch während er von einem Gorilla getötet wurde, Gedanken darüber machen, ob die Backenzähne des Tieres das gleiche Relief aufwiesen wie beim Menschen.

»Wissen Sie, Professor«, sagte Mr. Palmer gerade. »Ich wollte Ihnen schon seit unserer Abreise eine Frage über Gorillas stellen.«

»Schießen Sie los.«

»Tja, es klingt ziemlich albern. Was sagen die Weisen der Wissenschaft über den Gorilla? Ich meine, über sein Verhältnis zum

Menschen? Ist eine vertrackte Frage, nicht wahr? Ich meine, manche Leute behaupten, er sei unser Ururgroßvater. Und andere wollen noch nicht einmal zugeben, daß er um zig Ecken mit uns verwandt ist.«

Der Professor grinste. »Das haben Sie vorsichtig ausgedrückt. Manche wollen den Affen noch nicht einmal den gleichen Stammbaum zugestehen.«

»Wie ist Ihre Meinung dazu?«

»Ich denke, daß Mensch und Affe zumindest gemeinsame Vorfahren hatten. Es gibt so viele Gemeinsamkeiten zwischen ihnen.«

Lew Cable sagte: »Zum Beispiel sind der Mensch und der Gorilla die einzigen Lebewesen, die eine Ferse haben.«

Er redete, als ob auch er eine große Kapazität auf dem Gebiet der Anthropologie wäre, dachte Jay. Er hatte eine Art zu reden, die einen glauben machte, seine Worte wären der Weisheit letzter Schluß zu einem Thema. Wahrscheinlich war es immer so gewesen. Nur wenige würden einem Menschen widersprechen, der so groß und so hart war wie Lew Cable.

»Die Ferse ist ein interessantes Beispiel«, pflichtete der Professor bei. »Aber ein noch überzeugenderes Argument, Mr. Palmer, sind Ihre Kehlsäcke.«

»Ach, hören Sie auf«, sagte Mr. Palmer.

»Ja. Sie wissen es zwar nicht, aber Sie haben welche, rechts und links am Hals. Vor hunderttausend Jahren jagte der Mensch seinen Feinden damit Angst ein. Die Kehlsäcke verstärkten seine Stimme, und ganz ähnliche Säcke verstärken heute die Stimme des Gorillas.«

»Schade, daß ich das nicht schon früher wußte«, sagte Mr. Palmer. »Bei manchen Gelegenheiten hätte das sehr nützlich sein können.«

»Ich fürchte, Sie hätten feststellen müssen, daß sie atrophiert sind.«

Jay sagte: »Allmählich glaube ich, daß Herr Gutzman recht hatte.«

»In welcher Hinsicht?« fragte Cable.

Jay erzählte ihm und dem Professor, was der Deutsche über das Töten von Gorillas gesagt hatte. »Als ob man einen mutigen nackten Mann töten würde, hat er gesagt«, erzählte Jay.

»Na ja, Sie müssen sich darüber ja keine Gedanken machen«, meinte Lew Cable. »Nicht, wenn Sie im Lager bleiben.«

Wenige Minuten später versiegte das Gespräch langsam. Sie waren alle müde. Selbst die Aufregung konnte sie nicht wachhalten. Außerdem war es so kalt, daß man sich eigentlich nur noch im Bett aufhalten konnte. Sämtliche Träger waren schlafen gegangen. Jay wünschte den anderen eine gute Nacht und ging zum Vorratszelt. Er zog seinen Pyjama und einen Pullover an und kroch unter die Decken. Er würde gern einmal eine Gruppe Gorillas sehen. Das Gespräch hatte seine Phantasie angeregt; er fragte sich, wie menschenähnlich sie wirklich waren. Nun ja, er würde es nicht feststellen können. Lew Cable hatte das deutlich klargemacht. Der gute alte Lew Cable.

Die Lagerfeuer warfen Schatten auf die Wände des Zeltes. Es war so kalt, daß seine Nase weh tat. Er zog die Decken über den Kopf und ließ nur ein kleines Atemloch frei. Irgend etwas gab hinten im Bambuswald ein rauhes Kreischen von sich. Er dachte, es könnte ein Leopard sein.

5

Weit unterhalb des Plateaus bewegte sich die Jagdgesellschaft, einer hinter dem anderen mit dem jungen Pygmäen Nygano an der Spitze, auf den tiefer gelegenen Wald zu. Jay konnte die dünne Linie aus winzig aussehenden Menschen, die sich auf dem gewundenen Pfad scheinbar kaum von der Stelle bewegte, gerade noch erkennen. Er konnte Mr. Palmers Stetson ausmachen und den weißen Tropenhelm des Professors. Sie waren um sechs Uhr losgezogen, seit einer Stunde unterwegs und würden bald außer Sicht sein. Hochnebel verschleierte die Sonne, so daß der Urwald, dem sie sich näherten, dunkel und geheimnisvoll aussah. Jay beobachtete sie vor Kälte zitternd. Ein paar Minuten später verschluckte der Wald die Männer, und nichts bewegte sich mehr dort unten. Er ging zurück ins Camp, um noch einen Kaffee zu trinken. Es wirkte sehr verlassen. Die Jäger hatten drei der Somali-Boys als Gewehrträger mitgenommen und drei Pygmäen-Führer; außerdem hatten sich bei Morgengrauen hundert Träger auf den Weg zurück in ihre Dörfer gemacht. Fünfzig waren noch da, aber sie blieben in ihren Hütten. Sie mochten die Kälte nicht.

Der Koch sah Jay zu, wie er seinen Kaffee trank. Er war ein runzliger alter Mann, dem an einem Ohr ein Stück fehlte. »Fort, *Bwana?*« fragte er.

»Ja. Außer Sicht.«

»Viel Fleisch schießen«, sagte der Koch fröhlich.

»Viel.«

Jay ging zu seinem Zelt. Er fühlte sich ein wenig bedrückt. Er war enttäuscht darüber, daß er nicht mit auf die Jagd durfte. Er nahm sich einen Spiegel und betrachtete sein Gesicht. Sein Bart war schwarz und lockig. Er beschloß, sich zu rasieren. Damit er etwas zu tun hatte und außerdem, weil ihm das Gesicht juckte. Er holte sich beim Koch etwas heißes Wasser und schäumte sein Gesicht mit der Yardleyseife in der Holzschüssel ein, die er in Nairobi gekauft hatte. Er verteilte den Schaum gut, massierte ihn mit den Fingern ein und trug dann noch mehr Schaum auf. Er rasierte sich sorgfältig, indem er die Haut mit der linken Hand spannte und den dichten Bart mit kurzen Schneidebewegungen entfernte. Er spülte das Gesicht mit warmem Wasser und dann mit kaltem, und dann trocknete er sich ab. Er fühlte sich besser. Er konnte den Duft der englischen Seife auf der Haut riechen. Er machte das Rasiermesser sauber und verstaute es zusammen mit dem Streichriemen im Koffer. Er zog seine Tweedjacke an und brachte den Kessel, in dem das heiße Wasser gewesen war, zurück zum Koch. Der Nebel hatte sich nicht gelichtet, aber das war ihm egal. Die Rasur hatte ihm gutgetan. Er dachte, daß den Leuten, die sich elektrisch rasierten, dieser Genuß entging: die belebende Wirkung einer Naßrasur.

Er holte *Den Zauberberg* heraus und setzte sich vor sein Zelt in einen Klappsessel, aber es war ungemütlich kalt. Durch den Nebel fühlten sich seine Kleider kalt und feucht an. Er ging wieder ins Zelt und legte sich aufs Bett. Er fand die Stelle, bis zu der er im Buch gekommen war, aber die Geschichte packte ihn heute nicht. Er wußte, daß Thomas Mann ein großer Schriftsteller war, aber das war nebensächlich. Er hörte die Geräusche, die der Koch beim Geschirrspülen machte, und die Unterhaltung der Träger in ihren Hütten. Die Träger redeten ausgesprochen viel. Er lauschte auf den Klang eines Schusses.

Später stand er vom Bett auf und nahm die Graflex und machte einige Aufnahmen vom Lager. Das Licht war schlecht, aber die Graflex hatte ein lichtstarkes Objektiv. Die Träger sahen ihm dabei zu, wie er die Aufnahmen machte. Der Hochnebel hatte die Berge im Osten völlig verdeckt, so daß der Urwald, in dem die Jäger verschwunden waren, schier endlos aussah. Er konnte nicht einmal erkennen, wo das Land zur nächsten Bergkette anstieg. Das dunkelgrüne Gras um das Lager herum war plattgetreten, weil man darüber gelaufen war, als es naß war. Das Moos in den Bäumen war feucht und hing in dünnen Fahnen herab. Es war ein düsterer Tag.

Er legte sich wieder ins Bett und versuchte zu schlafen. Er fühlte sich wieder einsam. Die Wirkung der Rasur war verflogen. Tja, er konnte sich nicht schon wieder rasieren. Das war der Unterschied zum Trinken. Er hatte plötzlich schreckliche Sehnsucht nach Linda. Er dachte an ihren gemeinsamen Sommer. Sommer: eine der vier Jahreszeiten. Das hatte er von ihr gehabt, vier Jahreszeiten. Ein Jahr. Und den Sommer hatten sie in New York erlebt. Da hatte alles begonnen, im Sommer. Er konnte sich nur allzu gut daran erinnern.

»Ich liebe dich«, sagte er.

»Das macht Spaß, im Bus im Oberdeck zu sitzen«, sagte Linda. »Ich hätte nicht gedacht, daß man so viel sehen kann.«

»Ich habe gerade etwas gesagt«, sagte er.

»Ach, ja? Guck mal. Siehst du den süßen Hund da im Fenster?«

»Hör mal, hast du nicht verstanden, was ich gesagt habe?«

»Aber natürlich; ich habe dich genau verstanden. Was sind das da für Hunde? Sie sehen aus wie Zwergschnauzer.«

»Das sind Zwergschnauzer, und ich liebe dich.«

»Die haben so drollige Bärte. Ich glaube, ein Spitzbart würde dir gut stehen.«

»Weil man dann nicht mehr soviel von meinem Gesicht sehen würde?«

»Nein, du Dummkopf. Ich mag dein Gesicht, so wie es ist.«

»Hör zu, Linda. Ich liebe dich. Willst du mich heiraten?«

»Bartträger besitzen eine gewisse Anziehungskraft.«

»Linda, heiratest du mich, wenn ich mir einen Bart wachsen lasse?«

»Liebling, du mußt dir noch nicht einmal einen Bart wachsen lassen.«

Das war im Sommer, dachte er, während er auf dem Rücken lag und zu den Segeltuchwänden des Zeltes hinaufsah. Es war ein herrlicher Sommer gewesen. Und dann war der Herbst gekommen und der Winter und schließlich der Frühling. Frühling, wenn Liebende im Regen spazierengehen. Und Linda – zum Teufel mit dem Frühling! Er wollte nicht daran denken. Er wollte an keine einzige Jahreszeit jenes Jahres denken, außer manchmal in der Nacht, sagte er sich. Aber niemals an den Frühling.

Er dachte an die Jäger. Er hatte keinen Gewehrschuß gehört. Vielleicht waren sie zu weit entfernt, als daß er irgend etwas hören könnte. Er fragte sich erneut, wie es wäre, einen Gorilla zu töten. War es wirklich so ähnlich wie bei einem Menschen? Jay dachte an das Töten von Menschen, und wie man dabei etwas über sich selbst erfahren könnte, genauso wie bei der Konfrontation mit einem Löwen. Er erinnerte sich an die erste Schießerei, die er erlebt hatte und bei der Menschen getötet worden waren.

Der Captain nickte, und er verließ den Presseraum und stieg in den Streifenwagen, und sie fuhren in nördlicher Richtung durch dunkle verlassene Straßen; sie fuhren sehr schnell, aber ohne die Sirenen einzuschalten. Der Fahrtwind brauste und die Reifen quietschten und die Männer sprachen kein Wort.

»Was ist los?« fragte er.

»Dillinger«, sagte der Captain.

In dem düsteren Hof des Apartmentgebäudes warteten weitere Polizisten auf sie. Der Captain führte seine Leute die Vordertreppe hinauf durch die gläserne Vorhalle, und er ging hinterher. Sie warfen schwarze Schatten auf die elfenbeinfarbenen

Wände des Flurs im zweiten Stock. Der Captain schlug mit der Hand gegen die Tür. Sie warteten.

»Wer ist da?«

»Nelson«, sagte der Captain. »Babyface.«

Die Tür öffnete sich einen Spalt, und der Captain warf sich mit voller Wucht dagegen, und der Mann drinnen sagte »Bullen!« und die Polizisten stürmten schießend hinein. Die Wohnung war voller Rauch und Lärm und Schießpulver, das ihm in den Nasenlöchern brannte. Dann war alles still, und nur in der Wohnung über ihnen schrie eine Frau. Jemand drehte das Licht an, und er sah, daß der Mann neben der Tür tot war. Auf dem Boden des rauchverhangenen Wohnzimmers lagen drei tote Männer und eine tote Frau, ihr Blut war überall. Sie waren gestorben, ohne einen Schuß abgegeben zu haben. Keiner von ihnen war John Dillinger.

Ein junger Polizist mit blauen Augen sagte »Oh, Gott!« und ging ins Badezimmer, um sich zu übergeben. Ein paar Tage später ließ der Captain ihn von der Mordkommission in eine andere Abteilung versetzen.

Auch Jay war schlecht geworden, und er wußte, daß er sich nicht zum Killer eignen würde. Er glaubte zwar nicht, daß dazu besonders viel Mut erforderlich war, aber er war sich nicht sicher. Die Frage, ob er mutig war, hatte ihn nie besonders interessiert, bis er den Löwen gesehen hatte. Er hatte nie darüber nachgedacht. Er wußte nicht, ob er ein Feigling war oder ein einigermaßen mutiger Mensch. Es beschäftigte ihn auch nicht sonderlich. Nicht so wie Bill. Der arme Bill. Wieder wünschte er, er hätte ihn an diesem Tag nicht Feigling genannt. Er hatte zwar nicht wörtlich Feigling gesagt, aber es lief auf dasselbe hinaus. Im Grunde war es doch egal, ob er Angst hatte. Aber daß er ihn Feigling genannt hatte, paßte in das Bild, das Bill von sich selbst hatte. Deshalb war er so ungeschickt gewesen.

Warum zum Teufel war Mut so wichtig? Man konnte mutig

sein und trotzdem ein Mistkerl. Tatsächlich war die Wahrscheinlichkeit, ein Mistkerl zu sein, sogar höher, wenn man mutig war. Warum machte Bill sich Sorgen? Er war ein prima Kerl, mutig oder nicht. Er war liebenswürdig. Das allein zählte. Seit der Schule war Bill sein bester Freund. Als Bill nach dem Examen in Columbia arbeitete und er Reporter beim *American* war, hatten sie zusammen gewohnt. Neben Linda war Bill der einzige Mensch, an dem ihm wirklich etwas lag. Als Lindas Vater sich geweigert hatte, in die Kirche zu kommen, war Bill mit ihm und Linda mitgegangen. Und in jenem Frühling, dem Frühling, an den er nicht mehr denken wollte, war Bill von New York nach Miami geflogen, hatte ihn dort betrunken aufgelesen und ihn mitgenommen, als es sonst niemanden interessierte, was er machte oder was er fühlte. Bill hatte dafür gesorgt, daß er mit nach Afrika kommen konnte. Nein, ihm war es egal, ob Bill ein Feigling war oder nicht. Es hatte keinerlei Bedeutung. Aber er hatte Mitleid mit ihm; es machte ihm sehr zu schaffen. Er zog die Decken über die Beine. Es war kalt im Zelt. Er konnte zwar Mitleid mit Bill haben, aber helfen konnte er ihm nicht. Er schloß die Augen.

»*Bwana! Bwana!*«

Einer der Totos redete auf ihn ein. Er war eingeschlafen. »Ja«, sagte er.

»Die *Memsahib* möchte Sie sprechen.«

Er setzte sich blinzelnd auf. Er war völlig verschlafen. Er verstand nicht, was der Boy sagte.

»Hier, *Bwana*«, sagte der Toto.

Er folgte dem Boy aus dem Zelt. Das Sonnenlicht blendete ihn. Am Rande des Lagers konnte er eine Reihe beladener Träger erkennen. Er hatte den Eindruck, Herr Gutzman sei zurückgekehrt.

Eine Frau sagte: »Meinen Sie, wir könnten hier campieren?«

Ihre Stimme war heiser, fast rauh. Er war furchtbar verwirrt.

Er drehte sich um und blinzelte die Frau an, die neben dem Küchenzelt stand; sie trug eine graue Flanellhose und ein blaues Hemd. Sie hatte hellbraunes Haar und lavendelblaue Augen.

»Wenn es Ihnen nicht recht ist, können wir natürlich ...«, fing sie an.

Es war seltsam, die heisere Stimme, die er geliebt hatte, aus dem Munde einer anderen Frau zu hören.

»Das ist schon in Ordnung«, sagte er. Jetzt fiel es ihm wieder ein. Die Stimme war nicht ganz dieselbe. Es war die Frau mit dem Ford-Kombi. »Verzeihen Sie«, sagte er. »Ich bin noch etwas schwer von Begriff. Ich hatte geschlafen.«

Sie betrachtete ihn interessiert. »Ich bin Eve Salles. Ich vermute, der Professor hat von mir gesprochen.« Ihre Stimme hatte einen leichten englischen Akzent.

»Ja. Möchten Sie Ihr Zelt neben dem Korallenbaum aufschlagen?«

»Der mit den roten Blüten?«

»Ja. Von dort hätten Sie einen herrlichen Blick.«

Sie wandte sich an die Träger. »Neben dem Baum da, bitte, Herbert.«

Bei den Trägern war ein junger Weißer. Er trug einen blauen Serge-Anzug, braune Schuhe und einen Panamahut. »Los«, sagte er zu den Trägern. Es klang, als ob er sie hassen würde. Sie gingen hinter ihm her zu dem Baum und fingen an, ihre Lasten abzusetzen. Jay dachte, daß er noch nie eine seltsamere Gestalt gesehen hatte. Der Mann machte ganz offensichtlich keinerlei Zugeständnisse an Afrika.

»Haben Sie schon zu Mittag gegessen?« fragte er die Frau.

»Nein, noch nicht. Aber ich möchte keine Umstände machen.«

»Das sind keine Umstände. Der Koch freut sich, wenn er etwas zu tun bekommt.«

»Sind Sie sicher?«

»Ja. Und es ist sehr deprimierend, allein zu essen. Die anderen sind unterwegs auf Gorillajagd.«

»Wie aufregend!«

»Ja, sehr.«

Sie betrachtete ihn erneut. »Warum sind Sie nicht mit dabei?«

»Ich bin hier nur so eine Art Mädchen für alles und kümmere mich um das Camp.«

Sie gingen hinüber zum Küchenzelt. Jay sah auf die Uhr. Es war fünf Minuten vor zwölf. Toto Minor hatte bereits für drei Personen den Tisch gedeckt.

»Möchten Sie etwas trinken?« fragte Jay. »Wir haben aber nur Whisky und Bier.«

»Ich habe ein paar Flaschen dabei, falls sie nicht kaputtgegangen sind«, sagte sie. »Möchten Sie vielleicht einen Gimlet?«

»Leider geht's auf unserer Safari nicht sehr vornehm zu«, sagte Jay.

»Oh, ich mag Whisky. Aber ich habe Durst auf Limonensaft. Bitte, trinken Sie doch einen Gimlet mit mir.«

»Na schön.«

Sie ging zu dem Korallenbaum hinüber. Die Träger waren schon dabei, die Zelte aufzuschlagen. Sie rief: »Herbert, zwei Gimlets.«

Herbert achtete nicht auf sie. Er hielt eines der Seile, mit denen das Zelt befestigt wurde.

»Nun sei nicht so mürrisch, Herbert«, sagte sie. »Such die Flasche mit dem Gimlet.«

Herbert ließ das Seil fallen und ging zu einem Stapel Kisten. Er sah wirklich mürrisch aus, fand Jay, und er fragte sich, wieso. Er fragte sich, wer Herbert war. Für eine Safari war er zweifellos originell gekleidet. Ein blauer Serge-Anzug und braune Schuhe! Stanley und Livingstone würden sich im Grabe umdrehen.

Die Frau kam zurück und sagte: »Sie haben mir noch nicht verraten, wie Sie heißen.«

»Mein Name ist Jay Nichols.«

Sie gab ihm die Hand. »Freut mich.«

Er schüttelte ihre Hand und fühlte sich etwas verlegen.

»Und nun«, sagte sie, »kann ich mich irgendwo frischmachen?«

»Gehen Sie in mein Zelt. Dort drüben. Es ist eine Art Vorratszelt, aber dort steht eine Waschschüssel. Ich werde Ihnen heißes Wasser und ein Handtuch bringen lassen.«

Während sie fort war, ging Jay hinüber zu dem Korallenbaum. »Können unsere Leute Ihnen behilflich sein?« fragte er Herbert.

Herbert bereitete die Drinks vor. Er würdigte Jay keines Blickes. »Nein, danke.« Seine Stimme klang unfreundlich. Er goß eine grünliche Flüssigkeit aus einer Flasche in zwei hohe Pappbecher.«

»Trinken Sie nichts?« fragte Jay.

»Nein.«

Herbert steckte die Flasche zurück in den Seesack und brachte die zwei Drinks zum Tisch hinüber. Er war groß, aber sehr dünn, und seine Haut war pickelig. Durch den Panamahut blieb seine Haut blaß. Er kam zurück und ging, ohne ein Wort zu sagen, an Jay vorbei. Ein übel aussehender Bursche, dachte Jay. Man hätte ihn leicht für einen kleinen Gangster halten können, einen Wettbetrüger oder einen Laufburschen.

Nach einer Weile kam die Frau aus dem Zelt, und sie sah sehr schön aus in ihrem offenen tiefblauen Hemd. Ihre Haut war goldbraun. Sie hatte schlanke Hüften, und machte in der Hose eine gute Figur. Sie war ungefähr fünfundzwanzig.

»Jetzt fühle ich mich besser«, sagte sie.

»Es ist ein langer Weg bis hierher.«

»Ich wandere gern. Aber diese Höhe. Ich dachte, mir platzt die Lunge.«

Jay fragte sich, warum sie in ihr Lager gekommen war. Sie würde sich wohl kaum für Gorillas interessieren, und hier war nicht die Gegend, wo ihr Mann als vermißt oder tot galt. Vielleicht hatte sie befürchtet, sie zu verpassen, wenn sie ins Iturigebiet zogen.

Sie hielt den Pappbecher hoch. »Auf Ihr Wohl!«

»Wohlsein«, sagte er.

Der Gimlet war kühl und herb. Er schmeckte nach Gin. »Alkohol ist eine feine Sache«, sagte sie.

»Das fand ich schon immer.«

»Wissen Sie«, sagte sie. »Mir wäre es lieber, wenn Herbert nicht mit uns zusammen essen würde. Er ist mein Fahrer.«

»Er sieht nicht so aus, als ob er überhaupt mit irgend jemandem zusammen essen wollte.«

»Seit ein paar Tagen schmollt er vor sich hin.«

Jay wies den Koch an, dem weißen Mann das Essen auf einem Tisch vor dem Zelt des Professors zu servieren.

»Danke«, sagte sie.

Das Mittagessen war gut. Es gab Hühnchen in Sahnesoße mit Pilzen und grünem Pfeffer aus der Dose, und der Koch hatte Kekse gebacken, zu denen sie leckere eingemachte Aprikosen aus Tasmanien aßen. Zwar herrschte noch immer ein schwacher Hochnebel, aber die Sonne drang inzwischen warm durch ihn hindurch. Herbert aß an seinem kleinen Tisch und beobachtete sie. Jay hörte ihn husten. Er beobachtete die Frau während des gesamten Mittagessens.

Sie sagte: »Ich nehme an, Sie fragen sich, warum ich hier bin.«

»Ein wenig.«

»Haben Sie gehört, was mit Lucien passiert ist?«

Jay nahm an, daß das der Name ihres Mannes war. »Ja«, sagte er.

»Ich habe vor, mit Ihnen zusammen ins Iturigebiet zu gehen, um ihn zu suchen.«

»Aber wir werden erst in ungefähr einer Woche dort sein.«

»Ich weiß«, sagte sie. »Aber als die Belgier sagten, daß ich gehen dürfe, habe ich mich gleich auf den Weg gemacht. Jetzt können sie ihre Meinung nicht mehr ändern.«

»Das würden sie auch nicht. Die Belgier sind genauso romantisch wie die Franzosen.«

»Da kennen Sie sie aber schlecht«, sagte sie.

Ihm fiel ein, daß Sie einen Franzosen geheiratet hatte. Lucien. Ein hübscher Name. »Ich fürchte, wir werden bei der Suche keine große Hilfe sein«, sagte er.

»Sie wollen doch in dasselbe Gebiet.«

»Aber abgesehen von Mr. Palmer kennt sich keiner von uns besonders gut im Dschungel aus.«

»Wer ist Mr. Palmer?«

»Unser Jagdführer.«

»Der Mann mit dem roten Gesicht und den schönen blauen Augen?«

»Über seine Augen habe ich noch nicht nachgedacht.«

Sie lächelte. »Nein. Das kann ich mir denken. Sie sind aber wirklich schön.« Sie bot ihm eine Zigarette an. »Möchten Sie?«

»Danke.«

»Sie haben etwas vor, was die Belgier nicht tun würden, nämlich einfach in das Tabugebiet gehen«, sagte sie.

»Ich dachte, sie hätten dort eine Suchaktion durchgeführt.«

»Einen Tag lang. Der Belgier, der die Leitung hatte, war ein Versager und hatte Angst, über Nacht dortzubleiben. Ich habe mich auch bereit erklärt, bei ihm zu bleiben.«

»Das muß doch ein Anreiz gewesen sein.«

»Allerdings! Statt dessen hat er sich angeboten, mich nach Stanleyville zu begleiten.«

Jay lachte: »Das können Sie ihm kaum übelnehmen.«

»Wieso?«

»Wahrscheinlich wollte er mit Ihnen angeben. Sie sind sehr schön.«

»Bitte, so etwas möchte ich jetzt nicht hören«, sagte sie.

»Schon gut.«

»Ich bin es so satt«, sagte sie.

»Ich wollte nur das Verhalten des Belgiers erklären.«

»Ich will es aber nicht erklärt haben. Reden wir über etwas anderes. Was machen Sie beruflich?«

Jay erzählte ihr, daß er Fotograf sei und bei der Expedition als Mädchen für alles fungiere. Die Totos räumten den Eßtisch ab. Herbert aß auf und ging wieder an die Arbeit. Er fing an, den Schwarzen die Sachen zu zeigen, die sie ins Zelt tragen sollten. Jay fühlte sich gut. Der Gimlet und das Essen und die hübsche Frau hatten dafür gesorgt, daß er sich gut fühlte. Und zwar so gut, daß er den Jägern bei der Gorillajagd mittlerweile wirklich Erfolg wünschte. Allen außer Lew Cable.

Einer von den Totos kam an den Tisch. »Wollen *Bwana* Lagerstelle von Gorilla sehen?« fragte er.

»Weißt du, wo eine ist?«

»Ja, *Bwana.*«

Jay fragte Mrs. Salles. »Möchten Sie sie sehen?«

»Oh, ja. Furchtbar gern.«

Herbert stand neben dem Zelt. Er hatte zugehört. »Ich würde nicht gehen, Ma'am«, sagte er.

Sie starrte ihn an. Sein blasses Gesicht wirkte entschlossen. »Warum nicht?« fragte sie.

»Vielleicht ruht sich da gerade ein Gorilla aus.«

»Mr. Nichols ist doch dabei.«

»Ich bin mir sicher, *ihm* wäre es lieber, Sie würden nicht mitgehen«, sagte Herbert.

»Das kann ich wohl am besten beurteilen.«

»Na schön«, sagte Herbert. »Aber dann komme ich auch mit.«

Jay begriff nicht ganz, was die Unterhaltung zu bedeuten hatte. Er holte die Springfield und eine Leica aus seinem Zelt. Dann wies er Toto an, vorauszugehen. Der Boy führte sie über den Elefantenpfad zurück in den Bambuswald. Die Stämme ragten über ihre Köpfe, und wieder hatte Jay das Gefühl, einen Gang entlangzugehen. Er ging mit Eve Salles hinter dem Toto. Der Pfad war schlammig. Er warf einen Blick zurück und sah, daß Herbert ihnen folgte.

»Er kommt tatsächlich nach«, sagte er.

»Wer?« fragte sie.

Er machte eine Bewegung mit dem Kopf.

»Oh, Herbert! Der kommt immer nach.«

»Warum geht er nicht mit uns zusammen?«

»Er schmollt lieber vor sich hin.« Sie lächelte über Jays verwirrten Gesichtsausdruck. »Es ist alles sehr albern. Eigentlich arbeitet er für Lucien. Meinen Mann. Er hat ihn beauftragt, mich zu beschützen, während er am Ituri ist.«

»Glaubt er, ich könnte Sie nicht beschützen?«

Sie lachte. »Aber er beschützt mich ja gerade vor Ihnen.«

Plötzlich begriff Jay. »Ach, so ist das.«

»Ja.« Ihr Gesicht wurde ernst. »So ist das.«

Sie gingen weiter den Pfad entlang. Es war warm, und aus dem Bambuswald stieg ein weißer Dunst auf. Durch den Nebel konnten sie immer wieder ein Stück Himmel sehen. Lucien war nicht gerade vertrauensselig, dachte Jay. Vielleicht waren die Franzosen nun mal so. Er lächelte. Es war amüsant.

»Geht er Ihnen nicht auf die Nerven?« sagte er.

»Zuerst schon. Jetzt habe ich mich an ihn gewöhnt. Er ist für mich wie ein Wachhund.«

»Ich könnte das nicht vertragen.«

»Ich glaube, inzwischen hat er sich in mich verliebt«, sagte sie.

»Gleich, *Bwana*«, sagte der Toto.

Sie hatten das halbe Plateau überquert. Sie waren jetzt in sumpfigem Gebiet, und der Bambus wuchs in vereinzelt stehenden Baumgruppen. Jenseits des Sumpfes lag der große Gorillaberg, wo die Pygmäen hingehen wollten, und der Urwald sah massig und dunkel aus. Es war windstill.

»Bald Lagerstellen von Gorillas«, sagte der Toto.

»Wo?«

»Sie hier warten, *Bwana*. Ich gehe suchen.«

Sie warteten. Offenbar hatte man dem Toto gesagt, wo die Lagerstellen waren. Vermutlich hatte er es von den Pygmäen erfahren. Er ging um eine Bambusgruppe herum. Jay betrachtete die Frau. Sie war sehr schön. Vielleicht war Herbert in sie verliebt. Trotzdem war es komisch, das auszusprechen. Besonders einem Fremden gegenüber. Manche Frauen bildeten sich ständig ein, daß Männer in sie verliebt seien. Er hoffte, sie gehörte nicht dazu.

Der Toto kam über das sumpfige Gelände zurück. Er strahlte vor Begeisterung. »Komm, *Bwana*«, rief er.

Sie gingen über einen schmalen Streifen struppiges Gras durch den Sumpf. Das Gras hielt ihre Füße trocken. Herbert folgte ihnen. Der Toto ging in den Bambuswald auf der anderen Seite des Sumpfes und drückte die hohen Stämme auseinander. Plötzlich bemerkte Jay einen sehr strengen Geruch. Weiter vorne sah er drei Lagerstellen und etwas weiter hinten noch zwei. Es waren abgeflachte Haufen aus Ranken und Blättern und Farn. Die beiden hinteren lagen etwas dichter zusammen, aber die anderen waren ziemlich weit auseinander. In allen fünf lag Kot.

»Schlafen sie immer auf dem Boden?« fragte Eve Salles.

»Ja.«

»Ich dachte, sie schliefen auf Bäumen.«

»Sie klettern nur zur Nahrungssuche auf Bäume.«

Sie betrachtete die Lagerstellen lange. »Sie sind faszinierend, finden Sie nicht?«

»Nicht besonders.«

»Nein. Eigentlich nicht.«

Jay erkannte, wie die Gorillas ihre Lagerstellen bauten. Sie setzten sich hin und zogen die umstehenden Pflanzen um sich herum, bis sie eine Art Nest hatten. Es war einfach. »Die beiden dicht zusammen sind für Mama und Papa«, sagte er.

»Meinen Sie?«

»Gorillas sind angeblich monogam.«

»Und sie haben drei Kinder?«

»Ja. Oder Schwiegerkinder.«

Herbert sagte. »Das gefällt mir ganz und gar nicht.« Er hatte sie inzwischen eingeholt und betrachtete die Lagerstellen. Er hatte allein in dem dichten Bambuswald Angst bekommen. »Was machen wir, wenn sie zurückkommen?«

»Das werden sie nicht«, sagte Jay. »Sie schlafen niemals zweimal an derselben Stelle.«

»Und wenn doch?« beharrte Herbert.

»Dann rennen wir, was das Zeug hält.«

Mrs. Salles hatte ein nettes, kehliges Lachen. »Nur Mut, Herbert.«

»Das gefällt mir ganz und gar nicht.«

Jay machte ein paar Aufnahmen von den Lagerstellen. Dann machte er ein Foto, wie der Toto neben einer Lagerstelle stand. Er bezweifelte, daß die Bilder gut würden. Er kam mit der Leica nicht sonderlich gut zurecht. Als sie aus dem Bambuswald heraustraten, hob Eve Salles einen glatt durchgebrochenen Bambusstamm auf, der so dick wie ihr Handgelenk war.

»War das ein Gorilla?« fragte sie.

»Ja.«

»Sie müssen sehr stark sein.«

Herbert starrte auf das abgebrochene Stück Bambus. An einem Ende konnte man Abdrücke von Gorillazähnen erkennen. Der Stamm machte großen Eindruck auf ihn. »Das gefällt mir nicht«, sagte er.

Mrs. Salles sagte zu Jay. »Wenn man das sieht, kriegt man wirklich ein komisches Gefühl.«

»Man fühlt sich klein.«

»Sehr klein.«

Sie kamen an den Sumpf, der nun in so grellem Sonnenlicht

lag, daß sie blinzeln mußten. Auf dem Gorillaberg färbte die Sonne den Wald hellgrün. Der Toto ging vor ihnen her zu dem Elefantenpfad. An einer Stelle mußten sie ein Rechteck aus Schlamm überqueren. Jay sprang zuerst, stellte sich auf einen Grashügel und hielt Mrs. Salles die Hand hin. Er hob sie hinüber. Einen Augenblick lang verlor er das Gleichgewicht, und ihr Körper wurde eng an seinen gepreßt. Sie stieß sich wütend von ihm ab.

»War das nötig?« fragte sie.

»Tut mir leid.«

»Für wen halten Sie mich?«

»Ich habe das Gleichgewicht verloren.» Er lächelte über ihre zornblitzenden Augen. »Das war kein Annäherungsversuch.«

»Ich sollte Sie ohrfeigen.«

»Tun Sie sich keinen Zwang an.« Er wurde allmählich wütend. »Aber es war wirklich kein Annäherungsversuch.«

Sie betrachtete forschend sein Gesicht, und ihr Mund entspannte sich. »Ich glaube, der Mann sagt die Wahrheit.«

Er sagte wütend: »Das nächste Mal können Sie meinetwegen durch den Schlamm waten.«

»Die Belgier sind schuld«, sagte sie. »Die haben mich so mißtrauisch gemacht.«

»Die Belgier interessieren mich nicht. Ebensowenig, wie Sie mich interessieren.«

»Ich glaube, Sie sagen die Wahrheit.«

»Machen wir, daß wir weiterkommen«, sagte Jay.

Sie schwiegen den Rest des Weges. Sie hatte also wirklich die fixe Idee, daß alle Männer hinter ihr her waren, dachte Jay. Herbert und nun er. Die meisten Frauen, die sich so etwas einbildeten, waren eher unscheinbar. Bei ihnen war die fixe Idee eine Kompensation. Aber gelegentlich setzte sich dieser Gedanke auch bei einer hübschen Frau fest. Dann wurde es schwierig, denn in neun von zehn Fällen waren die Männer wirklich interessiert, und die Desinteressierten hatten darunter zu leiden. Sie würde das Lagerleben schon in Schwung bringen.

Er blieb vor dem Küchenzelt stehen. »Tut mir leid, daß ich wütend geworden bin«, sagte er.

»Es war mein Fehler.«

»Ich muß jetzt arbeiten«, sagte er.

»Danke für den Ausflug.«

»Ich muß den ganzen Nachmittag arbeiten«, sagte er. »Aber ich denke, die anderen werden bald zurück sein.«

»Bestimmt werden sie das«, sagte sie.

6

Es dämmerte, als die Jäger wieder ins Camp kamen; sie tauchten wie schmutzige Geister aus dem Nebel auf, der über dem Plateau hing. Als Jay ihre Stimmen hörte, kam er aus seinem Zelt. Zuerst konnte er sie nicht sehen. Der weiße Nebel und der Rauch der Lagerfeuer verhüllten sie. Dann sah er den Professor und Bill und zwei der Somali-Boys, und hinter ihnen Cable, der stark humpelte, und drei Pygmäen und schließlich Mr. Palmer und Mulu. Sie bewegten sich langsam durch den Nebel, verdreckt und müde.

»Irgendwas geschossen?« fragte Jay, als Mr. Palmer an ihm vorbeikam.

»Nichts, rein gar nichts.«

Bill war mit dem Professor in dessen Zelt gegangen. Dann kam er heraus. »Mrs. Salles?« fragte er und deutete auf ihr Zelt.

»Ja.«

»Der Professor würde sie gern sehen.«

Jay brachte sie zum Zelt des Professors. Der Professor lag auf dem Bett, eine Decke über den Beinen und eine zusammengerollt unter dem Kopf. Sein Gesicht war grau und müde. Er wandte den Kopf und lächelte Mrs. Salles an.

»Wie ich sehe, haben Sie die Genehmigung bekommen«, sagte er.

»Ja.«

»Das ist schön. Es kann aber noch zwei Wochen dauern, bis wir den Ituri erreichen.«

»Das Warten macht mir nichts aus«, sagte sie, »jetzt, wo ich weiß, daß ich dort hinkomme.«

Der Professor lächelte. Sein Kopf mit dem sympathischen runden Gesicht, der schönen Stirn, den Augen mit den Lachfältchen und dem angenehmen Mund rief Jay das Porträt eines englischen Staatsmannes in Erinnerung, das er irgendwo einmal gesehen hatte. Es war Pitt oder Edmund Burke gewesen, meinte er. Egal, jedenfalls verströmte er die gleiche Würde.

»Haben Sie sich darum gekümmert, daß Mrs. Salles es bei uns bequem hat, Jay?« fragte der Professor.

Jays Augen trafen ihren Blick. Er überließ ihr die Antwort. »Mr. Nichols war sehr zuvorkommend.«

»Gut.«

Sie sprach den Professor auf die Kosten der Expedition zum Ituri an. Sie wollte sich daran beteiligen. Der Professor erzählte ihr, daß Lew Cable die Expedition finanzierte. Sie sagte, daß sie ihn gern bezahlen würde. Jay ging mit Bill zusammen hinaus.

»Ich mache mir Sorgen um ihn«, sagte Bill.

»Er sieht wirklich schlecht aus.«

»Er ist einfach zu alt für solche Gewaltmärsche.«

Bills Kleidung war schlammverkrustet. Außerdem waren seine Sachen naß. Hände und Füße waren von Dornen zerkratzt. Er hatte Schmutz im Gesicht.

»War es sehr schlimm?« fragte Jay.

»Fürchterlich. Die meiste Zeit sind wir auf allen vieren gekrochen.«

»Irgendwelche Spuren von Gorillas?«

»Ein paar alte Fährten.«

»Warum habt ihr euch nicht früher auf den Rückweg gemacht?«

»Das wollte er nicht. Es war schon schwierig genug, ihn überhaupt zum Aufgeben zu überreden.«

»Er ist schon ein großartiger alter Bursche.«

»Trotzdem mache ich mir Sorgen um ihn.«

»Ich wünschte, ich hätte etwas von dem Mumm, der in ihm steckt«, sagte Jay.

Der kleinere Toto baute eine faltbare Badewanne auf. Drei große Eimer hingen über dem Feuer. Das Wasser fing an zu brodeln, als die Hitze durch das dünne Metall drang.

»Wie hat sich Lew Cable gehalten?«

»Ziemlich gut«, sagte Bill. »Ich geb's nicht gern zu. Vielleicht ein bißchen theatralisch, aber er hat durchgehalten.«

Mrs. Salles kam aus dem Zelt. »Er ist völlig erledigt, der Arme«, sagte sie.

»Wir werden dafür sorgen, daß er morgen im Lager bleibt«, sagte Bill.

»Unbedingt.«

»Ein warmes Bad wird ihm guttun.«

»Und ein kräftiger Drink. Ich mache ihm einen.«

Sie ging, um Herbert zu suchen. Toto Minor brachte die Wanne für den Professor, und Toto Major folgte ihm mit einem Eimer heißem Wasser. Jay konnte jetzt den Unterschied zwischen den beiden sehen. Toto Major war dunkler, fast so schwarz wie Lakritz. Es war schon komisch, daß sich Schwarze und Indianer und Japaner alle so ähnlich sahen, dachte er. Besonders die Japaner. Aber wahrscheinlich sahen für Japaner alle Europäer gleich aus.

»Eine Klassefrau!« sagte Bill.

»Wer? Oh. Ja, kann man sagen.«

»Und ob«, sagte Bill. »Diese tiefblauen Augen. Und dieser Teint.«

»Goldbraun.«

»Ja.«

»Du kannst sie haben.«

»Gefällt sie dir nicht?«

»Doch, sie gefällt mir gut. Aber ich überlasse sie dir.«

»Alter Junge«, sagte Bill. »Ich nehme sie dankend an.«

Es gab nur eine Badewanne, und da Cable sie als nächster benutzte, wusch Bill sich gründlich in Jays Zelt. Anschließend rasierte er sich mit Jays Rasiermesser. Er stand leicht vorgebeugt, um in den Spiegel schauen zu können. Sein Gesicht war länglich, sein Kinn markant, und sein blindes Auge verlieh ihm ein verwegenes Aussehen, denn die Augenbraue war durch die Narbe von dem Stein, durch den er auf diesem Auge blind geworden war, nach oben gebogen.

»Weißt du was, Jay?« sagte er.

»Nein.«

»Ich hatte heute kein bißchen Angst.«

»Das ist gut.«

»Ich wollte unbedingt einen Gorilla zu Gesicht bekommen.«

Bill tauchte ein Handtuch ins Wasser und wusch sich den Schaum hinter den Ohren und um die Nase ab. Jay dachte, daß es ihm niemand ansehen könnte, daß er auf einem Auge blind war. Das Auge sah völlig gesund aus.

»Ich glaube, ich bin über die Angst hinweg«, sagte Bill.

»Na prima.«

»Ich glaube, ich hatte Angst, weil ich vorher noch nie mit Löwen zu tun gehabt hatte.« Bill hängte das Handtuch über den Spiegel. »Aber das ist vorbei.«

Jay sagte: »Übertreib's nicht.«

»Was meinst du damit?«

»Kalkulier lieber die Möglichkeit ein, daß du Angst bekommen könntest. Dann ist es nicht so überraschend, falls du wirklich Schiß bekommst.«

»Der alte Jay, unser Philosoph.«

»Falls du damit rechnest und dann keine Angst kriegst, um so besser«, sagte Jay. »Aber wenn du nicht dran denkst und dich dann die Angst packt, kann das verdammt unangenehm werden.«

»Leuchtet ein.«

»So war das zumindest bei den Löwen, die ich bisher geschossen habe.«

»Du alter Spinner«, sagte Bill.

Mrs. Salles aß mit ihnen zusammen zu Abend. Wieder saßen sie unter dem Vordach des Küchenzeltes. Hinter ihnen brannte ein Herd und vor ihnen ein Lagerfeuer, trotzdem war es nicht allzu warm. Aus dem Bambuswald hörten sie das Tropfen von Wasser. Sie tranken den Whisky, den Mr. Palmer an den Tisch brachte. Er ermunterte sie zum Trinken. »Das wärmt auf«, sagte er. Sein Gesicht hatte von der Kälte und von der halben Flasche Whisky, die er bereits konsumiert hatte, eine kräftig rote Färbung angenommen. Der Professor war im Bett geblieben. Einmal humpelte Lew Cable zum Zelt des Professors hinüber; er zog ein Bein nach.

»Der alte Knabe hat was gegessen«, sagte er, als er zurückkam.

»Gut«, sagte Bill.

»Was ist mit Ihrem Bein?« fragte Mrs. Salles.

»Verrenkt. Passiert mir häufiger. Alte Verletzung vom Footballspielen.«

»Wie unangenehm!«

Herbert aß in Mrs. Salles' Zelt, wobei er sich so hingesetzt hatte, daß er sie beobachten konnte. Im Licht des Feuers konnte Jay sein Gesicht sehen. Er hatte tatsächlich etwas von einem Wachhund. Er hatte sie, seit sie angekommen waren, nicht aus den Augen gelassen. Es wirkte irgendwie seltsam.

»Gehen Sie morgen alle wieder los?« fragte Mrs. Salles.

»Nicht der Professor«, sagte Bill.

»Und ich vermutlich auch nicht«, sagte Lew Cable düster.

»Wir sollten sowieso kleinere Gruppen bilden«, sagte Mr. Palmer. »Große Gruppen machen zuviel Lärm.«

»Und ich habe schon daran gedacht, mitzugehen!« sagte Mrs. Salles.

»Wir könnten Sie als Köder benutzen«, sagte Mr. Palmer.

»Meinen Sie, ich wäre dafür geeignet?«

»Nicht besonders«, sagte Bill.

»Wieso nicht?«

»Gorillas stehen mehr auf Blondinen«, sagte Bill.

Jay sagte: »Du denkst wohl an ›King-Kong‹.«

»Alter Junge«, sagte Bill. »In Hollywood benutzen sie ausschließlich echte Gorillas.«

»Mein Haar ist eher blond als braun«, sagte Mrs. Salles.

»Ein Filmgorilla wäre Ihnen hilflos ausgeliefert«, sagte Jay.

»Aber wenn ich auf ein weniger filmbegeistertes Exemplar treffe?«

»Dann rufen Sie uns«, sagte Bill.

»Und was machen Sie dann?«

»Wir rufen Mr. Palmer.«

Lew Cable sagte: »Meine Güte, wir sollten jetzt lieber unseren Nachtisch essen.«

Die Boys brachten Pfirsiche aus der Dose und eine Büchse mit Keksen. Jay aß die Pfirsiche langsam und ließ den süßen, dicken, wohltuenden, kalten Saft so langsam wie möglich durch die Kehle gleiten. Mr. Palmer sagte etwas zu einem der Totos, und der legte Holz aufs Feuer.

»Das tut gut«, sagte Mrs. Salles.

»Ich hatte keine Ahnung, daß es hier so kalt ist«, sagte Mr. Palmer.

Jay mußte an Nordmichigan denken, wenn es im Oktober geregnet hatte und dann kalt wurde, wenn der weiße Dunst vom See aufstieg, die Luft feucht und elektrisch aufgeladen war, die Ahornbäume flüsternd tropften und über allem der Geruch nach feuchter Erde lag. Die gleiche Atmosphäre spürte er hier in Afrika, und für einen Augenblick war er wieder in der Hütte, beim Abendessen mit seiner Familie, sein Vater, dessen Gesicht von der Kälte gerötet war, saß am Kopfende, trank Whisky und erzählte stolz von seiner wundervollen Doublette mit dem 16-

Kaliber auf die Löffelenten, die sie gerade aßen, und seine Mutter und Dick sahen ihn lächelnd an und gaben vor, ihm nicht zu glauben, und auch Rob Roy, der schwarze Collie, hörte zu, während er, den Rücken gegen Jays Füße gestützt, unter dem Tisch lag und von seinem nassen Fell ein kräftiger Geruch aufstieg.

Lew Cable erhob sich und stützte sich dabei auf dem Tisch auf. »Ach«, sagte er. »Dieses verdammte Bein.«

»Ich habe ein Mittel zum Einreiben«, sagte Mrs. Salles.

»Danke.« Er lächelte sie wieder an. »Eins ist jedenfalls klar, wenn das bis morgen nicht besser wird, kann ich bei Ihnen im Camp bleiben.«

Zum Teufel, dachte Jay. Vielleicht hatte er deshalb so plötzlich angefangen zu hinken. Na ja, er würde ihm nicht im Wege stehen.

Mr. Palmer sagte: »Wir müssen unseren Schlachtplan für morgen festlegen, bevor der Professor sich schlafen legt.«

»Ja. Gehen wir ihn fragen«, sagte Bill. »Kommst du mit, Jay?«

»Ihr braucht mich ja doch nicht.«

Jay blieb allein am Tisch sitzen. Er ging sowieso nicht mit auf Jagd. Sollten sie doch ihre Pläne machen. Er konnte die Stimmen der Männer im Zelt des Professors hören; Cables war wesentlich tiefer als die der anderen. Die Totos kamen und räumten den Tisch ab. Jay konnte dicht vor dem Bambuswald schwarze Gestalten ausmachen, die sich um die Feuer der Träger kauerten. Die Träger bewegten sich nachts nicht weit von ihren Feuern fort, wegen der Leoparden. Er bemerkte Herbert, der vor Mrs. Salles' Zelt stand. Er ging zu ihm hinüber.

»Wo werden Sie schlafen?« fragte er.

»Genau hier«, sagte Herbert mürrisch.

»Vor dem Zelt?«

»Selbstverständlich. Ich habe einen Schlafsack.«

»Wir haben noch genug Platz in unseren Zelten.«

»Ich bleibe hier«, sagte Herbert.

Seine Stimme klang rauh. Er hatte fast einen Cockney-Akzent und sprach die Wörter undeutlich aus, aber er verschluckte kein H. Er redete nicht gern mit irgend jemandem.

Jay sagte: »Wahrscheinlich gibt es hier Leoparden.«

»Versuchen Sie nicht, mir Angst einzujagen, Mister.«

»Das ist nicht meine Absicht.«

»Ich passe so oder so auf.«

»Worauf denn?«

»Auf Gorillas«, sagte Herbert. »Gleich welcher Sorte.«

»Sie sind verrückt«, sagte Jay. »Kein Mensch hier will was von ihr.«

»Da sind Sie sich wohl verdammt sicher, nicht, Mister?«

»Schon gut, Kumpel«, sagte Jay.

Er ging zurück zum Küchenzelt. Es wurde beständig kälter. Er setzte sich an den Tisch, und plötzlich dachte er, wie absurd es war, daß er in einem der entlegensten Gebiete von Belgisch-Kongo dem heiseren Geist eines Londoner Zuhälters oder Wettschwindlers oder Taschendiebes oder Drogenhändlers begegnen sollte, der einen blauen Anzug, braune Schuhe und einen Panamahut trug, wie es in Kairo Mode war, oder in Capetown, oder wo auch immer Salles ihn aufgelesen hatte, damit er auf seine Frau aufpaßte. Selbst die Frau hatte etwas Absurdes. Er fragte sich, was für eine Sorte Mann ihr Gatte war. Welcher Mann würde seine Frau bewachen lassen? Ein alter Mann oder ein leidenschaftlich verliebter Mann. Natürlich waren die Franzosen möglicherweise anders, dachte Jay. Und außerdem hatte Salles, als er Herbert engagierte, keine Ahnung, daß seine Frau Kairo oder Capetown, oder wo immer sie waren, verlassen würde. Mit ein wenig Phantasie konnte man sich durchaus vorstellen, daß Herbert genau der Typ Engländer war, den ein Nichtengländer engagieren würde, um seine englische oder anglokanadische Frau in einer Stadt wie Kairo herumzufahren und gleichzeitig ein Auge auf sie zu haben.

»Woran denken Sie?« fragte Mrs. Salles.

Jay hatte sie nicht herankommen hören. »An nichts«, sagte er.

»Darf ich mich zu Ihnen setzen?«

»Natürlich.«

Sie setzte sich neben ihn, dem Feuer gegenüber. Der Koch und die Totos waren mit Aufräumen beschäftigt und unterhielten sich bei der Arbeit. Am Rande des Bambuswaldes hatten die Träger grünes Holz hoch auf ihre Feuer getürmt, damit sie die ganze Nacht brennen würden. Die Flammen flackerten zwischen den aufgetürmten Holzscheiten. Nebel hatte sich auf das Lager gesenkt, schwer und grau, fast wie die Farbe des Rauchs, der von dem Holz aufstieg. Die Träger waren in ihre Hütten verschwunden.

»Ist das nicht seltsam?« sagte sie.

»Was?«

»Dieser Nebel. Wie ein Nebel auf See. Alles wirkt so fremd und geheimnisvoll.«

Ihre Stimme war tief und kehlig. Sie erinnerte ihn erneut an Linda. Es lag daran, daß beider Stimmen so heiser klangen. Es würde ihm schwerfallen, sie um sich zu haben.

Nach einer Weile fragte sie: »Hören Sie da unten etwas?«

»Nein. Was denn?«

»Passen Sie auf.«

Er lauschte, hörte das Wasser im Wald und das Rascheln von Blättern und Stimmen aus dem Zelt des Professors und das Knacken von brennendem Holz. Einer der Träger rief einem Träger in einer anderen Hütte etwas zu. Wassertropfen fielen von der Überdachung des Küchenzeltes mit einem leisen Plopp, das wie sanftes Händeklatschen klang, auf die Erde. Dann hörte er, durch den Nebel ganz schwach, von weit unten ein Geräusch wie von einem quietschenden Tor.

»Ein Leopard«, sagte Jay.

Das Geräusch war erneut zu hören. Es klang so ähnlich wie

ein schreiender Esel. Es war ein seltsames Geräusch, ungewöhnlich in der Nacht.

»Könnten wir bitte das Feuer etwas höher machen?« bat sie.

Jay legte ein Stück Holz nach. Das Holz war feucht und zischte, als es von der Glut erhitzt wurde. Ein fast weißer Rauch stieg von dem nassen Holz auf. Lew Cable und Mr. Palmer kamen aus dem Zelt des Professors. Cable zog einen Fuß nach. Er sah Jay an.

»Tja. Herr Pfadfinder«, sagte er. »Sie sind auserwählt.«

»Wozu?«

»Wie gut schießen Sie?« fragte Mr. Palmer.

»Ich habe früher mit einer Zweiundzwanziger verdammt gut geschossen«, sagte Jay.

»Etwa damals, als Sie Schafe erlegt haben?«

»Nein. Ich habe eine Springfield benutzt.«

Cable sagte: »Sie werden morgen mit Mr. Palmer gehen.«

»Oh, wie aufregend!« rief Eve Salles.

»Vielleicht komme ich auch mit«, sagte Cable. »Kommt auf mein Bein an.«

»Wir werden also zu viert oder zu fünft sein«, sagte Mr. Palmer. »Mulu und nur einer von den Pygmäen.«

»Aber was ist mit Bill?« fragte Jay.

»Er wird bei dem Professor bleiben.«

»Wollen Sie etwa nicht mit, Herr Pfadfinder?«

»Ich bin ganz versessen drauf.«

Lew Cable gab ein grunzendes Geräusch von sich. »Warten Sie ab, bis Sie erst mal in diesem Schlamm stecken. Dann sind Sie nicht mehr so versessen darauf.«

»Ich hole Sie morgen früh aus den Federn«», sagte Mr. Palmer zu Jay. Er lächelte Mrs. Salles zu. »Gute Nacht.«

Auch Lew Cable wünschte eine gute Nacht.

»Ich denke, es ist Zeit zum Schlafengehen«, sagte Mrs. Salles.

»Ja.« Jay empfand eine dumpfe Welle der Begeisterung, ein

Kribbeln in der Magengegend. Was für ein Glück! Er hätte nie damit gerechnet, aus dem Lager rauszukommen. Er spürte, daß Mrs. Salles ihn ansah. Er sagte: »Ich glaube, Herbert will vor Ihrem Zelt schlafen.«

»Ich weiß. Er ist wirklich ein Idiot.«

»Er befürchtet, daß Sie von einem Gorilla verschleppt werden.«

»Das würde ich mir fast wünschen.«

»Wollen Sie das wirklich?«

»Nein. Nicht wirklich.« Ihre Stimme war leise. »Das ist mir nur so rausgerutscht.«

Er verstand nicht, was sie meinte, aber auf einmal tat sie ihm leid. Sie hatte vermutlich eine ganze Menge Sorgen. Er war sicher, daß es nicht nur die Sache mit ihrem Mann war; schließlich hatte er einen Aufpasser für sie engagiert. Vermutlich gab es noch weitere Schwierigkeiten. Jeder Mensch hatte Sorgen, von denen man nur meistens nichts wußte. Das war natürlich nicht gerade eine originelle Erkenntnis, dachte er, aber leider vergaßen die meisten Leute das viel zu oft.

»Darf ich Sie etwas fragen?« sagte sie.

»Ja bitte.«

»Warum haben Sie mich heute morgen so angestarrt?«

Er zögerte. »Habe ich Sie angestarrt?«

»Das wissen Sie doch.«

»Ich hatte geschlafen. Ich war überrascht, hier eine Frau zu sehen.«

»Das war nicht der Grund«, sagte sie.

»Nein, Sie haben recht. Es lag an Ihrer Stimme. Sie hat mich an jemanden erinnert.«

»Eine Verwandte?«

»Sozusagen.«

Das kleine Holzstück, das er aufs Feuer gelegt hatte, war fast verschwunden. Insekten schwirrten um sie herum. Der schwere

Rauch über dem Camp wurde an manchen Stellen von den Feuern rosa getönt. Es war sehr kalt. Sie stand auf.

»Ich hoffe, Sie haben morgen Glück«, sagte sie.

»Danke.«

Er begleitete sie bis zu ihrem Zelt. Er konnte den Nebel im Nacken spüren. Herberts Schlafsack lag neben dem Eingang, aber er selbst war nicht da. Wahrscheinlich beobachtete er sie von irgendwoher.

»Gute Nacht«, sagte Jay.

»War es jemand, den Sie sehr gemocht haben?« fragte sie.

»Wer?«

»Die Frau, die so eine Stimme hatte wie ich?«

»Ja.«

In seinem Zelt zog er einen Schlafanzug und einen Pullover an. Er legte sich ins Bett. Selbst in Afrika, dachte er, kam man nicht davon los. Es gab keinen Ort, an dem nicht irgend etwas passieren konnte, das einen daran erinnerte, was geschehen war. So ein verdammter Zufall, daß sie ausgerechnet eine so ähnliche Stimme wie Linda hatte. Nun gut, er würde versuchen, nicht an Linda zu denken. Bisher hatte er nicht gerade viel Erfolg damit gehabt, nicht an sie zu denken. Es war schon ein Jammer, daß sie einem die Erinnerung nicht herausoperieren konnten. Wie die Mandeln, zum Beispiel.

7

Sie verließen das Lager kurz nach Tagesanbruch und nahmen den Elefantenpfad zurück durch den Bambuswald. Sie gingen durch einen weißen Nebel, der in der Nacht von den Bergen herabgesunken war. Der Nebel war sehr kalt so früh am Morgen. Ihre Jagdgesellschaft bestand aus vier Personen: Mr. Palmer, Mulu, der Somali-Gewehrträger; Nygano, der Pygmäe, und Jay. Lew Cable hatte wegen seines Beines nicht mitkommen können. Der Pygmäe war ihr Führer. Er ging auf dem weichen Pfad vor den anderen her, und sein Speer schwang mit jedem Schritt vor und zurück.

»Er sagt, es sind drei Meilen«, sagte Mr. Palmer zu Jay.

Der Elefantenpfad bildete einen Tunnel durch den hohen grünen Bambus. Obwohl es auf dem Weg dunkel war, ging Nygano rasch. Es war kein Wind, und sie konnten das Wasser im Bambuswald hören. Wenn sie gegen die Stämme stießen, fielen ihnen die Wassertropfen auf den Kopf. An einer tiefer gelegenen Stelle sahen sie die Fährte eines Elefanten. In dem runden Loch, das sein Fuß hinterlassen hatte, stand das Wasser einige Zentimeter tief. Er war in der Nacht am Lager vorbeigezogen.

Wenige Minuten später erreichten sie den Steilhang, wo sie den Abdruck der Fingerknöchel des großen Gorillas gesehen hatten. An dieser Stelle verließ Nygano den Bambusbestand und führte sie auf einen Pfad, der schon länger nicht mehr begangen worden war, bergaufwärts in den Wald hinein. Er war von Gras überwuchert, und Baumstämme, Felsen und nackte Wurzeln versperrten ihn. Der Pfad wand sich zwischen den Bäumen hindurch. An manchen Stellen mußten sie kriechen, und ihre Hände waren schlammverschmiert. Auch hier hing der Nebel tief. Sie konnten das unter ihnen liegende Hochplateau mit dem Bambuswald nicht mehr sehen.

Einmal hielt Nygano an, um ihnen eine Stelle zu zeigen, wo ein Leopard seine Beute geschlagen hatte. Im Schlamm waren die Abdrücke des springenden Leoparden, und nebem dem Pfad war das Gras im Todeskampf niedergedrückt worden. Nygano zeigte ihnen getrocknetes Blut auf einem Blatt. Ein kleines Tier war getötet worden. Dann stiegen sie weiter auf, und von den Pflanzen tropfte Wasser auf sie herab. Das grüne Unterholz wuchs kopfhoch, und von den Bäumen hingen Flechten und Farne und Schlingpflanzen. Im Wald roch es nach zerdrückter Katzenminze. An den Stämmen der Bäume wuchsen große Kletterpflanzen, und unter den Bäumen standen silbriggrüne Büsche mit rosafarbenen Blüten, die keinen Duft verströmten. Jay fing an zu keuchen, sein Atem schwebte ihm wie Zigarettenrauch vor dem Mund. Er kletterte, nach Luft ringend, und hielt die Augen auf Nyganos nassen, glänzenden Rücken gerichtet.

Sie kamen an einen kleinen, klaren Fluß. Da, wo er mit einem murmelnden Geräusch rasch vorbeifloß, war das Wasser hell, aber an den tiefen Stellen schwarz und silberglänzend. Jay fragte sich, ob es wohl Forellen in dem Fluß gebe. An einer offenen Stelle überquerten sie ihn, und das Wasser umspülte reißend und kalt ihre Beine, durchtränkte ihre Hosen. Sie gingen quer durch den Fluß und stiegen das moosbewachsene Ufer hinauf. Auf dieser Seite war der Pfad besser, der Boden eben. Nygano zeigte ihnen wilde Brombeeren, groß und grün. Er und Mulu aßen ein paar.

Sie gingen jetzt sehr lansam. Sie kamen an Bananen- und Bambuswäldchen vorbei, und Jay wußte, daß sie sich dem verlassenen Dorf näherten. Der Pygmäe bewegte sich lautlos und behielt die Bambuswäldchen im Auge. Plötzlich verließ er den Pfad und wartete, bis sie herangekommen waren. Er stand zwischen den

Bambuspflanzen und beugte sich über einige Stengel, die auf der Erde lagen. Sie waren von Tieren abgebrochen und sauber geschält worden, so daß nur noch ein paar Fäden von gräulichrosafarbenen Fasern daran hingen. Der Boden war übersät von zerkauten und durchgebrochenen Bambustrieben.

Mr. Palmer flüsterte: »Mein Gott!«

»Gorillas?« fragte Jay.

»Ja.«

Sie kehrten auf den Pfad zurück. Der Nebel war weiß und dicht und naß. Jay spürte die Kälte durch seine Kleider hindurch. Sein Magen fühlte sich kalt und taub an. Er war aufgeregt. Die Triebe waren erst vor kurzem gegessen worden. Nygano ging voraus und blieb dann erneut stehen, und Jay konnte eine Hütte erkennen. Sie sah aus wie ein überdimensionaler, von Schlingpflanzen überwucherter Bienenkorb. Durch den Nebel hindurch konnte er die Umrisse von zwei weiteren Hütten ausmachen. Seine Hände fingen an zu jucken, weil der Schlamm auf der Haut trocknete.

Nygano wartete, lauschte. Jay versuchte, den Atem anzuhalten. Durch das von den Bäumen tropfende Wasser hindurch konnte er die Stille des Urwaldes hören. Endlich drang aus dem Dschungel hinter dem Dorf ein Geräusch. Nasse Blätter bewegten sich, und dann hörte man ein reißendes Geräusch, als ob ein Kohlkopf in Stücke gerissen würde. Gorillas! dachte Jay. Sie fraßen Bananenpflanzen. Er konnte nicht sagen, wie weit sie entfernt waren. Nygano führte sie zu dem Bananenwäldchen.

»Ich schieße als erster«, flüsterte Mr. Palmer.

Jay nickte. Er zitterte vor Aufregung.

Zwischen den Bananen wuchs Bambus, und es war nicht leicht, sich leise zu bewegen. In der dichten Vegetation konnte Jay nur ein paar Meter weit sehen. Der Nebel war überall, wie weißer Dampf. Die Bananenblätter waren dunkelgrün und viel schwerer als die schlanken Bambusblätter. Sie mußten gebeugt gehen, um herabhängenden Schlingpflanzen auszuweichen. Ihre Füße versanken im Schlamm, was das Gehen erschwerte. Sie konnten die Gorillas deutlich hören. Sie fraßen Bananen- und Bambuspflanzen. Sie folgten dem Geräusch, während die Gorillas sich vor ihnen bewegten. Mulu berührte Jay an der Schulter. Jay wandte sich um. Mulu reichte ihm die Springfield. Er sah nach und stellte fest, daß das Gewehr geladen worden war.

Nygano fand eine Bananenpflanze, die zerfetzt worden war, die dicken Blätter waren zerfleddert. Er zeigte ihnen einen grünlichen Kotklumpen auf dem weichen Boden. Dicht daneben waren Knöchelabdrücke und ein Fußabdruck. Die Fußspur war doppelt so groß wie der Fuß eines Menschen, aber sie zeigte Ferse und Zehen wie bei einem menschlichen Fuß. Sie war sehr breit. Sie folgten der Spur dieses Gorillas langsam und lautlos, aber sie konnten ihn nicht einholen. Die Gorillas bewegten sich beim Fressen vom Dorf fort, tiefer in den Wald hinein. Einmal hörten sie das Trommeln von Fäusten auf nackter Brust. Sie blieben stehen und lauschten. Ein Gorilla grunzte unmittelbar vor ihnen. Nygano ging allein weiter. Sie warteten, während er durch eine Öffnung in dem dichten Bambusbestand spähte. Er drehte sich zu Mr. Palmer um, Aufregung spiegelte sich auf seinem kleinen Gesicht, und er hielt fünf Finger hoch. Dann hielt er den kleinen Finger hoch. Jay schloß daraus, daß es fünf Ausgewachsene und ein Jungtier sein mußten.

Dicht am Rande der Ebene, da, wo der dichte Dschungel sich nach oben im Nebel verlor, kamen sie den Gorillas sehr nahe. Sie konnten sehen, wie die federartigen Spitzen des Bambus zitterten. Die Gorillas bewegten sich schwerfällig, und ihre Bäuche knurrten. Sie grunzten wie alte Männer. Sie waren rechts von ihnen, aber Nygano führte die Jäger weiter geradeaus, um ihnen den Weg abzuschneiden, und erst dann ein wenig nach rechts. Sie bewegten sich vorsichtig, zeitweise kriechend voran. Nygano gab ihnen ein Zeichen anzuhalten. Die Gorillas kamen auf sie zu. Jay konnte sie riechen. Er entsicherte die Springfield.

Plötzlich bellte einer der Gorillas. Es klang wie das kurze Aufbellen eines Hundes. Dann war kein Geräusch mehr zu hören. Irgend etwas hatte sie beunruhigt. Nygano fand die Stelle, wo sie mit dem Fressen aufgehört hatten und leise in den Wald geflohen waren. Er folgte der Spur.

Im Wald war es dämmrig. Der Nebel war weniger dicht, aber das Blattwerk verdeckte den Himmel. Es roch moderig. Die Gorillas hinterließen eine Spur aus Fäkalien. Sie waren weit voraus, zogen bergaufwärts. Nygano eilte ihnen nach. Eine ganze Weile folgten die Jäger der Spur durch den Schlamm, der so schlüpfrig wie nasse Seife war. An steilen Stellen zogen sie sich an Büschen und Baumstämmen weiter hoch. Nesseln verbrannten ihnen Hände und Gesicht. Einmal, auf einem ebeneren Stück, wateten sie durch ein Beet mit schulterhohen silbrigglänzenden Selleriestauden. Unter den Bäumen wuchs der Sellerie sehr dicht. Danach kamen sie in einen Dschungel aus jungem Unterholz, bahnten sich ihren Weg durch Gras und Unkräuter und Farne, von denen das Wassesr tropfte. Die Farnblätter sahen wie zarte, handgestickte Spitze aus. In den Bäumen bildeten die Flechten regelrechte Platten, auf denen rosa und rote Orchideen blühten. Am Boden wuchs das Moos in Kissen aus grauer und gelber Seide. Viele Bäume des Waldes waren abgestorben. Das Moos, eine Schmarotzerpflanze, hatte sie getötet.

Jay fragte sich, wie weit er noch klettern konnte. Er hörte seinen eigenen Herzschlag. Er war an diese dünne Luft nicht gewöhnt.

Nygano schwenkte von der Fäkalienspur ab. Er ging jetzt in direkter Linie den Berg hinauf, und die drei anderen krochen hinter ihm her. Hier hatte der Wind inzwischen den Nebel vertrieben. Der Pygmäe kletterte schnell. Jay war fast am Ende. Er hatte das Bedürfnis, sich einfach in den Schlamm fallen zu lassen, nach Luft zu schnappen und auszuruhen, aber er zwang sich, auf Händen und Knien weiterzukriechen. Er fragte sich, wie Mr. Palmer das aushielt.

Endlich erreichten sie fast ebenen Grund. Sie waren an einen bewaldeten Bergrücken gelangt, der ein beckenförmiges Tal mit dichtem Bambusbewuchs überblicken ließ. Nygano hielt an, um den Bambuswald zu beobachten. Er stand sehr ruhig und wandte seine Augen nicht von dem Tal. Sie taten es ihm eine ganze Weile gleich und starrten hinunter auf die limonenfarbenen Blätter, die sich im Wind wiegten. Um sie herum fiel das Sonnenlicht durch die Bäume. Jay war schweißnaß, aber nun, im Schatten, wurde ihm kalt. Er schauderte vor der Kälte und vor Erregung. Er hörte sein eigenes pfeifendes Atmen.

Nygano wies mit seinem Speer in eine Ecke des Talkessels. Jay blickte in dieselbe Richtung. Er konnte nichts erkennen. Dann sah er, wie sich am Rand des Bambuswaldes ein Gebüsch bewegte. Dort bewegten sich mehrere Büsche. Er sah einen schwarzen behaarten Arm, der einen jungen Baum nach unten bog, sah, wie sich Kletterpflanzen mit einem Ruck von den Zweigen lösten, und dann tauchten drei Gorillas in dem Bambuswald auf. Sie sahen aus wie Zirkusbären. Sie benutzten beim Gehen die Füße und Handknöchel, der Rücken war abgerundet, und da sie sehr lange Arme hatten, mußten sie sich nicht nach vorne beugen, um den Boden zu berühren. Das Fell war glänzend und schwarz. Sie aßen Bambuspflanzen, rissen die jungen Schößlinge heraus, zogen sie dann durch die Zähne und warfen die geschälten Überreste weg. Mr. Palmer hob sein Gewehr, aber Nygano schüttelte den Kopf. Ein Gorilla war bisher noch nicht aufgetaucht. Die anderen kamen langsam durch das Bambustal. Sie bewegten sich wie Menschen mit Klumpfüßen, schlurften und schwangen die Hüften. Die Füße setzten sie außen neben den Handknöcheln auf.

Hinter den Jägern bellte ein Gorilla. Das Geräusch kam von

etwas weiter oberhalb des bewaldten Bergrückens, aber sie konnten ihn zwischen den Bäumen nicht entdecken. Sie hörten, wie er sich mit den Fäusten auf die Brust trommelte. Nygano ging den Bergrücken hinauf auf ihn zu, und er brüllte. Er hatte eine tiefe Stimme.

»Sei vorsichtig!« rief Mr. Palmer Nygano zu.

Nygano machte noch einen Schritt, und der Gorilla griff brüllend an. Sie konnten sehen, wie das Unterholz wackelte. Er rannte auf sie los, kreischend und brüllend. Nygano machte einen Satz zurück. Der Gorilla machte einen unglaublichen Lärm. Ungefähr sechs Meter von ihnen entfernt gab er den Angriff auf und war still. Sie hatten ihn überhaupt nicht gesehen.

Die anderen Gorillas flohen quer durch den Talkessel, brachen durch den Bambus. Sie waren in ihrer Furcht sehr menschlich. Ständig drehten sie ihre schwarzen Gesichter nach hinten, schauten über die Schulter, während sie rannten. Sie versuchten, zu erkennen, was sie verfolgte. Sie verschwanden im Wald.

Der große Gorilla zog sich leise zurück. Sie setzten ihm nach, den Bergrücken hinauf, und sofort griff er wieder an. Er war wütend. Er brüllte, trommelte sich auf die Brust und brach durch das Unterholz. Es klang gewaltig. Sie blieben stehen, und er stoppte den Angriff. Das Unterholz war so dicht, daß sie ihn nicht sehen konnten. Erneut bewegten sie sich vorwärts, vorsichtig, mit schußbereiten Gewehren. Sie hatten einen großen, umgekippten Baum erreicht und standen auf dem kahlen, halbvermoderten Stamm, als er wieder angriff. Jay konnte ihn jetzt sehen, in einem engen Gang im Unterholz, ein zottiges schwarzes Tier, das fast nur aus Bauch und Armen und Schultern zu bestehen schien. Sein Gesicht sah aus wie eine Maske aus geöltem schwarzen Leder. Jay sah ihn näher kommen, kreischend auf allen vieren rennen, das Gesicht gräßlich vor Wut verzerrt, und er bleckte gelbe Zähne und blutrotes Zahnfleisch, stürzte sich durch Schlingpflanzen und Büsche, wurde größer und größer, breitschultrig, plattnasig, mit geweiteten Nasenlöchern, blutunterlaufenen Augen und gelben Zähnen, wie ein riesiger, gewaltiger, schwarzer Alptraum; dann hob Mr. Palmer sein Gewehr. Es gab einen grollenden Knall, und der Gorilla stürzte mit dem Gesicht voran ins Unterholz.

»Sie haben ihn erwischt!« rief Jay.

Auch Mulu und der Pygmäe riefen etwas. Mr. Palmer lud sein Gewehr nach. Jay schlug ihm auf die Schulter. Mulu tanzte auf dem Baumstamm. Plötzlich schrie Nygano auf und gestikulierte mit dem Speer. Der Gorilla lief den seitlichen Hang der Bergkuppe hinunter, haarig und mit rundem Rücken, der mit silbernem Haar bedeckt war. Mr. Palmer brachte sein Gewehr in Anschlag, aber er schoß nicht. Es waren zu viele Bäume im Weg. Der Gorilla verschwand im Wald.

»Himmel!« sagte Mr. Palmer.

»Ich war sicher, daß Sie ihn erwischt hätten«, sagte Jay.

»Wieso habe ich ihn verfehlt?«

»Sie haben ihn nicht verfehlt. Sie haben getroffen. Wir finden ihn sicher tot.«

»Es war ein todsicherer Kopfschuß.«

»Mein Gott!« sagte Jay. »Das Tier war riesig.«

Nygano und Mulu waren bereits hinter dem Gorilla her. Die Spur war leicht aufzunehmen. Es gab Abdrücke im Schlamm, und Nygano entdeckte Blut auf den Blättern.

»Sie haben ihn also doch getroffen«, sagte Jay zu Mr. Palmer.

Nach knapp fünfzig Metern führte die Spur des Gorillas wieder den Berg hinauf und zog sich durch das dichte Unterholz. Sie folgten ihr, aber die undurchdringliche Vegetation hielt sie auf. Sie kamen nur mühsam voran. Sie krochen bergauf, rutschten ab, klammerten sich an Schlingpflanzen fest, schoben Äste beiseite, fanden keinen Halt für ihre Füße und glitten oft wieder zurück; dann krochen sie wieder weiter, stützten sich an einem Baumstamm ab, immer höher hinauf, und dabei stets von Blättern und

Ranken und Flechten eingehüllt. Jay fing an zu schwitzen. Seine Lungen schmerzten. Jetzt, nach zehn Minuten, bedeutete jeder Schritt, jedes Mal, wenn das Knie beim Kriechen gegen die Hand stieß, jeder Ruck an einer Kletterpflanze eine pure Willensanstrengung. Die Springfield war eine drückende Last. Er fing an, Mr. Palmer zu hassen. Warum ließ er nicht Rast machen?

Er würde nur noch bis zu dem Busch mit den leuchtendroten Blüten kriechen. Nach vorn gebeugt, eine Hand auf der feuchten Erde, schob er die Füße zusammen, machte einen Schritt, zog den anderen Fuß nach, dachte, noch fünf Schritte, noch vier Schritte, noch drei Schritte, er erreichte den Busch. Die anderen kletterten weiter. Er würde noch bis zu dem abgestorbenen Baum kriechen. Als er so weit gekrochen war, heftete er seine Augen auf einen Klumpen gelber Flechten. Und danach auf eine Kaskade aus Purpurwinden.

Endlich hielt Mr. Palmer auf einem Abhang, der durch einen Erdrutsch freigelegt worden war. Jay ließ sich mit dem Gesicht nach vorn auf die Erde fallen, rang keuchend nach Luft, hielt die Augen geschlossen, vor denen rote Lichter tanzten, und war sicher, daß er seine Lungen nie wieder mit der nebligen, kalten Luft würde füllen können. Schließlich setzte er sich auf. Mr. Palmer, der mit dem Rücken an einen Baum gelehnt auf der Erde saß, grinste ihn an.

»Werden Sie's überleben, Kleiner?«

»Da bin ich mir nicht sicher«, sagte Jay.

Mulu hatte in der Nähe von Mr. Palmers Baum aus Zweigen ein Feuer entfacht. In einer Pfanne, die auf drei um das Feuer liegenden Steinen ruhte, kochte er Essen aus gepökeltem Rindfleisch und Bohnen. Er hockte neben dem Feuer und legte Zweige nach. Jay sah, daß sie hoch in den Bergen waren. Er konnte auf das mit Bambus bestandene Plateau hinabblicken, auf dem ihr Camp lag. Er konnte das Camp jedoch nicht sehen. Nebelschwaden oder Wolken schwebten unten, trieben nach Osten.

Nygano saß ein wenig abseits von ihnen. Er suchte die Berge mit den Augen nach dem Gorilla ab. Er schien völlig ausgeruht.

»Wie stehen unsere Chancen?« fragte Jay.

»Ich weiß es nicht«, sagte Mr. Palmer. »Er hat viel Blut verloren.«

»Wieso kann er immer noch weiter?«

»Äußerster Überlebenswille. Den haben alle Tiere, wenn man sie verfolgt.«

Die Tomatensauce, in der die Bohnen schwammen, begann zu köcheln.

»Ich darf gar nicht dran denken, daß ich so einen Schuß verpatzt habe«, sagte Mr. Palmer.

Mulu teilte die Bohnen mit dem Fleisch in zwei Portionen ein, gab sie auf Pappteller und reichte sie Mr. Palmer und Jay. Dann nahm er einen Laib Brot aus seinem Rucksack und schnitt ihn in drei Teile. Er gab jedem der beiden weißen Männer ein Stück. Als sie aufgegessen hatten, teilten sie sich eine Tafel Schokolade. Der Pygmäe, Nygano, aß zwei Handvoll Körner und trank eine Tasse Wasser aus Mulus Feldflasche. Er war den Weißen gegenüber noch immer schüchtern und nahm keine Schokolade an.

»Und weiter geht's«, sagte Mr. Palmer.

Mulu löschte das Feuer, und sie folgten Nygano quer über den kahlen Abhang zum Wald. Sie hatten zwölf Minuten Rast gemacht. Nach der sonnenbeschienenen Lichtung war es dunkel im Wald, und Nygano ging langsam voran und beobachete das Unterholz. Jay dachte, er habe Angst, der Gorilla könnte sie in dem Dämmerlicht überraschen. Er wußte nicht, wie weit weg der Gorilla war, aber er sah Blut auf einem umgestürzten Baum. In diesem Zwielicht war der Wald gespenstisch. Der Gorilla konnte ihnen leicht auflauern. Nun war das Gewicht der Springfield beruhigend. Sie kletterten nicht mehr so viel, aber das Unterholz war dicht. Manchmal mußten sie selbst auf nur leicht abschüssigem Boden auf allen vieren kriechen, um unterhalb der Vegetationsschicht aus Ranken und Flechten vorwärtszukommen. Die Nesseln waren lästig, und Jays Haut brannte. Seine Hände waren mit Pusteln übersät.

»Bwana!« rief Nygano nach hinten über die Schulter Mr. Palmer zu.

Der Pygmäe kniete auf einer kleinen Lichtung. Er zeigte ihnen eine Mulde im Boden und ein Büschel blutiger Blätter. Der Gorilla hatte sich in die Mulde gesetzt, während er das Blut von der Wunde wischte. Nygano gab Jay ein Zeichen, die Hand in die Mulde zu legen. Die Erde war noch warm, vom Körper des Gorillas.

»Bald fangen!« flüsterte Mulu Jay zu.

Sie folgten Nygano, so leise sie konnten. Sie kamen in eine Gegend, wo die Berge von tiefen Schluchten durchzogen wurden. Es ging so stark auf und ab, daß sie manchmal nicht mehr sagen konnten, ob sie auf die grünen Baumgipfel hinuntersahen oder auf grünes Unterholz. Nun ging es hinauf und hinunter, sie rutschten, glitten aus, klammerten sich an Kletterpflanzen fest, lehnten sich an den Abhängen so weit nach hinten, daß sie die Baumwipfel und die blauen Fetzen Himmel über den Bäumen sehen konnten; dann, als sie auf der gegenüberliegenden Seite hinaufkrochen, waren ihre Gesichter nur Zentimeter von dem grauen Schlamm entfernt. Sie suchten sich ihren Weg durch eine Gruppe von Weißbäumen, deren niedrige Äste voller Flechten hingen. In den Schluchten wuchsen Schierlingstriebe. Sie kamen an Orchideengruppen vorbei. Plötzlich stürzte Mr. Palmer kopfüber eine Böschung hinunter und brach durch das Unterholz, so daß nichts mehr von ihm zu sehen war.

»O Gott!« sagte er.

Jay half ihm, die Böschung hinaufzukriechen. »Nichts passiert?«

»Was für eine Scheißgegend«, sagte Mr. Palmer.

Sie fanden nun kein Blut mehr, und es war für Nygano nicht

leicht, der Spur zu folgen. Er suchte nach Abdrücken in dem weichen Boden und da, wo das Unterholz zu dicht war, nach abgebrochenen und zur Seite gebogenen Ästen. Er hatte erstaunlich scharfe Augen. Sie folgten ihm, so leise sie konnten. Irgend etwas keuchte neben Jay auf und polterte, noch immer keuchend, zwischen den Bäumen davon. Jay machte einen solchen Satz, daß er mit Mulu zusammenstieß.

»Nashornvogel«, sagte Mr. Palmer.

Sie erreichten eine ebene Stelle, wo der Wald aufhörte und ein Sumpfstück begann, in dem hohes, kräftiges Gras und einige Bambusstämme wuchsen. Auf der gegenüberliegenden Seite stand der Wald wie eine grüne Wand. Eine dünne Wolke hatte sich vor die Sonne geschoben, aber trotzdem tat das graue Tageslicht auf der Lichtung ihren Augen weh. Vor der Bambuswand direkt vor ihnen sahen sie vier schwarze Gorillas. Sie aßen nicht und standen dicht aneinander gedrängt. Der verwundete Gorilla war nicht dabei.

Die vier sahen die Jäger und flohen unbeholfen über das Sumpfstück. Wieder sahen sie beim Laufen nach hinten über die Schulter, und ihre Gesichter, wie aus glänzendem schwarzen Leder, waren furchtsam und verwirrt. Ein Gorillajunges klammerte sich bei einem von ihnen am Nacken fest. Sie liefen in den Wald auf der gegenüberliegenden Seite des Sumpfstücks.

»Wo ist unser Mann?« fragte Mr. Palmer.

»Ich seh' ihn nicht«, sagte Jay.

Nygano führte sie am Rand entlang um das Sumpfstück herum. Die weiche Erde seufzte unter ihren Füßen, und sie hinterließen eine Spur aus zertretenem Gras. Sie gingen in den halbdunklen Wald. Die Gorillas waren wieder verängstigt und hinterließen zahlreiche Kothaufen. Man konnte ihnen folgen, indem man auf die Kotspuren achtete. Auf dieser Seite des kleinen Sumpfes war der Wald weniger dicht, und sie kamen gut voran. Sie waren dicht hinter den Gorillas, und sie konnten das Krachen hören, mit dem die Tiere durch das Unterholz brachen. Der Himmel klarte auf, das Sonnenlicht drang durch die Bäume und brachte die Farbe der Flechten und Blumen zur Geltung. Der Wald war noch immer sehr naß.

Unvermittelt griff der Gorilla, der sich in einem Schierlingsbestand verborgen hatte, an und rannte brüllend auf sie zu. Er kam zwischen den Schierlingspflanzen hervor und drohte ihnen von der Kuppe eines grasigen Hügels herab. Jay konnte seine Zähne und seine rote Zunge sehen. Mr. Palmers Gewehr krachte, und der Gorilla fiel nach vorn aufs Gesicht, einen behaarten Arm unter dem Körper verdreht. Der Schuß schreckte die anderen vier Gorillas im Schierling auf. Sie rannten in Panik unbeholfen den Hügel hinunter, als letztes ein Gorillaweibchen, das entsetzt und verwirrt über die Schulter zurücksah. Jay zielte auf den Kopf, drückte ab und sah, wie es das Gleichgewicht verlor und, noch immer hügelabwärts laufend, in ein Dickicht stürzte. Mulu rief: *»Piga!«* und sprang zusammen mit Nygano über Büsche und Gräser, um so schnell er konnte bei dem Weibchen zu sein. Jay sah ihnen zu. Nygano lief ein Stück hinter das tote Weibchen und hob einen schwarzen Fellball auf. Es war das Junge, das vom Sturz der Mutter ganz benommen war. Es sah aus wie ein Teddybär mit dickem Bauch.

Mr. Palmer war zu dem Männchen gegangen. Jay ging hinüber zu ihnen. Der erste Schuß hatte im Hals des Gorillas unter dem linken Ohr eine regelrechte Furche hinterlassen. Der zweite Schuß war an der rechten Schläfe eingedrungen. Mulu kam und half ihnen, den Gorilla umzudrehen; es war zu dritt noch ein schweres Stück Arbeit, den Körper hochzuheben. Jay dachte, er müßte um die fünfhundert Pfund wiegen. Schließlich schafften sie es, ihn auf den Rücken zu drehen. Sein schwarzes ledriges Gesicht war schweißglänzend. Im Tod hatte sein Gesichtsausdruck nichts Wildes. Er sah weise und traurig aus, so als ob er ein solches Schicksal erwartet hätte.

»Ein mutiger Mann«, sagte Mr. Palmer.

Nygano kam mit dem Gorillajungen. Es wimmerte ein wenig und verbarg sein Gesicht an der Brust des Pygmäen, weil es Angst hatte, sie anzusehen.

8

Am Rande des Urwaldes drehte sich Jay um und betrachtete die toten Gorillas. Er sah den zottigen, dickbäuchigen Körper des Männchens und Mr. Palmer, der neben ihm kniete. Unten am Abhang sah er den schwarzen Hügel, der das Weibchen war, dessen Körper halb im Gras verborgen lag. Mulu lehnte an einem Baum und hielt das Baby auf dem Arm. Hinter den Körpern schwankten die Schierlingstriebe im Wind, und ihre Blätter wechselten im Sonnenlicht die Farbe und raunten, wenn der Wind über sie strich. Inzwischen wehte der Wind recht frisch aus östlicher Richtung, und weiße Wolken zogen am Himmel auf.

Jay drehte sich um und folgte Nygano. Sie mußten nun nicht mehr leise sein, und der Pygmäe schlug ein scharfes Tempo an, hieb mit seinem *Mgoosu,* einem sichelförmigen Messer, einen Weg durch das Unterholz. In leichtem Trab ging es den Berg hinunter. Neben einer der bienenkorbartigen Hütten in dem Holzfällerdorf trafen sie wieder auf den Pfad, dem sie hinab zu dem mit Bambus bewachsenen Plateau folgten. Von dort aus nahmen sie den Elefantenpfad zum Camp. Sie bewältigten die Strecke innerhalb einer Stunde, aber in dieser Zeit hatte sich der Himmel bedeckt. Ein Unwetter zog auf.

Im Camp brannten die Lagerfeuer. Herbert stand vor Mrs. Salles' Zelt. Er starrte Jay an, aber er sagte nichts. Sein ausgezehrtes Gesicht wirkte feindselig. Er stand so, als ob er auf irgend etwas gelauscht hätte. Jay traf Bill neben dem Küchenzelt.

»Mein Gott!« Bill starrte auf Jays Kleidung. »Was ist passiert?«

»Das ist nur Schlamm.«

»Habt ihr was geschossen?«

»Ja«, sagte Jay. »Zwei.«

»Im Ernst? Zwei Gorillas?«

»Ja. Und ein Baby.«

Bill stieß einen Triumphschrei aus. Bei dem Lärm kamen die anderen aus ihren Zelten. Nygano hatte den Trägern bereits alles erzählt. Sie riefen durcheinander und tanzten. Sie glaubten, die Gorillas sollten gegessen werden. Bill erzählte es dem Professor. Dann kamen Cable und Mrs. Salles, und er erzählte es ihnen. Alle waren aufgeregt.

»Wer hat sie geschossen?« fragte Cable.

»Mr. Palmer hat das Männchen erlegt.«

»Und den anderen?«

»Das Weibchen habe ich geschossen.«

»Gut!« sagte Cable. »Das sind prima Neuigkeiten, Pfadfinder.« Er klang aber nicht so. Er klang, als hätte er gerade vom Tod eines geliebten Menschen erfahren.

»Ist jemand verletzt worden?« fragte der Professor.

»Nein.«

Bill sagte: »Der alte Jay, ein wahrer Nimrod.«

Die Träger und die Somali-Boys tanzten. Sie riefen Jay etwas zu und tanzten um Nygano herum. Der Pygmäe sah verängstigt aus. Er lächelte Jay schüchtern an. Die Träger riefen ständig einen Satz, fingen an, ihn zu singen.

»Mr. Palmer möchte, daß Nygano die Träger zurückführt«, sagte Jay zum Professor.

Professor Huntley sagte: »Ich werde sie losschicken.« Er ging, um mit dem Anführer zu sprechen.

Mrs. Salles fragte: »Wo ist das Junge? Ich hoffe, es ist nicht verletzt.«

»Es ist ihm nichts passiert. Mr. Palmer hat es.«

»Ist es ein Mädchen oder ein Junge?«

»Ich weiß es nicht.«

Cable klopfte Jay auf den Rücken. »Ich wette, Sie fühlen sich großartig.« Er hatte sich zu einer Art unechter Herzlichkeit durchgerungen.

»Nicht besonders«, sagte Jay.

»Du siehst geschlaucht aus«, sagte Bill. »Möchtest du einen Drink?«

»Das ist eine prima Idee.«

»Ich beneide Sie um diesen Gorilla, Pfadfinder«, sagte Cable.

Einer der Totos brachte Jay Whisky und Wasser. Er setzte sich in einen Klappsessel vor dem Küchenzelt, um etwas zu trinken.

Eve Salles fragte: »Ist Mr. Palmer bei den erlegten Tieren geblieben?«

»Ja. Er hatte Angst, daß sich ein Leopard daran zu schaffen machen würde.«

»Es ist ein großer Tag für ihn«, sagte sie.

»Vermutlich«, sagte Jay.

Cable sagte mit seiner verlogenen Herzlichkeit: »Ich hätte mich auch mit dem Weibchen zufriedengegeben.«

Jay nahm einen tiefen Schluck Whisky.

»Es gibt nur sehr wenige Menschen, die einen Gorilla geschossen haben, Pfadfinder.«

»Der Prinz von Schweden hat vierzehn geschossen«, sagte Jay.

Der Whisky tat gut. Er goß sich noch einen ein. Die anderen betrachteten ihn ein wenig verwundert. Er verhielt sich nicht so, wie sich ihrer Meinung nach jemand verhalten müßte, der gerade einen Gorilla geschossen hatte.

»War es schwer, sie aufzuspüren?« fragte Eve Salles.

»Sehen Sie ihn doch an«, sagte Bill.

»Es war schlammig. Und wir mußten viel klettern.«

»Ich könnte mein Bein verfluchen«, sagte Lew Cable.

Der Anführer hatte etwa fünfzig Träger bestimmt. Nygano war bereit, sie den Berg hinaufzuführen. Die Träger redeten untereinander. Sie waren aufgeregt. Einige von ihnen sangen.

Jay sagte: »Wir sollten Mr. Palmer eine Flasche Whisky raufschicken.« Er sah zum Himmel. Die Wolken hingen tief. »Und einen Regenumhang.«

»Ich hole die Sachen«, sagte Bill.

Der Professor kam zum Küchenzelt. Er grinste. »Wissen Sie, was die Träger singen, Jay?«

»Nein.«

»Der König der Berge ist tot.«

»Vermutlich haben sie recht«, sagte Jay. Er dachte an den Ausdruck im Gesicht des toten Gorillas.

»Erzählen Sie uns doch bitte, wie es war«, sagte Eve Salles.

»Oh, mein verdammtes Bein«, sagte Cable.

»Trinken Sie aus, Jay«, sagte der Professor. »Und dann kommen Sie bitte in mein Zelt. Wir möchten alle die Geschichte hören.«

»Ich kann gleich mitkommen«, sagte Jay.

»Oh, nein. Trinken Sie erst zu Ende.«

Der Professor ging in sein Zelt. Nygano und der Anführer der Eingeborenen gingen vor den Trägern her in den Bambuswald. Nygano lächelte Jay zu. Er schien nicht müde zu sein. Jay winkte zu ihm hinüber.

»Wie weit waren sie weg, als ihr sie geschossen habt?« fragte Bill.

»Nicht weit. Knapp zwanzig Meter.«

»Haben sie euch angegriffen?«

»Nur das Männchen.«

Cable sagte: »Sie sind wirklich ein Glückspilz, Pfadfinder.« Er schlug Jay noch einmal auf die Schulter. »Warum zum Teufel hab' ich keinen erwischt?«

»Sie können meinen haben«, sagte Jay.

»Das könnte ich nicht annehmen«, sagte Cable.

»Klar könnten Sie das. Keinen Menschen würde das interessieren. Nehmen Sie ihn!«

Eve Salles sah Jay an, ihre Augen blickten nachdenklich. »War es wirklich so schlimm?« fragte sie.

Während sie unter dem großen Vordach des Küchenzeltes zu Abend aßen und der Ölofen und ein Lagerfeuer für Wärme sorgten, brach irgendwo oben in den Bergen ein Unwetter los. Wenn es blitzte, konnten sie sehen, wie der Wind schwarze Wolken über den Gorillaberg jagte. Das Blitzen war weit entfernt und der Donner kaum hörbar. Wahrscheinlich dämpfte der Gorillaberg den Klang.

»Ob Palmer wohl naß wird?« sagte der Professor.

»Mir scheint es weiter weg zu sein«, sagte Bill.

Lew Cable sagte: »Warum zum Teufel braucht er so lange?«

Der Professor sagte: »Es dauert seine Zeit, Tragen für die Gorillas zu bauen, Lew.« Im Licht der Zeltlampen sah sein Gesicht farblos aus. Selbst seine Lippen waren blaß. Jay dachte, daß er krank aussah.

»Sind sie so schwer?« fragte Eve Salles.

Jay sagte: »Mr. Palmer meinte, das Männchen müßte um die fünfhundert Pfund wiegen.«

»Ist das nicht furchtbar groß?«

»Etwa Durchschnitt«, sagte Bill.

»Was ist mit Ihrer Gorilladame, Pfadfinder?« fragte Cable.

»Ich habe sie mir nicht angesehen«, sagte Jay.

»Oh, mein Gott!« sagte Cable.

Ein Blitz über dem Gorillaberg erleuchtete die sich schwarz auftürmenden Wolken. Der Donner war mittlerweile zu einem beständigen Grollen geworden. Ein seltsamer Wind, der in kurzen Böen blies, ließ die gelben Flammen der Zeltlampen flackern. Zwischen den Windstößen war es völlig ruhig.

»Sie werden sehr bald da sein«, sagte Professor Huntley.

Bill sagte: »Bestimmt.«

»Ob das Junge überlebt?« fragte Mrs. Salles.

Der Professor lächelte sie an. »Bis es mit menschlichen Krankheiten in Berührung kommt.«

»Gorillas sind dem Menschen sehr ähnlich«, sagte Bill, »aber sie fallen menschlichen Krankheiten sehr leicht zum Opfer.«

»Wie interessant«, sagte Eve Salles. »Welchen Krankheiten?«

»Hauptsächlich Erkältungen.«

»Oh.«

»Bill«, sagte Cable. »Ich bin nicht Ihrer Meinung, daß Gorillas dem Menschen sehr ähnlich sind.«

»Sie sollten sehen, wie einer stirbt«, sagte Jay.

»Das würde ich gern, Pfadfinder.«

»Ich glaube nicht, daß es Ihnen gefallen würde, Lew«, sagte der Professor. »Ich fürchte, ein Gorilla ist menschlicher, als Sie glauben.«

»Sie schwitzen wie Menschen«, sagte Jay.

Ein Donner krachte. Die schwarzen Boys legten Holz auf die Lagerfeuer. Herbert kam mit einer Flasche Brandy und ein paar Pappbechern. Er stellte sie mit mürrischem Gesicht auf den Tisch und ging wieder weg.

»Bitte nehmen Sie jeder einen Schluck«, sagte Mrs. Salles. Sie goß ihnen ein. »Und reden Sie weiter.«

»Ich werde Ihnen sagen, was ich denke«, sagte Lew Cable. »Gorillas *sind* wie Menschen. Vielleicht sind sie sogar miteinander verwandt. Aber irgendeine Macht hat den Menschen und nicht den Gorilla ausgewählt, sich die Welt untertan zu machen.«

»Jetzt sagen Sie nicht, Sie reden von Gott!« sagte Bill.

Cable sagte. »Zufälligerweise doch.«

»Schön für Sie, Lew«, sagte Eve Salles.

Sie sah Cable mit weit geöffneten Augen an. Jay bemerkte, daß Gott ihr wichtig war. Er war ein wenig erstaunt über das ›Lew‹. Ganz offensichtlich hatte Cable Fortschritte gemacht. Aber ihm sollte es egal sein.

Bill sagte: »Der Weg zu Gott mit Mary Pickford und Lew Cable.«

»Ach, zum Teufel!« sagte Cable.

»Wir sollten nicht über Gott diskutieren«, sagte der Professor.

»Oh, ich bitte darum«, sagte Eve Salles. »Sie müssen wissen, ich bin eine Klosterschülerin und habe immer nur eine Meinung dazu kennengelernt.«

»Das Problem ist nur, daß Bill für gewöhnlich dabei ärgerlich wird«, sagte der Professor. »Manchmal denke ich, er ist eifersüchtig auf Gott.«

Bill lachte. »Das bin ich auch.«

»Aber, Bill, Sie werden doch wohl zugeben, daß ein Gorilla keine Seele hat?« fragte Cable.

»Ich habe noch nie die Seele eines Gorillas gesehen«, räumte Bill ein. »Und noch nie die eines Menschen.«

»Meine ist recht hübsch«, sagte Jay.

»Ach, seien Sie doch mal ernst«, sagte Eve Salles. »Das Thema ist schrecklich interessant.«

Der Professor sagte: »Ich glaube, es ist weniger eine Frage der Seele als der Spezialisierung.«

»Spezialisierung?«

»Ich werde versuchen, das zu erklären. Oder Bill kann es. Er ist sehr begabt darin, Wissenschaft allgemeinverständlich darzustellen.«

»Nein, bitte erklären Sie es«, sagte Eve Salles.

»Nun ja«, sagte der Professor, »die Spezialisierung setzte vor langer Zeit ein, als Affen und Menschen noch sehr ähnlich waren. Im Miozän beispielsweise streiften Affen durch ganz Europa und lebten fast genauso wie die damaligen Menschen. Es gibt tatsächlich erstaunliche Ähnlichkeiten zwischen dem Menschen der Frühzeit und dem *Dryopithecus fontani*, einem ausgestorbenen Affen, der im heutigen Spanien lebte.«

Er wartete einen Augenblick ab, während Donner über die

Berge kam, der so klang, als ob Pferde eine Holzbrücke überquerten. Der Wind war jetzt gleichmäßig und kalt. Schließlich erstarb der Donner.

»In dieser Zeit«, fuhr er fort, »spezialisierte sich der Gorilla allmählich auf Stärke. Im Laufe seiner Evolution wurde er groß und stark. Bald war er eine der beherrschenden Arten auf der Welt, viel zu groß, als daß ihm irgend etwas hätte gefährlich werden können. Aber der Mensch der Frühzeit schlug eine andere Entwicklung ein. Er blieb klein und lebte in ständiger Furcht vor allen möglichen Tieren. Er mußte eine andere Möglichkeit finden, um zu überleben.«

Jay hatte Bill schon darüber reden gehört. Es gehörte zu einer Theorie der zufälligen Evolution, die er und der Professor vertraten und die auf ihren Studien des Lungenfisches basierte. Es war interessant, aber er machte sich Sorgen um Mr. Palmer. War er von dem Unwetter überrascht worden? Er hoffte, daß er nicht in Schwierigkeiten geraten war. Er fragte sich, ob es nicht besser gewesen wäre, wenn er mit Nygano zurückgegangen wäre. Er fühlte sich ein wenig schuldig.

»Glücklicherweise hatte der Mensch eine Vorliebe für Fleisch«, sagte der Professor gerade. »Aber er war weder stark noch schnell genug, mit seinen nackten Händen zu töten. Also baute er Fallen und machte Speere und Keulen und Pfeil und Bogen und schließlich Gewehre. Und sein Gehirn entwickelte sich gleichzeitig mit den Waffen, und im Laufe der Zeit wurde er der Beherrscher der Erde.«

Bill sagte: »Als der Gorilla beschloß, doppelt so groß wie ein Primo Carneras zu werden, hätte er nie gedacht, daß seine kümmerlichen Verwandten, Jay und Mr. Palmer, ihn eines Tages mit einem Gewehr abknallen würden.«

»Er war dumm«, sagte Lew Cable. »Er hat sich in eine Sackgasse hinein entwickelt.«

Der Donner war viel näher gekommen und klang greller. Die

Wolken zogen über den Gorillaberg, gewaltig und dunkel hoben sie sich vor den violetten Blitzen ab. Einen Moment lang prasselte der Regen auf das Vordach des Küchenzeltes. Der kalte Wind war heftiger geworden.

»Es wird ein schlimmes Unwetter geben«, sagte Jay.

Der Professor sah Cable ungeduldig an. »Meinen Sie wirklich, daß er dumm war, Lew?« fragte er. »Wenn Sie im Miozän gelebt hätten, was hätten Sie sein wollen: ein starkes Wesen mit warmem Fell, das sich vor nichts fürchtet, oder ein nacktes frierendes Tier, das sich vor seinen Feinden in einer feuchten Höhle verbirgt?«

»Ich bin froh, daß mir die Schwestern nicht zuhören«, sagte Eve Salles, »aber ich wäre lieber ein Gorilla gewesen.«

»Natürlich wären Sie das.«

»Es läuft einfach alles darauf hinaus«, sagte Cable. »Irgendeine Macht hat dafür gesorgt, daß sich der Mensch weiter entwickelte.«

»Sonntagsschulgewäsch!« sagte Bill.

»Wollen Sie abstreiten, daß sich der Mensch weiter entwickelt?« fragte Cable.

»Was heißt denn weiter?« wollte der Professor wissen.

Einer der Totos kam an den Tisch. »Sie kommen, *Bwana*«, sagte er zu dem Professor. Er zeigte in Richtung des Gorillabergs.

Knapp oberhalb des Bambuswaldes waren mehrere gelbliche Lichter zu sehen, die am Himmel zu schweben schienen. Die Träger kamen mit Fackeln den Berg herunter. Bei jedem Blitz verschwanden die Lichter. Sie bewegten sich sehr langsam vorwärts.

Jay war erleichtert. »Sie sind bei dem verlassenen Dorf«, sagte er.

»Wie lange dauert es noch?« fragte Bill.

»Eine Stunde.«

Eve Salles rief: »Hoffentlich schaffen sie es vor dem Regen.«

Cables Stimme polterte dazwischen. »Die Beherrschung der Natur ist doch wohl ein Schritt nach vorn, Professor, oder etwa nicht?«

»Auch der Gorilla hat gelernt, die Natur zu beherrschen«, sagte der Professor. »Bis der Mensch das Schießpulver erfand. Wie wir wissen, hat erst das den Gorilla in seine Sackgasse gebracht. Aber auch der Mensch könnte sich bereits darin befinden. Zumindest neige ich zu dieser Vermutung.«

»Wie können Sie so etwas sagen?«

Zum erstenmal klang die Stimme des Professors ungeduldig. »Selbst Sie werden zugeben, daß der Mensch degeneriert, ein Zeichen dafür, daß der evolutionäre Prozeß am Ende angelangt ist. Zweifellos hat er sich in den letzten dreitausend Jahren intellektuell nicht weiterentwickelt. Sein Wissensstand hat sich erweitert, aber das ist auch schon alles. Die Kennzeichen seiner Degenerierung sind Machtgier, das Verlangen, seine Mitmenschen zu töten, blindwütige, irrationale, primitive Vernichtungssucht. Er hat gute Aussichten, sich selbst durch Kriege auszurotten. Überall erfinden Nationen neue Verfahren, andere Nationen zu vernichten. Bomben, Gas, Feuer, Krankheiten; was haben wir wohl noch an neuen und schrecklicheren Dingen zu erwarten?«

Der Professor verstummte. Jay beobachtete die gelben Lichter oben am Berg. Es waren viele Fackeln. Er war müde. Die Tragödie der Menschheit berührte ihn weniger unmittelbar als das Sterben der beiden Gorillas. Er fühlte sich sehr schlecht wegen der Gorillas, und was mit der Menschheit geschah, war ihm im Grunde genommen egal. Vermutlich war das ein Zeichen der Degenerierung, von der der Professor gesprochen hatte.

»Es gibt noch eine weitere Möglichkeit, Lew«, sagte Bill. »Wir müssen uns noch nicht einmal selbst vernichten. Vielleicht waren wir, als wir Flossen gegen Hände eintauschten, ebenso kurzsichtig wie der Gorilla. Was ist, wenn die Erde wieder von Wasser bedeckt wird? Wie sollen wir uns dann Treibstoff oder Nahrung oder Trinkwasser beschaffen? Oder was ist, wenn sich durch irgendeinen Unfall die chemische Zusammensetzung der Luft verändert? Wir würden aussterben, und vermutlich würde irgendein kleines, unterirdisch lebendes Tier, dessen Lungen für die neue Luft geeignet sind, die Herrschaft über die Erde übernehmen.«

»Sie sollten sich also dem Gorilla nicht allzu überlegen fühlen, Lew«, sagte der Professor.

»Das tue ich überhaupt nicht«, sagte Eve Salles. »Sie beide machen mir Angst.«

Cable sagte hartnäckig: »Ich glaube, daß der Mensch überleben wird.«

»Dann können wir ja alle ruhig schlafen«, sagte Bill.

Es hatte angefangen zu regnen, und Tropfen prasselten auf das Vordach des Küchenzeltes. Die Boys kamen, um den Tisch und die Stühle ins Zelt zu räumen. Ein gezackter Blitz leuchtete über dem Gorillaberg auf, aber der Donner kam sehr viel später. Die gelben Lichter waren schon ziemlich weit unten am Berg zu sehen.

»Ich hole mir einen Mantel«, sagte Eve Salles.

»Wir werden wohl alle unsere Mäntel brauchen«, sagte Bill. »Kommen Sie, Professor.«

Jay ging zum Vorratszelt und suchte seinen grünen Regenumhang. Der Regen schlug laut auf das Zeltdach. Er zog den Umhang über, knüpfte ihn bis zum Hals zu und setzte sich dann auf den Rand seines Feldbettes. Er fühlte sich sehr einsam und hatte ein kaltes, schweres, bedrückendes Gefühl in der Magengegend.

Bill steckte den Kopf ins Zelt. »Kommst du?«

»Ja.«

»Sie werden bald da sein.«

Bill ging weg. Was soll's, dachte Jay. Wenn der Mensch nur ein Tier war, dann galt das auch für den Gorilla. Das Weibchen wäre wahrscheinlich ohnehin eines gewaltsamen Todes gestorben. Mr. Palmer hatte nicht den Eindruck gemacht, als ob ihn die Schießerei bedrückt hätte. Es kam einfach darauf an, nicht darüber nachzudenken. Er würde einfach vergessen, daß er das Weibchen getötet hatte. Er hoffte bei Gott, daß ihm das besser gelingen würde als sein Versuch, Linda zu vergessen. Er stand vom Feldbett auf und ging aus dem Zelt. Ein heftiger Regen fiel, und die Tropfen schlugen ihm ins Gesicht. Der Himmel war von Donner erfüllt.

Er suchte nach den gelben Lichtern, aber er konnte sie nicht entdecken. Er nahm an, daß die Träger das bambusbewachsene Plateau erreicht hatten. Dann sah er den schwachen Schimmer auf den niedrig hängenden Wolken über dem Elefantenpfad. Sie kamen gut voran. Schade, daß sie es nicht vor dem Unwetter geschafft hatten. Er ging ein paar Schritte den Elefantenpfad hinauf. Ein Blitz zuckte über dem Berg auf, und er sah Eve Salles ganz in seiner Nähe. Er ging zu ihr.

»Können Sie sie sehen?« fragte sie leise.

»Ich glaube, sie sind auf dem Pfad.«

Sie betrachteten schweigend den Gorillaberg. Der Schimmer über dem Elefantenpfad war jetzt heller und bewegte sich in Richtung auf das Lager. Der Donner rollte dumpf nach einem grellen Blitzstrahl. Die Luft vibrierte vom Donner.

»Der Schimmer kommt von den Fackeln«, sagte er.

»War es wirklich so schlimm, sie zu töten?« fragte sie.

»Sie waren so verdammt menschlich.«

»Ich habe mal einen in einem Käfig gesehen, und der sah brutal aus«, sagte sie.

»Diese hier waren verängstigt und am Schluß sehr traurig.«

Der Wind wechselte plötzlich die Richtung und trieb ihnen den Regen in die Augen. Sie stand dicht neben Jay, und er konnte ihr Parfum riechen. Der Regen kam schräg, peitschend und kalt. Sie trug einen Regenmantel mit Kapuze. Als ein Blitz den Himmel erleuchtete, konnte er sehen, daß sie sehr schön war. Er wandte den Blick ab. Oberhalb des Elefantenpfades wechselte der Schimmer der Fackeln von gelb zu rot. Der Wind änderte die Richtung, und sie hörten Männer singen. Der Klang trieb mit dem Wind zu ihnen herunter, stark und tief; dann wechselte der Wind wieder, und es war nichts mehr zu hören, außer dem Prasseln des Regens auf den Bambusblättern.

»Wie seltsam!« flüsterte sie.

»Ja.«

»Warum singen sie?«

»Der König der Berge ist tot.«

Sie versuchte, ihm ins Gesicht zu sehen. »Glauben Sie wirklich, das ist der Grund?«

»Warten Sie, bis Sie ihn gesehen haben.«

Die Boys warfen Holz auf die Feuer. Die Flammen loderten auf, beleuchteten die Zelte und die kahlen Bäume und die Berge von Vorräten. Der rote Schimmer wurde immer stärker. Der Regen zischte im Feuer, und Wind jagte den Rauch durch das Lager. Hinter den Zelten bewegten sich schwarze Schatten. Eve Salles schauerte.

»Ihnen ist nicht ganz wohl dabei, oder?« sagte sie.

»Ihnen etwa?«

»Ich weiß es nicht.«

Wieder trug der Wind den Gesang zu ihnen herüber, langsam und voller Trauer, wie der Kirchengesang der Schwarzen. Die Stimmen übertönten den Regen im Bambuswald. Sie übertönten den Donner. Alle Träger sangen. Es war unheimlich. Der Wind wechselte, aber die Stimmen wurden nicht leiser. Die Fackeln waren jetzt sehr nah, und Funken flogen über den Bambus. Einen Moment herrschte Stille, und dann sang eine einzelne tiefe Stimme eine Zeile. Der Chor, der gleichfalls tief, aber durch die zahlreichen Stimmen kraftvoll klang, wiederholte die Zeile. Die Stimme sang sie erneut. Dann, unter dem Grollen des Donners, kam die letzte Zeile, bei der sich die Stimmen zusammen erhoben, gefühlsgeladen, tiefkehlig und schwermütig.

Der Elefantenpfad war von rotem Licht erfüllt. Mr. Palmer, Mulu und Nygano, die, den Kopf im Regen gesenkt, um die letzte Biegung kamen, hoben sich schwarz gegen den Fackelschein ab. Hinter ihnen folgten zwei Träger mit Fackeln. Die Flammen beleuchteten den im Wind schwankenden Bambus. Mulu trug das Gorillajunge. Mr. Palmer ging an ihnen vorbei, seine Füße schleiften durch den Schlamm, und sein Gesicht wirkte ausgezehrt. Das Gorillajunge war ein kleiner Fellball in Mulus Armen. Es hatte das Gesicht verborgen.

»Das arme Kleine«, flüsterte Eve Salles.

Die drei Jäger gingen weiter zum Lager. Der Regen zischte im Bambus. Jetzt kam der größte Teil der Fackelträger um die Biegung, die Flammen und der Pechqualm der Fackeln flogen hinauf in die Nacht. Sie sangen alle. Hinter ihnen, den massigen Körper halb vom Rauch und den flackernden Schatten verhüllt, aufrecht auf der Trage sitzend, schwarz und häßlich, kam der Gorillamann. Die Männer sangen Wörter, die in Jays Ohren klangen wie: *»Ooo muuba jah, ooo muuba jah.«*

Die Stimmen erstarben. Die Träger kamen stumm näher. Es war das Ende eines Refrains. Donner grollte in den Bergen. Eve Salles packte Jays Arm. Jetzt wurde der Gorillamann von den Flammen beleuchtet. Er war mit Lianen auf der Trage befestigt, die von den Trägern geschleppt wurde, und sein Kopf nickte bei jedem Schritt, die zottigen Arme mit den zusammengekrallten Händen baumelten neben den langen Seitenstangen herab. Das Haar auf seinen Armen und Schultern war vom Regen zerzaust. Plötzlich sang eine einzelne Stimme: *»Ula-oom ungai eh umbei.«* Und die übrigen Stimmen setzten dröhnend ein: *»Ula-oom ungai eh umbei.«*

Der Gorilla schien nur aus Brust und Bauch und Schultern und Kopf zu bestehen. Im Schein der Fackeln konnte man die

Brustwarzen erkennen, die Ohren, die verdreht und deformiert aussahen, den kegelförmigen Kopf, die gelben Zähne. Das schwarze ledrige Gesicht glänzte im Regen. Der Gorilla hatte einen traurigen Ausdruck. Er wurde von zwölf Männern getragen. Die einzelne Stimme sang: *»Ula-oom ungai eh umbei.«*

Tief dröhnten die Stimmen: *»Ooo muuba jah; ooo muuba jah; ooo muuba jah.«*

Dann waren sie still. Violette Blitze flackerten am Himmel, beleuchteten die Fackelträger und die Männer mit der Trage, die funkelnde Augen und schimmernde Zähne und Elfenbeinschmuck zeigten, der sich weiß von der schwarzen Haut abhob, und Fackeln, die plötzlich erblaßten, und Regen und schwankenden Bambus und Rauch und marschierende Männer und darüber, auf seiner Bahre, den Gorilla, nickend und feierlich und gewaltig und darüber und dahinter die massige Silhouette seiner Bergheimat, die sich nun durch den Blitz vor dunklen, drohenden, jagenden Wolken abzeichnete.

»Er ist einfach unglaublich!« stieß Eve Salles hervor.

»Ja.«

»Wie ein Ungeheuer, wie ein heidnischer Gott.«

Eine einzelne Stimme nahm den Gesang wieder auf. Die Trage zog an ihnen vorbei. Jay roch den Schweiß der Träger, den Rauch der Fackeln. Die Flammen umgaben den Gorilla von allen Seiten. Die Stimmen dröhnten: *»Ula-oom ungai eh umbei.«* Jetzt kamen noch mehr Fackeln und die zweite Trage. Die Haut der Träger glänzte im Regen. Jay sah das Weibchen, eine schwarze, vorgebeugte Masse, auf seiner Trage. Es saß nicht aufrecht. Jay blickte in die andere Richtung. Er sah, wie die Träger mit dem Gorillamann im Mittelpunkt des Lagers anhielten. Dort warteten Lew Cable und der Professor. Die Träger hoben die Trage hoch über den Kopf, sangen laut einen letzten Refrain und setzten den Gorilla ab. Er saß vor dem Professor und nickte nicht mehr. Wind rüttelte am Bambus.

»Ich glaube, ich hol' mir was zu trinken«, sagte Jay.

»Aber sie bringen gerade das Weibchen«, sagte Eve Salles.

»Zum Teufel mit ihr!«

Sie sah schockiert aus. Er ließ sie stehen, ging zum Küchenzelt und nahm sich den Brandy. Er trank aus der Flasche, ohne noch extra einen Becher zu suchen.

9

Sie sahen zu, wie Mr. Palmer im Küchenzelt aß. Er trank Whisky und aß Eintopf mit Brot. Er sah besser aus. Der Whisky hatte ihm gutgetan. Draußen war die Luft erfüllt vom Lärm des Unwetters. Der Regen prasselte auf den Bambus und auf die Dachplane des Zeltes. Der Professor saß neben Mr. Palmer und stellte ihm Fragen zu dem Transport vom Berg hinunter.

»Es ging sehr langsam«, gestand Mr. Palmer ein.

»Wir dachten schon, Sie hätten einen Unfall gehabt.«

»Wir hatten sogar mehrere.« Mr. Palmer grinste. »Bin elfmal hingefallen, um genau zu sein. Einmal habe ich mein Gewehr verloren. Und einmal haben wir die alte Dame fallen lassen.«

»Wie unangenehm.«

»Nichts Schlimmes passiert.« Mr. Palmer goß sich noch ein Glas Whisky ein. »Sie ist in ein Gebüsch gefallen.«

Durch die offene Zelttür konnte Jay das Unwetter sehen. Ein gewaltiger Blitz erhellte den Himmel, dicht gefolgt von einem Donner, der so laut wie eine Explosion war. Er sah, wie der Blitz im Gorillaberg einschlug. Dort oben war das Unwetter noch schlimmer.

»Wir sind aber alles in allem sehr behutsam mit ihnen umgegangen«, sagte Mr. Palmer.

Eve Salles saß unter einer der Zeltlampen und beobachtete Mr. Palmer. »Hat das Junge Schwierigkeiten gemacht?« Sie sah sehr jung aus.

»Geweint«, sagte Mr. Palmer.

»Das arme Kleine«, sagte sie.

Bill und Cable kamen ins Zelt. Jay zog die Eingangsklappe

beiseite, um sie hereinzulassen. Wasser rann von ihren Regenmänteln.

»Beide Gorillas sind im Labor«, sagte Cable zum Professor.

»Gut.«

Bill sagte: »Wir schaffen das auch allein, Prof.«

»Ich will dabei sein«, sagte der Professor mit sanfter Stimme.

»Das Ganze wird vier Stunden dauern.«

»Ist mir egal. Was meint ihr, warum ich mitgekommen bin?«

»Na schön«, sagte Bill. »Aber machen Sie mir hinterher keine Vorwürfe, wenn Sie fix und fertig sind.«

»Was haben Sie vor?« fragte Eve Salles.

»Die Gorillas konservieren«, sagte Lew Cable.

»Hat das nicht Zeit bis morgen?«

»Es muß so schnell wie möglich gemacht werden«, sagte der Professor.

Eve Salles sah ihn an: »Müssen Sie wirklich dabei sein?«

»Um nichts auf der Welt würde ich das versäumen.« Der Professor lächelte sie an. »Fertig?« fragte er Bill und Cable.

»Bevor Sie gehen«, sagte Mr. Palmer und blickte von seinem Eintopf hoch, »will ich Ihnen noch etwas von dem Gorillajungen erzählen. Bevor ich es selbst nicht mehr glauben kann.« Er zögerte und sagte dann: »Es hat auf dem Weg nach unten ein wenig gesprochen.«

»Gesprochen?« sagte der Professor.

»Nicht gerade englisch.« Mr. Palmers Gesicht war rot geworden. »Ich hatte trotzdem den Eindruck, daß es etwas gesagt hat.«

»Zu wem etwas gesagt hat?«

»Ich weiß nicht. Ist alles sehr albern.« Ganz offensichtlich wünschte Mr. Palmer, er hätte nicht davon angefangen. »Aber einige Male hatten wir das Gefühl, daß ihm irgend etwas antwortete.«

Lew Cable lachte. »Wir hätten ihm keinen Whisky hochschicken sollen.«

»Vielleicht«, sagte Mr. Palmer.

»Könnte es sein, daß die drei Gorillas Ihnen auf dem Rückweg gefolgt sind?« fragte Bill.

»Ich weiß nicht«, sagte Mr. Palmer.

»Die hätten doch vor den Fackeln Angst gehabt«, sagte Lew Cable.

»Wahrscheinlich haben Sie irgendein anderes Tier gehört«, sagte der Professor.

»Wahrscheinlich«, sagte Mr. Palmer. Er war froh, daß alles vorbei war. »Wollte es Ihnen nur gesagt haben.«

Der Professor ging mit Bill und Cable zusammen hinaus. Jay hielt ihnen den Eingang auf. Er hatte angeboten, ihnen beim Konservieren zu helfen, aber er war erleichtert gewesen, als der Professor ihm sagte, er würde nur im Weg stehen. Er war sehr müde. Während er neben dem offenen Eingang stand, fiel ihm der Regen ins Gesicht. Mrs. Salles schaute über seine Schulter nach draußen. Er roch einen Duft, der an Flieder erinnerte. Der kalte Regen besprühte sie beide. Jay sah, wie der Regen als weißer Vorhang über dem Gorillaberg niederging.

»Scheußlich, nicht?« sagte sie.

»Es wird noch schlimmer werden.«

»Ich fürchte auch«, sagte sie. »Ich hasse Unwetter. Ich glaube, ich gehe zu Bett.«

»Soll ich Sie zu Ihrem Zelt begleiten?«

»Herbert ist hier.« Sie sagte: »Herbert«, und er erschien am Zelteingang. Er hatte neben dem Zelt im Regen gestanden und auf sie gewartet. Jay fragte sich, wie lange er schon dagewesen sein mochte. Er war wirklich eine treue Seele.

»Gute Nacht allerseits«, sagte sie.

»Herbert kann mein Zelt benutzen«, sagte Mr. Palmer. »In so einer Nacht sollte man nicht draußen schlafen.«

»Danke. Ich werde es ihm sagen.«

Als der Eingang wieder geschlossen war, klang das Unwetter

nicht mehr so laut. Jay goß sich ein Glas von Mr. Palmers Whisky ein. Er war todmüde. Es war ein harter Tag gewesen. Er freute sich auf sein Bett.

»Attraktive Frau«, sagte Mr. Palmer.

»Sie ist sehr schön«, sagte Jay.

»Komisch, daß sie einen Franzosen geheiratet hat.«

»Was stimmt denn nicht mit den Franzosen?«

»Ach, ich weiß nicht. Ich find's trotzdem komisch, daß eine Frau einen heiratet.«

»Nicht, wenn er reich ist.«

»Wahrscheinlich«, sagte Mr. Palmer.

Sie gossen sich beide erneut Whisky nach. Der Wind war stark. Er zerrte am Zelt, trieb kalte Luft hinein. Durch den Regen wurde das Zeltdach durchscheinend, so daß man durch es hindurch die Blitze zucken sehen konnte. Es blitzte überall am Himmel. Der Wind und der Regen im Bambus klangen wild.

»Tja, wir haben unsere Gorillas«, sagte Mr. Palmer.

»Ja.«

»Ich würde aber kein Hobby draus machen.«

»Dem Prinzen von Schweden hat es gefallen.«

»Vielleicht würd's ihm ja auch gefallen, mit der Maschinenpistole auf Kinder zu schießen.«

»Sie sahen wirklich menschlich aus«, sagte Jay.

»Haben Sie das Kleine weinen gehört?«

»Nein.«

»Sie können mir glauben, es war wirklich seltsam.«

Eine Windbö wehte den Zelteingang auf, und Regen sprühte ins Zelt. Das Geräusch von rinnendem Wasser war überall. Die Zeltlampe schwankte im Wind.

»Es war verdammt seltsam«, sagte Mr. Palmer.

»Daß es gesprochen hat?«

Mr. Palmer nickte in seinen Pappbecher voll Whisky. »Und es

ist wirklich irgend etwas hinter uns hergekommen, glauben Sie mir. Mulu und der Pygmäe haben es auch gehört.«

»Was für ein Geräusch hat es denn gemacht?«

»Schwer zu beschreiben. So ähnlich wie eine Maultrommel. Jedesmal, wenn das Kleine gewimmert hat. Richtig gespenstisch.«

Ein Blitz erhellte die gesamte linke Zeltseite. Einen Moment später krachte ein ohrenbetäubender Donnerschlag, der das Geräusch des Regens ersterben ließ.

»Das war knapp«, sagte Jay.

»Das verdammte Etwas ist uns bis hinunter in den Bambuswald gefolgt«, sagte Mr. Palmer. »Da hab' ich es auch gehört. Ich kann Ihnen sagen, ich hatte ganz schön Schiß.«

Jay trank seinen Whisky aus.

»Glauben Sie etwa nicht, daß wir was gehört haben?« fragte Mr. Palmer.

»Himmel, ja!« sagte Jay. »Ich frage mich gerade, wieviel Angst ich selbst habe.«

»Es ist nicht einfach Angst.« Mr. Palmer war zwar verlegen, aber sehr ernst. »Zumindest nicht im eigentlichen Sinn.« Er starrte auf die Whiskyflasche. »Ich bin mir selbst noch nicht ganz im klaren darüber. Irgendwie hat es mehr mit Moral zu tun. Die ganze Zeit dachte ich, daß ich das, was passieren würde, verdient hätte.«

»Glauben Sie, daß es einer der drei war, die wir haben laufen lassen?«

»Ich weiß es nicht.«

»Ich würde denen nicht gern in die Hände fallen«, sagte Jay. »Auch wenn es gerecht wäre.«

»Ich glaube nicht, daß sie sich bis ans Feuer wagen«, sagte Mr. Palmer. »Aber das ist nicht der Punkt. Was mir nicht behagt, ist die Vorstellung, daß sie vielleicht da draußen warten, versuchen, das Junge zu sich zu rufen, sich fragen, was mit dem Pärchen ist, das wir geschossen haben, naß, frierend und vermutlich zu Tode geängstigt – und trotzdem warten sie.«

»Diese armen, gottverlassenen Kreaturen!« sagte Jay.

»Ja«, sagte Mr. Palmer.

Sie tranken noch einen Whisky. Als er sich von Mr. Palmer vor dessen Zelt verabschiedete, sah Jay, daß Herbert dort drin war. Offensichtlich hatte er beschlossen, nicht Wache zu stehen. Er saß auf Mr. Palmers Feldbett und trug noch immer seinen Regenmantel. Jay hörte Stimmen aus dem Laborzelt, aber er ging nicht hinein. Er wollte sich die Gorillas nicht ansehen. Es regnete stark und sein Gesicht und die Hände wurden naß. Der Wind drückte ihm den Umhang gegen die Beine. Er ging zu seinem Zelt, zog sich im Licht der Taschenlampe aus und wickelte seine Kleidung in den Umhang.

Er legte sich ins Bett und lauschte auf das Unwetter. Es donnerte überall um ihn herum, und zwischen den Schlägen gab es kaum eine Pause. Der Wind heulte im Bambus. Bei jedem Blitz konnte er nasse Flecken auf dem Zeltdach sehen. Er war froh, im warmen Bett zu sein. Er fühlte sich sehr schlecht wegen der Gorillas. Er hatte immer geglaubt, daß er nicht zum Töten geschaffen war, und jetzt wußte er es. Er dachte, daß die Gorillas vermutlich nicht viel gelitten hatten. Das Männchen vielleicht, aber bei seiner Frau war es schnell gegangen. Und sie waren zusammen gestorben; etwas, das ihm und Linda nicht vergönnt gewesen war. Er sollte sich daher nicht allzu schlecht fühlen. Und trotzdem tat er es. Na schön, er würde einfach nicht an sie denken. So wie er nicht an Linda denken würde. Das würde das beste sein. Zum Teufel mit den Gorillas. Zum Teufel mit – nein, nicht zum Teufel. Aber er würde nicht an Linda oder an die Gorillas denken.

Er war froh, daß er nicht helfen mußte, sie zu konservieren, obwohl es ihm vielleicht leichtgefallen wäre, wenn er nicht einen von ihnen geschossen hätte. Zum Teufel! Er würde nicht an Gorillas denken. Sie waren Tiere. Das hatte er aus glaubwürdiger Quelle. Lew Cable. Dauernd wurden Tiere von Menschen erschossen. Die drei Gorillas hatten sich trotzdem sehr menschlich und sehr anrührend verhalten, als sie dem Baby und den beiden toten Tieren bis ins Lager gefolgt waren.

Ein loses Stück Zeltleinwand schlug gegen ein Spannseil, und es klang, als ob ein Segelboot hart am Wind segelte. Zum Teufel mit den Gorillas! Ein dreifaches Hurra auf den Prinzen von Schweden, der vierzehn von ihnen getötet hatte. Hurra! Ein dreifaches Hurra! Und ein Hurra für mich, der ich einen getötet habe! An was sollte er denken?

An damals, als Dad und er das Kanu zu dem einsamen See getragen hatten, wie sie es sachte ins Wasser setzten – das Wasser war schwarz vom schlammigen Boden, am Ufer schwamm ein dichter Teppich aus Seerosenblättern –, wie dann der rot-weiße Schwimmer aufs Wasser klatschte und der Barsch anbiß, der nicht wußte und nicht glauben konnte, daß irgendwo irgend etwas lebte, das stärker war als er?

Er versuchte zu schlafen, aber die Aufregung und der Whisky hielten ihn wach. Das Unwetter zog weiter. Es regnete noch immer sehr stark, aber der Donner war nicht mehr so laut. Der Wind hatte sich gedreht. An was sollte er denken? Nicht an Linda oder die Gorillas. In wie viele Frauen war er verliebt gewesen? Das Mädchen in der Bibliothek. Und davor, in dem Jahr, als er die High-School verließ, das Mädchen in dem Ferienort am See. Sie küßten sich auf der großen Sanddüne, der Sand sah im Mondlicht wie Schnee aus, ihr Körper bebte in seinen Armen. Es war komisch: Er konnte sich an den Sand erinnern, aber nicht an das Gesicht des Mädchens. Seit Linda konnte er sich an keines der Gesichter seiner früheren Freundinnen erinnern. Genauer gesagt, wenn er sich an sie erinnerte, sahen sie aus wie Linda. Es lief auf dasselbe hinaus. In seiner Erinnerung gab es niemanden außer Linda. Es störte ihn nicht; er wollte nur sie.

Sie heirateten um zwölf Uhr mittags, und ihre Familie war nicht gekommen, nicht einmal ihre Schwester. Sie trug ihr tailliertes schwarzes Kostüm und die Gardenien, die er geschickt hatte, und der Pastor konnte sich kaum auf seinen Text konzentrieren, so schön war sie. Aber ihr Gesicht war wie aus Stein, wie aus Eis, als ob sie sich hätte einfrieren lassen, um die Fassung zu wahren, und als er sie küßte, waren ihre Lippen kalt, und er bekam Angst. Er bezahlte den Pastor und verabschiedete sich von Bill und stieg in den Wagen und sagte: »Darling, geh zurück. Ich verstehe das. Wir werden es annullieren lassen. Man kann nicht einfach aufhören, Teil seiner Familie zu sein«, und sie sagte: »So eine sture Sippschaft!« und küßte ihn, und es war wieder schön. Es war schön, Richtung Norden zu fahren, nach Quebec, das in dem langen Dämmerlicht des Sommernachmittags in mildem Dunst vor ihnen lag.

Er wußte nicht, wie lange er schon geschlafen hatte. Das Unwetter war vorüber. Nur hin und wieder erklang ein fernes Donnergrollen. Durch die Stille drangen das Tropfen von Wasser und das Rascheln des trocknenden Bambus. Er lauschte in die Stille hinein und fragte sich, was ihn geweckt hatte, bis er es hörte.

Es klang, als ob ein Kontrabaß gezupft würde, ein tiefer und schöner Ton. Er konnte nicht feststellen, woher er kam. Es war eine volltönende Note, die sich am Ende fragend nach oben schwang. Einen solchen Klang hatte er noch nie gehört, aber er wußte, was es war. O Gott! dachte er. Bei dieser Erkenntnis sträubten sich ihm die Nackenhaare, und seine Halsmuskeln verkrampften sich. Er lag im Bett und versuchte seine Atmung zu kontrollieren, und wieder hörte er das Geräusch, kraftvoll, nicht laut, schwingend, tief, unwirklich, und schließlich mit dieser fragenden Hebung endend. In dem Augenblick der Stille, die darauf folgte, wimmerte das Gorillajunge.

Jay verstand jetzt, was Mr. Palmer zu sagen versucht hatte. Es war nicht eigentlich Furcht. Es war tiefe Reue, die durch das traurige Wissen ausgelöst wurde, daß die drei Gorillas vom Bambuswald aus mit dem Jungen sprachen. Er stellte sich vor, wie sie im Regen durch den Urwald gingen und versuchten, den seltsamen und grauenerregenden Lichtern zu folgen, wie sie den dunklen Gesang hörten, den sie noch nie zuvor gehört haben konnten – und wie sie jetzt im Bambus warteten, während ihnen Wasser über das schwarze Gesicht lief, eng aneinander gekauert aus Furcht vor dem Donner, mit kalter Angst im Bauch, und trotzdem warteten, weil sie von etwas zurückgehalten wurden, das weder Neugier noch Wut war, sondern das, was man in menschlichen Begriffen mit Hingabe und Liebe bezeichnet hätte. Es war schon schlimm gewesen, das Männchen und das Weibchen zu töten, aber das war noch schlimmer; jetzt wurden ihm die Todesangst und die Treue der Überlebenden klar, die nicht begriffen, was ihrem Familienoberhaupt zugestoßen war, und noch immer auf ein beruhigendes Bellen hofften. Dumm, vielleicht, aber doch so furchtbar menschlich! Wie hatte Herr Gutzman es ausgedrückt? »Es ist, als ob man einen mutigen nackten Mann töten würde, dessen Zorn man geweckt hat, weil man seine Familie bedroht.« Tja, die Familie war jetzt da.

Jay hörte die Gorillas lange sprechen. Sie kamen nicht auf die Lichtung, aber er konnte hören, wie sie sich im Bambus hin und her bewegten. Hin und wieder wechselten sie von dem harmonischen Zupfgeräusch zu leisem Bellen. Er lauschte ihnen und dachte dabei, daß er diesen Tag bis an sein Lebensende nicht mehr vergessen würde. Er würde zu einer weiteren quälenden Erinnerung werden. Er sah wieder die verängstigten schwarzen Gesichter der Gorillaweibchen vor sich, wie sie über die Schulter nach hinten schauten, während sie vor den Jägern flüchteten. Er sah wieder den Schweiß auf dem traurigen, weisen, müden, friedlichen, ledrigen Gesicht des toten Männchens, sah, wie er ins Lager gebracht wurde, wie ein toter König, wie er auf seiner

Sänfte saß, während das Unwetter über seinem Kopf tobte und die Stimmen und die roten Flammen um ihn herum aufloderten, wie er dasaß, regendurchnäßt in der kalten Luft, die nach Fackelrauch und Eis und grünem Bambus roch.

Und jetzt klang da dieses traurige fragende *Huihuihui,* als ob ein Cellospieler sein Instrument stimmen würde, aus der Dunkelheit. Und das antwortende Gewimmer des Gorillababys. Und das schwächer werdende Grollen des Unwetters. Und das Tropfen des Wassers. Und das Gefühl tiefer Reue. Er wünschte, er hätte etwas von Mr. Palmers Whisky. Er wünschte, er könnte einschlafen. Er wußte, wenn er an Linda dachte, würde er wieder anfangen zu weinen.

Jemand kam mit einer kleinen Taschenlampe ins Zelt. »Jay Nichols?« rief eine leise Stimme. Es war Eve Salles.

»Hallo!« sagte er.

»Sind Sie wach?«

»Ja.«

»Was ist das da draußen?«

»Die Gorillas, die wir nicht geschossen haben.«

»Das habe ich mir gedacht.« Ihre Stimme klang fast tonlos. »Sie haben mir schreckliche Angst eingejagt.«

Er sagte nichts. Einer der Gorillas bellte leise.

»Könnte ich ein bißchen bei Ihnen bleiben?« fragte sie.

»Natürlich.« Er wollte aufstehen. »Legen Sie sich hierhin. Ich nehme den Klappsessel.«

»Nein. Bleiben Sie da. Ich setze mich aufs Bett.«

Sie trug einen Kamelhaarmantel über ihrem Schlafanzug. Sie setzte sich aufs Bett. »Es ist so furchtbar einsam«, sagte sie.

Er nahm ihre Hand. Sie war kalt. »Sie sind nicht gefährlich.«

»Ich war mir nicht sicher.«

Er setzte sich auf, und sie lehnte sich an seine Schulter. Ihr Körper war kalt. Sie zitterte. Er roch einen schwachen Fliederduft. Die Gorillas bewegten sich, noch immer redend, im

Bambus. Das Junge antwortete ihnen nicht. Wasser tropfte im Bambuswald. Ihr Haar berührte sein Gesicht, duftete frisch und sauber. Er legte seinen Arm um sie. Er spürte, wie ihr Körper wieder warm wurde. Es war das erste Mal seit einem Jahr, daß er einer Frau so nahe kam.

»Bitte nicht«, sagte sie. »Das nicht.«

»In Ordnung.«

»Ich bin nicht deshalb gekommen. Ich hatte wirklich Angst.«

»Sicher«, sagte er.

»Bitte verstehen Sie das richtig.«

»Das tu' ich.«

»Halten Sie einfach meine Hand.«

»In Ordnung.«

Es war wohltuend und warm. Als er einschlief, hatte er den Arm um sie gelegt und hielt ihre Hand an seine Brust gedrückt. Er träumte, daß er und Linda wieder zusammen waren, und in seinem Traum war er sehr glücklich. Kurz nach Tagesanbruch wurde er von den Vögeln geweckt. Die Gorillas waren verstummt, und Eve Salles hatte das Zelt verlassen, aber sein Kissen roch nach Flieder.

10

Als Jay aus seinem Zelt kam, schien die Sonne. Er sah Mrs. Salles nicht. Am Himmel standen weiße Wolken, und eine Brise bewegte den hellgrünen Bambus. Das Laub des Waldes unterhalb des Plateaus sah frisch aus. Der Bambus und der Urwald und die Berge zeigten unterschiedliche Grüntöne. Selbst die Bergkette, die sich klar am Horizont abhob, sah grün aus. Im Korallenbaum sang ein Vogel.

Der Professor stand vor dem Laborzelt. »Morgen, Jay«, sagte er.

»Guten Morgen, Sir.«

Der Professor sah nicht gut aus. Er hatte bis sehr spät in der Nacht an den Gorillas gearbeitet. Trotz des Sommerlichts hatte sein Gesicht eine wächserne Farbe. »Schon gefrühstückt?« fragte er.

»Nein.«

»Dann frühstücken Sie erst mal. Danach sollten wir ein paar Fotos machen. Rufen Sie mich, wenn Sie soweit sind. Ich werde mich einen Moment hinlegen.«

Im Küchenzelt brachte einer der Totos Jay das Frühstück. Der heiße Kaffee schmeckte gut. Er trank ihn schwarz mit einem Teelöffel Zucker. Als er gerade bei der zweiten Tasse war, kamen Bill und Lew Cable dazu.

Cable war frisch rasiert, und seine Gesichtshaut sah braun und gesund aus. »Schon das Neueste gehört, Pfadfinder?« fragte er.

»Nein.«

»Das Gorillajunge ist letzte Nacht abgehauen.«

»So ein Pech«, sagte Jay. Er war erfreut.

»Es ist irgendwie aus Mulus Hütte entwischt«, sagte Bill.

Lew Cable sah nicht sonderlich verärgert aus. »Hätte ohnehin 'ne Menge Probleme gemacht«, sagte er.

»Habt ihr das letzte Nacht gehört?« fragte Jay.

»Was denn?«

Es war sinnlos, ihnen davon zu erzählen, beschloß Jay. Sie würden ihm nicht glauben. Vielleicht war es ohnehin ein Traum gewesen. Selbst Eve Salles. »Es hat ein bißchen geweint«, sagte er.

Lew Cable sagte: »Fangen wir mit den Fotos an.« Er strotzte vor nervöser Energie. Mit seinem gesunden, sonnengebräunten Gesicht, dem schwarzen Schnurrbart, dem nach hinten gekämmten Haar und seinem um den Bauch vielleicht etwas zu kräftigen, breitschultrigen Körper sah er sehr männlich aus. »Trinken Sie Ihren Kaffee aus.«

»Ich bin fertig.«

Jay holte die Graflex. Die Träger schafften die beiden Gorillas ins Sonnenlicht. Für das Männchen brauchten sie sechs Träger. Jay schoß einige Ganzkörperaufnahmen von beiden Tieren. Dann machte er mehrere Nahaufnahmen. Der Anblick der Gorillas ließ ihn kalt. Sie sahen anders aus. Es lag daran, daß sie konserviert waren. Der Glanz auf der Haut war verschwunden; die schwarzen Gesichter schienen leblos und unwirklich, so wie Tiere im Museum aussehen.

»Was schätzt du, wieviel das Männchen gewogen hat?« fragte Bill.

»Keine Ahnung.«

»Vierhundertzweiundzwanzig Pfund«, sagte Bill. »Und das Weibchen weit über dreihundert.«

»Trotzdem sollten Sie sich nichts drauf einbilden«, sagte Cable zu Jay.

Jay fotografierte die Hände des Männchens. Sie waren riesig, runzlig und unförmig; die Daumen sahen aus, als wären sie durch einen Unfall verkrüppelt. Struppiges Haar bedeckte Handrücken und -gelenke. Bill zeigte Jay, daß der kurze Daumen des männlichen Gorillas die ausgestreckten Finger berühren konnte, wenn die Hand gebeugt war. Die Innenseite war sehr viel weicher als beim Menschen. Die Fingernägel waren viereckig und gelb.

»Sollten wir nicht lieber den Professor rufen?« fragte Jay.

»Der schläft«, sagte Bill.

Nach einer halben Stunde war Jay mit den Bildern fertig. Als letztes machte er Aufnahmen von den Füßen. Er stellte erstaunt fest, daß das Fell beider Tiere völlig sauber war. Es war kein Ungeziefer darin, und es sah aus, als ob es vor kurzem gebürstet worden wäre. Der Rücken des Männchens hatte die Farbe eines Silberfuchses.

»Wo ist Mrs. Salles?« fragte er, als er die Kamera verschloß.

»Mit Mr. Palmer spazierengegangen«, sagte Bill.

Lew Cable sah Jay finster an: »Sind Sie an ihr interessiert, Pfadfinder?«

»Nicht sonderlich«, sagte Jay.

»Gut so.«

»Warum ist das gut?« fragte Bill.

»Darum«, sagte Cable.

Er ging weg. Bill ging mit Jay ins Zelt, wo er die Graflex verstaute. »So ein Arsch«, sagte er.

Jay legte die belichteten Platten in eine luftdichte Kiste. Er steckte die Graflex in die Fototasche. Dann wusch er sich die Hände.

»Meinst du, er hat ein Auge auf sie geworfen?« fragte Bill.

»Ich weiß nicht«, sagte Jay.

»Sie ist schon Klasse.«

»Er kann sie haben.«

»Nein«, sagte Bill. »Ich will sie.«

»Vergißt du dabei nicht ihren Mann?«

»Ich gebe mir jedenfalls alle Mühe«, sagte Bill.

Vor dem Mittagessen, während der Professor noch schlief, beendeten sie die Konservierung und die Tests an den Gorillas. Bill wollte nicht, daß der Professor geweckt würde. Er untersuchte mit chemischen Tests den Inhalt des Verdauungstraktes der Gorillas, während Jay und Cable die Körper mit Stoffstreifen umwickelten. Als sie fertig waren, riefen sie Bill. Er half ihnen, die Gorillas mit Paraffin zu bestreichen, und sie verteilten die wachsartige Paste über die Stoffstreifen. Wenn sie getrocknet war, würden die Gorillas reisefertig sein.

»Jetzt muß ich den Urin untersuchen«, sagte Bill. »Hast du Lust, mir zu helfen, Jay?«

»Nein«, sagte Jay.

Eve Salles und Mr. Palmer kamen zum Mittagessen zurück, aber der Professor blieb in seinem Zelt. Bill ging hinein, um nach ihm zu sehen. Als er zurückkam, sagte er, der Professor habe leichtes Fieber, aber er glaube nicht, daß es etwas Ernstes sei. Der Professor hatte ihm Anweisungen für den Nachmittag gegeben. Er und Jay sollten den Gorillaberg hinaufgehen, um Fotos zu machen und Pflanzenproben zu suchen. Der Professor wollte insbesondere Proben von den Pflanzen, die die Gorillas gegessen hatten. Lew Cable sollte mit Mr. Palmer in dem Urwald unterhalb des Lagers auf Jagd gehen, weil sie Fleisch brauchten. Sie sollten sich alle sofort auf den Weg machen, weil der Professor am nächsten Morgen weiterziehen wollte. Auf diese Weise hätten sie am Ituri mehr Zeit zur Verfügung.

»Oh, das ist gut!« sagte Eve Salles. »Ich hatte befürchtet, wir würden eine ganze Weile hierbleiben.«

»Sie haben Glück gehabt«, sagte Cable.

»Ja. Wirklich Glück.«

Jay sah ihr ins Gesicht. Sie wirkte weniger erfreut als vielmehr entschlossen, so, als ob sie eine Aufgabe zu erledigen hätte: ihren Mann zu finden. Vielleicht glaubte sie, daß er tot sei. Das würde ihre fehlende Freude erklären. Oder vielleicht war es ihr egal. Oder vielleicht war sie sehr selbstbeherrscht. Es war eigenartig. Er war sich unschlüssig.

Sie sah, daß er sie beobachtete, und lächelte. »Kann ich mit Ihnen und Bill mitkommen?« fragte sie.

»Natürlich, wenn Bill nichts dagegen hat.«

»Ich habe nichts dagegen«, sagte Bill.

»Glauben Sie, daß es mit unseren Pfadfindern nicht zu gefährlich ist?« fragte Cable.

»Ach, hör doch auf mit dem Quatsch, Lew«, sagte Bill.

Eve Salles sagte: »Ich bin sicher, es ist völlig ungefährlich.«

»Wenn Ihnen irgendwas passiert, wird man unserer Expedition dafür die Schuld geben«, sagte Cable.

»Oh, nein. Ich habe in Bukavu ein Schriftstück unterschrieben, das Sie von jeglicher Verantwortung befreit.«

»Trotzdem würde man uns die Schuld geben«, sagte Lew Cable. »Ich denke, Sie sollten lieber mit Mr. Palmer und mir gehen.«

»Ist das ein Befehl?«

»Nein. Wieso sollte ich Ihnen etwas befehlen können?«

»Seien Sie nicht albern, Lew«, sagte Bill.

»Ich versuche, vernünftig zu sein.«

Mr. Palmer hatte still weitergegessen. »Es ist wirklich ungefährlich«, sagte er zu Cable. »Die Gorillas werden abhauen. Und Jay ist ein guter Schütze.«

»Na also, Lew«, sagte Bill.

»Meinetwegen.« Cable sah verärgert aus. »Seid bloß vorsichtig.«

Bill ging mit Jay zusammen die Springfield und eine von den Leicas holen. Dann füllten sie einen Rucksack bis obenhin mit Bierflaschen. »Wir kriegen noch Ärger mit diesem Burschen«, sagte Bill.

»Ich weiß nicht.«

»Garantiert«, sagte Bill. »Verstehst du. Er ist hinter ihr her. Und so was gibt immer Ärger.«

Sie gingen Mrs. Salles abholen. Sie hörten, wie sie mit Herbert sprach. Dann kam er aus dem Zelt, und als er an ihnen vorbeiging, verzog er verächtlich den Mund. Er sah aus, dachte Jay, wie ein braungelber Hund, den er einmal aus einem ausgetrockneten Brunnen hinter der verlassenen Farm in der Nähe des Sommerhauses ziehen wollte. Der Hund hatte ihm den Arm vom Ellbogen bis zum Handgelenk aufgeschlitzt.

Bill starrte Herbert nach. »Scheint uns nicht zu mögen, was?«

»Nein.«

Mrs. Salles kam aus dem Zelt. »Fertig?« Sie sah gut aus. Sie trug einen weichen Filzhut, eine graue Hose und eine Tweedjacke im Herrenschnitt. Jay konnte ihr Fliederparfüm riechen.

»Wenn Sie's sind«, sagte Bill.

Sie gingen zu dem Elefantenpfad, und an der ersten Biegung sah Jay zurück zum Camp. Lew Cable und Herbert beobachteten sie. Der Pfad war vom Regen aufgeweicht, aber sie kamen gut voran. Sie stellten fest, daß die Träger den Pfad zu dem verlassenen Dorf breiter getreten hatten, als sie die Gorillas den Berg hinab trugen. Sie machten einmal Rast, bevor sie die Bienenkorbhütten erreichten, und noch einmal in dem Dorf. Der Aufstieg in der Sonne hatte sie erhitzt. Sie tranken Bier, und dann wanderten sie an dem Dorf vorbei zu dem Bananenfeld.

»Hier haben wir sie aufgestöbert«, sagte Jay.

»Hatten Sie Angst?« fragte Eve Salles.

»Ich war wie gelähmt.«

Sie gingen durch die Bananen und den Bambus, stiegen langsam weiter hinauf, bis sie den Rand des oberen Waldes erreichten. Jay machte Fotos von dem Wald und dem Bambus, und dann halfen er und Eve Salles Bill dabei, Pflanzenproben zu sammeln. Sie schnitten kleine Zweige von den Bäumen und zupften Farn und kleine Pflanzen.

»Ich wußte gar nicht, daß der Wald so schön ist«, sagte Eve Salles.

»Er ist nur so lange schön, wie Sie nicht durch ihn hindurch müssen«, sagte Jay.

»Ich kann es mir vorstellen. Ein paar Nesseln haben mich schon erwischt. Mein Gesicht wird ja schön aussehen. Was ist das für ein Baum?«

»Hagenie«, sagte Bill.

»Er trägt rosafarbene Orchideen«, sagte sie. »Ist das nicht schön? Ich wünschte, ich hätte so einen zu Hause.«

Bill sagte: »Die Orchideen sind Schmarotzerpflanzen. Die echten Blüten sind zimtbraun.«

»Die Stücke Seidenpapier da?«

»Ja.«

»Wie ernüchternd!«

»Im April sehen die Blumen aus wie purpurfarbene Lilien«, sagte Bill. »Dann trocknen sie aus.«

»Woher wissen Sie das alles?«

»Das ist mein Beruf.«

»Aber Sie reden nicht so wie ein Wissenschafter.«

»Weil er gut ist«, sagte Jay. »Das ist wie bei den Ärzten. Nur die schlechten reden wie ein medizinisches Wörterbuch.«

»Aber Sie reden auch wie Bill«, sagte Eve Salles. »Was haben Sie zu verbergen?«

»Ein Herz aus Gold«, sagte Bill.

Es ging ihnen gut. Sie fühlten sich wohl miteinander. Sie gingen weiter in den Wald hinein. Mrs. Salles verbrannte sich an einer Nessel, und Bill nahm eine Probe davon. *»Girardinia condensata«*, sagte er.

»Gib nicht so an«, sagte Jay.

Sie stießen auf mehrere Stellen, wo Gorillas gelagert hatten. Jay machte Fotos davon. Bill war sehr damit beschäftigt, Pflanzen zu sammeln, und als sie an eine offene, sonnenüberflutete

Lichtung kamen, ließen sie ihn vorgehen. Jay setzte sich neben Mrs. Salles auf einen umgestürzten Baumstamm. Hagenien und wilde Rosenbüsche wuchsen am Rand der Lichtung, und in den Bäumen wuchsen ganze Baldachine aus grünem und goldenem Moos, und von den Baldachinen hingen Fransen aus Farn. An den Rosenbüschen waren gelbe Blüten, und rosa Orchideen blühten im Moos. Von den Ästen der Bäume herab bildeten Schlingpflanzen regelrechte Vorhänge, die fast an die silbrigen Spitzen des wilden Selleries reichten. Wenn Wind aufkam, wiegte sich der ganze Wald sachte hin und her.

»Es ist wie ein Zauberwald«, sagte sie.

Es war ein seltsamer Teil des Waldes, dachte Jay. Auf der Lichtung standen Butterblumen und drei Meter hohe Brombeerbüsche mit lavendelfarbenen Blüten und riesigen grünen Beeren. Aus gegabelten Baumstämmen wuchsen andere Bäume, und sämtliche Äste waren zu bizarren Formen verdreht. Viele Zweige waren unter den Flechten abgestorben. Um die ganze Lichtung herum erhob sich eine undurchdringliche grüne Wand.

»Es ist schön«, sagte sie. »Aber es macht mir angst.«

Jay sagte langsam: »Hier ist es wie an einem Ort, an dem es keine Menschen geben sollte.«

Sie wandte sich zu ihm: »Finden Sie es albern, daß ich so etwas empfinde?«

»Meinen Sie letzte Nacht?«

»Unter anderem.«

»Ich habe mich auch gefürchtet«, sagte er.

Bill kam mit einer weißen Veronika und drei Orchideen, violett, rot und gelb, aus dem Wald. »Ein Bouquet von einem reichen Bewunderer, Madame«, sagte er und überreichte es ihr.

»Also wirklich, sind die schön!«

»Und seht mal hier«, sagte Bill. Er zeigte ihnen eine Kletterpflanze mit stacheligem Stiel und zahlreichen rosa Blüten. »Nicht anfassen!«

»Eine Nessel?« fragte Jay.

»Ich glaube, es ist eine neue Spezies.« Bill war ganz aufgeregt. »Es ist eine *Labiaceae*, aber eine unbekannte Variation. Ich werde sie *Labiaceae Madame Salles* nennen.«

Sie lächelte ihn an. »O ja, bitte. Aber nennen Sie sie Eve. Ich glaube, so förmlich müssen wir nicht sein. Keiner von uns. Selbst ein Botaniker nicht.«

»In Ordnung«, sagte Bill, »ich nenne sie *Labiaceae Eve.*«

Er gab ihnen die Pflanze und trank eine Flasche Bier und verschwand wieder im Wald. Er amüsierte sich prächtig.

»Ich wollte Herbert und die anderen nicht aufwecken«, sagte Eve Salles. »Aber ich hatte wirklich Angst. Und Sie waren allein.«

»Ich bin froh, daß Sie gekommen sind.«

»Ich mache mir nur Gedanken, was Sie jetzt wohl denken.«

»Ich denke überhaupt nichts«, sagte er.

»Ich bin wirklich nicht unmoralisch.«

»Sie haben dieses Gespräch angefangen, wissen Sie«, sagte er. »Ich habe kein Wort gesagt.«

»Und Sie halten mich nicht für unmoralisch? Oder verrückt?«

»Ich halte Sie für eine sympathische und ehrbare Person.«

»Zu Anfang aber nicht.«

»Das war nur ein instinktiver Annäherungsversuch.«

Bill kam mit einer weiteren Kletterpflanze zurück. »Jetzt noch ein bißchen wilder Sellerie, und wir sind fertig«, sagte er.

»Brauchst du Hilfe?« fragte Jay.

»Nein«, sagte Bill. »Bleib ruhig bei Eve sitzen.«

Er ging wieder.

Sie sagte: »Sie finden das mit Lucien bestimmt eigenartig.«

»Eine Menge Leute werden vermißt«, sagte Jay.

»Nein. Ich meine meine Haltung.«

»Was ist damit?« fragte Jay.

»Nun ja, ich weine nicht, oder?«

»Nein.«

»Ich habe ihn nicht geliebt.«

Er sagte nichts.

»Ich weiß nicht, warum ich Ihnen das erzähle«, sagte sie. »Aber irgendwie möchte ich mich rechtfertigen.«

»Das brauchen Sie nicht.«

»Ich weiß. Ich möchte es trotzdem.« Sie sah nach unten auf Bills neue Kletterpflanzenspezies. Das Sonnenlicht, das durch die Bäume auf dem Hang oberhalb von ihnen fiel, malte ein Muster auf ihr Gesicht. »Ich habe ihn auch nicht gehaßt«, sagte sie. »Wir haben geheiratet, als ich achtzehn wurde. Er war reich, und meine Familie unterstützte die Verbindung. Sie wissen, ich bin auf eine Klosterschule gegangen, und ich hätte nie daran gedacht, mich zu widersetzen. Es klingt sehr altmodisch, aber zumindest in Montreal werden Kinder noch so erzogen.«

»Woanders auch«, sagte er und mußte plötzlich an Linda denken.

»Er war kein Scheusal. Zumindest meistens nicht«, sagte sie. »Er war sehr höflich und sehr überlegen und sehr sachlich. Und wir waren sehr reich.«

»Und er war sehr eifersüchtig«, sagte er.

»Ja. Das war das eigenartige. Ich glaube, es war eine Form von Eitelkeit. Er konnte es nicht ertragen, wenn mich jemand ansah. Deshalb kam Herbert ins Spiel – er sollte auf mich aufpassen, während ich in Kairo wartete.«

»Können Sie Herbert nicht feuern?«

»Das Ganze ist sehr kompliziert«, sagte sie. »Ich kann, aber da ist noch Luciens Mutter. Sie regiert die Familie. Sie weiß, daß Lucien jemanden eingestellt hat, um mich im Auge zu behalten; er hat ihr alles geschrieben. Wenn ich mich jetzt von Hebert trenne, wird sie annehmen, daß ich Lucien untreu war.«

»Na und?«

»Es gibt ein Erbe. Ungefähr zwölf Millionen Francs. In Frankreich sind die Gerichte sehr streng. Falls sie beschließt, meine Erbschaft anzufechten, würde es ziemlich schwierig für mich.«

»Ich verstehe«, sagte er. »Alles bis auf eines.«

»Das wäre?«

»Warum sind Sie so wild darauf, nach ihm zu suchen?«

»Würden Sie nicht Gewißheit haben wollen?« fragte sie. »So oder so?«

Bill kam zurück. »Gott, dieser Sellerie schmeckt scheußlich!« sagte er.

»Können wir jetzt bitte gehen?« fragte Eve.

11

Der Professor war eindeutig krank. Er konnte nichts essen, und er versuchte auch nicht mehr, Entschuldigungen dafür zu finden, daß er sich hinlegen wollte. Er hatte Fieber. Er nahm Chinin, aber es half nichts. Es war keine Malaria. Am nächsten Tag trugen sie ihn auf einer Trage den Berg und das hügelige Gelände hinunter zur Straße. Er war in eine Decke gehüllt und durch das Fieber halb benommen. Sein Gesicht glühte fiebrig. Als sie in der Dämmerung die Lastwagen erreichten, erbrach er sich bereits. Sie machten sich alle Sorgen.

»Wir müssen ihn nach Bukavu bringen«, sagte Mr. Palmer.

Man beschloß, daß Mr. Palmer und Mulu ihn in dem Ford-Kombi transportieren würden. Die anderen sollten die Lastwagen am nächsten Morgen beladen und dann nachkommen. Sie würden Bukavu am folgenden Abend erreichen, selbst mit den schweren Lastern.

»Machen Sie sich keine Sorgen«, sagte Mr. Palmer zu ihnen, nachdem man den Professor in den Kombi gehoben hatte. »Die Belgier haben sehr gute Ärzte.«

Sie sahen stumm zu, bis die Rücklichter des Kombis verschwunden waren. Von den Bergen blies ein kalter Wind.

»Armer alter Bursche«, sagte Bill.

Nach dem Abendessen gingen sie schlafen. Der Weg bergab hatte sie erschöpft. Am Morgen war es wolkig. Mit Hilfe des Anführers bezahlte Cable die Träger mit belgischen Francs, die er aus einem Leinensäckchen nahm. Jeder Träger bekam zwei Francs. Nygano und den anderen Pygmäen hatten sie Geschenke und Salz gegeben, bevor sie die Berge verließen. Jay und Bill beaufsichtigten das Beladen der Lastwagen. In jedem Wagen sollte ein Gorilla untergebracht werden, und man mußte die Ausrüstung sorgfältig verstauen, um Platz zu schaffen, was langsam vonstatten ging. Im Verlauf des Morgens brach die Sonne durch die Wolken.

Als sie mit dem Beladen fertig waren, kam Eve zu ihnen herüber. »Wie wär's, wenn ich mit euch fahren würde, Jungs?« fragte sie. Sie sah sehr gut aus. Ihre Haut war klar und spannte sich glatt über den Wangenknochen. Ihre Augen hatten fast die Farbe von Veilchen in der Sonne.

»Meine Güte, ja!« sagte Bill.

Sie rief Herbert und wies ihn an, den Geländewagen des Professors zu fahren. »Fahren Sie nicht bei mir mit?« fragte er.

»Nein.«

Er warf ihr einen unverschämten Blick zu. »Es wäre besser für Sie, wenn Sie bei mir mitführen.« Er trug noch immer seinen blauen Anzug und die braunen Schuhe. Er hatte die Schuhe in der Nacht geputzt.

»Keine Diskussion, Herbert.«

»Ich weiß, was gut für Sie ist«, sagte er. Sein pickeliges Gesicht sah mürrisch aus.

Plötzlich wurde Bill wütend. »Sie haben gehört, was Mrs. Salles gesagt hat«, sagte er. »Tun Sie das gefälligst!«

Herbert war einen Moment unschlüssig. Er sah Eve an, aber sie sagte nichts. Er ging zu dem Geländewagen.

»Er braucht einen Tritt in den Hintern«, sagte Bill.

Eve sagte: »Er ist richtig unverschämt.«

Lew Cable hatte die Träger bezahlt, aber der Anführer verlangte mehr Geld. Juma, der Somali-Boy, versuchte, für Cable zu übersetzen, aber ganz gleich, was er sagte, es schien den Anführer nicht zufriedenzustellen. Der Anführer war ein großer, gut aussehender Schwarzer mit einer kräftigen Muskulatur. Er war größer als Cable, und er schrie ihn an.

»Sag ihm, daß ich das bezahlt habe, was wir vereinbart hatten«, sagte Cable zu Juma.

Juma sagte etwas, aber der Anführer hörte gar nicht zu. Er gestikulierte mit den Armen und schrie Cable an. »Zum Teufel mit dir«, sagte Cable und drehte ihm den Rücken zu.

Er ging auf die Lastwagen zu, aber der Anführer folgte ihm, wütend und schreiend. Auch Cable sah wütend aus. Er ließ das Leinensäckchen mit den Francs fallen. Dann, als der Anführer sich darüber beugte, richtete er sich mit dem Säckchen wieder auf, und der Anführer flog hoch in die Luft und landete schwer auf der Straße, mit einem erstaunten und verängstigten Ausdruck im Gesicht. Cable hatte ihn mit dem Ellbogen genau am Kinn erwischt. Er lag da und rieb sich das Kinn, während Cable weiter zu den Lastwagen ging.

»Junge! Das war ein Schlag!« sagte Bill.

»Wer hat wen geschlagen, Pfadfinder?« wollte Cable wissen.

Jay sah, daß er mit sich zufrieden war. Es war schon bemerkenswert, wie er den Anführer zu Boden geschickt hatte. Er war stark wie ein Bulle. Der Schwarze war genauso groß wie Cable.

»Ihr habt es alle gesehen«, sagte Cable. »Er ist gegen meinen Ellbogen gestoßen.«

»Zweifellos«, sagte Bill.

Cable lachte über Bills Gesichtsausdruck. »Ich würde ihm gern eine verpassen«, sagte er. »Ich würde ihm den Kiefer brechen. Sind Sie fertig?«

»Klar«, sagte Bill.

»Sie fahren doch mit mir, oder?« wandte sich Cable an Eve.

»Danke, aber ich habe schon Bill und Jay gefragt.«

Cable lächelte sie an. »Denken Sie noch mal drüber nach.« Seine Zähne leuchteten weiß in dem braunen Gesicht. »Es ist einsam, wenn man so allein fährt.«

»Daran habe ich gar nicht gedacht.« Sie sah Jay an. »Was meinen Sie?«

»Nur zu«, sagte Jay.

Cable half ihr in den Wagen. Er grinste ihnen zu. »Bis dann, ihr Pfadfinder.« Er ließ den Wagen auf die Straße rollen. Als er rund hundert Meter gefahren war, drehte Eve sich um und winkte, und sie winkten zurück.

Bill fragte: »Warum zum Teufel hast du sie nicht zurückgehalten?«

»Alter Junge«, sagte Jay, »ich möchte nicht zufällig gegen einen Ellbogen stoßen.«

Während sie den Citroën überprüften, ob der Gorilla auch sicher untergebracht war, fuhr Herbert in dem Geländewagen fort. Er winkte ihnen nicht zu. Der Gorilla befand sich unter einer großen Plane. Er war auf vier Seiten festgebunden, so daß er nicht verrutschen konnte, und auch die Ausrüstung war gut verstaut. Jay stieg in den Wagen und versuchte, den Motor anzulassen, aber er sprang nicht an. Es lag wieder am Vergaser. Er war mit rotem Schlamm verstopft. Er säuberte den Vergaser und betätigte den Anlasser, um Benzin durch die Zuleitung zu pumpen. Dann baute er den Vergaser wieder ein und versuchte erneut, den Motor anzulassen. Er lief schön rund. Sie fuhren los. Es war aufregend, wieder unterwegs zu sein.

Jay dachte über den Vergaser nach. »Die Belgier scheinen Sand in ihr Benzin zu mischen«, sagte er.

»Das ist die Ersatzwirtschaft«, sagte Bill.

»Was ist das?«

»Sand im Benzin«, sagte Bill. »Das hat uns doch Herr Gutzman erzählt. Weißt du nicht mehr? Sparmaßnahmen. Je mehr Sand, desto weniger Benzin.«

»Damit wird aber kein Sand eingespart«, meinte Jay.

»Nein. So weit sind wir Wissenschaftler noch nicht gekommen. Vorläufig sparen wir nur Benzin ein.«

»Im Kongo macht ihr das ganz hervorragend«, gab Jay zu.

»Unser nächster Schritt ist künstliches Benzin. In der Ersatzwirtschaft ist alles künstlich. Künstliche Butter. Künstliche Seide. Künstliches Fleisch. Künstliche Babys. Und als nächstes künstliches Benzin.«

Die grünen Bäume säumten die Straße so dicht, daß es aussah, als führen sie in eine Sackgasse. Die Bäume schienen sich vor ihnen zu öffnen. Es war heiß. Jay war froh, daß es Bill gutging.

»Eine Frage«, sagte er. »Es wird in dem künstlichen Benzin doch wohl keinen Sand geben.«

»O doch, alter Junge«, sagte Bill. »Künstlichen Sand.«

»Dann zum Teufel mit der Ersatzwirtschaft.«

»Alter Junge«, sagte Bill ernst, »eines Tages wird alles Ersatz sein. Dieser Wald wird aus altem Zeitungspapier und Kartoffelschalen bestehen. Dein Anzug wird aus diesem Wald gemacht. Dein Abendessen aus dem alten Anzug.«

»Das klingt großartig.«

»Im Wald wimmelt es dann von Ersatztieren. Sie werden aus den Leuten hergestellt, die nicht an Hitler glauben.«

»Ich hoffe, ich werde ein Löwe.«

Bills Gesicht nahm einen anderen Ausdruck an. »Alter Junge, ich hoffe stark, daß es keine Löwen geben wird.«

»Mein Gott!« sagte Jay. »Machst du dir noch immer über Löwen Gedanken?«

Er wünschte, er hätte nicht davon angefangen. Bill war so guter Stimmung gewesen. Er hatte wirklich nicht daran gedacht. Er hoffte nur, daß Bill nicht wieder anfing zu grübeln.

»Nicht sehr«, sagte Bill.

»Das ist gut.«

»Ich habe vor, sie zu ignorieren.«

»Wir sind ein prima Gespann«, sagte Jay.

Nach einer halben Stunde erreichten sie die Hauptstraße. Dort stand ein Metallschild: BUKAVU – 113 KM. Die Straße war jetzt gut, breit und glatt planiert, aber wegen des Gorillas wagten sie nicht, schnell zu fahren. Gegen ein Uhr aßen sie zu Mittag. Es gab Brot und Käse, und sie tranken Bier, während sie auf dem Trittbrett in der Sonne saßen. Das Land war hier viel offener, die mit braunem Gras bewachsenen Hügel erstreckten sich wie braune Brotlaibe bis zu den purpurfarbenen Bergen am Horizont. Vor ihnen stieg der Rauch des Nyamlgira in einen Himmel voller Wolken. Ein Windstoß zerrte an der Plane, die den toten Gorilla bedeckte.

»Armer alter Prof«, sagte Bill.

»Er wird wieder gesund.«

»Trotzdem ist es verdammt schade.«

»Ja.«

»Und jetzt wird Cable vermutlich die Leitung übernehmen.«

»Der ist viel zu sehr mit Eve beschäftigt, als daß er uns auf die Nerven fallen könnte«, sagte Jay.

»Er legt sich ganz schön ins Zeug.«

»Und wahrscheinlich wird er sie kriegen.«

Bill schnitt sich eine Scheibe Käse ab. »Was stimmt nicht mit meinem Gesicht?«

»Es ist völlig in Ordnung.«

»Sie sieht mich nie an.«

»Sie hat Angst«, sagte Jay. »Dieser sinnlich-lüsterne Ausdruck.«

»Ich werde ihr meine Auszeichnung aus der Sonntagsschule zeigen«, sagte Bill. »In zwei Jahren nicht ein einziges Mal unpünktlich.«

»Das muß sie einfach begeistern«, gab Jay zu.

»Und ich kann Mandoline spielen.«

»Du solltest lieber so lange warten, bis du sicher sein kannst, daß Monsieur Salles nicht wiederkommt.«

»Monsieur Salles stört mich nicht.«

»Du willst doch nicht, daß sie Schwierigkeiten kriegt, oder?«

»Doch, alter Junge«, sagte Bill, »genau das.«

Nach dem Mittagessen fuhr Bill. Das Bier und das regelmäßige Schaukeln des Lastwagens machten Jay schläfrig. Er schloß die Augen. Als er sie wieder öffnete, sah er den Kiwusee vor sich, blaugrau in der Nachmittagssonne. Er konnte die braunen Hügel erkennen, die sich auf der anderen Seite des Sees erhoben. Die Straße wand sich auf den See zu.

»Hast du Lust zu fahren?« fragte Bill.

Er hielt den Citroën an. Jay stieg aus und ging um ihn herum zur Fahrertür. »Wie lange habe ich geschlafen?« fragte er.

»Zwei Stunden.«

»Warum hast du mich nicht geweckt?«

»Meine Augen sind gerade erst müde geworden.«

»Du hättest mich wecken sollen.«

»Es hat mir nichts ausgemacht«, sagte Bill.

Sie kamen jetzt an Hütten und Bananenplantagen vorbei. Eingeborene waren auf der Straße, manche angezogen, manche fast nackt. Viele der Männer trugen Speere. Der See lag links von ihnen, aber sie konnten ihn nur von den Hügelkämmen aus sehen. Sie kamen zu einem Trupp von Straßenarbeitern, die Männer trugen alle Lendenschurz. Sie benutzten Spitzhacken und Schaufeln und Körbe, um die Straße zu erweitern. Jedesmal, wenn ein Korb mit der roten Erde gefüllt war, trugen sie ihn auf dem Kopf weg, schafften einen Korb nach dem anderen von der Straße.

»Jambo, Bwana«, rief der Vorarbeiter ihnen zu.

»Jambo, m'falme«, antwortete Bill.

Rechter Hand lag das dunkle Tschibindamassiv, wo vor mehreren Jahren Jäger für das Museum Gorillas geschossen hatten. Eine Seitenstraße führte zum Landwirtschaftsamt der belgischen Verwaltung. Sie sahen eine Reihe von Eingeborenen, die Frauen gingen mit Stöcken, gebeugt, den Rücken mit Baumwolle beladen. Die Männer trugen Tabak und Bananen auf dem Kopf. Auf den Hügeln weideten Herden von Langhornrindern. Überall war die Erde rot.

Der Schlaf hatte Jay nicht gutgetan. Er war bedrückt. Wahrscheinlich wegen des Professors. Er hoffte, daß die Krankheit nicht sehr ernst war. Er fragte sich, ob sich für ihre Expedition zum Ituri dadurch etwas ändern würde.

Würde Cable noch unangenehmer werden? Wenn es nach ihm ging, konnte die Expedition ebensogut abgeblasen werden. Dann würde er eben zurück nach New York gehen und sich einen Job suchen. Nein, das würde er nicht. Dort würde ihn alles an Linda erinnern. In New York würde er sich nicht wohl fühlen. Wieso sollte er sich etwas vormachen? dachte er. In New York war für ihn kein Platz mehr. Und auch in Afrika war für ihn kein Platz mehr. Nirgendwo gab es für ihn einen Platz. Dafür hatte Linda gesorgt. Er haßte sie. Nein. Er liebte sie. Das war noch schlimmer. Er würde nie wieder irgendeinen anderen Menschen lieben. Sein Haß galt der Erinnerung an das, was er ihr angetan hatte.

Er war froh, als er Bukavu sah. Er fuhr über einen leeren Marktplatz. In der Mitte des Marktes stand eine sechseckige Steinsäule. Darüber schwebten schwarzweiße Geier auf der Suche nach Abfällen. Er fuhr über eine verlassene und ruhige Straße an den Geschäften der *Sociétés Anonymes* vorbei, bei denen jetzt nach Einbruch der Dämmerung die Läden geschlossen waren, und bog dann aus dem Geschäftsviertel zu den *Gîtes* der Regierung ab, kleinen Zementhäuschen für Touristen, die am Ende einer von Casuarinabäumen gesäumten Straße standen. Er parkte den Citroën neben dem anderen Lastwagen und dem Ford-Kombi. Den Geländewagen des Professors sah er nirgendwo.

Juma tauchte auf und zeigte ihnen den *Gîte d'étape,* in dem sie schlafen sollten. Er war ausgefegt worden, und man hatte zwei Feldbetten aufgestellt. Jay holte eine Flasche Bier aus dem Lastwagen.

»Auch 'nen Schluck?« fragte er Bill.

»Ich werde erst mal nach dem Professor sehen«, sagte Bill.

Jay setzte sich auf ein Feldbett und trank sein Bier, während

Juma das Bettzeug hereinbrachte. Als Juma mit dem ersten Bett fertig war, wechselte er hinüber. Der *Gîte* war sehr kahl. Es gab eine Tür mit Fliegengitter und zwei Fenster, ebenfalls mit Gitter, die beiden Feldbetten und einen Stuhl. Der Boden war aus Zement. Draußen auf der Veranda hörte er eine Heuschrecke.

»Wie geht es dem Professor, Juma?« fragte er.

»Sehr schlecht, *Bwana.*«

»Das ist schlimm.«

»Ja, *Bwana.*«

Juma war mit dem anderen Bett fertig und ging hinaus. Jay machte noch eine Flasche Bier auf und hielt sie in der Hand. Auf dem Glas perlten Wassertropfen. Aus der Ferne hörte er eine Art Klingeln. Er vermutete, daß es irgendein Musikinstrument der Einheimischen war. Es klang wie ein Spielzeugklavier. Er konnte auch Stimmen hören. Es war die Stunde des Abends, wenn der Wind sich legt und Geräusche weit tragen. Es war die traurige Stunde des Abends. Er trank sein Bier langsam, ließ die Flasche seine Hände kühlen. Es gab nirgendwo mehr einen Platz für ihn, aber wenigstens hatte er die Erinnerung an Linda. Das war schließlich etwas. Das konnten sie ihm nicht wegnehmen. Es gab ein ganzes Jahr, das sie ihm nicht wegnehmen konnten. Vier Jahreszeiten. Zwölf Monate. Er nahm einen tiefen Schluck Bier. Die Flasche war fast leer. Ein Jahr, so lang und so kurz. Es gab immer eine Zeit, dachte er, an die man sich als die beste Zeit seines Lebens erinnert. Aber oft wußte man nicht, daß das die beste Zeit war, wenn man sie gerade erlebt. Er hatte es gewußt. Das ganze Jahr über hatte er Angst gehabt, hatte gewußt, daß es enden würde, aber nicht gewußt, wie.

Im Oktober war der lange Strand nördlich von Miami verlassen, und sie schwammen nackt in dem warmen, blauklaren Wasser. Sie legten sich auf den cremefarbenen Sand; er war heiß, und ihre nasse Haut zog sich in der Sonne zusammen. Sie lagen dort schläfrig ausgestreckt, verträumt und müde von dem sanften

Klang der Brandung, beobachteten die Frachter am Horizont, von denen manche so weit weg waren, daß nur ihr Rauch zu sehen war. Lindas Haut war braun, außer am Po und an den Brüsten, die ihr Badeanzug bedeckt hatte.

»Linda«, sagte er, »wie lange?«

»Für immer«, sagte sie.

»Glaubst du wirklich?«

»Ich weiß es.«

»Manchmal habe ich Angst.«

»Liebling, es ist für immer.«

Er trank sein Bier aus und stellte die Flasche auf den Boden. Er legte sich aufs Bett und betrachtete die schwachen Umrisse der Gittertür des *Gîte.* Nach wenigen Minuten klopfte jemand mit einer Taschenlampe an die Tür. Es war Eve Salles.

»Haben Sie geschlafen?« fragte sie.

»Ich glaube schon.«

Sie leuchtete ihn mit der Taschenlampe an. »Ihre Augen sehen komisch aus.«

»Sie sehen immer komisch aus, wenn ich geschlafen habe.«

Sie trug einen Rock und einen Pullover. Sie sah jetzt weiblicher aus als in Hosen. »Wollen Sie mit mir im Hotel essen?« fragte sie. »Die anderen kommen auch.«

»Gern. Wann?«

»In einer halben Stunde.« Sie stand da und sah ihn an. »Sie sind doch nicht böse auf mich?«

»Nein. Sollte ich?«

»Es war ziemlich gemein von mir, Ihnen und Bill wegen Cable einen Korb zu geben.«

»Das war schon in Ordnung.«

»Wissen Sie, ich will ihn bei Laune halten. Wenn er mich nicht zum Ituri mitnimmt, weiß ich nicht, was ich machen soll.«

»Er nimmt sie bestimmt mit«, sagte Jay.

»Und Sie sind nicht böse?«

»Nein. Wir sehen uns beim Abendessen.«

Sie lächelte. Er sah, wie ihre Zähne im Widerschein des Lichts schimmerten. Er sah ihr nach, als sie hinausging. Dann schloß er die Gittertür. Er zündete eine Lampe an und suchte sich ein sauberes Hemd.

12

Am nächsten Morgen war es schön. Es war keine Wolke am Himmel, aber ein hochhängender Dunst hatte den Himmel silberblau gefärbt. Während Bill im Krankenhaus war, ging Jay in der Stadt spazieren. Das Sonnenlicht lag hell auf den Straßen und den buschigen Bäumen und den neuen Ziegelhäusern mit den farbigen Dächern. Er ging in das Geschäftsviertel. In einer der *Sociétés Anonymes* kaufte er eine englische Übersetzung von *Väter und Söhne*. Es war das einzige englische Buch, das er finden konnte. Er hatte es als gutes Buch in Erinnerung, obwohl es vielleicht für einen kranken Menschen ein wenig zu traurig war. Dann ging er ins Hotel, um einen Whisky Soda zu trinken. Der Schwarze hinter der Bar brachte ihm das Getränk auf die Veranda. Er trank langsam und beobachtete dabei die Menschen auf der Straße. Viele Eingeborenenfrauen kamen auf ihrem Weg zum Markt mit Baumwollbündeln am Hotel vorbei. Er konnte einen Teil des Platzes sehen und vier Straßenfeger, die auf dem Pflaster saßen und im Sitzen arbeiteten. Sie beschrieben mit den Besen einen Kreis und rutschten dann ein Stückchen auf dem Hintern weiter. Ein uniformierter *Askari* kam mit einem Gefangenen vorbei, der einen Metallring um den Hals trug. Ein Eingeborener kam, setzte sich auf die Verandastufen und wurde vom Barmann verjagt. Die Straßenfeger schienen nicht besonders gut voranzukommen. Ein belgischer Beamter fuhr in einem Chevrolet vorbei, wodurch eine Gruppe von Frauen mit Baumwollbündeln auseinandergetrieben wurde. Jay trank aus und machte sich auf den Weg zum *Gîte*. Auf halber Strecke fiel ihm ein, daß er das Buch auf der Hotelveranda liegengelassen hatte. Er ging zurück.

Er aß mit Bill vor dem *Gîte* auf der riedgedeckten Veranda zu Mittag. Juma und die beiden Totos bedienten sie. Cable war mit Mr. Palmer zum Landwirtschaftsamt gefahren, und niemand wußte, wo Eve Salles war. Bill meinte, sie sei auch mit Mr. Palmer unterwegs.

»Wir sollen uns morgen auf die Socken machen«, sagte er.

»Und der alte Cable hat das Sagen?«

»Ja.«

»Na, wunderbar. Was ist mit dem Professor?«

»Er kommt nach, sobald er kann.«

Jay fragte: »Hat man herausgefunden, was mit ihm los ist?«

»Eine Darminfektion.«

»So ein verdammtes Pech.«

»Es könnte noch viel schlimmer sein«, sagte Bill.

Am Nachmittag entdeckten sie unterhalb des zweiten Falls des Ruziziflusses einen klaren Teich, in dem das Wasser nach den Stromschnellen kalt und dunkel war. Sie gingen schwimmen. Zunächst ließ sie das Wasser vor Kälte erstarren, dann kam ihr Kreislauf in Schwung, und sie fühlten sich prima. Es machte Spaß, in dem kalten Wasser zu schwimmen. Dann sonnten sie sich auf einem schwarzen Felsen. Sie paßten auf, daß sie sich keinen Sonnenbrand holten. In dieser Höhe war die Sonne sehr gefährlich. Sie gingen zurück zum *Gîte* und aßen allein zu Abend.

Am nächsten Morgen waren sie im Morgengrauen fertig zur Abfahrt, und alle waren sehr bedrückt. Das Iturigebiet schien weit weg, und der Himmel war bedeckt, und sie vermißten den Professor. Eve hatte beschlossen, noch einen Tag in Bukavu zu bleiben. Sie hatte der Familie Salles in Frankreich telegrafiert, um Luciens Mutter mitzuteilen, daß sie auf dem Weg zum Ituri war, und wartete jetzt auf Antwort. Als Bill zum Professor ging, um sich zu verabschieden, gab ihm Jay *Väter und Söhne* mit.

»Bestell ihm, daß er schnell wieder gesund werden soll«, sagte er.

Sie fuhren den ganzen Tag, ohne an einer Stadt vorbeizukommen. Am nächsten Tag aßen sie in Goma zu Mittag, am Nordende des Sees, und dann fuhren sie durch einen Teil des *Parc National Albert* nach Rutshuru. Die Wolken brachten keinen Regen, die Straße war gut, so daß die Fahrt angenehm war. Die meiste Zeit blieben sie in Sichtweite des anderen Citroën. Sie schliefen in zwei *Gîtes* in Rutshuru, und am dritten Tag holte Eve sie in dem Ford-Kombi ein. Herbert saß am Steuer, und sie winkte ihnen zu, hielt aber nicht an. Sie sah sehr hübsch aus. Den Rest des Tages sahen sie immer wieder den Ford vor sich.

Von Rutshuru aus stieg die Straße zu den Bergen hin an, die sich blau und geheimnisvoll am Horizont erhoben. Sie fuhren an den Ruinen der Festung vorbei, wo die arabischen Sklavenhändler gegen die Belgier gekämpft hatten. Am späten Nachmittag kamen sie an ein Schild, das in einem Dickicht aus Büschen und Kletterpflanzen versteckt war: PARC NATIONAL ALBERT. Dann fuhren sie einen Hügel hinauf und erreichten eine mit hohem Gras bestandene Ebene. Das Land hier war hügelig, wie das Farmland von Montana, und es gab eine Buschart, die Salbei hätte sein können, und blaue Berge, die der *Crazy* oder der *Bearpaw* hätten sein können, und die gleiche Luft, trocken und leicht betörend. Jay sah Tiere, die knapp fünfzig Meter von der Straße entfernt grasten, halb verborgen in einer Grasmulde. Es waren Gazellen dabei, die aussahen wie Rehe, mit runden wachsamen Ohren und sanften Augen und langen, schnellen Hinterläufen, aber die anderen waren dunkler und schwerer, mit schlanken Ohren und kurzen, geschwungenen Hörnern.

»Was sind die Großen für welche?« fragte er Bill.

»Damaliscus.«

»Kann man sie gut essen?«

»Hier im Park ganz sicher nicht«, sagte Bill.

Als sie den anderen Citroën und den Ford am Abend einholten, war Eve schon zu Bett gegangen. Sie war müde, denn sie hatte in zwei Tagen immerhin eine Strecke bewältigt, für die die anderen drei gebraucht hatten. Mr. Palmer sagte, daß sie ihnen erzählt hatte, es ginge dem Professor besser. Bill war froh über diese Nachricht. Sie hatte auch eine Antwort auf ihr Telegramm bekommen, sagte Mr. Palmer. Madame Salles hatte ihr verboten, ins Iturigebiet zu gehen.

»Was will sie jetzt machen?« fragte Bill.

»Nicht auf sie hören, denke ich mir«, sagte Mr. Palmer.

Lew Cable und Mr. Palmer fuhren am nächsten Morgen als erste weiter. Bill und Jay folgten ihnen. Eve schlief noch. Sie hatte es ohnehin nicht eilig. Die Lastwagen mußten wegen der Gorillas langsam fahren, und sie konnte sie mit Leichtigkeit einholen. Kurz vor Mittag sahen Bill und Jay weit unten in einer braunen Ebene den Eduardsee liegen, dessen Wasser durch die Hitze grau und dunstig aussah, und, kurze Zeit später, den Gipfel des Ruwenzori, des Großen Vaters, der sich schneebedeckt zum blaßblauen Himmel auftürmte.

Nach dem Mittagessen führte die Straße über eine Ebene, die wie ein Pfad zwischen den fernen Bergen und einem Wald im Westen verlief. Bill sagte, das sei der Anfang des Iturigebietes. Der Wald sah unheimlich aus. Die Bäume standen dicht zusammen, so daß sie eine einzige grüne Pflanzenmasse bildeten, und die Stämme waren von Schlingpflanzen und Gestrüpp verdeckt. Aus der Entfernung wirkte er wie ein Garten mit gigantischem Unkraut.

»Ich wette, es wimmelt da von Spinnen und Schlangen«, sagte Bill.

Jay dachte, daß der Ituri wie ein prähistorischer Wald aussah. Er dachte, daß er nicht überrascht wäre, ein geflügeltes Reptil mit einem Pygmäen im Maul über den Bäumen schweben zu sehen. Der stille Wald atmete eine Atmosphäre voller Geheimnis und Furcht. Er war ziemlich sicher, daß er sich dort nicht wohl fühlen würde.

Später stieg die Straße an und führte fort vom Wald. Bill machte zwei Flaschen Bier auf. Sie tranken das Bier, ohne den Wagen anzuhalten. Allmählich fühlten sie sich wieder besser. Jay wußte nicht, ob es am Bier lag oder daran, daß sie sich vom Ituri entfernten, oder an der Höhe. Sie fuhren an einigen Eingeborenenfrauen mit nackten Brüsten vorbei. Bill winkte, und die Frauen kicherten.

»Komm, wir amüsieren uns ein bißchen«, sagte Bill.

»In Ordnung.«

»Und dann machen sie wieder alle nur dir schöne Augen«, sagte Bill.

»Tja, weiter bringe ich es einfach nicht.«

»Nein. Du kommst schon ans Ziel.«

Sie überquerten eine Steinbrücke. In dem Fluß unter ihnen konnte Jay große, glatte Kieselsteine sehen, an denen sich das Wasser brach. Die Straße stieg weiter an.

»Warum habe ich immer nur Erfolg bei älteren Frauen?« fragte Bill.

»Das liegt an ihrem Mutterinstinkt.«

»Wieso kann ich nicht mal den Mutterinstinkt einer fabelhaft aussehenden Blondine wecken?«

»Fabelhaft aussehende Blondinen haben keinen Mutterinstinkt.«

»Deshalb ist die Welt so schlecht«, sagte Bill. »Mangelnder Mutterinstinkt. Deshalb gibt es Kriege. Jede Frau sollte einen ausgeprägten Mutterinstinkt haben. Jede Frau sollte den guten alten Bill lieben. Gentlemen, das ist mein Wahlprogramm.«

»Gut. Leg mal eine ordentliche Wahlrede hin.«

»Liebe Freunde«, begann Bill.

»Weiter.«

»Ich weiß nicht, ob du ein Freund bist oder nicht.«

»Bin ich nicht«, sagte Jay. »Aber red weiter! Jede Freundschaft fängt irgendwann mal an.«

»Liebe Freunde. Ich schlage vor, der Arbeitslosigkeit ein Ende zu bereiten und das Altwerden abzuschaffen«, sagte Bill. »Ich schlage vor: Reichtum für jedermann, gute Ernten und Versorgung mit Wärme und Licht für das ganze Land. Ich nenne das den Lamont-Plan. Kamerad, willst du Glück und Wohlstand?«

»Allerdings.« Jay grinste Bill an.

»Dann verhelft dem ehrlichen Bill Lamont zum Sieg!«

»Dir werd' ich helfen.«

»Nur keinen Spott, mein Freund. Keinen Spott und keinen Hohn. Willst du den Lamont-Plan hören?«

»Ja.«

»Zwangseinäscherung. Das ist der Lamont-Plan. Kamerad, jeder über fünfzig wird eingeäschert. So wird der Wohlstand wiederhergestellt. Keine alten Menschen mehr. Ihre Arbeitsplätze in der Wirtschaft werden frei. Ihre Asche kann den Boden düngen. Ihre Flammen bringen Wärme und Licht. In jeder Stadt ein Krematorium. Ein Bauboom. Neue Arbeitsplätze. Keine Rentenempfänger. Weniger Steuern. Mein Freund, hast du den einen oder anderen Verwandten, den du für das Wohl des Landes opfern würdest?«

»Ich habe drei«, sagte Jay.

»Gut. Gentlemen, unser Kamerad hier hat drei Verwandte, die er opfern will.« Bill winkte einem vorbeiziehenden Berg mit beiden Armen zu. »Und was ist euer Beitrag, liebe Leute? Habt ihr einen Verwandten zuviel?«

Der Ford-Kombi überholte sie und hielt an. Jay brachte den Lastwagen zum Stehen. Eve kam zu ihnen. In ihrer grauen Hose und dem rosafarbenen Hemd sah sie sehr schlank aus.

»Hallo!« sagte sie. »Kann ich bei euch mitfahren?«

»Klar«, sagte Bill. »Steigen Sie ein.«

Herbert blickte aus dem Kombi finster zu ihnen herüber. Er war blaß.

»Stimmt was nicht mit dem Ford?« fragte Jay.

»Nein. Ich brauche nur etwas Abwechslung.« Bill ließ sie einsteigen und sich auf den Platz in der Mitte setzen. »Herbert ist nicht gerade eine Stimmungskanone.«

Jay fuhr los. Herbert wartete im Kombi. Er würde ihnen folgen.

Bill fragte: »Der Kerl hat Ihnen doch wohl keinen Ärger gemacht?«

»Nicht mehr als sonst auch«, sagte Eve.

»Wenn Sie wollen, schaffen wir ihn beiseite.«

»Das ist eine gute Idee.«

»Bill ist blutrünstig«, sagte Jay. »Er hat vor, alle Menschen über fünfzig einzuäschern. Und jetzt will er auch noch Herbert umbringen.«

»Die Sache ist ganz einfach«, sagte Bill. »Wir töten ihn und werfen ihn den Löwen zum Fraß vor.«

»Ich fürchte, das klappt nicht«, sagte Eve. »Er ist doch nur Haut und Knochen.«

»Auch nicht mit einem ganz kleinen Löwen?«

»Vielleicht«, sagte Eve unschlüssig.

»Sicher klappt das«, sagte Bill. »Los, Jay, bringen wir ihn um. Halt den Wagen an.«

»Ihr Freund ist ja wirklich mordlustig«, sagte Eve.

»Er ist blutrünstig«, sagte Jay. »Ich hab's ja gesagt.«

»Was kann man dagegen tun?«

»Man gibt ihm Bier«, sagte Jay.

Eve nahm drei große Flaschen Bier aus dem Karton. Sie tranken, während der Wagen einer Straße folgte, die sich durch das Vorgebirge in Richtung der blauen Berge vor ihnen wand. Es gab viele Kurven und viele gewölbte Steinbrücken, die über kleine Flüsse führten. Das Vorgebirge war mit Gras und Dornenbäumen bewachsen. Einmal sahen sie einige Tiere, die auf einem Hügelkamm ästen. Es waren sechs, und ihre Körper hoben sich grau gegen den Himmel ab. Ihre Hörner waren so kurz, daß es aussah, als hätten sie zwei Ohrenpaare. Bill wußte nicht, was das für Tiere waren. Sie verloren sie aus den Augen, als die Straße nach unten führte; als sie den nächsten Berg hinauffuhren, sahen sie sich um, konnten sie aber nicht mehr entdecken.

Jay dache, daß es schön war, Eve dabei zu haben. Sie war ein angenehmer Anblick. Ihre heisere Stimme klang schön. Mit ihr zusammen wirkte die Fahrt wie ein Ferienausflug ins Grüne.

»Darf ich Sie etwas fragen?« fragte sie Bill.

»Alles, Madame«, sagte Bill.

»Sie fahren doch ins Iturigebiet, um Okapis zu jagen?«

»Ja.«

»Warum wollen Sie sie jagen? Was ist an ihnen so besonders?«

»Sie sind selten.«

»Und deshalb wollen Sie sie jagen?«

»Nein. Wir wollen eins genau untersuchen.«

»Aber wieso?«

»Um festzustellen, wie sein Innenleben aussieht.«

»Wozu soll das gut sein?«

»Es gibt eine Theorie, die besagt: Je mehr man über Tiere erfährt, desto mehr erfährt man über den Menschen.«

»Oh, ja«, sagte Eve. »Aber warum nehmen Sie dafür keine Meerschweinchen? Oder Pferde?«

»Machen wir ja. Aber das Okapi ist besonders interessant, weil es eine Art lebendes Fossil ist.«

»Das klingt furchtbar.«

»Ist es aber nicht. Das Okapi ist ein wunderschönes Tier, halb Giraffe, halb Zebra. Es ist deshalb wichtig, weil es ein lebendiges Bindeglied zur vorgeschichtlichen Zeit darstellt. Wenn man eins fängt, ist das, als ob man einen Steinzeitmenschen in einem Eisblock findet und ihn aussägen kann.«

»Das klingt, als wäre es etwas ganz Außergewöhnliches«, sagte Eve.

»Es *ist* außergewöhnlich.«

»Wie wollen Sie eins fangen?«

Bill hatte keine Zeit zu antworten. Auf einem Hügel vor ihnen, unter einer Gruppe von Dornenbäumen, entdeckte Jay vier Löwen. Er trat auf die Bremse und zeigte sie den anderen. Die Löwen lagen im Schatten der Dornenbäume, ein großes Männchen mit dunkler Mähne, ein kleineres Männchen und zwei Weibchen. Sie beobachteten den Lastwagen. Ein Flecken Sonnenlicht ließ das Fell von einem der beiden Weibchen schwefelgelb leuchten.

»Gott!« sagte Bill.

Jay wurde von einer Welle der Erregung gepackt. Er ließ den Lastwagen langsam über die Straße rollen, bis der Ausläufer des Hügels sie den Blicken der Löwen entzog. Dann stellte er den Motor ab.

»Wie wär's, Bill?« fragte er.

»Vier Stück?«

»Warum nicht?«

Bill sah krank aus. »Na schön«, sagte er.

Jay reichte Bill die doppelläufige Mannlicher und eine Handvoll Munition. Er nahm die Springfield.

»Wollen Sie wirklich?« fragte Eve.

»Klar.«

Bill fragte: »Und wenn sie alle angreifen?«

»Werden sie nicht.«

»Kennst du dich so gut mit Löwen aus?«

»Ich habe noch nie gehört, daß vier gleichzeitig angreifen«, sagte Jay. »Kommst du nun?«

»Meinetwegen«, sagte Bill.

Jay sah ihn an. Bill war blaß, aber ansonsten schien er in Ordnung. Es würde ihm guttun, einen Löwen zu schießen. »Komm«, sagte er. Er hatte wieder das gleiche Gefühl, das er bei dem ersten Löwen gehabt hatte. Herbert kam im Ford angefahren.

»Was nicht in Ordnung?« fragte er.

»Haben Sie die Löwen nicht gesehen?«

»Himmel, nein!«

Eve stieg aus dem Lastwagen. »Ich komme mit«, sagte sie.

»Nein«, sagte Jay.

»Bitte. Ich möchte gern dabei sein.« Sie holte ein Mausergewehr aus dem Kombi. »Ich habe noch nie einen Löwen geschossen.«

Herbert lehnte sich aus dem Ford. »Sie können da nicht mitgehen, Mrs. Salles. Sie wissen doch, ich habe meine Anweisungen.«

Sie ignorierte ihn. »Darf ich?« fragte sie Jay.

»Laß sie mitkommen«, sagte Bill. »Drei Gewehre sind besser als zwei.«

»Na schön«, sagte Jay. »Haben Sie Kugelmunition?«

»Mrs. Salles!« sagte Herbert ängstlich.

Sie zeigte Jay ein paar Patronen. »Das sind doch Kugelpatronen, oder?«

»Ja. Gehen wir.«

»Aber meine Anweisungen!« Herbert wollte sie zurückhalten, aber er wagte es nicht, aus dem Ford auszusteigen. »Wie soll ich das erklären?«

»Ich werde schon nicht dabei sterben, Herbert«, sagte sie.

Auf halbem Weg den Hügel hinauf standen einige Dornenbäume neben einer Stelle, die sich über das Gras erhob. Sie sah aus wie ein großer Felsen. »Versuchen wir, dahin zu kommen«, sagte Jay.

Das Gras war höher, als er gedacht hatte. Es ging ihnen bis zur Hüfte und war sehr dicht, so daß sie nicht schnell gehen konnten. Wind wehte ihnen ins Gesicht, kräuselte das Gras und ließ es im Sonnenlicht glänzen. Sie gingen langsam bergauf, näherten sich dem kahlen Platz neben den Dornenbäumen, und die ganze Zeit konnten sie die Löwen nicht sehen. Jay fing an zu schwitzen; die Angst, oder was immer es war, lag ihm warm und hart im Magen. Es schien ihm, als ob die Löwen wissen müßten, daß sie angegriffen würden. Nein, das war albern. Sie konnten gar nichts wissen. Aber wenn sie sich doch ins Gras hinunter geschlichen hatten und dort auf sie warteten? Er entsicherte die Springfield und pustete durch die Zielvorrichtung, um sie vom Staub zu reinigen.

Sie gingen, so leise sie konnten. Bill ging neben Jay, nach vorn gebeugt, mit hochgezogenen Schultern und zusammengepreßten Zähnen. Er war bleich. Jay sah sich nach Eve um, und sie lächelte ihm zu. Tapfere Frau! dachte er. Als sie zwanzig Meter von dem kahlen Felsen entfernt waren, sahen sie die Löwen. Ein enges Tal, das sie im Gras nicht bemerkt hatten, erstreckte sich von ihnen bis zu den Löwen, die knapp zweihundert Meter weit weg waren. Die Weibchen und das kleinere Männchen entfernten sich über den Hügel, schlichen katzenhaft durch das Gras. Der große Löwe im Schatten der Dornenbäume beobachtete die Jäger, und sein Schwanz mit der schwarzen Spitze zuckte nervös. Er sah sehr arrogant aus. Bill hob die Mannlicher. »Viel zu weit«, sagte Jay.

»Ich kann ihn erwischen.«

»Du kannst ihn nicht töten. Gehen wir zum Felsen.«

»Ist er nicht schön?« sagte Eve.

Sie mußten das Tal durchqueren, um den Felsen zu erreichen. Im Tal verloren sie die Löwen aus den Augen. Bill rannte auf den Felsen zu.

»Nicht so schnell«, sagte Jay.

»Dieses verdammte Gras gefällt mir nicht.«

»Wenn du außer Atem bist, kannst du nicht zielen«, sagte Jay.

Kurz unterhalb des kahlen Felsens sahen sie den großen Löwen erneut. Er war hinter den anderen Löwen hergegangen, aber als er sah, daß die Jäger noch näher kamen, blieb er stehen und wandte sich ihnen zu. Der Schwanz mit der schwarzen

Spitze, wie bei einem getrimmten Pudel, bewegte sich wütend. Als er leise grollte, spürte Jay, wie sich seine Nackenhaare sträubten. Dann, als die Menschen stehenblieben, folgte er den anderen drei.

»Kommt«, sagte Jay.

Sie kletterten auf den Felsen. Er sah aus wie eine vulkanische Gesteinsformation, die Oberfläche grau und porös. Er erstreckte sich ungefähr zehn Meter in Richtung der Löwen. Jay überquerte den Felsen. Die anderen Löwen hatten auf das große Männchen gewartet. Sie bewegten sich zusammen den Berg hinauf, nicht hastig, sondern leichtfüßig durch das Gras trottend. Der große drehte sich um, und als er die Menschen sah, blieb er sofort stehen. Als sie sich ihm über den Felsen näherten, fauchte er und sprang mit erhobenem Kopf und Schwanz auf sie zu, wie ein großer Hund.

»Er gehört dir, Bill«, sagte Jay.

Bill zielte mit der Mannlicher und drückte ab. Nichts geschah. Der Löwe machte noch ein paar Sätze, dann, als er sah, daß die Menschen stehengeblieben waren, wandte er sich ab und trottete zu den anderen Löwen. Bill betrachtete verwundert sein Gewehr.

»Du mußt entsichern«, sagte Jay.

Sie folgten dem Löwen bis zum Rand des schwarzen Felsens. Er sah sie, bevor sie das Gras erreichten, und brüllte; als sie noch weiter auf ihn zukamen, senkte er den Kopf und griff an. Die anderen drei Löwen waren fast über den Hügel. Der große Löwe griff jetzt ernsthaft an, er rannte geduckt und schnell, so daß er eine Schneise im Gras hinterließ. Der tiefe Knall der Mannlicher dröhnte, als Bills Schuß danebenging. Er schoß noch einmal, zu früh, und die Kugel traf den Löwen irgendwo an der Flanke, so daß er einen leichten Schlenker machte, aber kein bißchen langsamer wurde. »Oh Gott!« rief Bill.

Jay kniete sich neben Bill, hob die Springfield und erstarrte zu einer Kaltblütigkeit, durch die er den schnellen, geduckt rennenden Löwen nicht als Bedrohung sah, sondern als Zielscheibe, die es zu treffen galt. Er sah die schwarze Mähne, die den Hals des Löwen umgab, die goldfarbenen Augen, das Maul, die gelben Zähne, den zu großen Kopf und den fließenden, geschmeidigen, gefährlichen Lauf, aber er dachte nur daran, den Lauf der Springfield auf das weiße Haarbüschel unter dem Kinn des Löwen zu richten, den Atem anzuhalten, abzudrücken, und dann wurde seine Schulter vom Gewehrschaft nach hinten gerissen, und er hörte den dröhnenden Klang von explodierendem Schießpulver und den dumpfen Aufschlag des Vollmantelgeschosses auf Knochen und roch den säuerlich-scharfen Geruch des Schießpulvers, und er sah den Löwen vorwärts schliddern, wie er von seinem eigenen Körpergewicht weitergerissen wurde, obwohl seine Beine plötzlich nutzlos waren. Dann kroch der Löwe auf ihn zu, hatte fast den Rand des Felsens erreicht; er kroch und versuchte, auf die Beine zu kommen; die goldenen Augen fixierten die Jäger, seine Flanke war blutüberströmt, er wollte brüllen, doch das Blut füllte seine Lungen; er konnte nur seine Vorderbeine bewegen, aber er kam weiter auf sie zu, mit einer schrecklichen Entschlossenheit, sie zu erreichen, und dann ging neben Jay ein Schuß los, und auch er schoß, und der Löwe bewegte sich nicht mehr.

Eve stand neben ihm, ihre Hüfte berührte fast seine Schulter. Sie hatte den Schuß abgegeben. Er stand auf, noch immer völlig gefühlskalt. Die anderen Löwen waren verschwunden. Der beißende Geruch des Schießpulvers lag in der Luft. Er wandte sich zu ihr um und sah, daß sie nach hinten blickte, zu der Gruppe von Dornenbäumen jenseits des Felsens. Neben den Bäumen stand Bill, der mit der leeren Mannlicher dorthin gerannt war. Er hatte nicht nachgeladen. Er sah krank aus; die nackte Angst, die seine Hände so gelähmt hatte, daß er nicht hatte nachladen können, lag noch immer auf seinem Gesicht.

Ihm war schlecht vor Furcht und Scham. Sein Gesicht war ein trauriger Anblick.

Jay ging mit Eve zu dem Löwen. Sie sahen sich nicht an. Auch wenn es Spaß gemacht hatte, den Löwen zu töten, so war davon jetzt nichts mehr zu spüren. Jay empfand noch nicht einmal das Mitleid, das er für die Gorillas empfunden hatte. Der Löwe sah im Tod stark und wütend aus. Sie hatten ihm eine faire Chance gelassen. Er hatte angegriffen, bevor sie geschossen hatten; er hatte den Angriff begonnen. Er lebte durch Gewalt, und es schien nur fair, daß er durch Gewalt gestorben war.

»Jetzt sieht er nicht mehr so groß aus«, sagte Eve.

»Groß genug.«

»Glauben Sie, daß ich ihn getroffen habe?«

Sie beugten sich über den Löwen. Ein Schuß war von dem Knochen über dem rechten Auge abgelenkt worden. Bills Schuß hatte die rechte Flanke aufgerissen; durch diese Wunde hatte er das meiste Blut verloren. Eine weitere Kugel war an der Stelle eingetreten, wo der Hals in die Brust überging. Dieser Schuß hatte ihn getötet. Und es gab eine vierte Wunde an der rechten Schulter.

»Wir haben ihn alle getroffen«, sagte Jay.

Die Mähne des Löwen war dunkel, fast schwarz, und das Haarbüschel am Schwanz war schwarz. Jay starrte ihn an, sah ihn im Grunde zum ersten Mal. Er sah das weiche, blasse Fell am Unterbauch und die lockere, runzlige Haut der Beine und die starken zarten Pfoten und den zu großen Kopf und die blauen Adern, die vom Hodensack aus an der Innenseite der Hinterbeine hinabliefen. Er war immer noch schön, aber er war nicht mehr der goldene Schatten, der durch das Gras auf sie zugekommen war. Er sah aus wie ein halbleerer Sack.

Bill kam. »Ist er tot?«

Sie sahen ihn nicht an. »Ja«, sagte Jay.

»Was willst du jetzt mit ihm machen?«

»Ihn abziehen.«

»Ich hole ein Messer aus dem Wagen.«

Bill ging den Hügel hinunter zur Straße. Jay setzte sich neben dem Löwen ins Gras. Jetzt kam die verspätete Reaktion. Er fragte sich, wieso er keine Angst gehabt hatte, als der Löwe angriff. Zu blöd, um Angst zu haben, dachte er. Jetzt hatte er Angst.

»Was ist los?« fragte Eve.

»Ich habe Angst.«

»Es ist doch alles vorbei.«

»Ich weiß«, sagte er.

»Hatten Sie Angst, als er auf uns zukam?«

»Nein. Aber ich weiß nicht, wieso.«

»Aber Sie hatten trotzdem keine«, sagte sie.

»Nein.«

»Das allein zählt«, sagte sie.

Er hatte das Gefühl, als ob er weit weg gewesen und gerade zurückgekommen wäre. Alles sah leicht verändert aus, und doch war nichts verändert. Er nahm an, es hing damit zusammen, daß er sich dazu gebracht hatte, innerlich zu erstarren, wodurch er sich davor geschützt hatte, Angst vor dem Löwen zu haben. Jetzt taute er auf. Die afrikanischen Hügel mit dem Gras und den Dornenbäumen und den braunen Flecken aus Buschwerk waren gleichzeitig vertraut und fremd. Es war wie das Gefühl, das man hat, wenn man Orte besucht oder Menschen kennenlernt, die man nie zuvor gesehen hat, und das auch weiß, und trotzdem scheinen sie altvertraut wie in einem Traum.

Er sah Eve an. »Das war ein sauberer Schuß.«

»Danke.«

»Sie sind eine gute Schützin«, sagte er. »Und Sie sind eine schöne Frau.«

Sie lächelte ihn an. »Wir sind beide schön.«

Bill kam mit zwei Messern zurück. »Herbert wollte sich gerade aus dem Staub machen«, sagte er und gab Jay das Messer. »Er dachte schon, wir wären alle tot.«

»Und da wollte er nicht nach unseren Leichen suchen?« fragte Jay.

»Oh, das würde er nie tun«, sagte Eve. »Er hat entsetzliche Angst vor Tieren. Das ist bei manchen Menschen so, wie ihr wißt.«

Jay sah sie an, aber ihr Gesicht sah heiter aus. Wollte sie so mit Bill reden? Er hoffte nicht. Er wußte, was Bill durchmachte. Man sollte nicht in der offenen Wunde herumstochern.

Bill sagte: »Ich mache die ersten Schnitte.«

Er wußte, wie man Tiere abhäutete. Er ging gut mit dem Messer um, schnitt geschickt und sicher. Jay ließ ihn allein arbeiten.

»Wer hat ihn getötet?« fragte Bill.

»Eve.«

»Glauben Sie wirklich?« fragte Eve.

»Ja. Ich habe ihn gestoppt, aber Sie haben ihn getötet.«

»Heißt das, er gehört mir?«

»Absolut.«

»Ich will ihn eigentlich gar nicht«, sagte Eve. »Er gehört Ihnen. Aber es ist ein wunderbarer Gedanke, daß ich ihn haben könnte, wenn ich wollte.«

»Er gehört hundertprozentig Ihnen«, sagte Jay.

Bill löste die Haut von den Schultern. »Hier sitzt eine Kugel.« Er gab sie Jay. Sie stammte aus der Springfield.

»Und noch eine im Hals«, sagte Bill.

»Das ist Eves.«

»Hat mein zweiter Schuß nicht getroffen?«

»Dachten Sie, er hätte?« fragte Eve.

Ihre Stimme klang seltsam. Bill unterbrach seine Arbeit, blickte rasch zu ihr auf und dann zu Jay hinüber. »Ich war mir nicht sicher«, sagte er. »Aber ich hab' gesehen, daß er weiterrannte. Deshalb bin ich zurückgelaufen, um zu laden.«

Sie sah auf ihn herab. Er kniete neben dem Kopf des Löwen.

»Ich konnte da oben nicht mehr helfen«, sagte er. Seine Stimme war kaum hörbar. »Deshalb bin ich zurückgelaufen, um zu laden.«

Eve sagte: »Da sind Sie aber furchtbar weit zurückgelaufen. Kann man dahinten besser laden?«

»Sehen wir zu, daß wir mit dem Abhäuten fertig werden«, sagte Jay.

Bill stand auf. Er sah Eve an. »Ehrlich, ich bin zurückgelaufen, um zu laden. Es war sinnlos, hierzubleiben. Ich stand euch nur im Weg.«

»Sie meinen, Sie standen dem Löwen im Weg.«

»Nun kommt schon«, sagte Jay. »Ziehen wir ihn ab.«

»Geben Sie es doch zu«, sagte Eve zu Bill. »Sie sind geflitzt wie ein Hase. Sie haben noch nicht mal Ihr Gewehr nachgeladen.«

Bills Gesicht verfärbte sich wieder grau. Er drehte sich um und ließ sie stehen; er hielt noch immer das blutige Messer in der Hand. Er ging den Hügel hinunter, und sein Gang war unsicher wie der eines kranken Mannes oder der eines Betrunkenen. Sie sahen ihm nach, bis er um den Hügel verschwand. Eves Gesichtsausdruck wurde etwas weicher. »Es tut mir leid«, sagte sie zu Jay.

»Das sollte es auch.«

»Ich konnte nur nicht ertragen, wie er sich da rauswinden wollte.«

»Niemand gibt gern zu, daß er ein Feigling gewesen ist.«

»Nein«, sagte sie.

»Warum haben Sie ihn nicht in Ruhe gelassen?«

»Sind Sie wütend?«

»Bill ist mein bester Freund.«

»Immer noch? Obwohl er ein Feigling war?«

»Wollen Sie sich weiter so mies verhalten?«

»Finden Sie, daß ich das getan habe?«

»Allerdings«, sagte Jay. »Sie waren ein echtes Miststück.«

Jetzt ging sie durch das Gras den Hügel hinunter, mit raschen, sicheren Schritten und wütendem Rücken. Sie hatte eine gute Figur. Na schön, dachte er, das war's. Von nun an würde man auf der Safari sehr förmlich miteinander umgehen, und alle würden sehr distanziert und höflich zueinander sein. Wahrscheinlich war es so am besten, und außerdem konnte sie ja mit Lew Cable und Mr. Palmer reden. Sie hätte Bill nicht so tief kränken dürfen. Manche Menschen waren einfach so. Sie konnten der Versuchung, andere zu verletzen, nicht widerstehen, weil es ihnen Spaß machte, Schmerz zuzufügen.

Als er mit dem Abhäuten des Löwen fertig war, hatte er wieder angefangen zu schwitzen. Die Sonne war heiß, und der Schweiß brannte ihm im Nacken. Er kratzte säuberlich das Fleisch von der Haut und rollte sie auf, den Schwanz nach innen geschlagen. Er wußte nicht, was er mit dem Schwanz machen sollte: ihn aufschlitzen und ausnehmen oder ihn ganz lassen. Er hatte den Löwen sowieso ziemlich versaut. Es war ein Jammer. Er war ein schöner Löwe gewesen.

13

Unmittelbar bevor die Dämmerung einsetzte, verhüllten die Wolken, die sie den ganzen Nachmittag vor sich gesehen hatten, den Himmel, und es fing an zu regnen. Kalter Sprühregen drang ins Führerhaus. Die Straße hatte eine schwarze Lavadecke, und sobald sie naß wurde, glänzte sie im Licht der Scheinwerfer. Jay konnte nichts mehr sehen außer der glänzenden Straße. Die Berge und der Himmel waren schwarz. Die Straße hatte eine seltsame Wirkung auf ihn. Es schien, als ob der Citroën auf einem Weg aus blassem Licht durch einen gewaltigen leeren Raum fuhr. Bill saß stumm auf dem äußeren Beifahrersitz und ließ sich vom Sprühregen das Gesicht benetzen. Jay wollte mit ihm reden, aber es gab nichts zu sagen. Dafür war es jetzt zu spät. Als Bill das erste Mal Angst gehabt hatte, war er es gewesen, der darüber geredet hatte. Jetzt gab es nichts mehr zu sagen. Es war eine einsame Angelegenheit, dachte er, ein Feigling zu sein.

Irgendwann nach Einbruch der Dunkelheit sahen sie die Feuer des Lagers. Jay hielt den Lastwagen an, sie kletterten, vor Kälte steif, hinaus in den Regen und gingen zum Küchenzelt. Eve und Lew Cable und Mr. Palmer tranken Whisky im Licht der Zeltlampen.

»Da sind ja unsere Jäger«, sagte Mr. Palmer.

»Das Abendessen wird kalt«, sagte Cable. »Es ist schon verdammt ärgerlich, daß ihr Pfadfinder ständig zu spät kommt.«

»Sie sollten sich waschen, meine Herren Großwildjäger«, sagte Mr. Palmer.

Juma brachte ihnen heißes Wasser ins Zelt. Er war ganz begeistert von dem Löwen. Er hielt Bill eine lange Rede auf Suaheli, bei der das Wort *Simba* mehrere Male vorkam. Dann berührte er sie beide an der Schulter und ging. Während Bill sich wusch, saß Jay eine Weile auf einem der Feldbetten. Er fragte sich wieder einmal, warum Cable so barsch war. Wollte er damit seine Autorität demonstrieren? Falls ja, so war es überflüssig. Niemand zog seine Autorität in Zweifel. Es war schon ein Jammer, daß er so stark war; er würde sich gern mal mit ihm anlegen. Vielleicht würde er es trotzdem tun.

»Du bist dran«, sagte Bill und goß frisches heißes Wasser in die Schüssel.

Das heiße Wasser war herrlich. Jay weichte seine Hände eine ganze Weile darin ein und spürte, wie das Blut zurück in seine kalten Finger strömte. Dann wusch er sich das Gesicht. Das heiße Wasser tat seinen Ohren weh.

Bill saß auf dem Feldbett. »Ich habe keine Lust zu essen«, sagte er.

»Du mußt was essen.«

»Ich habe keinen Hunger«, sagte Bill. Seine Stimme klang unsicher.

»Ach, Quatsch!« sagte Jay. »Nun komm schon.«

Als sie ins Küchenzelt kamen, aßen die anderen gerade Suppe. Sie roch nach Reis und Rindfleisch. Eve sprach sie nicht an. Mr. Palmer schenkte ihnen Whisky ein. »Für den Löwen!« sagte er.

»O Gott!« sagte Jay. »Ich habe das Fell vergessen. Es liegt im Lastwagen.«

»Mulu hat es geholt«, sagte Mr. Palmer. »Schönes Tier. Was haben Sie mit ihm angestellt, ihn mit einem Beil erlegt?«

Jay lachte. »Es war eine ganz schöne Sauerei. Wie zum Teufel zieht man einem Löwen das Fell ab? Ich hatte echte Schwierigkeiten.«

»Armes Tier! Er hätte sie niemals angegriffen, wenn er gewußt hätte, daß man ihn verstümmeln würde.«

»Er hätte einen Reißverschluß tragen sollen.«

»Mr. Palmer ist nur neidisch«, sagte Eve.

»Es war wirklich ein schönes Tier«, sagte Mr. Palmer.

»Ist das Fell völlig ruiniert?« fragte Jay.

»Nein. Mulu bringt das in Ordnung.«

Cable fragte: »Wer zum Teufel hat ihn denn nun wirklich geschossen?«

»Eve.«

»Nein«, sagte Eve. »Alle drei.« Bills Gesicht war angespannt. Er wartete darauf, daß Eve weiterredete. Er hatte Angst davor, was sie sagen würde. »Wir haben alle auf ihn geschossen«, sagte Eve, »und viermal getroffen.«

Jay fühlte sich plötzlich sehr wohl. Er trank seinen Whisky aus. Sie würde sich anständig verhalten. Das war großartig. Es machte die Sache für Bill wesentlich einfacher. Vielleicht war es gut gewesen, daß er sie ein Miststück genannt hatte. Er fing an, seine Suppe zu löffeln.

»Auf die Löwentöter«, sagte Mr. Palmer und hob seinen Pappbecher mit Whisky. »Sie können jetzt alle drei darüber Vorträge halten. Wie ich *Simba* getötet habe. Mit Lamont im finstersten Afrika.«

»Erzählen Sie uns, wie es war, Pfadfinder«, sagte Lew Cable.

»Lassen Sie Eve erzählen«, sagte Jay. »Es ist ihr Löwe.«

»Es war wie im Kino«, sagte Eve. »Der Angriff des Löwen hat mich völlig kalt gelassen. Er war so schön. Er spielte nur eine Rolle in einem Film. Erst als Jay ihn niederschoß, begriff ich, daß ich mittendrin steckte. Ganz schön naiv, nicht wahr?«

»Das Gefühl habe ich auch schon manchmal erlebt«, sagte Mr. Palmer.

Cable fragte: »Jay, wie war es für Sie, alter Knabe?«

»Als alles vorbei war, kriegte ich es ziemlich mit der Angst.«

»Vielleicht haben Sie ihn deshalb so schlecht abgehäutet«, sagte Mr. Palmer.

Alle lachten, und dann fragte Palmer: »Wie haben Sie sich dabei gefühlt, Bill?«

Bill stieß seinen Klappstuhl zurück und stand auf: »Ich geh' ins Bett«, sagte er und ging aus dem Zelt.

»Was zum Teufel...?« sagte Cable.

»Er ist müde«, sagte Jay.

Nach dem Abendessen regnete es immer noch. Auf dem Weg zum Schlafzelt blieb Jay stehen und lauschte auf das Geräusch des tropfenden Wassers. Es war ein schönes Geräusch, wenn man einen trockenen Platz hatte, auf den man sich freuen konnte. Er dachte über Bill nach. Er fühlte sich so schlecht, als ob er selbst Angst vor dem Löwen gehabt hätte. Es war schon eigenartig, wie ein anderes Land einem eine völlig andere Sichtweise der Dinge vermittelte. Zu Hause dachte man nicht über Mut nach. Man fragte sich nicht, ob dieser oder jener Mensch mutig war. Aber in Afrika war Mut eine wichtige Eigenschaft. Das lag daran, daß es ein junges Land war. Als Amerika noch ein junges Land war, hatte Mut auch dort eine wichtige Rolle gespielt. Jetzt nicht mehr. Es war wichtiger, rasch einem Auto ausweichen zu können. Bill war Amerikaner. Warum machte er sich Gedanken über Anforderungen, die Afrika an seine Menschen stellte? Es gab zweifellos eine ganze Menge afrikanischer Männer, genauer gesagt weißer Männer, die den Anforderungen, die Amerika stellte, nicht gewachsen wären, besonders in den Großstädten. Mr. Palmer vielleicht, aber er war eine Art Mischling; halb Engländer und halb Afrikaner.

Warum hätte Bill nicht weglaufen sollen? Er kam aus der Stadt. Er war nicht an Löwen gewöhnt. Er war nicht versessen darauf, einen zu töten. Für einen solchen Extremfall war er nicht abgebrüht genug. Und er hatte kein Vertrauen in Gewehre. Mut wurde einfach zu hoch bewertet, dachte Jay. Wenn man von irgend jemandem behauptete, er sei tapfer, gingen die meisten Menschen automatisch davon aus, daß er ein guter Mensch sein mußte. Aber das war nicht zwangsläufig so. Es gab tapfere Menschen, die fahrlässig mit dem Geld anderer Leute umgingen, die beim Kartenspiel und bei Wetten betrogen, die mürrische und langweilige Gesellschafter waren.

Jemand kam mit einer Lampe zu Jay herüber. Es war Lew Cable. Er hatte Eve zu ihrem Zelt gebracht. »Gehen Sie schlafen«, sagte er. »Es geht morgen in aller Frühe weiter.«

»In Ordnung.«

Cable wollte weitergehen, dann zögerte er. »Pfadfinder.«

»Ja.«

»Diese Geschichte mit dem Löwen. Ich habe überhaupt nichts dagegen. Es ist mir scheißegal, ob Sie umgebracht werden. Aber passen Sie auf Eve auf.«

Jay sagte nichts.

»Ich möchte nicht, daß ihr irgend etwas passiert. Um nichts auf der Welt. Kapiert?«

»Ja«, sagte Jay.

Er ging zu seinem Zelt. Zum Teufel mit Cable. Er fragte sich, wie oft er das schon gedacht hatte. Sehr oft. Er zog sich aus und ging zu Bett. Bill klang, als ob er schlafen würde. Die Decken waren kalt, aber durch Jays Körper wurden sie warm. Es war angenehm, im Bett zu liegen. Es war schön, daran zu denken, daß sie morgen in Lubero sein würden. Er wollte sich nicht zwischen Lew Cable und Eve drängen. Er dachte an Eves schöne Augen und ihre weiche Haut und ihr Haar, das nicht blond, aber auch nicht braun war. Sie war schön, aber er war fertig mit ihr. Nachdem er sie beschimpft hatte, war sie fertig mit ihm. Er dachte an Linda. Der Löwe hätte ihr gefallen. Soviel er wußte, hatte sie nie vor irgend etwas Angst gehabt. Es war wirklich schade, daß sie nicht mit dabei war. Er schlief ein, während er an sie dachte.

»Jay!« rief Bill. »Jay!«

»Was ist?«

»Du hast einen Alptraum gehabt.«

»Tut mir leid.«

Er konnte sich nicht erinnern, wovon er geträumt hatte. In der Nacht wachte er noch einmal auf und hörte Heuschrecken, und am Morgen war der Himmel klar. Beim Frühstück redete Eve mit ihm, aber sie war sehr förmlich. Lew Cable fuhr mit ihr im Kombi. Sie wollten versuchen, um die Mittagszeit in Lubero zu sein. Die Lastwagen sollten wegen der Gorillas langsamer fahren.

Den ganzen Morgen führte die Straße in Windungen die Berge hinauf, und der Citroën wurde immer langsamer, je höher sie kamen. Die Sonne strahlte, aber sobald der Lastwagen im Schatten einer Wolke war, wurde die Luft kühl. Dieser Teil von Afrika sah aus wie die Schweiz. Es gab Blumen und reißende Flüsse mit Steinbrücken und Täler voller Gras und saubere Eingeborenendörfer. In den Tälern sah ihnen das langhörnige Vieh zu, wie sie vorüberfuhren. Die Luft roch schwach nach Jod. An einer langen Steigung fing der Citroën an zu kochen, und sie hielten an und setzten sich aufs Trittbrett und tranken Bier, während sie darauf warteten, daß der Motor abkühlte.

»Es ist wunderschön hier«, sagte Bill.

»Schade, daß es hier oben keine Okapis gibt.«

»Vielleicht ist der Urwald auch nicht schlecht.«

»Kann sein«, sagte Jay.

Später hielten sie an und aßen zu Mittag. Danach fuhr Jay, so schnell es eben ging, über die Bergstraße. Er wollte in Lubero sein, bevor es dunkel wurde. Er fragte sich, wo der andere Lastwagen geblieben war. Sie hatten ihn den ganzen Tag nicht gesehen.

»Was ist mit Eve los?« fragte Bill.

»Nichts.«

»Doch, da stimmt was nicht.«

»Ich weiß nicht, was ist.«

»Warum spricht sie nicht mit dir?«

»Keine Ahnung.« Jay grinste. »Höchstens, weil ich sie Miststück genannt habe.«

Bill fand das nicht lustig. »Du hättest das nicht tun sollen. Sie hatte recht. Ich war ein verdammter Feigling.«

Jay sagte: »Du spinnst.«

»Nein. Sie hatte recht.«

»Vergessen wir's«, sagte Jay.

»Klar«, sagte Bill. »Das ist immer am einfachsten.«

Lubero war eine saubere Stadt mit roten Backsteinhäusern und einem zweigeschossigen Hotel mit einer Holzveranda. Es hieß *Hôtel de la Poste*. Um fünf Minuen nach fünf parkten sie den Citroën. Es war bereits kälter geworden. Ein belgischer Portier trug ihr Gepäck ins Hotel, nahm einen Schlüssel vom Brett und führte sie die Treppe hinauf zu ihrem Zimmer. Es war ein großes Eckzimmer mit zwei Mahagonibetten, einem Kleiderschrank und einem Waschtisch, auf dem ein Emailkrug und eine Waschschüssel standen. Auf dem Boden lag eine Grasmatte.

»Haben Sie ein Bad?« fragte Jay den Portier.

»Oui, monsieur.«

»Wir würden beide gern ein Bad nehmen.«

»Oui.« Der Portier stellte ihr Gepäck ab und ging auf den Flur.

»Willst du als erster baden?« fragte Jay.

»Mir egal.«

»Geh schon mal. Ich suche mir ein paar frische Sachen zum Anziehen.«

Der Portier kam mit Handtüchern und Seife. Man hörte, daß irgendwo Wasser lief. »Das Bad ist über den Flur zu erreichen«, sagte der Portier zu Jay.

Jay gab ihm fünf Francs. »Hat Monsieur nach einen Wunsch?«

»Bestell uns Whisky«, sagte Bill.

Jay sagte dem Portier, er solle eine Flasche ›Haig & Haig‹ und Sodawasser raufbringen. Der Portier zeigte Bill das Bad und brachte dann den Whisky. Jay bezahlte ihn und machte sich einen Drink zurecht. Er setzte sich aufs Bett und trank. Irgend etwas an dem Portier und dem Hotel erinnerte ihn an Quebec. Nur daß er Sekt statt Scotch trinken sollte. Er und Linda hatten damals Sekt getrunken. Komisch, daß er hier in Afrika daran dachte.

14

Bill war auf dem Bett eingeschlafen, als Jay aus dem Bad zurückkam. Er sah müde aus, wie er so dalag und mit einer Hand über dem Gesicht schlief, und Jay legte eine Decke über ihn, zog sich an und ging hinunter. Er traf Mr. Palmer, der an einer kleinen Bar neben dem Speisesaal Scotch mit Soda trank. Hinter der Bar stand ein Schwarzer mit weißem Jackett. Mr. Palmer las in einer Ausgabe von *Punch,* aber er sah auf und lächelte Jay an.

»Trinken Sie einen mit?« fragte er.

»Klar.«

An einem Ende der Bar brannte in einem steinernen Kamin ein Holzfeuer. In dem Raum standen drei Tische, auf denen rotweiß karierte Tischtücher lagen. Stühle mit Holzsitzen und geflochtenen Rückenlehnen standen um die Tische. Über dem Kamin hing eine Uhr. Der Fußboden der Bar bestand aus flachen, in Zement verlegten Steinen.

»Whisky mit Soda, bitte«, sagte Jay zu dem Barkeeper.

Er setzte sich mit dem Rücken zum Feuer neben Mr. Palmer auf einen Hocker. Die Hitze tat gut. Der Barkeeper stellte ein Schnapsglas und eine Flasche Scotch auf den Tresen. Er gab Eis in ein hohes Glas und wartete mit dem Sodasiphon in der Hand. Jay nahm zwei Schnapsgläser Whisky und ließ den Barkeeper das Glas mit Soda auffüllen.

»Wo ist Bill?« fragte Mr. Palmer.

»Der schläft.« Jay rührte mit einem langen Löffel in seinem Glas. »Er ist müde. Ich auch. Fahren wir morgen weiter?«

»Ich weiß nicht«, sagte Mr. Palmer. »Cable hat nichts gesagt.«

»Ist er den ganzen Weg mit Mrs. Salles gefahren?«

»Ja.«

»Ich bin nicht scharf drauf, zum Ituri zu kommen«, sagte Jay.

»Mich begeistert die Vorstellung auch nicht sonderlich.«

»Nicht ohne den Professor.«

»Ja«, sagte Mr. Palmer. »Genau.«

Sie tranken. Es war Jays dritter Whisky, und er fühlte sich allmählich besser. Die saubere Bar mit dem Kaminfeuer trug dazu bei. Es war ein heiterer Raum. Kein Ort, um an Linda zu denken. Er sah, daß die hölzerne Oberfläche der Theke vom vielen Abwischen glänzte. Der Barkeeper war dabei, Zitronen auszudrücken. Er hatte schon mehr als ein Dutzend ausgedrückt. Jay fragte sich, wofür sie gedacht waren.

»Sind sonst noch Gäste im Hotel?« fragte er Mr. Palmer.

»Ja. Eine Gruppe Engländer.«

»Das ist ja schön für Sie.«

»Nein«, sagte Mr. Palmer. »Ich glaube nicht.«

Ein blonder Mann mit einem sympathischen rundlichen Gesicht und blauen Augen kam an die Bar. Er trug einen grauen Tweedanzug und eine pflaumenfarbene Krawatte. Sein Blick fiel auf Mr. Palmer. »Da sind Sie ja«, sagte er.

Der Mann hieß Helge Holmstrom. Er war der Jagdführer der englischen Safari. Er war Schwede. Er lächelte Jay an und zeigte dabei seine schönen Zähne. »Habe Ihre beiden Gorillas gesehen«, sagte er.

»Das sind nicht meine«, sagte Jay.

»Nicht?« Holmstrom verstand nicht, was Jay meinte. Er sah Mr. Palmer an und dann wieder Jay. »Waren Sie nicht dabei?«

»Doch, ich war dabei.«

»Sie hätten den Schuß sehen sollen, den dieser Bursche auf das Weibchen abgegeben hat«, sagte Mr. Palmer. »Ein echtes Wunder.«

»Ein echter Zufall«, sagte Jay.

Der Barkeeper machte unaufgefordert einen Whisky mit Zitrone für Holmstrom. Mr. Palmer warf einen Zehnfrancsschein auf die Bar. »Die Runde geht auf mich«, sagte er, als Holmstrom sein Geld hervorholte. Sie tranken gemeinsam.

»Ich habe noch nie einen Gorilla geschossen«, sagte Holmstrom. »Sind sie auf Sie losgegangen?«

»Das Männchen hat ein Mordsspektakel veranstaltet«, sagte Mr. Palmer. »Weiß aber nicht, ob es wirklich ernst gemeint war.«

»Großer Bursche?«

»Ungefähr vierhundertfünfzig Pfund.«

»Nicht schlecht.« Holmstrom nickte mit einer ruckartigen Bewegung. Er sprach sehr gutes Englisch, aber seine Wortwahl verriet, daß es nicht seine Muttersprache war. »Was soll mit ihnen geschehen?«

»Sie werden mit dem Lastwagen nach Stanleyville gebracht«, sagte Mr. Palmer. »Von da aus in die Staaten.«

»Und da?«

»Irgendwas Wissenschaftliches. Genau weiß ich es auch nicht.«

Holmstrom sprach Jay an. »Ich weiß auch nichts Genaues«, sagte Jay.

Sie bestellten noch eine Runde. Diesmal bezahlte Jay. Ein paar Leute kamen in den Speisesaal. Jay konnte sie nicht sehen, aber er schnappte ein paar englische Wörter auf. Die Leute waren laut.

»Ihre Gruppe, Helge?« fragte Mr. Palmer.

»Ich fürchte, ja.«

»Läuft es nicht gut?«

Holmstrom sagte: »Ich trinke noch immer Ihren Whisky.«

»Ist es so schlimm?«

»Ja.« Holmstrom leerte sein Glas. »Seit dem zweiten Tag esse ich allein. Ein Drink, und dann gehe ich in mein Zelt. Ich möchte Sie nicht mit der Geschichte langweilen.«

»Nur zu«, sagte Mr. Palmer. »Die Leute scheinen ja schrecklich zu sein.«

»Sie sind das Schlimmste, was ich in den letzten fünfzehn Jahren erlebt habe.« Holmstrom machte dem Barkeeper ein Zeichen, ihre Gläser zu füllen. »Sie benehmen sich wie die Gangster aus Chicago, die man im Kino sieht. Im Ernst. Sie schießen auf alles, vorzugsweise aus fünfhundert oder tausend Meter Entfernung. Sie verwunden die Tiere, aber wollen keine Nachsuche machen.« ›Dein Job, Helge‹, sagen sie. ›Dafür wirst du schließlich bezahlt.‹ Ich bin schon Hunderte von Meilen gegangen, um verwundete Tiere aufzuspüren und zu töten.«

»Scheißkerle!« sagte Mr. Palmer.

»Aber das ist ja noch gar nichts«, sagte Holmstrom. »Absolut gar nichts. Das kann ich ertragen. Es bedeutet nur viel laufen. Aber die Löwen.«

»Sie lassen sie von Ihnen schießen?«

»Das wollen sie nicht. Wir müssen sie aus einem *Boma* töten. Ich sage ihnen, daß es nicht fair ist. Ich schwöre, daß es auch im Freien ungefährlich ist. Ist schließlich mein Beruf.« Er lächelte Jay an. »Aber sie gehen nicht im offenen Gelände auf Löwen. ›Du baust uns jetzt ein *Boma,* Helge.« Also baue ich ein *Boma*. Und in drei Tagen haben wir sieben Löwen abgeknallt.«

Mr. Palmer sagte: »Sie sollten dafür sorgen, daß sich das nicht bis nach Nairobi rumspricht.«

»Das geht schon in Ordnung. Hier ist ja alles belgisches Territorium. Aber das ist nicht das schlimmste. O nein. Das schlimmste sind die beiden Frauen. Bei einer bin ich mir sicher und bei der anderen vermute ich, daß sie mit mir schlafen will.«

Mr. Palmer und Jay lachten über seinen Gesichtsausdruck.

»O ja, es ist schon komisch«, sagte Holmstrom bitter. »Ich sehe selbst die komische Seite dabei. Aber ich bin erst seit einem Jahr verheiratet. Ich will keine Affäre. Deshalb muß ich das Zelt mit einem meiner schwarzen Gewehrträger teilen.«

»Wie lange noch?« fragte Mr. Palmer.

»Höchstens noch eine Woche, hoffe ich. Wir haben alles, was genehmigt war, geschossen, außer einem Zobel und einem Klippspringer. Es kann sein, daß wir die weglassen.«

»Wie habt ihr das bei den Büffeln angestellt?« fragte Mr. Palmer. »Dafür kann man kein *Boma* bauen.«

»Die hab' ich selbst geschossen.«

»Kein Elfenbein?«

»Nein. Gott sei Dank!«

Das Hotel war um einen gepflasterten Hof herum gebaut. Durch ein Fenster der Bar konnte Jay zwei schwache Glühlampen auf der gegenüberliegenden Hotelwand sehen. Im Hof waren einige Eingeborene, und einer von ihnen spielte auf einem kleinen klavierähnlichen Instrument, das leise klimperte. Jay hatte so eins in Bukavu gesehen. Man nannte es *Lukimbe*. Die anderen Schwarzen flüsterten und lachten und beobachteten die Leute im Speisesaal.

Mr. Palmer trank aus. »Wollen wir was essen?«

»Ich habe großen Hunger.« Holmstrom lächelte Jay an. »Essen Sie mit uns?«

»Tut mir leid«, sagte Jay. »Ich muß noch auf einen Freund warten.«

»Dann trinken wir später noch ein Glas«, sagte Holmstrom.

»Ja«, sagte Jay. Holmstrom war sehr höflich. Er mochte ihn. »Nach dem Essen.«

»Schön«, sagte Holmstrom.

Er folgte Mr. Palmer in den Speisesaal. Jay lehnte sich gegen die Bar. Er hatte noch nicht ausgetrunken. Er hörte, wie die Engländer Holmstrom im Speisesaal begrüßten. Er fragte sich, wie die Frauen wohl aussahen. Die Engländer waren ein verdammt seltsames Volk. Oder vielleicht waren nur die Frauen seltsam. Er trank und kam zu dem Schluß, daß er gerade genug getrunken hatte, um über Frauen zu philosophieren. Er dachte, daß Frauen nur dann seltsam waren, wenn man versuchte, einen besonderen Maßstab an sie anzulegen. Wenn man genauso über sie dachte wie über Männer, dann gab es nichts, was einen in Erstaunen versetzen konnte. Wenn Männer etwas Unmoralisches taten, war niemand überrascht. Wenn man hörte, daß ein Mann seinen besten Freund umgebracht oder Blinde bestohlen oder Sodomie betrieben hatte, war man nicht überrascht. Nur wenn man Frauen so betrachtete, wie man es gelernt hatte, nämlich als moralisch höher stehend, dann wurde es schwierig. Es gab sehr viele verworrene Vorstellungen über Frauen. Irgendwann einmal würde er sich hinsetzen und alles ordnen. Er trank seinen Whisky langsam. Das Klimpern der *Lukimbe* war sehr hübsch. Es war eine klare Nacht, und durch eines der Barfenster konnte er die Sterne sehen. Er nahm seinen Drink mit zum Fenster und betrachtete den Himmel. Er war tief purpurfarben. Jay roch einen schwachen Fliederduft und wandte sich um und sah Eve.

»Was sehen Sie sich an?« fragte sie.

»Den Abend. Er ist so friedlich.«

»Ich habe schon bemerkt, wie schön er ist. Wie der Herbst in Kanada. Ich habe Heimweh bekommen.«

Sie sah gut aus in ihrem grauen Wollkostüm. Unter der Jacke trug sie einen tiefblauen Pullover und eine Perlenkette. Ihre Haut war sonnengebräunt. Sie sah aus wie eine Frau aus einer Modezeitschrift.

»Möchten Sie etwas trinken?« fragte Jay.

»Einen Martini.«

»Einen Martini, bitte«, sagte Jay zu dem Barkeeper.

»Sec«, sagte sie zu dem Barkeeper. Dann, zu Jay: »Möchten Sie nichts?«

»Ich will mich nicht betrinken.«

»Warum nicht?«

»Sie haben recht. *Encore du whisky.*«

»Ich würde mich selbst gern betrinken«, sagte Eve.

»Warum?«

»Es ist alles so verworren.«

»Das ist immer so.«

»Nein. Nicht immer.« Sie sah ihn an. »Es tut mir leid wegen gestern.«

»Mir tut es auch leid.«

»Nein. Ich war wirklich ein Miststück.«

»Aber im Lager waren Sie nett.«

»Wirklich?«

»Ich hatte Angst, Sie würden es den anderen erzählen.«

»Oh, das würde ich nicht tun«, sagte sie. »Mir ist da nur mein Temperament durchgegangen.«

Der schwarze Boy reichte ihnen die Drinks.

»Sie hätten Bill sehen sollen, als Sie doch nichts gesagt haben«, sagte Jay.

»Ich konnte ihn nicht ansehen. Sein Gesicht ist wie ein offenes Buch. Warum ist er bloß weggelaufen?«

»Er konnte nicht anders.«

»Es ist wirklich tragisch, wenn man einer Sache nicht gewachsen ist.«

»Das ist Ihre englische Erziehung«, sagte Jay. »Im Grunde sollte es uns völlig egal sein.«

»Ist es Ihnen egal?«

»Ich weiß es nicht.«

»Ihm ist es nicht egal«, sagte sie.

»Stimmt.«

»Es tut mir wirklich leid.«

»Er wird drüber wegkommen.«

»Was soll ich ihm sagen?«

»Sagen Sie gar nichts.«

Sie beugte sich zu ihm vor. »Ich wünschte, mehr als ich mir je irgend etwas gewünscht habe, daß ich es zurücknehmen könnte.«

»Er wird es schon verstehen.«

»Glauben Sie wirklich?«

»Bestimmt.«

Als sie gerade ihre Gläser austranken, kamen Lew Cable und Bill in die Bar. »Ich habe Sie überall gesucht«, sagte Cable zu Eve. In seinem weißen Leinenanzug sah er sehr groß aus. Sein Gesicht hatte eine gesunde rosige Farbe. Er sprach Jay nicht an.

»Wie wär's, wenn Cable uns zum Essen einlädt?« fragte Bill. Seine Augen waren ein wenig glasig, und Jay wußte, daß er getrunken hatte. »Wie wär's, Lew?«

»Ich esse mit Eve«, sagte Cable.

»Ach, kommen Sie schon«, sagte Bill.

»Wir könnten mit Mr. Palmer zusammen essen«, sagte Jay zu Bill.

»Nein. Wir essen alle zusammen«, sagte Eve. »Das macht mehr Spaß.«

»Möchten Sie das?« fragte Cable. Er hatte gehofft, mit Eve allein zu essen.

»Ja«, sagte Eve. »Ich übernehme sogar den Wein.«

Cable sah Bill mürrisch an. »Ich muß die Pfadfinder so oder so bezahlen. Dann ist es eigentlich auch egal, ob sie mit uns essen.«

»Sogar besser«, sagte Bill. »Dann können Sie aufpassen, daß wir nicht zuviel essen.«

Jay war von Bills Aggressivität überrascht. Er fragte sich, was Cable getan hatte. »Sollen wir noch etwas trinken?« fragte Eve.

»Nein«, sagte Cable. »Bringen wir das Essen hinter uns.«

Er ging mit ihr in den Speisesaal. Jay gab dem Barkeeper einen Geldschein zum Wechseln. »Nieder mit Cable«, sagte Bill.

»Was hat er denn jetzt wieder angestellt?«

»Er hat versucht, mich über dich auszufragen.«

»Wieso?«

»Ich weiß es nicht. Vielleicht will er dich bei Eve schlechtmachen. Er hat gesagt, daß er erfahren hat, du seist verheiratet.«

»Hast du ihm was erzählt?«

»Ich habe ihm gar nichts erzählt.«

»Kannst du ruhig«, sagte Jay. »Es stört mich nicht.«

»Es geht ihn verdammt noch mal nichts an.«

»Er wird sauer auf dich werden.«

»Das traut er sich nicht. Ich bin sein Wissenschaftler. Wo soll er denn einen anderen herkriegen?«

»Na ja, es ist dein Kopf.« Jay legte einen Franc von dem Wechselgeld auf die Bar.

»Merci«, sagte der Barkeeper.

Das *Hôtel de la Poste* gehörte Madame Chambord, einer molligen Belgierin. Sie geleitete Eve und Lew Cable zu einem Tisch neben einem großen Fenster. »Von hier aus können Madame die Musik hören«, sagte sie und zog einen Stuhl zurück.

»Vielen Dank«, sagte Eve.

Sie setzten sich an den Tisch. Im Hof sangen einige Eingeborene. Ihre weichen Stimmen klangen gut zum Klimpern der *Lukimbe*. Nur die Männer sangen.

»Das war der Lieblingstisch des armen Monsieur Salles«, sagte Madame Chambord zu Eve.

»Wie nett«, sagte Eve.

»Wir haben Monsieur Salles während seines Aufenthaltes bei uns sehr schätzengelernt«, fuhr Madame Chambord fort.

»Das glaube ich gern«, sagte Eve.

»Er war so distinguiert«, sagte Madame Chambord.

»Um Gottes willen!« sagte Bill. »Laßt uns was zu trinken bestellen.« Die Situation war ihm peinlich für Eve.

»Bringen Sie uns die Weinkarte«, sagte Lew Cable.

Madame Chambord ging die Weinkarte holen. Die Engländer waren still geworden, als Eve den Speisesaal betrat, aber jetzt wurden sie wieder lauter. Es waren zwei Frauen und zwei Männer, alle ziemlich betrunken. Auf ihrem Tisch standen zwei Whiskyflaschen. Mr. Palmer und Holmstrom aßen still im Hintergrund des Speisesaals. Madame Chambord kam zusammen mit einem weißen Kellner. Er brachte Weißbrot und eine Suppenterrine. Madame reichte Lew Cable die Weinkarte. »Der Mosel ist vorzüglich«, sagte sie.

»Haben Sie keinen Champagner?«

»*Mais oui.*« Madame war indigniert. »Wir haben den besten.«

»Bringen Sie uns zwei Flaschen.«

Madame wies den Kellner an, Champagner zu holen, und servierte die Suppe dann höchstpersönlich. Ihr Benehmen war verändert. Der Champagner hatte es verändert. Als er in silbernen Eiskübeln gebracht wurde, drehte sie die Flaschen, damit sie gleichmäßig gekühlt wurden. Sie war sehr dick, und sie schwitzte ein wenig durch die Anstrengung. Ihr Nackenhaar war schweißfeucht. Schließlich goß sie den Champagner ein. Dann ging sie zu der Kasse neben dem Eingang zum Speisesaal. Dort hatte sie ein Rechnungsbuch liegen.

Eve hob ihr Glas und sah Lew Cable an: »Ich bin sehr beeindruckt«, sagte sie.

»Wir auch«, sagte Bill.

Sie tranken. Der Champagner war trocken und kalt. Jay kam sich sehr kultiviert vor. Nach der Suppe gab es Fisch und dann Lamm mit frischen Karotten. Es schmeckte alles ausgezeichnet.

Lew Cable sprach ausschließlich mit Eve. Er redete über Mitglieder der High-Society, die er in Paris kannte. Er erzählte ihr, daß er lange Zeit in Europa gelebt hatte. Er beschrieb sein Haus in Nizza und das Schloß, das er an der Loire in der Nähe von Tours gemietet hatte. Eve kannte den Besitzer des Schlosses. Bill versuchte ohne großen Erfolg, sich an dem Gespräch zu beteiligen, aber Jay aß in aller Ruhe. Er dachte, daß Cable ihr ganz offensichtlich den Hof machte. Er sah kurz zu ihr hinüber. Ihr Gesicht war völlig ruhig. Es war ein Gesicht, das sowohl überheblich als auch leidenschaftlich war. Die Wangenknochen und der große, rote, lebhafte Mund verliehen ihm Leidenschaft, während der arrogante Bogen, den die Brauen über den lavendelfarbenen Augen beschrieben, es überheblich wirken ließ.

Er leerte sein Champagnerglas. Der Kellner füllte es erneut. Er beobachtete den Kellner. Er sah aus wie Madame Chambord. Außerdem sah er aus wie der Portier. Das war komisch bei diesen französischen Portiers. Sie sahen alle gleich aus. Vielleicht waren alle französischen Portiers miteinander verwandt. Vielleicht waren sie alle mit Madame Chambord verwandt. Er wünschte, sie wären es nicht. Dann würden sie ihn nicht an Quebec erinnern.

Sie tranken gerade Kaffee, als eine der englischen Frauen an ihren Tisch kam. Sie war um die vierzig, aber sie war noch immer attraktiv. Sie hatte rotes Haar, und sie hatte sehr viel Rouge aufgelegt. »Sind Sie nicht Eve Salles?« fragte sie Eve.

»Ja.«

»Ich freue mich ja so, meine Liebe. Ich hatte schon befürchtet, daß Sie es nicht sind. Ich bin Edna Rollins.« Sie hatte einen amerikanischen Akzent. »Wir haben uns in Paris kennengelernt, bei der Komtesse Frachotti. Vermutlich erinnern Sie sich nicht mehr daran.«

»Ich fürchte, nein«, sagte Eve.

»Aber wir haben uns dort kennengelernt. Und es tut mir so leid, was ich von Ihrem Mann hören mußte, meine Liebe.«

»Das ist sehr nett von Ihnen.«

»Haben Sie die Hoffnung aufgegeben?«

»Nein«, sagte Eve.

»Sie sollen wissen, wie leid es mir tut.«

»Danke.«

Mrs. Rollins warf einen kurzen Blick auf Lew Cable. »Meine Liebe«, sagte sie zu Eve, »möchten Sie nicht an unseren Tisch kommen und meinen Mann und die anderen kennenlernen? Bitte trinken Sie doch ein Glas mit uns.« Sie lächelte Lew Cable an. »Ich meine selbstverständlich alle.«

»Gern«, sagte Lew Cable.

Eve stellte sie vor. »Bitte bleiben Sie sitzen«, sagte Edna Rollins. »Sie bringen mich in Verlegenheit. Ich gehe sofort wieder. Aber nicht vergessen, meine Liebe, wir erwarten Sie.«

Sie sahen ihr nach, wie sie zu ihrem Tisch ging. Die beiden Engländer waren mittleren Alters. Einer von ihnen war dick und hatte ein Gesicht wie eine dunkelrote Pflaume. Er war laut, während der andere Mann so aussah, als ob er mit offenen Augen eingeschlafen wäre. Er hatte ein dünnes, hohlwangiges Gesicht. Die zweite Frau war blond und hübsch.

»Sie wollen mich unter die Lupe nehmen«, sagte Eve.

»Das ist nicht der Grund«, sagte Cable. »Sie sind nicht so. Ich habe mit dem Dicken ein Glas getrunken. Er kam mir sehr energisch vor.«

»Das ist Rollins«, sagte Eve. »Er ist wirklich energisch. Ich schätze, er hat eine halbe Million mit Fleischwaren gemacht. Früher hat er in einem Schlachthof in Chicago gearbeitet; hat die Rinder mit einem Holzhammer getötet, glaube ich. Jetzt verkauft er im ganzen British Empire.«

»Die Frauen sehen ziemlich aufgedonnert aus«, sagte Bill.

»Die andere ist Lady Faulkener.«

»Und der Bursche mit dem glasigen Blick ist Lord Faulkener?«

»Er heißt Hobbs. Lord Faulkener lebt in Paris mit einem Mannequin zusammen.«

»Tja«, sagte Bill. »Sehr aufregend. Das Leben der oberen Zehntausend. Und was macht Hobbs?«

»Er macht Schuhe und Gürtel. Ist ziemlich reich.«

Bill sagte: »Und auf Safari gehen sie im belgischen Territorium, damit keiner sie sieht?«

»Möglich, obwohl ich mir nicht vorstellen kann, daß es Lady Faulkener etwas ausmacht.«

»Ich hab' wirklich gedacht, sie wären nett«, sagte Lew Cable. »Tut mir furchtbar leid.«

»Ist schon gut. Am besten fange ich an, mich mit dem Gedanken vertraut zu machen, daß ich eine Berühmtheit bin. Wissen Sie, es ist fast so, als ob ich Lucien ermordet hätte.«

»Überhaupt nicht«, sagte Bill.

»Ein bißchen schon.« Eve sah zu den Engländern hinüber. »Ich bin die Frau, die ihren reichen Mann auf einer Safari in Afrika verloren hat. Als die Frau, die ihren Mann ermordet hat, wäre ich zwar interessanter, aber ich bin trotzdem so etwas wie eine Berühmtheit.«

»Sie sollten noch was trinken«, sagte Jay.

»Ich glaube, das sollte ich wirklich.«

Jay goß ihr ein. »Es ist nicht unbedingt nötig, sich zu betrinken«, sagte Cable, der finster dreinblickte.

»In unserer Gesellschaft ist sie sicher«, sagte Bill zu ihm. »Sie fühlen sich doch sicher, Eve?«

»Ziemlich sicher.«

»Kann sein, daß sie bei Bill sicher sind«, sagte Lew Cable, »aber bei Jay habe ich meine Bedenken.«

»Ja?« sagte Eve. »Wieso denn das?«

»Er ist ein Mann voller Geheimnisse. Ein verheirateter Mann voller Geheimnisse.«

Jay sah, daß diese Bemerkung als Witz verstanden werden sollte, aber Cables Stimme klang nicht heiter. Er beobachtete Eve. Sie war überrascht.«

»Sind Sie verheiratet?« fragte sie Jay.

»Nein«, sagte Jay.

Cable sagte: »Sagen Sie die Wahrheit!«

»Das tue ich ja.«

Cable glaubte ihm nicht, aber er schwieg. Eve sah Jay an. Im Hof spielte man jetzt noch eine *Lukimbe*. Die Musik klang, als ob der Wind mit vielen Ketten voller Muscheln und Glasperlen spielte. Es war ein hübscher, gedämpfter Klang. Sie tranken den Champagner aus.

»Wir sollten jetzt zu den Briten rübergehen«, sagte Bill.

»Zum Teufel mit ihnen«, sagte Jay.

»Nein. Bitte kommen Sie mit«, sagte Eve. »Sie alle. Bitte. Dann können Sie sich nicht so auf mich konzentrieren.«

Sie gingen zu dem anderen Tisch. Lady Faulkener war eine Blondine mit schlechten Zähnen. Edna Rollins stellte sie vor. Sie hatte Bills Namen vergessen. »Louis«, sagte Bill. »Joe Louis.«

»Doch nicht etwa der Boxer?« fragte Lady Faulkener.

»Ein Vetter von mir«, sagte Bill.

»Aber ich dachte, er wäre schwarz.«

»Deutsche Propaganda«, sagte Bill.

Rollins stand. Die anderen waren nicht aufgestanden, noch nicht einmal Hobbs. Er schien noch immer zu schlafen. Er hatte die Augen geöffnet, aber er blickte nicht vom Tisch auf.

»Schlage vor, wir trinken einen Kaffee in der Bar«, sagte Rollins.

Edna Rollins sagte: »Da ist es viel gemütlicher.«

Man half Hobbs auf die Beine. Er schien in der Lage zu gehen, aber Lady Faulkener mußte ihn in die Bar lotsen.

»Warum bringen Sie ihn nicht ins Bett?« fragte Jay Edna Rollins.

»Er will alles mitkriegen.«

»Es sieht so aus, als ob er gar nichts mehr mitkriegt«, sagte Bill.

»Sie würden sich wundern«, sagte Edna Rollins.

Sie ging mit Bill zusammen vor. Jay ging als letzter aus dem Speisesaal. Mr. Palmer und Holmstrom waren fort. Madame Chambord beugte sich über den Tisch mit der Kasse.

»War das Essen nach Ihrem Geschmack, Mr. Nichols?«

»Es war sehr gut.«

»Wir bemühen uns, unsere Gäste zufriedenzustellen«, sagte Madame.

»Das höre ich gern«, sagte Jay.

In der Bar hatte man zwei Tische zusammengeschoben, und darauf standen Brandyflaschen und Kaffee. Cable rückte Eve den Stuhl zurecht und setzte sich dann neben sie. Jay nahm neben Edna Rollins Platz. Der schwarze Barkeeper goß ihnen Brandy ein.

»Sie sind Amerikaner, nicht wahr?« fragte Edna Rollins.

»Ja.«

»Ich auch. Stamme aus St. Louis.«

»Ich komme aus Evanston, Illinois.«

Lady Faulkener hörte ihnen zu. Sie hatte einen heiterenn, eifrigen Gesichtsausdruck, selbst wenn niemand auf sie achtete. Sie war einmal hübsch gewesen, und aus einiger Entfernung war sie es immer noch. Beide Frauen hatten die nervöse Heiterkeit von Frauen, deren gutes Aussehen allmählich verblaßt, dachte Jay. Er fragte sich, welche von ihnen hinter Holmstrom her war. Bei beiden war es denkbar.

»Ihr Amerikaner habt so viele Großstädte«, sagte Lady Faulkener.

»Wir haben nur zwei, die wirklich wichtig sind«, sagte Jay.

»Tatsächlich?«

»St. Louis und Evanston, Illinois.«

Lady Faulkener starrte ihn an. Dann lächelte sie vorsichtig, als ob sie Angst hätte, daß ihr Gesicht einen Sprung bekommt. »Sie scherzen«, sagte sie.

»Nein«, sagte Jay. »Mrs. Rollins wird es Ihnen bestätigen.«

»Und ob ich das tue«, sagte Edna Rollins. »Aber nennen Sie mich nicht Mrs. Ich bin Edna. Und das ist Daphne.«

Lady Faulkener lächelte Jay wieder zu. »Wie ist Ihr Name?«

»Jay. Jay Nichols.«

»Nennen Sie mich ruhig Daphne«, sagte sie.

Der Kellner kam und brachte noch mehr Brandy und Kaffee. Das Klimpern der *Lukimbes* klang schwach herüber. »Sind Sie etwa der Schriftsteller?« fragte Edna.

»Ich habe einmal ein Buch geschrieben«, gab Jay zu.

»Nicht *Hallo Satan!*?«

»Doch.«

»Nicht zu fassen. Das Buch war gut. So lustig, Daphne, hast du es gelesen?«

»Geht es da um den Krieg in den Staaten?«

»Nein. Das ist *Vom Winde verweht*, meine Liebe.«

»Dann habe ich es nicht gelesen.« Daphne wandte sich an Jay, mit strahlendem, konzentriertem Blick. »Das mit dem *Winde* habe ich auch nicht gelesen.«

Rollins erzählte Eve und Lew Cable gerade ein Jagderlebnis. Seine Stimme war tief. »... als der Bursche im Gebüsch verschwand, wußte ich, daß wir Schwierigkeiten bekommen würden. Ich sagte zu Holmstrom ...«

»Daphne liest keine amerikanischen Autoren«, sagte Edna. »Sie mag Evelyn Waugh.«

»Ich mag sie auch«, sagte Jay.

»Das ist keine *Sie*.«

»Na, dann mag ich eben ihn.«

»Ich glaube, unser Freund ist gar kein Schriftsteller«, sagte Daphne.

Edna stieß Bill an, der Rollins zugehört hatte. »Ist dieser Mann ein Schriftsteller?«

»Jay? Aber sicher. Er hat *Hallo Satan!* geschrieben.«

Eve sah Jay an. Sie hörte Rollins nicht zu.

»Siehst du«, rief Edna. »Wir sitzen neben einem echten Literaten.«

»Ich glaube es nicht«, sagte Daphne. »Unser Freund ist kein Schriftsteller. Er hat gedacht, Evelyn Waugh wäre eine Frau.«

»Er hat einen Witz gemacht«, sagte Edna.

Alle sahen Jay an. Rollins hielt in seiner Geschichte inne. »Ich habe nicht davon angefangen«, sagte Jay.

Hobbs' vorspringender Kiefer bewegte sich auf und ab.

»Könnte sein, daß er Schriftsteller ist«, sagte er. Es war das erste Mal, daß er überhaupt den Mund aufmachte. »Die tauchen überall auf.«

»Nanu, Schatz«, sagte Daphne. »Da bist du ja wieder.«

»Sagen Sie etwas Geistreiches, Jay«, befahl Edna. »Zeigen Sie's ihnen.«

»Noël Coward«, sagte Jay.

»Na bitte«, rief Edna stolz.

»Nur noch sechsundfünfzig Einkaufstage bis *Noël*«, sagte Jay.

Beide Frauen sahen ihn verständnislos an. »Was halten Sie von James Hilton?« fragte Daphne.

»Nie von ihm gehört.«

»Sie haben noch nie von James Hilton gehört?«

»Nein.«

»Edna, unser Freund hier hat noch nie von James Hilton gehört.«

»Ach, du lieber Himmel!« sagte Edna.

Lew Cable und Eve hörten noch immer zu, aber Rollins redete jetzt mit Bill. Hobbs saß sehr gerade in seinem Sessel, die glasigen Augen starr auf Eve gerichtet. Er schien niemandem zuzuhören.

Daphne fragte: »Was halten Sie von Shaw?«

»Einer der größten amerikanischen Rennfahrer.«

»Ach, du lieber Himmel!« sagte Edna erneut.

»Unser Freund hier kann kein Schriftsteller sein«, sagte Daphne.

»Moment mal«, sagte Edna. »Moment mal. Wie finden Sie *Vom Winde verweht,* Jay?«

»Ein tolles Buch.«

»Na bitte«, sagte Edna triumphierend.

»Es wiegt drei Pfund«, sagte Jay. »Ich vermute, es hat mehr Gewicht als irgendein anderer Erstlingsroman. Drei Pfund.«

»Unser Freund hier ist kein Schriftsteller«, sagte Edna.

»Klar bin ich einer«, sagte Jay. »Fragen Sie mich noch was.«

»Tja, wer ist Ihr Lieblingsautor?«

»Das ist leicht zu beantworten. Ich.«

»Er ist ein Schriftsteller«, sagte Edna.

Durch die Stille dröhnte Rollins' Stimme über den Tisch. »...er kam genau auf mich zugerannt, und ich hatte nur noch einen einzigen Schuß übrig. Ich sagte zu mir: ›Du mußt treffen, Rolly, oder der Bursche wird...‹«

»Wie kommt es, daß Sie eine solche Reise machen?« fragte Daphne Jay.

»Es ist ein Job.«

»Sie meinen, Sie werden dafür bezahlt?«

Lew Cable hörte ihnen zu. »Wir haben schwere Zeiten in den Staaten, Lady Faulkener.«

»Mr. Cable zahlt mir ein Gehalt«, erklärte Jay.

»Wie interessant«, sagte Daphne.

Sie wandte ihre Aufmerksamkeit Rollins zu, der gerade von zwei Löwen angegriffen wurde. Bill lauschte seiner Erzählung.

»Ärgern Sie sich nicht über Daphne«, sagte Edna. »Früher hat sie bei ›Selfridge's‹ Handschuhe verkauft.«

»Trinken wir noch was«, sagte Jay.

Er goß Brandy in ihre Gläser. Sie tranken, und dann sagte Edna: »Entschuldigen Sie mich, Jay. Ich muß mal ›für kleine Mädchen‹.« Eve wandte sich an Jay.

»Ich habe Ihr Buch auch gelesen.«

»Ach ja?«

»Ich fand es amüsant. Ich habe den Namen nicht damit in Verbindung gebracht. In England hat es sich sehr gut verkauft.«

»Viel besser als in Amerika.«

»Ich möchte Sie etwas fragen, Jay«, sagte Lew Cable.

»Ja bitte.«

»Wieso haben Sie diesen Job hier angenommen, wenn Sie ein so guter Schriftsteller sind? Für zwanzig Dollar die Woche?«

Bill wandte sich von Rollins ab. »Lassen Sie das, Lew«, sagte er.

»Ich wollte aus Amerika weg«, sagte Jay zu Cable.

»Warum?«

»Lassen Sie das, Lew«, sagte Bill erneut.

»Na ja, es ist schon verdammt eigenartig«, sagte Cable. »Ich engagiere einen Mann, und dann soll ich keine Fragen über ihn stellen.« Er sah Bill an, aber er redete mit Eve. »Was weiß ich, warum er Amerika verlassen hat?«

»Halten Sie mich für einen Bankräuber?« fragte Jay.

»Nein. Aber ich habe gehört, Sie wären verheiratet. Und Sie streiten das ab. Warum kann ich nicht etwas mehr über Sie erfahren?«

»Reicht es Ihnen nicht, wenn ich mich für ihn verbürge?« fragte Bill.

Cable sagte: »Aber sicher.« Er wollte mit Bill keinen Streit anfangen.

Bill stand auf. »Komm, wir gehen an die frische Luft, Jay.«

»Ist gut.«

Sie gingen in den Hof. Die Luft war kalt. Der Halbmond ließ die Pflastersteine weiß aussehen. Auf dem Hof verstreut standen Schwarze und lauschten dem Klange der *Lukimbes*. Sie unterhielten sich leise.

»Irgendwann kriegt dieser Scheißkerl von mir was auf die Nase«, sagte Bill.

»Er ist verdammt groß.«

»Es ist nur wegen Eve.«

»Wieso ist er überhaupt so neugierig?«

»Er denkt, sie mag dich.«

»Sie mag uns alle.«

»Da ist er anderer Meinung.«

»Erzähl ihm von Linda, wenn es was nutzt«, sagte Jay.

»Zum Teufel mit ihm«, sagte Bill.

Sie hörten dem Klimpern der Musik zu. Ein Nachtvogel jagte Insekten über den zwei Lampen an der Wand gegenüber. Sie sahen dem Vogel eine Weile zu. Es war sehr friedlich im Hof. Bill sagte: »Kommst du mit rein?«

»In ein paar Minuten.«

»Dann bis gleich.«

Er ging.

15

Jay beobachtete die Schwarzen auf der anderen Seite des Hofes. Die Männer saßen auf dem Pflaster um die *Lukimbe*-Spieler herum; ihre Stimmen drangen leise zu ihm herüber. Es waren auch Frauen dabei, aber sie waren still. Die Kleidung und die Zähne der Schwarzen reflektierten das Mondlicht und sahen milchig aus. Die Sterne schienen sehr nah, und der Himmel war noch immer purpurfarben und wolkenlos. In der Bar war es sehr laut, und oft übertönte das Lachen die Musik der *Lukimbes*. Über den Hof strich ein leichter Wind, der Jays Gesicht kühlte.

Weshalb sollte Bill Cable nicht von Linda erzählen? dachte er. Cable hatte irgend etwas über sie gehört. Es gab keinen Grund, warum er nicht alles über sie erfahren sollte. Was war, war, dachte er; auch das Schweigen konnte nichts daran ändern. Er hatte die Erinnerungen. Das Schweigen machte sie nicht lebendiger. Sie gehörten ihm, und er liebte sie. Alle, bis auf eine. Und an die mußte er sich nicht erinnern. Er würde sich nicht daran erinnern. Es gab genug andere.

Es dämmerte, und Möwen kreischten am Strand, und der Nachmittagswind hatte sich gelegt, doch die Brandung donnerte trotzdem. Damals, im Frühling, durfte Linda nicht mehr schwimmen, und er war allein baden gegangen, war weit hinaus geschwommen in dem Wasser, das warm und weich und grün war. Als er vom Strand zurückkam, roch er den Bratenduft, und sie aßen zu Abend, und hinterher wuschen sie das Geschirr, und er erinnerte sich, wie stolz Linda gewesen war, daß sie das Essen gemacht hatte, ihr Gesicht von der Hitze des Ofens gerötet, und während sie spülten, unterhielten sie sich, und sie rochen den sauberen Duft der Seifenflocken im heißen Wasser, und ihre Hände berührten sich, wenn sie ihm das Geschirr zum Abtrocknen reichte.

»Donnerstag ist unser schönster Tag«, sagte er.

»Fehlt dir Mary nicht?«

»Doch. Mary wird mir immer fehlen. Aber so ist es schön.«

»Ja, es ist wirklich schön.«

»Und später werden wir auch viel Spaß haben, Liebling.«

»Ich hoffe es«, sagte sie. »Der Doktor hat heute gesagt, daß es in der ersten Maiwoche soweit ist.«

»Was hat er über dich gesagt?«

»Er hat gesagt, daß ich kerngesund bin.«

»Prima«, sagte er. »Wir werden jedes Jahr ein Baby bekommen.«

»Oh, Jay! Nicht ganz so oft.«

»Ich würde jetzt gern ein Kind machen.«

»Wie soll das gehen? Wo ich doch schon so dick bin?«

»Du bist überhaupt nicht dick, Liebling.«

»Doch, bin ich wohl.«

»Kein Mensch käme auf die Idee, daß du ein Kind bekommst.«

»Du willst mich nur trösten.«

»Meinst du? Kein Mensch käme auf die Idee.«

Nach dem Abendessen arbeitete er an *Hallo Satan!;* er war glücklich, weil er die beiden Dinge hatte, die ihm am meisten bedeuteten: mit Linda zusammen zu sein und zu schreiben.

Keine besonders großartige Erinnerung, dachte er, während er dem Klang der *Lukimbes* lauschte. Sie war nur für ihn wichtig und für niemanden sonst. Jeder könnte eine solche Erinnerung haben. Es war nur ein kleines Haus am Meer, und das Mädchen hatte Ausgang. Eine Erinnerung, die von vielen Bediensteten und viel Geld verdorben worden wäre. Es war eine einfache Erinnerung, aber sie war wunderschön.

Er fühlte sich niedergeschlagen und unruhig. Er wäre gern

schlafen gegangen. Er fühlte sich verpflichtet, den Engländern für den Kaffee und den Brandy zu danken. Er ging in die Bar und sah, daß zwei belgische Beamte zu der Gesellschaft gestoßen waren. Sie verliehen ihr eine gewisse Vornehmheit. Der eine, ein kleiner, grauer Mann mittleren Alters mit einer fahlen Gesichtsfarbe, hieß Monsieur Delage. Der andere war Polizeihauptmann Absard. Er hatte einen stattlichen Schnurrbart. Sie freuten sich, Mr. Nichols kennenzulernen. Mr. Nichols war ebenso erfreut, sie kennenzulernen. Gefiel Mr. Nichols der Kongo? Doch ja. Durften sie Mr. Nichols gratulieren, weil er einen Gorilla geschossen hatte? Sie durften, obgleich das kaum ein Anlaß war, jemandem zu gratulieren.

Jay nahm am Tisch Platz. Auch die Belgier nahmen Platz.

Rollins sagte: »Haben Sie wirklich einen Gorilla erwischt, Nichols?«

»Ja. Ein Weibchen.«

»Bei Gott. Ich beneide sie.«

»Nur wenige Jäger haben das Glück«, sagte Monsieur Delage.

»Reines Pech, daß nicht ich ihn erwischt habe«, sagte Cable.

»Was ist passiert?« fragte Rollins. »Ist Monsieur Nichols zuerst zum Schuß gekommen?«

»Nein. Ich saß im Lager fest.«

Alle bedauerten Cable. »So ein Pech«, sagte Rollins. Jay mußte zugeben, daß das Mitleid verdient war. Es war schon hart, eine Expedition in Afrika zu finanzieren und dann keinen der beiden Gorillas schießen zu können. Aber es gab ja immer noch das Okapi. Das war sogar noch besser als ein Gorilla. Vielleicht würde Cable eins schießen.

Die Belgier interessierten sich für Eve, aber Lady Faulkener und Edna Rollins redeten auf sie ein. Sie sprachen Französisch. Die Belgier waren gelangweilt, aber höflich. Jay bemerkte, daß Bill Hobbs beobachtete, der wiederum auf seine eigene Nasenspitze zu starren schien.

»Ich warte darauf, daß er umkippt«, sagte Bill.

»Das muß jeden Augenblick passieren.«

»Ich warte schon seit zwei Stunden«, sagte Bill.

»Ich warte schon seit zehn Jahren«, sagte Rollins. »Er ist jeden Abend sternhagelvoll, aber er kippt nie um.«

Sie beobachteten Hobbs. Er saß kerzengerade in seinem Sessel, das Kinn erhoben, und starrte auf seine Nase. Plötzlich führte seine Hand ein volles Glas Brandy an den Mund, der sich öffnete und den Inhalt aufnahm. Er stellte das leere Glas wieder auf den Tisch, und Lady Faulkener füllte es erneut, ohne ihr Gespräch mit den Belgiern zu unterbrechen. In Hobbs' Miene war keine Veränderung festzustellen.

»Mein Gott!« sagte Bill.

Rollins sprach Jay an: »Wie groß ist Ihr Gorilla?«

»Ungefähr dreihundertfünfzig Pfund.«

»Wir hätten gern einen geschossen.«

»Sie sind ziemlich gut geschützt.«

»Ich habe zwei Löwen und einen Büffel erlegt«, sagte Rollins. »Nicht schlecht, dafür, daß ich das erste Mal hier draußen bin, oder?«

»Sehr gut.«

»Wie war das mit den Löwen im Vergleich zu dem Büffel?« fragte Bill.

»Beide waren aggressiv«, sagte Rollins. »Und es ist verdammt schwer, sie zu treffen, wenn sie auf einen zugerast kommen.«

»Hatten Sie Angst?« fragte Bill.

»Angst kann man sich nicht leisten, wissen Sie.«

»Sie haben recht.« Bill war leicht betrunken. »Ich muß selbst einen schießen.« Er sah Rollins an. »Sie sind ein tapferer Mann.«

Rollins war verlegen. »Vergiß es, Bill«, sagte Jay.

»Nein. Ich bin einmal feige gewesen. Jetzt muß ich das wiedergutmachen.«

»So ist recht«, sagte Rollins.

Polizeihauptmann Absard war die beiden Engländerinnen endlich losgeworden und unterhielt sich mit Eve. Lew Cable sah wütend aus. Er ist wirklich hinter Eve her, dachte Jay. Sie unterhielt sich mit dem Polizeihauptmann auf französisch.

Jay fragte Rollins: »Haben Sie einen Leoparden geschossen?«

»Ja.«

»Ein Flußpferd?«

»Ja. Zwei.«

»Sind die nicht ziemlich harmlos?« fragte Bill.

»Oh, nein. Das ist ein Irrtum. Besonders, wenn man sie vom Boot aus schießt.«

»Das wußte ich nicht«, sagte Bill.

»Was haben Sie noch geschossen?« fragte Jay.

»Für unsere fünfundsiebzig Pfund haben wir 'ne ganze Menge bekommen. Zebra, Elenantilope, Antilope, Kudu, Oryx, Weißschwanzgnu, Kuhantilope, Topi, Wasserbock, Impala, Dik-Dik, Bleichböckchen, Buschbock, Riedbock; ich kann mich gar nicht an alle erinnern. Ja, und noch eine Menge verschiedener Gazellen. Wir haben über zweihundert Tiere erlegt.«

»Da haben Sie ja einiges bekommen für Ihr Geld«, sagte Bill.

»Warum nicht?« fragte Rollins. »Sie sind doch dafür da, daß der Mensch sie schießt, oder?«

Bill antwortete nicht darauf. Jay blinzelte ihm zu, aber Bill sah ihn nicht an. Wahrscheinlich dachte er noch immer an Löwen.

Polizeihauptmann Absard und Eve hatten Rollins zugehört. »Was empfinden Sie, wenn Sie an Ihren Gorilla denken?« fragte Absard Jay auf englisch.

»Ich fühle mich nicht sehr gut.«

Polizeihauptmann Absard nickte. »Ich habe auch welche geschossen.«

Bill sagte: »Aber man braucht Mut.«

»Mr. Nichols möge mir verzeihen, aber das glaube ich nicht.«

»Ich bin völlig Ihrer Meinung«, sagte Jay.

»Der Jäger hat wesentlich bessere Chancen«, sagte Polizeihauptmann Absard. »Bei allen Tieren.«

»Auch bei Löwen?« fragte Bill.

»Ich glaube, auch bei Löwen.«

»Bill kriegt die Löwen wohl nicht mehr aus dem Kopf«, sagte Lew Cable.

»Es ist schon ein Erlebnis, wenn man einem gegenübersteht«, erklärte Polizeihauptmann Absard. »Ich weiß allerdings nicht, ob es ein unverzichtbares Erlebnis ist.«

»So können Sie feststellen, ob Sie Mut haben oder nicht«, sagte Lew Cable.

»Mut ist nicht wichtig«, sagte Jay. Er machte sich allmählich Sorgen, welche Wirkung dieses Gespräch auf Bill haben würde.

»Nein?« fragte Cable.

Polizeihauptmann Absard verstand nicht, worum es ging. Er beobachtete Lew Cable, der zu Jay sagte: »Ich vermute, daß Sie Gerissenheit höher bewerten.«

»Wieso?« Jay war verwirrt.

»Sind Sie nicht selbst ganz schön gerissen? Wollen uns verheimlichen, daß Sie verheiratet sind?«

»Er ist nicht verheiratet«, sagte Bill.

»Was spielt das für eine Rolle?« fragte Jay Cable. »Wenn Sie wollen, daß ich verheiratet bin, bin ich eben verheiratet. Reicht Ihnen das?«

»*Sie* sind doch verheiratet, Cable, oder?« fragte Bill.

»Ja. Und ich versuche auch nicht, das zu leugnen.«

»Ihre Frau hat 'ne Menge Geld, oder?« sagte Bill.

»Jetzt hören Sie mal«, setzte Cable an.

»Bitte«, sagte Eve. »Hören Sie auf zu streiten.«

»Ich will nur wissen, was mit Jay los ist«, sagte Cable.

»Lassen Sie Jay in Ruhe«, sagte Eve. »Bitte.«

Auf der anderen Seite des Tisches stand Rollins auf. »Trinken wir einen an der Bar, Nichols«, sagte er.

Jay ging mit ihm zur Bar. Rollins bestellte zwei Brandys. Rollins trank seinen sofort. Jay konnte nicht. Er hatte schon mehr getrunken, als er wollte. Er fragte sich, warum er nicht ins Bett gegangen war. Im Bett war es immer besser. Manchmal wurde die Einsamkeit durch Gesellschaft noch verstärkt, besonders, wenn es lustig zuging.

»Nichols, ich hätte gern Ihren Gorilla«, sagte Rollins.

»Er gehört mir nicht.«

»Sie haben ihn geschossen.«

»Ich bin dafür bezahlt worden, ihn zu schießen.«

»Er könnte doch verlorengehen, oder?«

»Das glaube ich nicht.«

»Jetzt mal ernsthaft«, sagte Rollins. Sein tiefrotes Gesicht sah ernst aus. »Stellen Sie sich doch bloß mal vor, was das für eine Sensation wäre, wenn ich mit einem Gorilla nach England zurückkäme. Ich kenne keinen Jäger, der einen zur Strecke gebracht hat.«

»Es gibt nicht viele.«

»Ich zahle Ihnen fünfzig Pfund für das Tier«, sagte Rollins.

»Wenn er mir gehören würde, könnten Sie ihn geschenkt haben.«

»Ich zahle Ihnen hundert Pfund.«

»Tut mir leid.«

»Sie sollten es sich noch mal überlegen. Hundert Pfund sind 'ne Menge Geld.«

»Das weiß ich«, sagte Jay. »Aber ich kann ihn wirklich nicht verkaufen.«

Er trank seinen Brandy allein aus. Er wußte nicht, ob er belustigt oder wütend sein sollte. Warum war Rollins überhaupt nach Afrika gekommen? Er hatte seine Löwen aus einem *Boma* erlegt und die Büffel von Holmstrom schießen lassen; jetzt wollte er einen Gorilla kaufen. Wieso kaufte er nicht einfach die Felle und behauptete, er wäre in Afrika gewesen und hätte sie erlegt. Das wäre billiger. Vielleicht war ihm das nicht eingefallen. Er würde ihn fragen müssen.

Er konnte die *Lukimbes* nicht hören; die Leute waren zu laut. Lady Faulkener hatte Polizeihauptmann Absard zu fassen bekommen. Sie redete auf ihn ein und hielt dabei seinen Arm fest. Eve und Bill und Lew Cable sprachen mit dem anderen Belgier. Eve sah müde aus, aber sie war noch immer schön. Wenn er sie ansah, mußte er an Linda denken. Nicht, weil sie sich ähnlich sahen, sondern weil sie beide so schön waren. Er konnte Linda klar vor sich sehen, als ob sie gerade das Zimmer verlassen hätte. Ihr Gesicht, dachte er, gehört zu den Dingen, die sie ihm nicht wegnehmen konnten.

Er wollte ins Bett gehen, aber Bill rief ihn. Er ging zum Tisch.

Eve sagte: »Monsieur Delage erzählt uns gerade etwas über das Iturigebiet.«

»Sind Sie da gewesen?« fragte Jay.

»Oft.« Monsieur Delage lächelte Jay an. »Aber nie im Tabubezirk.«

»Wollen wir dahin?« fragte Jay Bill.

»An den Rand des Bezirks.«

»Dann beneide ich Sie nicht«, sagte Monsieur Delage.

»Warum?« fragte Lew Cable.

Monsieur Delage nahm seine Brille ab und putzte sie mit einem Seidentaschentuch. Die Pause war beeindruckend. »Es ist sehr gefährlich.«

»Na, prima«, sagte Bill.

»Was ist denn so gefährlich?« fragte Jay.

»Zum einen die Eingeborenen«, sagte Monsieur Delage. »In den Tabubezirken kommt es oft vor, daß sie einen im Stich lassen. Ohne Führer verirrt man sich. Das ist, wie ich glaube, Monsieur Salles passiert.«

»Und was noch?« fragte Jay.

»Die schrecklichen Tiere, die im Iturigebiet leben.«

Polizeihauptmann Absard beugte sich über den Tisch. »*Ah, pardon, mon vieux*«, sagte er, »aber das mit den Tieren bezweifle ich.«

»Da gibt es nichts zu bezweifeln«, sagte Monsieur Delage starrköpfig.

»*Mon cher*«, sagte Polizeihauptmann Absard, »die Tiere, die Sie meinen, gibt es nicht.«

»Ich bleibe bei meiner Behauptung«, sagte Monsieur Delage.

Jays Interesse war geweckt. »Welche Tiere meinen Sie?« fragte er Monsieur Delage.

Monsieur Delage funkelte den Polizeihauptmann an. »Bezweiflen Sie etwa, daß es in diesem Urwald große Elefanten mit vier Stoßzähnen gibt?«

»*Mais oui*«, sagte der Polizeihauptmann.

»*Mais non!*«, rief Monsieur Delage. »Ich selbst habe Schädel mit vier Stoßzähnen gesehen. Wollen Sie das auch bezweifeln, *mon capitaine*?«

»Was Sie gesehen haben, *mon cher*, waren Mißbildungen; keine neue Rasse von Dickhäutern.«

»Ich bleibe bei meiner Meinung«, sagte Monsieur Delage.

Der Polizeihauptmann lächelte in die Runde. »Mein Kollege gibt den Tratsch der Eingeborenen wieder.« Schwungvoll zwirbelte er seinen Schnurrbart.

»Bitte erlauben Sie, daß ich fortfahre«, sagte Monsieur Delage. »Madame hat *mich* gebeten, ihr etwas über das Iturigebiet zu erzählen.«

»Ich bitte um Verzeihung«, sagte der Polizeihauptmann. »Ich war in dem Glauben, Madame wollte die Wahrheit hören.« Er drehte sich wieder zu den Engländern.

Monsieur Delage war wütend. »Dieser Mensch!« sagte er verächtlich. Dann wandte er sich an Eve. Madame habe doch sicherlich schon von den riesigen Elefanten des Ituri gehört, fragte er. Hatte sie nicht? Er konnte ihr versichern, daß es diese

Tiere wirklich gab. Es war allgemein bekannt, daß sie anderthalbmal so groß wie ein normaler Elefant waren. Es gab auch Zwergelefanten, nicht größer als ein Shetlandpony. Von diesen war bekannt, daß sie Menschen angriffen. An ihrer Existenz konnte es nicht den geringsten Zweifel geben. Monsieur Delage warf einen verächtlichen Blick über den Tisch auf Polizeihauptmann Absard und sprach absichtlich laut. Hatten sie Colonel Vercel etwa nicht auf einen Baum gejagt? Hatte er nicht die Ehre gehabt, bei der Rettungsexpedition dabeizusein? War er nicht persönlich Colonel Vercel behilflich gewesen, von dem Baum herabzuklettern? Und steckten in dem Baumstamm nicht drei winzige Stoßzähne, die von der Angriffslust der Zwergelefanten beredtes Zeugnis ablegten?

»Ah, sie sind *épatants!*«, sagte er zu Eve.

»Das müssen sie wohl«, sagte Bill. »Was lebt denn sonst noch in dem Wald?«

»Das weiße Einhorn.«

»Ich muß Einspruch einlegen«, rief Absard quer über den Tisch. »Gegen das weiße Einhorn muß ich Einspruch einlegen.«

Monsieur Delage starrte ihn wütend an. »Wollen Sie bestreiten, daß die Eingeborenen daran glauben, daß ein weißes Einhorn mit einem gewundenen Horn im Iturigebiet lebt?«

»Ich bestreite das weiße Einhorn, *mon vieux*«, sagte der Polizeihauptmann belustigt.

»Ja dann!« rief Monsieur Delage. »Er bestreitet das weiße Einhorn. Also gibt es das weiße Einhorn nicht mehr.«

Edna Rollins packte den Polizeihauptmann am Arm. Sie fing an, auf ihn einzureden. »Er hat einfach keine Phantasie, dieser Mensch«, sagte Monsieur Delage.

Der Polizeihauptmann hatte es gehört, aber Edna Rollins ließ ihn nicht los. Er konnte sich nicht von ihr befreien. Jedenfalls zwirbelte er herablassend seinen Schnurrbart. Er war ein Mann, der nicht an weiße Einhörner glaubte.

»Reden Sie weiter«, sagte Eve zu Monsieur Delage.

»Ich langweile Sie doch nicht?«

»Oh, nein. Absolut nicht.«

»Haben Sie schon von den Vögeln mit haarigen Körpern gehört, die im Tabubezirk leben und auf Menschen lauern?«

»Nein, das habe ich nicht.«

Lew Cable sagte: »Was für ein Quatsch!«

»Ach, kommen Sie, Lew«, sagte Bill. »Lassen Sie ihn weiterreden.«

Monsieur Delage hatte nicht verstanden, was Lew Cable gesagt hatte. Er redete weiter mit Eve. »Und die Pygmäen erzählen sehr faszinierende Geschichten über eine Rasse von Menschen mit goldenen Bärten, die tief im Wald leben. Sie tragen Tierfelle und benutzen Steinmesser und Speere mit Steinspitzen, um ihre Feinde zu töten.«

»Im Ernst?« rief Eve.

»Mais oui, madame.«

»Glauben Sie daran, daß es diese Menschen gibt?« fragte Bill.

Monsieur Delage zuckte die Achseln. »Vor vier Jahren hat mir ein Pygmäe einen Speer mit Steinspitze gebracht«, sagte er. »Er steckte in einem Okapi, das in seine Fallgrube gestürzt war. Der Schaft war abgebrochen, aber ansonsten war der Speer gut erhalten.«

»Ach, zum Teufel«, sagte Lew Cable. »Den hatte eben ein anderer Pygmäe geworfen.«

»Pygmäen benutzen Speere mit Eisenspitzen. Außerdem war er viel zu schwer, als daß ein Pygmäe ihn hätte werfen können.«

»Ich bestreite diese Aussage.« Polizeihauptmann Absard riß sich von Edna Rollins los. »Ein großer Pygmäe hätte ihn werfen können.«

»Diese Aussage ist in jeder Hinsicht korrekt«, sagte Monsieur Delage.

»Ich bestreite diese Aussage«, wiederholte Polizeihauptmann Absard.

Sie fingen an, sich lebhaft auf französisch zu streiten. Sie redeten so schnell, daß Jay ihnen nicht folgen konnte. »Verdammter Lügner!« sagte Cable.

»Ich weiß nicht«, sagte Bill.

»Sie waren sehr unhöflich«, sagte Eve zu Lew Cable.

»Warum auch nicht? Er erwartet doch wohl nicht, daß wir ihm das alles abkaufen?«

»Ich habe Fotos von Schädeln mit vier Stoßzähnen gesehen«, sagte Bill.

»Ich will mich nicht streiten«, sagte Cable zu Bill. »Reden wir über was anderes.«

»Ich habe schon mal was von Zwergelefanten gehört«, sagte Jay.

»Ich sagte, reden wir über was anderes«, sagte Cable.

Die Diskussion zwischen den beiden Belgiern war beendet. Sie fingen eine Unterhaltung mit Lady Faulkener und Edna Rollins an. Hobbs trank sein Glas leer, und Lady Faulkener füllte es wieder, ohne ihr Gespräch zu unterbrechen. Sie redete Französisch mit den Belgiern. Rollins hatte den Raum verlassen. Während Polizeihauptmann Absard redete, blickte er immer wieder zu Eve herüber und zwirbelte seinen Schnurrbart. Ganz offensichtlich hielt er diese Geste für unwiderstehlich. Eve beachtete ihn nicht.

»Ich gehe ins Bett«, sagte Jay.

»Nicht, bevor wir etwas geklärt haben«, sagte Lew Cable. Seine Stimme klang bösartig. Er hatte sehr viel getrunken.

»Was geklärt?«

»Diese Sache mit Ihrer Ehe. Ich werde dahinterkommen, und wenn ich es aus Ihnen herausprügeln muß.«

»Was interessiert Sie das, Lew?« fragte Bill. Seine Stimme war beschwichtigend. Er sah, daß Cable in einer gefährlichen Stimmung war.

Cable ignorierte ihn. »Ich habe gehört, daß Sie verheiratet sind, Pfadfinder«, sagte er zu Jay. »Was sagen Sie dazu?«

»Es stimmt«, sagte Jay.

Cable sah Eve triumphierend an. »Ich habe es Ihnen ja gesagt«, meinte er.

Am anderen Ende des Tisches brach man in Gelächter aus. Hobbs hatte irgend etwas gesagt. Jay wußte nicht, was es war, aber es mußte lustig gewesen sein. Selbst die Belgier lachten.

»Was spielt das schon für eine Rolle?« sagte Bill zu Cable. »Warum können Sie Jay nicht in Ruhe lassen?

»Ich will wissen, wo seine Frau ist.«

»Ich weiß es nicht«, sagte Jay.

»Sind Sie geschieden?«

»Nein.«

»Was ist dann der Grund?« fragte Cable. »Wieso wissen Sie nicht, wo sie ist?«

»Weil sie tot ist«, sagte Jay.

Am anderen Ende des Tisches ging es hoch her. Rollins war wieder hereingekommen, und sie hatten ihm erzählt, was Hobbs gesagt hatte. Er lachte. Er stand auf und trank auf Hobbs' Wohl. Alle, bis auf Hobbs, standen auf. »Prost und ex«, sagte Rollins. Die anderen sagten: »Prost und ex«, und sie tranken.

»Es tut mir furchtbar leid«, sagte Lew Cable.

»Schon gut.«

»Ich wußte wirklich nicht, daß sie tot ist.«

»Schon gut.«

»Der Gedanke ist mir nie gekommen.«

»Schon gut«, sagte Jay. »Es ist nicht wichtig. Dauernd sterben Menschen. Jetzt, in diesem Augenblick, sterben Menschen. Verdammt, könnten wir vielleicht über irgend etwas anderes reden?«

Lew Cable fing an, sich mit Eve zu unterhalten. Jay trank seinen Brandy aus. »Ich gehe ins Bett«, sagte er zu Bill.

»Ich komme mit hoch«, sagte Bill.

»Es geht schon.«

Beim Hinausgehen wußte er, daß Eves Blick ihm folgte. Als er gerade außerhalb der Bar war, drehte er sich um, und sie beobachtete ihn noch immer. Er ging die Treppe hinauf und dann langsam den Flur entlang, wo der grüne Plüschteppich unter seinen Schritten leicht nachgab. In seinem Zimmer war es kalt. Er konnte das leise Stampfen des Elektroaggregats hören. Er setzte sich aufs Bett, zog sich aus und stellte seine Schuhe ordentlich auf die Matte. Seine Nerven waren gespannt, und alles kam ihm etwas unwirklich vor, wie in einem sehr detaillierten, sehr absurden Traum. Es war, als ob der Abend nie stattgefunden hätte. Das Gerede über den Tabubezirk, Rollins' Versuch, den Gorilla zu kaufen, das Gelächter der Engländer und Belgier, und er, der er sagen mußte, daß Linda tot war, das alles hätte er geträumt haben können.

»Es ist schon gut«, sagte er laut.

Die Worte schreckten ihn auf. Er zog seinen Schlafanzug an, ordnete das Moskitonetz über dem Bett, stieg ins Bett, legte sich auf den Rücken und betrachtete das Gewebe, das wie ein weißer Nebel über ihm hing. »Es ist schon gut«, sagte er noch einmal. Aber es war nicht gut, und er fürchtete sich, das Licht auszumachen. Er wußte nicht, was mit der Dunkelheit kommen würde.

16

Wie viele Kinder werden wir haben, Jay?« fragte sie.

»Sieben. Eins für jeden Tag in der Woche.«

»Wir nennen sie nach den Wochentagen.«

»Ja. Das hier wird Montag heißen.«

»Montag wird ein Junge«, sagte sie.

»Bist du sicher, daß sieben genug sind?«

»Aber ja. Sieben sind genau richtig.«

Er sah auf seine Armbanduhr. Es war zwanzig vor vier. Er lag jetzt zwei Stunden im Bett. Im Geiste jagte eine Erinnerung die nächste. Sein Mund war trocken, und der Kopf tat ihm weh. Er setzte sich auf, griff tastend unter dem Moskitonetz hindurch, das in dem trüben Licht wie ein weißer Nebelschleier aussah, und goß sich aus dem Krug, der auf dem Tisch neben dem Bett stand, ein Glas Wasser ein. Das Wasser war warm und schal. Bill war noch nicht heraufgekommen.

So schlimm war es schon lange nicht mehr gewesen. Er hätte sich vollaufen lassen sollen. Man konnte immer schlafen, wenn man genug intus hatte. Wenn einem nicht schlecht wurde. Ihm wurde nie schlecht. Er hätte sich vollaufen lassen sollen. Mit Alkohol überstand man die schlimmsten Zeiten leichter. Zeiten, wie er sie jetzt erlebte. Auch wenn sich am Ende durch Alkohol nichts änderte. Die Erinnerungen ließen einen nicht los. Das war der Preis, den man zu zahlen hatte. Für nichts bekam man nun mal nichts. Man war ein Jahr lang glücklich, und dafür bezahlte man dann mit seinen Erinnerungen. Mit Schnaps konnte man die Zahlung nur eine Weile hinausschieben; vergessen konnte man damit nichts. Vergessen! Was für ein schönes, verlogenes Wort!

Wie konnte man vergessen, wenn man Lindas Gesicht, so schön und so traurig, Tag und Nacht vor Augen hatte? Tag und Nacht. Nacht und Tag. Wie konnte man vergessen, wenn man sich an kein anderes Gesicht erinnern konnte, an keine andere Frau, die man in der ganzen Zeit seines Lebens davor begehrt hatte, hinter der man hergewesen war und die man bekommen oder nicht bekommen hatte? Wie konnte man seine Lunge oder sein Herz oder sich selbst vergessen?

Es waren die alten Fragen, und es gab noch immer keine Antworten. Er stellte das Glas hin, brachte das Netz über dem Bett in Ordnung und legte sich zurück auf das Kissen. Das gemeine war, daß man letzten Endes bezahlen wollte. Man wollte seine Erinnerungen nicht aufgeben. Sie taten zwar weh, aber sie hielten einen auch aufrecht. Man war ohne sie verloren, und man war mit ihnen verloren. Es war paradox, im wahrsten Sinne des Wortes. Und dennoch, wenn er Linda doch bloß ohne diese eine traurige, dunkle, verzweifelte, tragische, unerträgliche Erinnerung halten könnte!

Aus der Dunkelheit kam ihre Stimme, schmerzverzerrt.

»Jay! Jay!«

»Liebling?«

»Es ist soweit.«

Er setzte sich im Bett auf und machte das Licht an. »Bist du sicher?«

»Ja. Die Wehen kommen jetzt ziemlich häufig.«

Es war eine Woche zu früh, aber sie hatten ihren Koffer bereits gepackt. Er half ihr beim Anziehen und rief dann Dr. Hoffman an. Eine Frau sagte mit müder Stimme, er sei im Krankenhaus. »Würden Sie ihn anrufen und ihm sagen, daß Mrs. Nichols unterwegs ist? Das Baby kommt. Er möchte warten.« Die Frau versprach es.

»Ich hole den Wagen«, sagte er zu Linda.

Sie nickte, lag angezogen auf dem Bett. Die Wehen setzten

wieder ein. Ihr Gesicht war vor Schmerzen verkrampft. »Beeil dich, Liebling«, sagte sie.

Er wußte, daß etwas nicht stimmte. Die Wehen durften eigentlich nicht so kurz hintereinander kommen. Er holte den Wagen, und sie warteten, bis die nächste Wehe vorüber war, dann half er ihr ins Auto und legte den Koffer auf den Rücksitz. Der Himmel war voller Sterne.

»Beeil dich, Jay«, sagte sie.

Das Wagendach war heruntergeklappt, und die Florida-Luft, weich und duftend, rauschte an ihnen vorbei. »Wir sind in zwanzig Minuten da, Liebes«, sagte er. Es waren vierundzwanzig Meilen bis Miami.

Das Licht der Scheinwerfer fiel gelb auf die Straße, die unter ihnen herraste, und die Reifen und der Motor und die Luft heulten wie Wind in Palmen, und die Sterne schienen sie auf ihrer rasenden Fahrt zu begleiten. Die Gischt vom Meer legte sich als Nebel auf die Windschutzscheibe, den die Wischer nicht entfernen konnten. Durch den Beschlag war die Straße verschwommen. Lindas Hand lag auf seinem Arm, und wenn die Wehen einsetzten, gruben sich ihre Fingernägel schmerzhaft in seine Haut. Im Licht der Armaturen konnte er sehen, wie blaß ihr Gesicht war.

»Schneller«, sagte sie, als die Wehe vorüber war.

Das Kabrio fuhr nicht schneller. Der Tachometer zeigte neunzig Meilen in der Stunde. Die Sterne rasten mit ihnen. Der Wagen vibrierte und schleuderte durch die Kurven, die Reifen heulten auf dem Asphalt. Sie überholten eine kleinere Limousine, an der ein Scheinwerfer ausgefallen war. Sie hatten zehn Meilen hinter sich. Vor sich sah er die Lichter von Miami. Entlang der Straße waren die dunklen Schatten von Erfrischungsständen und Tankstellen. Zwischen den Palmen an einer Kurve schimmerte ein rotes Neonlicht. Lindas Hand umklammerte schmerzhaft seinen Arm.

»Liebling –«

Er trat das Bremspedal bis unten durch und versuchte, das Lenkrad nach links zu reißen. Er schaffte es nicht. Der massige Schatten eines Lieferwagens blockierte die Straße. Er wollte gerade wenden. Die Scheinwerfer erfaßten den Lieferwagen, erleuchteten die goldgelbe Aufschrift BEMAN'S STORAGE AND-, die Räder des Kabrios blockierten. Er konnte nicht ausweichen. Kurz vor dem Aufprall faßte er nach unten und drehte die Zündung ab.

Er starrte auf das Netz, das wie ein blasser Schleier über ihm hing. Seine Haut glühte. Ein Mann und eine Frau flüsterten draußen vor dem Hotel. Ihre Stimmen waren leise, aber entschlossen; sie stritten über etwas. »O Gott!« sagte er und schloß die Augen.

Das Kabrio lag auf der Seite, die vier Räder parallel zur Straße. Ein Rad drehte sich langsam. Es roch nach Benzin. Zerbrochenes Glas glitzerte auf dem Asphalt. Er lag im Gras. Es hatte nicht geregnet, aber das Gras war naß. Er spürte es naß auf seinem Gesicht. Er stand mühsam auf.

»Linda!« schrie er. »Linda! Wo bist du? Linda!«

Der Lieferwagen war umgekippt, und aus dem Führerhaus war das Fluchen eines Mannes zu hören, der mit aller Kraft versuchte, die Tür aufzustoßen. Die Scheinwerfer des Lieferwagens beleuchteten das Kabrio und den Straßenrand. Neben einem Straßenschild aus Metall lag etwas Weißes auf dem Boden. Es war Linda.

»Liebling«, sagte er.

Ihre Augen leuchteten im Scheinwerferlicht des Lieferwagens. Sie war gegen das Straßenschild geschleudert worden. Er kniete sich neben sie und nahm sie in die Arme.

»Es tut so weh, Jay«, sagte sie.

Es dauerte nicht lange, bis sie starb. Sie lag klein und zerbrechlich in seinen Armen, und sie sagte kein Wort mehr. Sie starb, während der LKW-Fahrer versuchte, sich aus seiner Falle zu befreien, und dabei vor Entsetzen fluchte: »Ach du Scheiße! Scheiße! Ach du Scheiße!« Sie sagte nichts mehr, und er wußte nicht genau, wann sie starb. Sie starb mit offenen Augen.

Er versuchte sie festzuhalten, als der Krankenwagen kam, aber sie waren stärker als er. Sie zwangen seine Arme auseinander und brachten Linda weg, und er war allein, kniete im grellen Scheinwerferlicht neben dem Straßenschild.

»Sieh dir bloß mal die Wunde in seinem Gesicht an«, sagte der Assistenzarzt.

»Der verblutet ja«, sagte der Fahrer.

Wenn er doch bloß verblutet wäre, mit seiner Frau und seinem Kind! Nein, das war zu einfach. Man mußte leben, damit man für die guten Zeiten bezahlen konnte. Er öffnete die Augen und starrte auf das Moskitonetz. Seine Haut glühte, und sein Kopf schmerzte. In Nächten wie dieser, wie in jeder Nacht in den ersten sechs Monaten nach ihrem Tod, war er absolut überzeugt, daß man für alles bezahlte. Einige bezahlten über einen langen Zeitraum. Manche hatten mißratene Kinder. Manche hatten Ehefrauen, von denen sie verlassen oder betrogen wurden. Manche erlebten, wie aus Liebe Langeweile, Abneigung, Haß wurde. Andere bezahlten mit Erinnerungen. Aber alle bezahlten. Daran bestand, in einer Nacht wie dieser, für Jay kein Zweifel. Man bezahlte für alles, für jedes Glück.

Ihr Blick beantwortete seine stumme Frage, und sie sprachen mit den Princes, den Hamlins und mit Tess Adams und den übrigen am Tisch und überquerten die Tanzfläche, wo sie das Parfum der Frauen rochen, und dann gingen sie hinaus auf die Straße. Das Orchester klang jetzt entfernt und fröhlich, versuchte, sie zurückzulocken, doch sie stiegen vor dem Hotel in ein Taxi.

»Gramercy Park«, sagte er zu dem Fahrer.

»Oh, Jay«, sagte sie, »ich dachte schon, wir würden nie gehen.«

»Hast du dich nicht gut amüsiert?«

»Ich wollte mit dir allein sein.«

Sie hob den Kopf, damit er sie küsse, und er beugte sich über sie und legte seinen Mund auf ihre Lippen. Sie schmiegten sich aneinander, versuchten, den Körper des anderen unter der zerknitterten Kleidung zu berühren, die heißblütige Erregung zu spüren, die sie durchströmte. Ihre Brüste waren eng gegen seine Brust gepreßt, und er konnte ihren Herzschlag fühlen.

»Ich begehre dich«, sagte sie.

»Wirklich?«

»Ich begehre dich so sehr, Jay.«

Sie küßten sich wieder, heftig und voller Leidenschaft, mit geschlossenen Augen; sie fanden sich in einer Dunkelheit, die nicht die Dunkelheit von New York war, sondern die einer anderen Welt.

Das Rechteck, als das sich das Fenster seines Zimmers abzeichnete, war grau geworden. Bald würde es dämmern. Seine Kopfschmerzen waren schlimmer geworden, und er fragte sich, ob er Fieber hatte. Er trank noch etwas von dem warmen Wasser, und als er das Glas zurückstellte, ließ er das Moskitonetz auf. So war es kühler. Er preßte sein Gesicht ins Kopfkissen, um seine Augen vor dem Licht zu schützen.

Bill war da und Lindas Mutter und Vater und ihr Anwalt. Sie waren nach der gerichtlichen Untersuchung in dieses Zimmer gekommen. Der Anwalt war ein dünner Mann und sprach mit der sanften Stimme eines Leichenbestatters.

»Sie können von Glück sagen, daß man auf Unfall befunden hat«, sagte er zu Jay. »So schnell, wie Sie gefahren sind...«

Bill sagte: »Würden Sie etwa nicht schnell fahren, wenn Ihre Frau schon in den Wehen läge?«

Daß Lindas Vater reich war, mußte einem nicht erst gesagt werden. »Kommen wir zur Sache«, sagte er. Er hatte ein herrisches Gesicht und einen großen Kopf, der mit strohigem grauem Haar bedeckt war.

Lindas Mutter war eine attraktive Frau. Sie hatte schöne braune Augen, und ihr Haar war so grau wie das von Lindas Vater, aber sie war nicht so selbstsicher wie er. Sie sah verweint aus.

»Mr. Nichols.« Der Anwalt schien überrascht, daß er etwas gesagt hatte. Er begann noch einmal. »Mr. Nichols, haben Sie die Absicht, gegen die Familie Pierce irgendwelche Forderungen bezüglich der Zahlung von Geldern zu erheben, die Ihre Frau geerbt hätte?«

»Nein.«

»Würden Sie ein diesbezügliches Schriftstück unterzeichnen?«

Jay unterschrieb das Schriftstück, das der Anwalt ihm vorlegte. Er unterschrieb ein weiteres Schriftstück, das Lindas Vater bevollmächtigte, ihren Leichnam zu Hause zu bestatten.

»Ich denke, das ist alles«, sagte der Anwalt.

Das Fenster in diesem Zimmer ging hinaus auf die Biscaynebucht, das blaue Wasser und die grünen Inseln schimmerten im Sonnenlicht. Man sah einen Park und Kaianlagen und Reihen von Fischerbooten. Frauen in leichten Kleidern und Männer in Hemdsärmeln gingen im Park spazieren. Der Anwalt steckte die Schriftstücke, die Jay unterzeichnet hatte, in eine Aktentasche.

Lindas Vater sagte zu Jay: »Der Tag, an dem Sie Linda kennengelernt haben, war ein schwarzer Tag für uns.«

Lindas Mutter begann zu weinen. »Sie haben sie getötet«, sagte sie.

»Glauben Sie etwa, er hat es mit Absicht getan?« sagte Bill.

»Warum sind Sie mit ihr fortgegangen?« fragte Lindas Mutter Jay.

»Wir haben uns geliebt«, sagte Jay.

»Es bestand kein Grund, durchzubrennen«, sagte Lindas Vater.

Jay sah zu dem Netz hoch. Dann schloß er erneut die Augen. An diese Erinnerung konnte er kaum glauben; daß er mit Lindas

Mutter und Vater gesprochen hatte. Aber die Erinnerung war da. Bill sagte, er habe mit ihnen gesprochen. Und er erinnerte sich an die Worte.

»Wartet zwei Jahre, haben Sie gesagt«, sagte Jay. »Aber wir wußten, in zwei Jahren hätten Sie uns besiegt. Sie waren härter als wir. Linda wußte das. Ich hatte Angst davor, wegzulaufen. Mich hatten Sie von Anfang an besiegt. Aber sie wollte nicht aufgeben.«

»Versuchen Sie nicht, ihr die Schuld in die Schuhe zu schieben«, sagte Lindas Vater.

»Nein. Schuld bin ich. Ich habe mich in sie verliebt. Aber begreifen Sie denn nicht, daß Sie mit Ihrer Härte auch schuld haben?«

»Wir hatten euch lediglich gebeten, zwei Jahre zu warten.«

»Linda hat Sie beide geliebt«, sagte Jay. »Hätten Sie sie nicht in zwei Jahren gegen mich aufbringen können?«

»Ich wünschte bei Gott, ich hätte sie in den ersten paar Wochen gegen Sie aufbringen können.«

»Hart war nicht, daß Sie uns gebeten haben zu warten«, sagte Jay. »Aber daß Sie nicht zur Hochzeit gekommen sind, könnte man doch wohl als hart bezeichnen, oder? War es etwa warmherzig, daß Sie sich geweigert haben, sie wiederzusehen? Daß Sie uns ihre Sachen ohne ein paar nette Worte zugeschickt haben? Hätten Sie mich nicht hassen können, ohne sie zu verletzen?«

»Wir haben ihr über unseren Anwalt finanzielle Unterstützung angeboten«, sagte Lindas Vater.

»Ihre Ablehnung hat unser Glück überschattet«, sagte Jay. Er mußte weiterreden. Er würde sie schließlich nie wiedersehen. »Trotzdem kann ich aufrichtig sagen, daß wir glücklich waren. Wir waren glücklich, daß wir uns hatten, und wir waren glücklich über das Kind. Der einzige dunkle Punkt waren Sie. Ist Ihnen eigentlich klar, wie weh Sie ihr getan haben? Sie wollten sie nicht sehen, weil sie mit mir weggegangen ist. Ich hatte kein

Geld. Ich habe Ihre Pläne auf eine standesgemäße Ehe zunichte gemacht. Trotzdem hatte sie Fotos von Ihnen auf der Frisierkommode aufgestellt, und nicht ein Tag verging, an dem sie sie nicht betrachtet hätte. Sie hat Sie nach wie vor geliebt, aber Sie wollten sie nicht mehr. Jetzt, wo es zu spät ist, wollen Sie sie, und sie wird es nicht mehr erfahren.«

Lindas Mutter weinte. Lindas Vater schwieg. Bill sagte: »Komm Jay, wir gehen.«

Jay sprach mit Lindas Mutter. »Vielleicht erfährt sie ja doch auf irgendeine Weise, was Sie jetzt empfinden. Aus diesem Grund überlasse ich sie Ihnen. Vielleicht wird sie wissen, daß ihr Leichnam wieder zu Hause ist. Vielleicht denkt sie, daß ich sie im Stich gelassen habe. Wir haben einmal darüber gesprochen, daß wir gern Seite an Seite beerdigt werden möchten. Aber ich glaube, sie wird es verstehen; sie wird sich freuen, wieder zu Hause zu sein, und wissen, daß ich nur deshalb nicht bei ihr bin, weil ich möchte, daß sie glücklich ist.«

Es herrschte langes Schweigen. Schließlich sagte Bill: »Komm Jay, wir gehen.«

Sie gingen durch den Vorraum hinaus, vorbei an der jungen Frau an der Telefonzentrale; sie gingen den Korridor entlang zu den Fahrstühlen. Es war heiß auf der Straße, und sie fuhren mit dem Taxi zurück zum Hotel.

17

Am nächsten Tag war der Himmel klar, nur ein leichter Wind raschelte in den Blättern der Bäume um das Hotel. Es war ein kalter Wind. Er kam von den Bergen herab. Das Sonnenlicht, das von den tanzenden Blättern reflektierte, spielte an der Zimmerdecke. Jay stand gegen Mittag auf. Er fühlte sich nicht gut, zum Teil, weil er einen Kater hatte, und zum Teil, weil er an Linda dachte. Bill schlief auf dem Rücken, das Gesicht auf einer Seite von der Narbe über seinem blinden Auge leicht nach oben verzogen. Auf seinem Kopfkissen war ein Lichtfleck, und Jay ließ das Rollo herab. Er zog sich an und ging nach unten in die Bar. Er aß eine Omelette und trank ein Glas Bier, und danach ging er spazieren. Die kalte Luft tat seinem Kopf gut. Als er in die Bar zurückkam, unterhielten sich an einem der Tische Mr. Palmer und Lew Cable mit Monsieur Delage. Jay bestellte ein Bier an der Theke. Er konnte hören, was sie am Tisch miteinander sprachen. Monsieur Delage wollte sich für die Safari ins Iturigebiet um Führer und Träger kümmern. Die Träger würden dann am Morgen bereitstehen. Sie würden die Gruppe zu Salles' Basislager bringen. Okapis könnte man dort genauso gut jagen wie irgendwo sonst. Der beste Ausgangspunkt, um in das Iturigebiet zu gelangen, sagte er, lag etwa vierzig Meilen weiter auf der Straße nach Beni. Dort würden die Träger für die Safari bereitstehen. Ganz sicher? fragte Lew Cable. Sie ständen bereit, sagte Monsieur Delage. Und wenn nicht? fragte Lew Cable. Die Träger ständen bereit, sagte Monsieur Delage. Er stand auf. Machen Sie sich keine Sorgen, sagte er. Mach' ich mir nicht, sagte Lew Cable. *Bon*, sagte Monsieur Delage. Sie ständen bereit. Daran gab es keinen Zweifel. Er verließ zusammen mit Mr. Palmer die Bar. Lew Cable kam zu Jay herüber.

»Wo ist Eve?«

»Ich weiß nicht«, sagte Jay. »Ein Bier?«

»Nein.« Cable ging aus der Bar.

Jay trank das Bier, das der Barkeeper ihm gebracht hatte. Dann trank er noch ein Glas. Das Bier beruhigte seinen Magen. Der Barkeeper war Belgier. Er hatte einen Schnurrbart, und Jay konnte nicht sagen, ob er der Kellner oder der Nachtportier oder wieder einer von Madames Cousins oder Ehemännern war. Sie sahen alle gleich aus. Mein Gott! dachte er auf einmal, fang ich schon nach drei Bier an zu philosophieren? Vielleicht hing es damit zusammen, daß er noch vom vorigen Abend betrunken war. Im Hotel war Lärm zu hören. Was ist das? fragte Jay den Barkeeper. Eine Gruppe Engländer. Was machen die? Sie reisen ab, *monsieur*. Schade. *Mais oui, monsieur;* sehr schade.

Rollins kam in die Bar. »Hab' Sie gesucht«, sagte er zu Jay. Sein großes Gesicht war rot wie eine Tomate.

»Weshalb?« fragte Jay.

»Wegen Ihrer Gorilladame.«

»Sie gehört mir nicht«, sagte Jay.

»Ach, kommen Sie.« Rollins sah zum Barkeeper. »Gin ›mit‹«, sagte er zum Barkeeper. »Kommen Sie schon«, sagte er zu Jay.

»Für mich noch ein Bier«, sagte Jay zum Barkeeper.

»Ich geb' Ihnen hundert Pfund dafür«, sagte Rollins.

»Die haben Sie mir schon gestern abend geboten.«

»Da war ich betrunken. Aber ich steh' zu meinem Wort. Betrunken oder nüchtern. Hundert Pfund. Das ist mein letztes Angebot. Entweder Sie nehmen an oder lehnen ab.«

»Ich lehne ab«, sagte Jay.

Er hörte das Geräusch von Autos draußen vor dem Hotel. Die englische Safari war reisefertig. Er hörte die Stimme von Edna Rollins. Der Barkeeper gab Rollins ein Glas. Wie sich herausstellte, handelte es sich bei dem Drink um Gin mit italienischem Wermut und Eis. ›Gin mit‹. Das mußte er sich merken. Es würde Bill schwer beeindrucken.

»Okay«, sagte Rollins. »Zweihundert Pfund.«

»Nein.«

»Also schön, alter Junge, wieviel?«

»Ich kann sie nicht verkaufen.«

»Kommen Sie schon.« Rollins holte seine Brieftasche hervor. Er legte vier Fünfzigpfundscheine auf die Theke. »Ich muß sie haben. Ich bin fest entschlossen.«

»Probieren Sie's doch beim Prinzen von Schweden«, sagte Jay.

»Bei wem?«

»Beim Prinzen von Schweden. Er hat vierzehn geschossen. Vielleicht gibt er Ihnen Großhandelsrabatt.«

Rollins Gesicht wurde dunkelrot. »Sind ein cleveres Bürschchen, was?« sagte er.

»Aber klar«, sagte Jay.

Rollins steckte das Geld wieder in die Brieftasche und verließ die Bar. Er hatte seinen Drink nicht ausgetrunken. Er hatte ihn auch nicht bezahlt. »Wo bleibt mein Bier?« fragte Jay den Barkeeper.

Der Barkeeper brachte ihm ein Bier, und er trank es. Dann trank er noch eins. Das Bier schmeckte gut. Er bezahlte die Biere und Rollins' Drink und ging nach draußen, um der englischen Safarigruppe bei der Abfahrt zuzusehen. Eve stand auf der Veranda des Hotels mit Lew Cable und einem Priester. Der Priester war jung und gutaussehend. Mr. Palmer unterhielt sich mit Holmstrom. Es herrschte ziemlicher Trubel. Die ganze Stadt hatte sich versammelt, um die Safari zu verabschieden. Ein Dutzend belgische Beamte und an die zweihundert Eingeborene waren da. Es war ein beeindruckender Anblick, dachte Jay. Die Safari. Da standen zwei Bentley-Geländewagen mit verchromten

Anhängern, ein Küchenwagen, ein Kombiwagen und sechs LKW. Es gab zwei Eismaschinen, ein Stromaggregat, ein Kurzwellenradio mit zwanzig Röhren, einen Gasherd, eine Ladung Wein, siebzehn Suaheli-Diener und Holmstrom. In dem ersten Bentley saßen Hobbs und Rollins. Sie hatten beide ein Gewehr zwischen den Knien. Wahrscheinlich wollten sie unterwegs auf Eingeborene schießen, dachte Jay. Edna Rollins, im zweiten Bentley, winkte ihm zu.

»Kommen Sie doch mal her«, rief sie.

Jay ging zu dem Wagen. Lady Faulkener nickte ihm kühl zu. Sie sah nicht mehr ganz so hübsch aus. Im Tageslicht verschmolz das Rouge nicht so gut mit ihrem Teint.

»Was zum Teufel haben Sie mit Rolly angestellt?« fragte Edna Rollins. »Er kocht ja geradezu vor Wut.«

»Ich hab' nichts mit ihm angestellt.«

»Sagen Sie schon. Ich würde es gern wissen. Es ist mir seit Jahren nicht gelungen, ihn wütend zu machen.«

»Fragen Sie ihn nach dem schwedischen Prinzen«, sagte Jay. »Darauf scheint er anzuspringen.«

»Wirklich?« fragte Edna Rollins.

Die Safari setzte sich in Bewegung. Der schwarze Fahrer legte den Gang ein. »Viel Glück«, sagte Jay.

»Danke.«

»Auf Wiedersehen, Daphne«, sagte Jay.

Lady Faulkener machte ein verwirrtes Gesicht. Sie gab keine Antwort. Der Bentley fuhr los. Jay grinste. Es gab wohl keine menschliche Rasse, die unangenehmer sein konnte als die englische, dachte er. Oder sympathischer. Holmstrom kam in dem Kombiwagen vorbei. Er winkte Jay zu. Die Lastwagen fuhren vorbei. Die meisten Schwarzen liefen hinter der Safari her. Auch die Frauen rannten; sie lachten und riefen den Suaheli-Burschen etwas zu. Die Belgier gingen zurück in ihre Büros. Auf der Hotelveranda traf Jay Eve und den Priester. Lew Cable war nicht mehr bei ihnen. Eva machte Jay mit dem Priester bekannt. Der Priester hieß Pater André.

»Es kommt mir so vor, als wäre ich schon ein alter Freund von Mrs. Salles«, sagte der Priester auf englisch zu Jay. »Ich habe ihren Mann während seines Aufenthaltes in Lubero gut kennengelernt. Er ist zweimal zur Messe in unsere kleine Kirche gekommen, und wir haben uns abends des öfteren lange unterhalten.«

»Das war bestimmt ein Vergnügen«, sagte Jay. Der Priester löste bei ihm Unbehagen aus.

Pater André hatte eine glatte, totenblasse Haut und tiefschwarze Augen. Seine dichten Augenbrauen wuchsen über der Nase zusammen. Er wirkte nicht alt, aber sein Gesicht strahlte bereits die Autorität der Kirche aus. »Ich habe Madame mitgeteilt«, sagte er, »daß ich noch immer Hoffnung für ihren Mann habe.«

»Das höre ich gern.«

Er kenne das Iturigebiet gut, sagte der Priester. Er sei mehrmals dort gewesen. Der Wald sei nicht schlimmer als andere. Von den Pygmäen sei bestimmt nichts zu befürchten. Sie seien sehr scheu. Sie würden einem Weißen nichts antun. Lucien Salles war weit in den Tabubereich eingedrungen, vermutete der Priester, und seine Führer hatten ihn im Stich gelassen. Wahrscheinlich lebte er in einem Pygmäendorf. In ihren gemeinsamen Gesprächen hatte er von dem Wunsch gesprochen, Forschungen über einen Pygmäenstamm anzustellen, der noch nie mit Weißen in Berührung gekommen sei. Hielt Mr. Nichols es nicht auch für möglich, daß er in so einem Dorf lebte?

Jay sagte, das sei durchaus möglich. Lew Cable kam mit Bill aus dem Hotel. Er ging zu Eve herüber. »Ich habe auf Sie gewartet.«

»Tut mir leid«, sagte sie, »ich hätte nicht gedacht, daß Sie so schnell sind.«

»Sind Sie fertig?« fragte Cable.

»Wir machen einen Ausflug, Pater«, erklärte Eve.

»Sehe ich Sie heute abend?« fragte der Priester.

»Aber ja. Wir fahren erst morgen.«

Lew Cable ergriff Eves Arm und ging mit ihr die Holztreppe hinunter. Bill sah ihnen nach. Pater André nickte Jay zu und ging ins Hotel. Seine Robe raschelte bei jedem Schritt. Jay fragte sich, ob er wirklich glaubte, daß Lucien Salles noch lebte. Oder legte er nur einen berufsbedingten Optimismus an den Tag? Er verstand nicht viel von Priestern. Dennoch, Eve war Katholikin. Was ein Priester sagte, hatte für sie Gewicht. Trotzdem schien es sie nicht froh gemacht zu haben.

Bill sah Eve noch immer nach. »Lew wird allmählich richtig besitzergreifend«, sagte er.

»Ja.«

»Aber eines schönen Tages wird sie ihm zeigen, wo's langgeht.«

»Glaube ich nicht.«

»Garantiert, alter Junge.«

»Da bin ich nicht so sicher«, sagte Jay. »Vergiß nicht, er ist ihre einzige Chance, ihren Mann zu finden.«

»Das ist wahr.« Bill starrte lang auf die Straße. »Die Welt ist manchmal schon verdammt ungerecht, was?«

»Komm, wir gehen einen trinken«, sagte Jay.

18

Es war heiß und feucht im Iturigebiet. Sumpfgras bedeckte den Trampelpfad, dem sie zusammen mit Monsieur Delages hundert Trägern folgten, aber die Erde unter dem Gras war sehr weich, was das Gehen erschwerte. Dunkle Wolken bedeckten den Himmel, und es war dunkel und still im Wald. Die Träger unterhielten sich viel, aber die Bäume und die schwüle Luft, wie kurz vor einem Gewitter, dämpften ihre Stimmen. Überall roch es nach feuchten Pflanzen. Bis zu Lucien Salles' Basislager, wo sie Station machen würden, waren es noch drei Meilen. Von der Straße zwischen Lubero und Beni aus hatten sie bereits vier Meilen zurückgelegt; pro Stunde schafften sie eine Meile.

Nach dem Mittagessen ging Lew Cable mit Mr. Palmer und den Pygmäenführern voraus, und Jay bemerkte, daß er direkt hinter Eve ging. Ihm fiel auf, daß sie einen schönen Gang hatte. Sie ging nicht wie ein Mann, schlaksig und mit großen Schritten, was sportlich durchtrainierte Frauen häufig tun, aber sie wackelte auch nicht übertrieben mit den Hüften. Sie hatte einen attraktiven Körper und bewegte ihn auf attraktive Art. Er fragte sich, wie sie sich wohl fühlte. Was hoffte sie, im Camp ihres Mannes in Erfahrung zu bringen? Wollte sie ihn wirklich lebend finden? Wie stand sie zu Lew Cable? Cable begehrte sie; begehrte sie Cable? Er sah gut aus. Es war durchaus möglich.«

Eva sah nach hinten und lächelte ihn an. »Kommen Sie doch hier neben mich.«

Er schloß zu ihr auf. »Finden Sie das nicht auch deprimierend hier?« fragte sie.

»Sehr.«

»Es ist so schwül«, sagte sie. »Ich wünschte fast, ich wäre nicht mitgekommen.«

»Das bißchen Schwüle wird Ihnen doch wohl keine Angst machen, oder?«

»Das ist es nicht.«

»Was ist es dann?«

»Jeder hier. Die Engländer, die Belgier. Jeder glaubt, ich möchte, daß Lucien tot gefunden wird. Damit ich an sein Geld komme.«

»Nein, bestimmt nicht.«

»Doch. Jeder hier. Sie glauben, ich hätte ihn wegen seines Geldes geheiratet. Deshalb sind sie so hartnäckig hinter mir her. Sie glauben, ich bin leicht zu haben.«

»Ich nicht.«

»Sie zählen nicht.«

»Natürlich«, sagte Jay. »Ich weiß.«

»Verzeihung. So habe ich es nicht gemeint. Aber Sie können mir nicht helfen. Und ich bin es satt, daß jeder, der mir helfen kann, mir nachstellt wie einer läufigen Hündin.«

Jay fragte sich, was geschehen sein mochte, daß sie so verbittert war. Monsieur Delage und zwei weitere Belgier waren zu der Stelle an der Straße zwischen Lubero und Beni gekommen, wo sie die Träger getroffen hatten, aber sie hatten keine Möglichkeit gehabt, mit ihr allein zu sprechen. Eve sagte nichts mehr. Er folgte ihr eine Zeitlang, und dann kam Lew Cable zurück. Jay ging nach vorn zu Mr. Palmer. Er sah die Pygmäen nicht. »Wo sind die Führer?« fragte er.

»Irgendwo hier um uns herum. Sie sind sehr geschickt. Bewegen sich lautlos.«

Jetzt, da er vor den Trägern herging, konnte Jay ein paar Geräusche des Iturigebietes hören. Irgendein Tier rechts von ihm brach ein paar Äste ab, und vor ihm raschelten Blätter. Der Waldgrund war uneben, und sie kamen über Hügel, die sie wegen der Bäume nicht sehen konnten. Sie durchwateten einen kleinen Fluß mit schlammigem Bett. Flußaufwärts platschte das Wasser. Plötzlich gingen zwei der Führer vor Mr. Palmer her.

»Wie Schatten«, sagte Mr. Palmer.

Die Pygmäen redeten im Flüsterton. Einer von ihnen war ein alter Mann mit runzligem Körper und einem Bart. Der andere war, wie Mr. Palmer glaubte, dessen Sohn. Beide trugen sie Lendenschurze aus purpurgefärbter Baumrinde, und in ihrem Haar steckten leuchtendbunte Federn. Ihre Körper waren mit grauer Farbe bemalt. Der Vater trug einen Speer und der Sohn einen kleinen Bogen und ein Bündel winziger Pfeile, die wohl aus Schilfrohr waren. Jay fragte sich, ob die Spitzen vergiftet waren. Beide Männer hatten einen schönen, muskulösen Körper, aber sie waren kleiner als die Batwa-Pgymäen im Gorillagebiet. Um ihren Hals hingen kleine Holzpfeifen.

Es krachte im Unterholz, und Mr. Palmer riß sein Gewehr in Anschlag. Das Geräusch erstarb.

»M'boko«, sagte der Vater.

»Ein Büffel«, übersetzte Mr. Palmer. »Hoffentlich greift uns der Bursche nicht an.«

Gegen drei Uhr klarte der Himmel etwas auf. Das Licht ließ ein paar Farben im Wald stärker hervortreten. Die unterschiedlichen Grüntöne der Bäume, des Unterholzes, des Grases und der Schlingpflanzen wurden deutlicher. Jay sah, daß neben dem Pfad Früchte und Blumen wuchsen. Überall gab es purpurrote und weiße Orchideen. Er hörte Vögel und Insekten. Ein Insektenschwarm folgte ihnen. Der Pfad war etwas breiter geworden, und dort, wo der Boden nicht bewachsen war, hatten viele Tiere Spuren hinterlassen. Jay erkannte die Abdrücke von Büffeln und Leoparden und die runden, mit Wasser gefüllten Löcher, die die Elefanten hinterlassen hatten, doch es gab einen Abdruck, den er nicht kannte. Er stammte von einem Huf mit gekrümmten Spitzen.

»Noch nie gesehen«, sagte Mr. Palmer und beugte sich über den Abdruck. »Könnte von einer Giraffe sein.«

Sie knieten sich beide daneben. Die Pygmäen kamen zu ihnen zurück. Die Spur war ziemlich tief.

»Okwapi«, sagte der Vater.

Mr. Palmer ging mit den Pygmäen weiter. Jay betrachtete den Abdruck und prägte ihn sich ein. Die Spur versetzte ihn in Erregung, doch keineswegs so sehr wie damals bei der Gorillafährte. Es war einfach nur die Spur einer besonderen Wildtierart. Er wußte nicht genau, wie ein Okapi aussah; er erinnerte sich, daß er einmal irgendwo ein Bild von dem Tier gesehen hatte. Es sah irgendwie ägyptisch aus, wie die seltsamen Tiergestalten, die Pharaonen in ihren Thron hatten schnitzen lassen.

Vor Einbruch der Dämmerung erreichten sie die Lichtung, auf der Lucien Salles sein Basislager errichtet hatte. Das Camp war in schlechtem Zustand. Die beiden Zelte waren umgekippt, und die Hütten der Träger hatte der Regen in Haufen aus Zweigen und Blättern verwandelt, doch ein mit Konserven und sonstigen Vorräten gefülltes geheimes Proviantlager war unangetastet. Mr. Palmer ließ das Camp von den Trägern in Ordnung bringen. Sie richteten die umgefallenen Zelte auf und schlugen das Küchenzelt sowie zwei weitere Zelte auf und machten Feuer. Dann bauten sie neue Hütten. Als die Lagerfeuer brannten, sah das Camp nicht mehr so trostlos aus. Die beiden Totos und der Koch machten sich an die Vorbereitung des Abendessens.

»Einen Drink?« schlug Mr. Palmer Jay vor.

»Sollten wir nicht lieber auf Lew Cable warten?«

»Mit dem trinken wir dann noch einen.«

Mulu stellte neben dem Feuer vor dem Küchenzelt Klappstühle auf und brachte Mr. Palmer und Jay Whisky und Zitronensaft. Jay spürte plötzlich, daß er müde war. Die Beine taten ihm vom Gehen auf dem weichen Boden des Trampelpfades weh. Immer mehr Träger kamen im Lager an und setzten ihre

Last neben dem großen Küchenzelt ab. Ihre Gespräche klangen über die Lichtung. Sie tranken, und dann hielt Mr. Palmer die Whiskyflasche hoch. »Noch ein Gläschen?«

Jay nahm die Flasche, goß sich ein und reichte sie Mr. Palmer zurück.

»Ich beneide die Frau nicht«, sagte Mr. Palmer.

»Eve?«

»Ja.«

»Sie wollte mitkommen.«

»Ich weiß. Aber es ist, als ginge man ins Leichenschauhaus, um einen Verwandten zu identifizieren. Das hier ist der Platz, an dem ihr Mann zuletzt gewesen ist. Keine schöne Vorstellung, wissen Sie.«

»Sie wird keine Schwierigkeiten machen.«

»Bisher hat sie sich verdammt gut gehalten.« Mr. Palmer nahm einen langen Schluck. »Mut hat sie, die Kleine.« Er starrte ins Feuer. »Hätte nichts dagegen, zwanzig Jahre jünger zu sein.«

Jay sah ihn an. Mr. Palmers Gesicht hatte eine gesunde rötliche Farbe; seine blauen Augen waren klar. An seinem Körper konnte man ummöglich ablesen, wie alt er war. Er war untersetzt, und selbst in seiner Jugend hatte er wahrscheinlich nicht eine jugendlich schlanke Figur besessen, aber er war nicht dick. »Sie sind doch ein junger flotter Bursche«, sagte Jay.

Mr. Palmers Zähne leuchteten im Feuerschein. »Ein paar von den Ehefrauen, die ich mit auf Safari genommen habe, waren der gleichen Meinung. Sind schon ein komischer Menschenschlag, Ehefrauen. Aber ihr gefall' ich nicht.«

»Natürlich gefallen Sie ihr.«

»Oh ja; auf diese Art und Weise. Ich bin freundlich und nützlich. Aber das ist alles.«

»Macht's Ihnen was aus?«

»Sie ist sehr schön.« Mr. Palmer sah ins Feuer, fragte dann: »Noch einen?«

»Gern.« Jay fühlte sich etwas betrunken. Nach der körperlichen Anstrengung stieg ihm der Whisky rasch zu Kopf. Er goß sich ein wenig in den Becher und verdünnte ihn mit Zitronensaft.

»Vor ein paar Jahren hätte es mir was ausgemacht«, sagte Mr. Palmer und nahm die Flasche. »Vor allem draußen in der Wildnis. Hat 'ne komische Wirkung auf die Menschen, wissen Sie. Die Wildnis, meine ich.«

»Wie wirkt sie sich denn aus?«

»Bringt die Urinstinkte an die Oberfläche. Man ist tapferer oder feiger. Macht einen auch gierig. Der Selbsterhaltungstrieb wird wach, vermute ich. Ich hab' mal mitangesehen, wie ein Mann einen anderen wegen eines Glases Marmelade getötet hat. Ernsthaft. Natürlich war Marmelade verdammt wichtig, als es noch keinen Fruchtsaft in Dosen gab.«

Jay sagte: »Ich werde niemanden wegen einer Dose Fruchtsaft umbringen.«

»Nein«, sagte Mr. Palmer zustimmend und goß sich einen Drink ein. »Aber vielleicht aus anderen Gründen.«

»Zum Beispiel?«

»Da wären zum Beispiel Frauen.«

»Ja, ja, die Frauen«, sagte Jay.

Mr. Palmers schieferblaue Augen waren ausdruckslos. »Steht zu befürchten, daß Cable Probleme macht.«

»Mir nicht.«

»Sind Sie da ganz sicher, Sie Schwerenöter?«

»Ich habe mein Überlebenstraining hinter mir«, sagte Jay.

Als sie ihre Drinks getrunken hatten, ging Jay zu seinem Zelt, um sich zu waschen. Juma brachte ihm einen Eimer aus Segeltuch mit heißem Wasser und ein Handtuch. Als er sich gerade das Gesicht einseifte, kamen Eve und Lew Cable an. Er hörte ihre Stimmen auf der Lichtung. Er fragte sich, ob Mr. Palmer ernsthaft befürchtete, daß es zwischen ihm und Cable zum Streit käme. Das war kaum denkbar. Er war nicht hinter Eve hergewesen. Sie war Cables Revier. Er zog sein Hemd aus und seifte sich den Oberkörper ein. Es sei denn, Mr. Palmer war selbst interessiert und wollte nur sondieren, mit welchen Widerständen er zu rechnen hätte. Ach, zum Teufel! Das war auch kaum denkbar. Es war komisch, wie manche Dinge außer Kontrolle gerieten, sobald Menschen, fern von anderen Menschen, aufeinander angewiesen waren. Mr. Palmer war Safariführer. Es war seine Aufgabe, nicht in Schwierigkeiten zu geraten. Andernfalls müßte er mit einer Untersuchung in Nairobi rechnen. Also, zum Teufel damit.

Er trocknete sich gerade ab, als Bill ins Zelt kam. Bill sah müde aus, und seine Kleidung war verdreckt. »Das war ein echter Gewaltmarsch«, sagte er.

Jay hängte das Handtuch über die Lehne eines Klappstuhls, trug den Eimer mit schmutzigem Wasser hinter das Zelt und schüttete das Wasser ins Gebüsch. Die Sonne war untergegangen, und er sah, knapp über dem Horizont, einen Stern am Himmel. Der übrige Himmel war dunkel, und es war schwer auszumachen, wo der Himmel aufhörte und die Bäume anfingen. Er ging wieder ins Zelt. Bill saß auf dem Bett. Juma brachte einen frischen Eimer heißes Wasser und nahm Jays Eimer mit.

»Dieser gottverdammte Lew Cable«, sagte Bill.

»Was hat er angestellt?«

»Ich habe zufällig mitangehört, worüber er mit Eve geredet hat.«

»Und?«

»Jemand sollte den Dreckskerl erschießen.«

»Komm schon. Erzähl. Mach's nicht so spannend.«

»Ein klassischer Fall von sexueller Erpressung«, sagte Bill. »Er würde die Expedition nur dann nach ihrem Mann suchen lassen, wenn sie mit ihm schlafen würde. Andernfalls könne er die Suche leider nicht erlauben.«

»So direkt hat er das gesagt?«

»Es war so ein typisches Gerede nach dem Motto: Wir wissen doch beide, wo's langgeht.«

»Wie hast du's aufschnappen können?«

»Ich hatte den Pfad verlassen, um mir eine Orchidee anzusehen. Eine neue Varietät, glaube ich. Grüngold. Sie sind etwa drei Meter von mir entfernt stehengeblieben.«

»Das nenne ich Glück.«

Bill stand vom Bett auf. Er ging hinüber zu dem Eimer mit Wasser und seifte sich Gesicht und Hände ein.

»Was hat Eve gesagt?« fragte Jay.

»Sie hat's sehr ruhig aufgefaßt. Hat ihn gefragt, ob er sie wollte, obwohl es mit Liebe nichts zu tun hätte. Lew hat gesagt, das sei ihm völlig egal, Hauptsache, er würde sie kriegen. Er hat sich unheimlich aufgespielt und ihr erzählt, daß er sie bekommen würde, selbst wenn er in ihr Zelt eindringen und sie vergewaltigen müßte.«

»Das scheint mir das praktischste«, sagte Jay.

»Dann hat das Schwein versucht, sie zu küssen, und ich bin aus dem Wald spaziert. Hab' so getan, als hätte ich sie nicht gehört. Keine Ahnung, was sie gedacht haben.«

Jay wußte nicht, was sie tun konnten. Er war nicht ganz so wütend darüber wie Bill. Vielleicht weil er die Unterhaltung nicht gehört hatte. Eve hatte sie begleiten wollen. Das hieß, daß sie bereit gewesen war, jedes eventuelle Risiko auf sich zu nehmen. Deshalb war sie wohl auch unterwegs auf dem Trampelpfad so wütend gewesen. Sie konnten wahrscheinlich verhindern, daß Cable sie vergewaltigte, was er ohnehin nicht tun würde. Und schließlich war Herbert auch noch da. Doch falls sie Cable nachgab, damit nach ihrem Mann gesucht würde, konnten sie nichts dagegen unternehmen.

Bill spülte sich die Seife ab. »Ich rasier' mich noch«, sagte er. »Geh ruhig schon mal vor.«

Jay ging zum Feuer vor dem Küchenzelt. Zwei der Boys befestigten gerade ein Moskitonetz vor dem Zelteingang. Insekten schwärmten um Jays Kopf. Er verscheuchte sie und ging ins Zelt. Lew Cable saß schon da. Der Tisch war nur für vier gedeckt. »Wo ist Eve?« fragte Jay.

»Sie ißt in ihrem Zelt.«

»Fühlt sie sich nicht gut?«

»Ich hab' es ihr empfohlen. Sie steht unter starker seelischer Anspannung.«

»Wieso?«

»Das können Sie sich doch denken, Jay«, sagte Cable. »Das Camp ihres Mannes. Und der Dschungel, wo seine Leiche liegt.«

»Hat sie schon einen Drink gehabt?«

»Nein«, sagte Cable. »Es ist besser, wenn sie keinen bekommt.«

Jay goß Whisky in einen Pappbecher.

»Lassen Sie sie in Ruhe«, sagte Cable.

»Weshalb?«

»Weil ich es sage.«

Jay mischte etwas Zitronensaft unter den Whisky. Im Licht der Zeltlampe sah er Cables zorniges Gesicht; er hatte das Kinn vorgestreckt, und die Augen blitzten wütend. Jay stand auf, Cable rührte sich nicht. Er war unschlüssig. Jay ging über die Lichtung zu Eves Zelt.

»Eve«, rief er.

»Ja?«

»Ich bin's, Jay. Möchten Sie einen Drink?«

»Ich weiß nicht.« Ihre Stimme klang heiser. »Kommen Sie doch herein.«

Er verscheuchte die Insekten, duckte sich und ging unter dem Moskitonetz hindurch. Eve saß auf dem Feldbett und zündete sich gerade eine Zigarette an. Sie hatte geweint. Sie sah schön und traurig aus. Er reichte ihr den Whisky.

»Trinken Sie.«

»Meinen Sie, daß das gut für mich ist?«

»Ich habe schon drei getrunken«, sagte er.

Sie nahm einen Schluck. »Ich weiß nicht, warum ich mich so dumm verhalte.«

»Es ist ja auch ziemlich trostlos hier.«

»Ja. Und auf einmal sind alle so sonderbar.«

»Das bilden Sie sich ein.«

»Ich weiß nicht. Niemand hat mit mir geredet, als ich ankam. Und Lew hat gesagt, ich sollte besser in meinem Zelt zu Abend essen.«

»Wollen Sie das nicht?«

»Natürlich nicht.«

Der gute alte Cable, dachte Jay. Der Ex-Footballspieler von der Uni in Georgia oder Gott weiß wo. »Trinken Sie aus«, sagte er. »Dann gehen wir zum Essen.«

»Meinen Sie, es geht in Ordnung?«

»Natürlich. Ich sollte Sie holen. Mr. Palmer hat Sie vermißt. Bill hat Sie vermißt. Ich habe Sie vermißt.«

»Sie sind ein fürchterlicher Lügner«, sagte sie. »Aber ich glaube Ihnen blind.«

»Mulu hat sie auch vermißt.«

»Ja, das hat er bestimmt.«

»Kommen Sie.«

Sie legte Lippenstift auf und etwas Puder um die Augen, und dann verließen sie das Zelt. Herbert stand draußen. Er hatte sich ein Taschentuch über das Gesicht gebunden, um die Insekten fernzuhalten.

»Was machen Sie?« fragte Eve.

»Nichts.«

»Es wäre besser, wenn Sie hinter einem Moskitonetz blieben.«

Herbert rührte sich nicht. Jay konnte sein Gesicht nicht sehen. Das war auch nicht nötig. Er wußte, daß es mürrisch war. Sie ließen ihn vor Eves Zelt stehen und überquerten die Lichtung. »Armer Kerl«, sagte Eve.

Sie gingen ins Küchenzelt. Bill und Mr. Palmer waren da. Lew Cable starrte Jay wütend an.

»Eve hat sich doch noch entschlossen, mit uns zusammen zu essen«, sagte Jay.

»Schön.« Mr. Palmer rief durch das Netz: »Die *Memsahib* ißt mit, Mulu.«

»Ja, *Bwana.*«

Bill goß sich einen Drink ein. »Auch einen, Eve?« fragte er.

»Trinken wir alle einen«, sagte Mr. Palmer.

Cable trank nicht mit ihnen. Er saß außerhalb des Lichtkreises der Lampe und beobachtete Jay. Er beobachtete Jay während des ganzen Essens. Als sie fertig waren, stand er vom Tisch auf und ging zu Bett. Ein paar Minuten später gingen sie alle zu Bett.

19

Am Morgen, bei Tagesanbruch, wurden sie vom Kreischen der Affen geweckt. In den Bäumen wimmelte es von Stummelaffen mit ihrem schönen schwarzweißen Fell. Die Affen waren neugierig auf das Lager und die Menschen darin und führten lautstarke Debatten über die Eindringlinge. Jay frühstückte mit Bill. Dann ging Bill mit fünfzig Trägern und zwei Führern los, um noch mehr Vorräte von den Lastwagen zu holen.

»Denk an das Bier«, sagte Jay zu ihm.

Den ganzen Tag über bauten er und Mr. Palmer das Lager aus. Sie errichteten ein weiteres Zelt, schickten Träger zum Feuerholzsammeln los und ließen von anderen die Lichtung erweitern. Später füllten sie das Vorratszelt mit Proviant auf. In der Hitze war die Arbeit eine Strapaze, und beim Abendessen waren sie müde. Danach saßen sie zusammen mit Cable und Eve hinter dem Moskitonetz im Küchenzelt. Cable war den ganzen Tag mit Eve zusammen gewesen und hatte gute Laune. Er erzählte, wie sie an ihre Okapis kommen würden.

»Wir benutzen ein *zemu*«, verkündete er.

»Was in aller Welt ist ein *zemu?*« fragte Eve.

»Eine Grube. Die Pygmäen sollen uns ein Dutzend davon graben. Und die Okapis fallen da hinein.«

Mr. Palmer machte ein überraschtes Gesicht. »Wir fangen sie lebend?«

»Warum nicht?«

»Ich dachte, Sie würden sie sezieren.«

»Machen wir ja am Ende auch.«

»Warum schießen wir sie dann nicht?«

»Ich bin zu dem Schluß gekommen, daß es einfacher ist, Gruben zu verwenden.«

Jay warf Eve einen Blick zu, aber ihre Augen ruhten auf Cable. »Dann sitzen wir also nur hier im Lager rum?« fragte er Cable.

»Es wird genug Arbeit geben.«

»Aber suchen wir denn nicht nach Salles?« fragte Mr. Palmer.

»Wir werden sehen.« Cable vermied es, Eve anzusehen. »In erster Linie sind wir schließlich dem Museum verpflichtet.«

»Ganz recht«, sagte Mr. Palmer.

Eve sagte kein Wort. Ihr Gesicht war vollkommen ausdruckslos. Eine Ader an ihrem Hals pulsierte im Rhythmus des Herzschlags. So setzte Cable sie unter Druck, dachte Jay. Es war schon interessant zu beobachten. Aber was sollte er tun? Er empfand Wut und Hilflosigkeit.

»Kann ja trotzdem ein Auge offenhalten«, sagte Mr. Palmer weiter. »Vielleicht finde ich eine Spur von ihm.«

»Danke, Mr. Palmer«, sagte Eve.

»Wenn Sie wollen, nehm' ich Sie morgen mit«, bot Mr. Palmer von sich aus an. »Muß uns mal etwas Fleisch besorgen.«

»Ja, wenn ich darf?«

»Wir kommen beide mit«, sagte Cable.

Die Vorfreude verschwand aus Eves Gesicht.

»Wir brechen bei Tagesanbruch auf«, sagte Mr. Palmer. »Vielleicht erwischen wir einen Büffel.«

»Ist das nicht zu früh?«

»Büffel schlafen in den heißen Stunden des Tages«, sagte Cable.

»Sie haben schon wieder in Reisebüchern geschmökert«, sagte Jay.

Lew Cable ignorierte ihn. »Sie sollten jetzt zu Bett gehen, Eve.«

»Ja.« Eve stand auf. Jay bemerkte, daß sich ihre Brüste unter dem engen Pullover abzeichneten. »Tagesanbruch ist schon unverschämt früh«, sagte sie.

Mr. Palmer ging mit Eve zusammen aus dem Küchenzelt. Lew Cable kam zu Jay herüber. Er blickte auf ihn herab. »Verschonen Sie mich mit Ihren Bemerkungen, Pfadfinder«, sagte er.

»Okay.«

»Und lassen Sie die Finger von Eve.«

»Ich werde nicht ihren Mann dazu benutzen, sie in mein Bett zu kriegen«, sagte Jay, »wenn Sie das meinen.«

Er fragte sich, ob Cable ihn schlagen würde. Falls ja, wäre das höchst bedauerlich. Er sah wirklich sehr stark aus. Er hatte einen Bauchansatz, aber einen mächtigen Brustkorb und breite Schultern. »Dafür sollte ich Ihnen eigentlich eine verpassen«, sagte Cable.

Jay wollte aufstehen, aber er traute sich nicht. Er hatte Angst, Cable würde ihn schlagen.

»Wenn die Expedition vorbei ist, schlag' ich Sie zusammen«, sagte Cable.

»In Ordnung.«

»Sie denken wohl, ich bin dazu nicht fähig?«

»Doch, doch.«

»Ich bin's, aber mache es nicht«, sagte Cable. »Nicht jetzt. Ich möchte nicht, daß die Expedition auseinanderbricht.«

»Das ist sehr löblich.« Jay stand auf. Jetzt, da er stand, fühlte er sich wohler. So konnte er Cable gegen sein verletztes Knie treten, falls es brenzlig würde.

»Sparen Sie sich Ihren Sarkasmus«, sagte Cable. »Das ist kindisch.«

»In Ordnung.«

»Aber vergessen Sie nicht, Sie machen die Heimreise auf 'ner Tragbahre, wenn Sie Eve nicht in Ruhe lassen.«

»Ich habe ein exzellentes Gedächtnis.«

»Das höre ich gern.«

Jay ging in sein Zelt, zog sich aus und legte sich hin. Er zitterte ein wenig. Er fühlte sich einsam ohne Bill. In seinem Gespräch mit Cable hatte er sich nicht gerade heldenhaft verhalten. Jemand mit Mut hätte sich mit Cable geschlagen. Es gab mehrere Gründe dafür, warum er es nicht getan hatte. Der erste und wichtigste Grund war, daß er Angst hatte. Er wußte, Cable konnte ihn fertigmachen. Er war bestimmt über dreißig Pfund schwerer als Jay, und er hatte lange Zeit geboxt. Er hatte viele Kämpfe gewonnen. Das bedeutete zwar nicht allzu viel, aber etwas bedeutete es doch, vor allem für einen Gegner, der nie in seinem Leben geboxt hatte. Er hatte Angst gehabt, aber er konnte ehrlich sagen, daß er sich mit Cable geschlagen hätte, wenn er einen triftigen Grund gehabt hätte. Er ließ sich zwar einiges gefallen, aber er würde sich nicht alles gefallen lassen. Ein weiterer Grund war, daß er sich über Eve noch nicht ganz im klaren war. Er wußte nicht, ob sie wollte, daß man ihr half. Er wußte nicht einmal, wie sie zu Lew Cable stand. Er würde sich nicht zusammenschlagen lassen, um danach festzustellen, daß sie Cable mochte. Falls sich das herausstellte, stünde er am Ende da wie ein romantisch veranlagter Trottel. Er kriegte die Prügel, und Cable kriegte die Frau. Allerdings wurde Cable allmählich gemeingefährlich. Er mußte kämpfen oder sich mit dem zufriedengeben, was Cable ihm zugestand. Aber er würde den Kampf so lange wie möglich hinausschieben. Aber kämpfen würde er.

Lewis Cable, ehemaliger Spieler der amerikanischen Football-Nationalmannschaft, Gewicht 205 Pfund, bislang ohne Niederlage, kämpft gegen Jay Nichols, 170 Pfund, mit bloßen Fäusten bis zur Entscheidung. Mr. Cable hat elf Kämpfe als Amateurboxer gewonnen, alle durch K. o. Mr. Cable! (Applaus.) Und nun der Herausforderer, Mr. Nichols. Vor einem Jahr unterlag Mr. Nichols auf der 52sten Straße in New York einem Taxifahrer namens Max in einem kurzen Kampf um den Fahrpreis, den der Taxameter nicht anzeigte. Im Jahre 1933 verlor er einen Kampf gegen eine Ringerin mit schwarzem Schnurrbart in einer Bar gegenüber dem ›Zelli's‹ in Paris, und einige Jahre zuvor schlug er sich großartig im Kampf gegen drei Mitglieder von Spuds Donovans South-Side-Gang, die versuchten, ihm das Fahrrad zu stehlen, das er zu Weihnachten bekommen hatte. Das Fahrrad wurde später von der Polizei wiedergefunden. Mr. Nichols! (Applaus.)

Jay grinste im Dunkeln vor sich hin. Es war gut, daß er der Sache eine komische Seite abgewinnen konnte, wirklich gut.

Am Morgen waren die anderen bereits fort, als Jay zum Frühstück aus dem Zelt kam; er frühstückte allein und arbeitete dann an der Fotoausrüstung. Er sah Herbert vor Eves Zelt in einem Klappstuhl sitzen, aber er versuchte nicht, mit ihm zu sprechen. Herbert hatte seinen Panamahut gegen einen Tropenhelm ausgetauscht. Ansonsten sah er noch immer aus wie ein Zuhälter oder wie ein professioneller Wettbetrüger beim Pferderennen. Er hatte eine ungesunde Gesichtsfarbe. Jay fragte sich, warum er nicht abreiste, wenn er hier im Wald nicht glücklich war. Vielleicht blieb er nicht nur, weil Lucien Salles ihm ein stattliches Gehalt versprochen hatte. Vielleicht war er allen Ernstes in Eve verliebt. Falls ja, machte er einiges durch.

Am Nachmittag traf Bill mit den Trägern ein. Bills Kleidung war schlammverkrustet. »Scheißgegend!« sagte er. Juma brachte ihm etwas zu essen. Er war sehr müde von dem langen Marsch.

»Wo sind die anderen?« fragte er.

»Auf der Jagd.«

»Auch Herbert?«

»Nein. Er ist in Eves Zelt.«

Bill grinste. »Er ist ja nicht gerade das, was ich einen Naturliebhaber nennen würde.«

Es war schön, daß Bill wieder da war. Jay erzählte ihm von seinem Ärger mit Lew Cable. »So ein Dreckskerl«, sagte Bill. Er aß den Reisauflauf, den Juma ihm brachte. Er dachte nach. Er sagte: »Ich mache mir ernstlich Gedanken um Eve.«

»Wieso?«

»Ich glaube, ich bin ein bißchen verliebt in sie.«

Jay wußte nicht, ob er Spaß machte.

»Allerdings habe ich keine großen Hoffnungen«, sagte Bill.

»Du machst Witze.«

»Nein. Ich bin verliebt. Aber ich stoße nicht auf Gegenliebe.«

Jay dachte: ›Armer Bill!‹ Dann mußte es für ihn ja doppelt schlimm gewesen sein, daß Eve ihn einen Feigling genannt hatte. Falls er verliebt war. Das hätte er niemals vermutet.

»Oh, ich versuch's nicht zum erstenmal«, fügte Bill hinzu. »Da war zum Beispiel Katharine Cornell. *The Green Hat*. Weißt du noch? Und Virginia Bruce in dem Film über Barnum. Sie spielte Jenny Lind. Sie hatte so ein liebes und trauriges Gesicht. Sie und Jack Gilbert hatten sich gerade getrennt. Und Mary Martin, das kleine Mädchen, das *My Heart Belongs to Daddy* gesungen hat. Und noch andere. Auch alles unerwiderte Lieben.«

»Du bist ein richtiger Mormone.«

»Und jetzt Eve«, sagte Bill.

Die Träger hatten den Nachschub in der Mitte der Lichtung aufgestapelt. Bill sagte nichts mehr. Er begann, die wissenschaftlichen Geräte auszusortieren und sie ins Zelt zu den Kameras zu tragen. Jay war sich noch immer nicht sicher, ob er das mit Eve ernst meinte. Die Träger schafften die Kisten mit Konserven, die Unmengen von Bananen, die Beutel mit Salz, die Flechtkörbe mit Bananenmehl und getrockneten Bohnen ins Vorratszelt. Herbert kam, um Eves Sachen aus dem Stapel auszusortieren. Sein Gesicht war bleich, und er hatte rote Ränder um die Augen. Er hatte die ganze Zeit viel gehustet.

»Kommen sie bald zurück?« fragte er Jay.

»Da bin ich überfragt.«

»Ich hätte mitgehen sollen.«

»Ihr kann nichts passieren.«

»Da bin ich nicht so sicher«, sagte Herbert kopfschüttelnd. »Ich bin da ganz und gar nicht sicher.«

Er ging. Jay hörte ihn in Eves Zelt husten. Er sah den Trägern zu, wie sie die Bananen stapelten, und setzte sich dann mit Bill unter das Vordach des Eßzeltes. Es war windstill und sehr heiß. Juma kam zu ihnen herüber. Er grinste Bill an, zeigte dabei seine spitzen Zähne. »*Bwana,* Bier?« fragte er hoffnungsvoll.

»Gute Idee«, sagte Bill.

Das Bier war kalt. Auf den Flaschen perlten Wassertropfen. Jay kühlte sich mit der Flasche die Handflächen. Dann nahm er einen großen Schluck und ließ das herbmalzige Bier die Kehle hinunterrinnen.

»Ich frage mich, wovor Herbert wohl mehr Angst hat«, sagte Bill, »vor den Tieren oder Lew Cable und Mr. Palmer?«

»Er ist ein merkwürdiger Kauz.«

»Ich wette mit dir, daß er in Eve verliebt ist.«

»Natürlich.«

Bill grinste ihn an. »Dann wären wir schon drei, ich und Cable und Herbert.«

»Gestern abend«, sagte Jay, »hat Mr. Palmer sich gewünscht, er wäre zwanzig Jahre jünger.«

»Phantastisch!« Wenn Bill grinste, zeigten sich an seinem gesunden Auge Lachfältchen. »Allmählich würde sich jeder Sexualforscher nach uns die Finger lecken. Du hast dich noch nicht verliebt, oder?«

»Beim Abendessen ist mir aufgefallen, daß sie einen Busen hat«, sagte Jay.

Die anderen kehrten nach Sonnenuntergang zurück. Mit ihnen zusammen kamen zwölf neue Pygmäen. Mulu und die Pygmäen trugen Fleisch. Mr. Palmer sagte den Totos, sie sollten Becher, Whisky und Zitronensaft ins Küchenzelt bringen; dann ging er sich frischmachen. Auch Lew Cable ging in sein Zelt, aber Eve kam ins Küchenzelt.

»Ich brauche unbedingt was zu trinken«, sagte sie.

Bill nahm einen Pappbecher und mixte ihr einen Drink. Sie nahm einen großen Schluck. »Wie war der Dschungel?« fragte Jay.

»Das müssen Sie selbst erleben«, sagte Eve. »Unheimlich. Noch nie hab' ich so viele Bäume gesehen. Ich konnte nichts erkennen. Nichts als Bäume und Gestrüpp und Dreck. Ich habe Mr. Palmers Büffel erst gesehen, als er ihn erlegt hat.«

»Keine Okapis?«

»Spuren. Es war sehr aufregend. Und wir haben Luciens Fährte entdeckt.«

»Oh!« sagte Bill. »Das ist ja phantastisch.«

»Werden Sie der Spur folgen?« fragte Jay.

Ihr Ausdruck veränderte sich. »Das liegt bei Lew Cable.«

»Er wird nichts dagegen haben«, sagte Bill.

»Ja«, sagte sie. »Ich denke auch.«

Sie leerte ihren Becher und stand auf. Die Reithose betonte ihre gute Figur. Als sie aus dem Zelt ging, kamen Lew Cable und Mr. Palmer gerade herein. Sie sahen ihr nach, wie sie die Lichtung überquerte. Herbert wartete auf sie. Als sie ihn ansprach, lächelte er und ging Badewasser holen. Es war das erste Mal, daß Jay ihn lächeln sah.

»Haben Sie die Pygmäen bemerkt?« fragte Mr. Palmer Jay.

»Ja.«

»Sie werden für uns einen Tanz aufführen.«

»Heute abend?«

»Nein. Morgen. Das ganze Dorf kommt. Sind unterwegs auf sie gestoßen.«

»Wie war die Jagd?« fragte Jay.

»Es ging. Ich versuch's morgen noch einmal.«

»Im Wald wimmelt es von wilden Tieren«, sagte Lew Cable. »Überall Spuren, aber sehen kann man nichts.«

»Wir müssen eine Wasserstelle finden«, sagte Mr. Palmer. »Nur da haben wir eine Chance.«

»Wann werden Sie Salles' Spur aufnehmen?« wollte Bill von Cable wissen.

»Ich weiß nicht. Vielleicht in ein paar Tagen.«

Jay stieß gegen Bills Fuß. Er sah Jay an, mit wütendem Gesichtsausdruck, aber sagte nichts. Er ging mit Jay ins Zelt, um sich zu waschen.

»Reg dich doch nicht auf«, sagte Jay.

»So ein Mistkerl!« sagte Bill. »Ein Jammer, daß Eve ausgerechnet einem Typ wie ihm über den Weg laufen mußte.« Er war sehr wütend. »Ich werde ihm gehörig die Meinung sagen.«

»Das hat doch keinen Sinn.«

»Ich tue's trotzdem.« Bill sah Jay an. »Du hast doch keine Angst vor ihm, oder?«

»Doch.«

»Der alte Jay.« Bill starrte Jay an. »Ich hätte nie gedacht, daß *du* feige bist.«

»Nein?« sagte Jay. »Komm. Waschen wir uns. Das Abendessen wartet.«

20

Die Pygmäen verhielten sich den Weißen gegenüber sehr scheu. Sie lagerten am Rande des Waldes jenseits der Lichtung. Den ganzen Morgen über waren immer mehr von ihnen gekommen; sie brachten etwas zu essen mit und Bananenbier und Speere und Pfeil und Bogen und Trommeln, die aus hohlen Baumstümpfen gefertigt waren. Ihre Körper waren rotweiß bemalt. Die Frauen und Kinder kamen mit ihnen. Sie waren alle aufgeregt. Sie hatten schon einmal für Weiße getanzt, und sie wußten, daß sie Salz und Tabak bekommen würden. Sie waren auch wegen des Tanzes aufgeregt. Gegen Mittag hatten sich fast einhundert Pygmäen auf der anderen Seite der Lichtung versammelt, und es kamen immer mehr. Die Buschtrommeln riefen sie herbei. Der Tanz sollte bei Sonnenuntergang beginnen.

Kurz vor dem Mittagessen kamen Bill und Mr. Palmer zurück ins Lager. Mr. Palmer hatte noch einen Büffel geschossen. Er hatte Mulu bei dem Tier zurückgelassen. Er rief Juma und sagte ihm auf Suaheli, er solle Träger mitnehmen und das Fleisch ins Lager schaffen.

»Ja, *Bwana*«, sagte Mulu.

Bill hatte einen Armvoll Urwaldpflanzen und ein Dutzend blaulilane Orchideen. »Wo ist Eve?« fragte er Jay.

Lew Cable sagte: »In ihrem Zelt.«

»Ich habe ein paar Orchideen für sie.«

»Ich bring' sie ihr«, sagte Cable.

»Nein, das tun Sie nicht.«

Cable sah ihn an. »Ich bin auf dem Weg zu ihrem Zelt.«

»Nur zu. Ich gebe sie ihr dann beim Mittagessen.«

Cable ging. Jay sah, daß er wütend war. Bill grinste.

»Was ist wegen Salles beschlossen worden?« fragte Jay Mr. Palmer.

»Cable hat nichts gesagt.«

»Das wird er auch nicht.« Bill wurde plötzlich ernst. »Nicht, bevor er Eve kriegt.«

Mr. Palmer schwieg.

»Wir sind wirklich ein hübscher Haufen Männer«, sagte Bill. »Alle haben wir Angst vor ihm.«

»Nun hör aber auf, Bill«, sagte Jay.

»Stimmt doch.«

»Das würde ich nicht sagen«, sagte Mr. Palmer.

»Wenn es nicht so wäre, würden wir Salles suchen, Cable hin oder Cable her.«

»Ich würde ja gern nach Salles suchen, ihr Draufgänger«, sagte Mr. Palmer leise.

»Warum tun Sie's dann nicht?«

»Es ist mein Job, zu tun, was Cable will. Dafür werde ich bezahlt.

»Also haben Sie Angst.«

»Nun hör endlich auf, Bill«, sagte Jay.

»Er hat Angst, wenn er zuläßt, daß Cable Eve zu etwas zwingt.«

»Es ist sein Job«, sagte Jay.

»Er ist ja wohl kein mieser Zuhälter, oder?«

»Vorsicht, ihr Grünschnäbel«, sagte Mr. Palmer.

»Trink erst mal was, Bill.«

»Es ist Sache der Lady«, sagte Mr. Palmer. »Sie kann schließlich jederzeit wieder nach Hause fahren. Ist einzig und allein ihre Entscheidung. Tut mir sehr leid. Aber ich mische mich da nicht ein, solange er sie nicht gerade vergewaltigt.«

»Ganz genau«, sagte Jay.

»Ich brauche auch was zu trinken«, sagte Mr. Palmer.

Bill sagte nichts. Er war wütend, aber auch nachdenklich. Einer der Boys brachte ihnen den Whisky und den Zitronensaft. Jay dachte, daß Mr. Palmer sich sehr gut verhalten hatte. Er sah zu, wie er die Drinks mixte. Er hatte keineswegs den Respekt vor ihm verloren, nur weil er Bill gegenüber die Beherrschung bewahrt hatte. Es machte ihn sogar noch stärker.

Mr. Palmer grinste ihn an. »Eine wunderbare Sache, Whisky.«

Eve und Cable kamen ins Küchenzelt. »Ich habe gehört, Sie haben mir ein Blumenbukett mitgebracht«, sagte Eve zu Bill.

»Wie? Oh. Ja. Hier.«

Bill gab ihr die Orchideen. »Sind die schön!« sagte sie.

»Sie können sie beim Pygmäentanz tragen«, sagte Jay.

Eve lächelte. Mit den Orchideen an der Schulter sah sie wunderschön aus. Ihre Augen hatten fast den gleichen Farbton wie das Blaulila der Blumen. Sie bedankte sich bei Bill.

Cable sagte: »Wie wär's jetzt mit Essen?«

Sie stellten die Stühle an den Tisch. Es gab Schinken- und Käseaufschnitt und gedünstete Tomaten und Weißbrot. Der Koch hatte auch ein Glas eingelegte Gurken geöffnet. Mr. Palmer saß neben Bill. »Es tut mir leid«, sagte Bill.

»Was tut Ihnen leid?« fragte Cable.

»Etwas, das ich zu Mr. Palmer gesagt habe.«

»Ist schon gut.« Mr. Palmer legte seine Hand auf Bills Schulter. »Ist schon vergessen.«

»Wir dürfen nicht nervös werden«, sagte Cable.

»Es war wirklich belanglos«, sagte Mr. Palmer.

Cable sah Eve über den Tisch hinweg an. »Wir sollten alle versuchen, vernünftig zu sein«, sagte er.

Der Schinken war lachsrosa und sehr dünn geschnitten, und er schmeckte leicht nach Knoblauch. Jay und Mr. Palmer aßen mit großem Appetit. Sie teilten sich zusammen eine der großen Flaschen Bier. Die anderen wollten nichts davon. Bill hatte keinen Hunger. Cable sah Eve über den Tisch hinweg dauernd an und lächelte dabei. Ihr Gesicht wirkte etwas traurig. Sie trug Bills Orchideen an der Schulter. Bevor das Mittagessen vorbei war, bedankte sie sich erneut bei Bill und verließ das Zelt. Cable folgte ihr.

»Hast du den Burschen beobachtet?« fragte Bill Jay.

»Was hat er denn getan?«

»Sie ständig angesehen.«

»Kann's ihm nicht verdenken«, sagte Mr. Palmer.

Sie sah *wirklich* verflucht schön aus, dachte Jay. Das war ja das Problem. Er fragte sich, ob er sich nicht selbst langsam für sie interessierte. Zu Anfang hatte er nur Mitleid mit ihr gehabt, weil er Cable nicht mochte. Jetzt war er sich nicht mehr sicher.

»Möchte jemand mitkommen, wenn ich mit den Pygmäen rede?« fragte Mr. Palmer.

»Ja, ich.«

»Was ist mit Ihnen, Bill?«

»Ich muß ein paar blöde Blumen pressen.«

Mr. Palmer holte Mulu, der gerade mit dem toten Büffel zurückgekommen war, und den Anführer der Träger, und sie gingen zum Pygmäenlager. Mr. Palmer sollte mit Mulu sprechen, der für den Anführer übersetzen würde, der für die Pygmäen übersetzen würde. Als sie die Lichtung überquerten, flohen die Frauen und Kinder und etwa die Hälfte der Männer in den Wald. Die übrigen Pygmäen blickten verängstigt aus großen, erschreckten Augen. Auch sie waren fluchtbereit. Der Häuptling und einige andere stellten sich ängstlich in einer Reihe vor den Weißen auf. Die Pygmäen waren alle etwa einen Meter zwanzig groß, und sie trugen dunkelrote Baumrinde als Lendenschurz, der rechts und links wie eine Windel befestigt war. Ihr Haar war schwarz und schmiegte sich in dichten Locken eng am Kopf an. Der Häuptling trug eine Perücke aus Affenfell.

Mr. Palmer schenkte dem Häuptling fünf Zigaretten und jedem der übrigen eine. Die Unterhaltung lief, soweit Jay das beurteilen konnte, erstaunlich gut. Mr. Palmer wollte wissen, ob sie gern jagten? Ja? Mr. Palmer jagte auch gern. Sie waren alle Jäger. Sie waren alle Brüder. Die Pygmäen nahmen diese Eröffnung gelassen auf. Kannten sie das Iturigebiet gut? Ja. Würden Sie den weißen Männern helfen, ein Okapi zu fangen? Dies löste eine kurze Diskussion aus. Mr. Palmer schenkte ihnen noch mehr Zigaretten. Der Häuptling hielt sechs Finger hoch. Der Anführer der Träger sagte etwas zu Mulu, der es in Suaheli übersetzte.

»Gut«, sagte Mr. Palmer.

»Worum geht's?« fragte Jay.

»Sie graben morgen sechs Okapigruben.«

Mr. Palmer gab den Pygmäen seine letzten Zigaretten. Ein paar von den Frauen kamen aus dem Dschungel. Die Pygmäen verbreiteten einen strengen Geruch. Jay sah einen kleinen fahlen Hund mit Ringelschwanz. Er wußte nicht, daß die Pygmäen Hunde hatten. Er folgte Mr. Palmer zurück zum Küchenzelt.

»Sie sind ja richtig sprachbegabt«, sagte er.

»Aber nein«, sagte Mr. Palmer.

»Warum haben Sie uns nicht erzählt, daß Sie die Sprache der Pygmäen sprechen?«

»Hab' ich bis heute selbst nicht gewußt.«

Sie tranken etwas Whisky. Sie fühlten sich beide gut. Sie hatten das Gefühl, daß die Okapis so gut wie gefangen waren. Vom Vorzelt aus konnten sie die Pygmäen sehen. Es kamen noch immer Frauen aus dem Wald. Ihre Brust war nackt, und ihre Lendenschurze waren schmaler als die der Männer. Einige von ihnen trugen Schmuckreifen an den Handgelenken und Fesseln.

»Bei uns zu Hause sollten sich die Frauen auch so kleiden«, sagte Jay.

»Dann gäb's aber keine Überraschungen mehr.«

»Gibt sowieso nicht mehr viele«, sagte Jay.

»Nein. Schade eigentlich.«

»Wieso?«

»Weiß nicht genau.« Mr. Palmer trank einen langen Schluck Whisky. »Hab' mal versucht, dahinterzukommen. Als junger Spund hatten Frauen für mich etwas Geheimnisvolles. Sozusagen was von einer Göttin. Du konntest von Glück sagen, wenn du eine bekamst. Ich meine natürlich die richtige, mit der du durch dick und dünn gehen konntest. Mit ihr zu schlafen war etwas Heiliges. Du durftest sie nicht kränken. Statt dessen mußtest du sie beschützen. Sie beschirmen. So warst du ständig beschäftigt.«

»Das kann ich mir vorstellen.«

»Heute flucht eine junge Frau wie ein Gefreiter und zeigt ihren Körper. Schläft mit jedem, der ihr gefällt. Verdient ihr eigenes Geld. Ist völlig unabhängig. Heiraten? Ja. Aber es ist ein Geschäftsvertrag. Gegründet auf Gegenseitigkeit. Wenn einer von beiden die Nase voll hat, wird Schluß gemacht.«

Mr. Palmer blickte starr auf das Pygmäenlager. Seine Stirn war ab da weiß, wo der Stetson die Haut vor der Sonne geschützt hatte. Sein übriges Gesicht war rot. Jay sah, daß es ihm Ernst war.

»Weiter«, sagte er.

»Rede ich zuviel?«

»Überhaupt nicht.« Jay goß Whisky und Wasser in Mr. Palmers Becher. »Aber meinen Sie denn, daß wir das Recht haben, sie dazu zu zwingen, etwas zu sein, was sie nicht sein will?« Mr. Palmer nahm den Becher mit Whisky. »Was ist mit ihrer Freiheit?«

»Ich glaub' nicht, daß sie sie will«, sagte Mr. Palmer. »Ich denke, sie hat sie, weil wir schwach werden.«

»Das klingt ja ziemlich philosophisch.«

»Nicht wahr? Aber Afrika bietet sich dazu an, philosophisch zu sein.«

Bill kam um die Ecke des Küchenzeltes. »Was hör' ich da?« fragte er. »Hat hier jemand was von philosophisch gesagt?« Seine Wut war verflogen.

Jay gab ihm einen Drink. Bill nahm ihn und setzte sich. »Philosophisch, was für ein großartiges kleines Wort«, sagte er. »Und ich bin ein großartiger kleiner Philosoph.«

»Mr. Palmer meint, wir werden schwach«, sagte Jay zu ihm, »weil die Frauen mittlerweile die gleichen Rechte haben.«

»Nicht ganz«, wandte Mr. Palmer ein. »Eher umgekehrt.«

»Das müssen Sie uns erklären«, sagte Bill.

»Ich bin mir selbst noch nicht ganz im klaren.«

»Erzählen Sie's uns trotzdem«, sagte Bill. »Ich war schon immer gegen die Gleichberechtigung der Frau, aber begründen konnte ich es eigentlich nie.«

»So interessant ist es auch wieder nicht.«

»Schießen Sie los«, sagte Jay.

»Na schön«, sagte Mr. Palmer, »ich bin eines Nachts zu dem Schluß gekommen, daß die Gleichberechtigung der Frau ein Symptom für den Niedergang der Rasse ist.« Er lächelte sie an. »Wie die Arbeitslosenunterstützung und die Arbeitslosen. Und Mehrfamilienhäuser.«

»Ich dachte immer, sie wäre ein Sieg für Leute wie Dorothy Thompson und Carrie Nation«, sagte Bill.

»Nein. Es gäbe keine Gleichberechtigung, wenn wir nicht wollten, daß die Frauen sie haben. Schließlich gibt es ja auch in einem Land, das noch nicht zivilisiert wurde, keine Gleichberechtigung, oder?«

»Stimmt«, sagte Jay. »Aber was hat das mit dem Niedergang der Rasse zu tun?«

»Ganz einfach. Ehefrauen und Kinder sind in einem Land wie Afrika ein Zeichen für Wohlstand. Je größer der Stamm ist, desto mächtiger ist er. Söhne und Töchter helfen auch bei der Hausarbeit mit. Aber in London sind Kinder eine Belastung. Reiche können sie sich leisten. Sonst niemand. Auch die Ehefrau ist eine Belastung. Man muß sie finanzieren. Verstehen Sie?«

»Einigermaßen.«

»Genau. Also geben wir den Frauen die gleichen Rechte. Lassen sie ihren Lebensunterhalt selbst verdienen. Dann müssen wir sie nicht unterstützen. Senken ihre Moral, damit wir sie nicht zu heiraten brauchen, wenn wir mit ihnen schlafen wollen. Bringen ihnen auch Verhütungsmethoden bei. Dann gibt's keine Kinder.«

»Und lassen sie in dem Glauben, daß sie das alles für sich selbst tun«, sagte Jay.

»Ganz recht«, sagte Mr. Palmer. »Je weniger wir sie brauchen, desto mehr Rechte bekommen sie.«

»Und desto schneller rutschen wir den Berg der rassischen Dekadenz hinab«, sagte Bill.

»Die Italiener sind oben auf dem Gipfel«, sagte Mr. Palmer. »Die Deutschen auch. Sie verehren die Mutter. Für jedes Kind mehr gibt's eine Prämie. Der Platz der Frau ist im Haus und so weiter.«

»Und im Bordell«, sagte Bill.

»Ja«, sagte Mr. Palmer. »Zu wenig Bordelle ist ein weiteres Symptom für Dekadenz.«

»Mein Gott!« sagte Jay. »Wenn man euch reden hört!«

»Ein neues Buch«, sagte Bill, *»Der Untergang des Bordells,* von Oswald Palmer.«

Sie alle lachten. Lew Cable kam ins Zelt. Er sah sehr groß aus, wie er so im Eingang stand. »Sie sind zu laut«, sagte er.

»Entschuldigung«, sagte Mr. Palmer.

»Eve versucht zu schlafen. Sie fühlt sich nicht gut.«

»Entschuldigung.«

»Haben Sie nichts zu tun? Jay, warum machen Sie keine Fotos von den Pygmäen?«

»Er macht sich sofort an die Arbeit, Boß«, sagte Bill.

»Lassen Sie die Scherze«, sagte Cable.

»Wieso?«

Cable ging zurück zu Eves Zelt. »Schlaf kriegt sie jede Menge«, sagte Bill, während er ihm nachsah.

Mr. Palmers blaue Augen blickten Bill an. »An Ihrer Stelle wär' ich vorsichtig, mein Junge«, sagte er.

»Zur Hölle mit ihm«, sagte Bill.

21

Jay holte die Leica und versuchte, die Pygmäen zu fotografieren, aber er war nicht besonders erfolgreich. Der einzige Pygmäe, den er fotografieren konnte, war der jüngere von den beiden, die sie ins Iturigebiet geführt hatten. Die Frauen und die Kinder und die Hunde liefen in den Wald, als er sich dem Lagerplatz näherte, und als er die Kamera auf die Krieger richtete, drehten sie ihm den Rücken zu. Der Führer war der einzige, der sich fotografieren ließ. Sein Name war Kleine Orchidee. Er war schon einmal fotografiert worden. Jay machte ein paar Aufnahmen von ihm. Dann schenkte er den Pygmäen Zigaretten. Sie nahmen sie zaghaft an, drehten ihm aber den Rücken zu, als er die Leica auf sie richtete. Er machte wieder ein Foto von Kleine Orchidee, um ihnen zu zeigen, daß sie nichts zu befürchten hatten. Sie sahen zwar interessiert zu, ließen sich aber trotzdem nicht fotografieren. Er machte eine Nahaufnahme vom rotgrau bemaltem Kopf von Kleine Orchidee. Die Pygmäen verbargen ihr Gesicht, als er sich ihnen zuwandte. Er machte ein Foto von Kleine Orchidee, wie er mit einem Speer posierte. Er fotografierte Kleine Orchidee, während er einen Pfeil abschoß. Er fotografierte Kleine Orchidee, wie er um Salz bettelte. Er fotografierte Kleine Orchidee neben dem Kopf des Büffels. Er fotografierte Kleine Orchidee, wie er eine Kalabassenpfeife rauchte. Kleine Orchidee amüsierte sich großartig. Er hatte sich bereits zwei Dutzend Zigaretten verdient. Die anderen wollten sich nicht fotografieren lassen. Zur Hölle mit ihnen, dachte Jay schließlich. Vielleicht hatte Kleine Orchidee die fotografischen Exklusivrechte für das ganze Gebiet.

Er ging in sein Zelt, zog die Stiefel aus und legte sich aufs Bett. Im Zelt war es heiß, und es roch nach Zeltleinwand, also stand er auf und band die Eingangslasche hoch. Langsam durchströmte ein warmer Luftzug das Zelt. Er lag auf dem Rücken und wurde augenblicklich schläfrig. Er hatte in der Nacht nicht gut geschlafen. Er wollte bis zum Abendessen schlafen. Das leise Summen der Insekten vor dem Moskitonetz beruhigte ihn.

Er dachte über Afrika nach. Ein wirklich schönes Land. Ihm war, als hätte er schon immer hier gelebt. Tatsächlich war er erst seit drei Wochen da. Doch Amerika kam ihm unwirklich vor. Es war kaum vorstellbar, daß es Aufzüge und Siphons und Nachtclubs und Taxis gab. Es war seltsam, aber je weiter Amerika in die Ferne rückte, desto lebendiger wurde er. Die dumpfe Verzweiflung, die ihn nach Lindas Tod befallen hatte, war verschwunden. Der Gorillamord, der Ärger mit Cable, das kribbelnde Gefühl in der Magengrube, das Eve bei ihm auslöste und das seinen Puls beschleunigte, trugen dazu bei, aber in erster Linie lag es an Afrika. Er dachte einen Moment an Linda, und die Erinnerung war plötzlich anders; noch schmerzhaft und traurig und bitter und unabänderlich, aber nicht mehr unmittelbar. Es war wie die Erinnerung an seine Mutter und seinen Vater. Linda war jetzt seit einem Jahr tot, aber es kam ihm viel länger vor. Das lag an Afrika. Die Zeit war anders in Afrika. In den dreißig Sekunden, bevor man die gelbe, blitzschnelle massige Gestalt eines angreifenden Löwen zur Strecke brachte, lebte man ein Jahr. Eigentlich zehn Jahre, dachte er. So schnell konnte man zu Hause nicht leben. Außer, es war Krieg. Er war nicht im Krieg gewesen, aber er stellte ihn sich ähnlich vor. Hier war einem der Tod nah; er lauerte im Gras, bewegte sich schwerfällig durch den Dschungel, lag auf den Ebenen, schlich nachts um die Zelte herum, döste im Dickicht; er war in der Luft, im Wasser, in der Erde.

Linda hätte bestimmt nicht gewollt, daß er ewig um sie trauerte. Wohl, daß er an sie dachte, ihre gemeinsame Liebe in bittersüßer Erinnerung behielt, aber nicht, daß er trauerte. Er hatte genug getrauert. *Ach Linda, mein Liebling, ich habe genug getrauert.* Es klang wie der Anfang eines Sonetts. Zum Teufel mit Sonetten.

Juma brachte die Leinenwanne und zwei Eimer warmes Wasser. Jays Kopf war dumpf vom Schlafen in der Hitze, und er massierte sich den Nacken. Bill war im Zelt und rasierte sich. Er hatte ihn nicht hereinkommen hören. Jay zog sich aus und stieg in die Wanne und wusch sich gründlich im Stehen. Er spritzte sich mit dem Wasser naß und seifte sich ein. Die Seife war leicht parfümiert. Er wünschte, er könnte sich in die Wanne legen, aber sie war zu klein. Badewannen waren das einzige, das er wirklich aus Amerika vermißte. Er spülte sich die Seife vom Körper und trocknete sich ab. Er fühlte sich besser. Das dumpfe Gefühl in seinem Kopf war verschwunden.

»Dieser verdammte Cable«, sagte Bill.

»Was hat er denn nun wieder angestellt?«

»Nichts Neues. Es wurmt mich einfach, daß er ständig um Eve herumscharwenzelt.«

»Beachte ihn einfach nicht«, sagte Jay. »Ich beachte ihn schließlich auch nicht, oder?«

»Aber nur, weil du dir nicht so viel aus Eve machst.«

»Ich mag sie sehr.«

»Sicher. Aber das ist nicht dasselbe.«

»Vielleicht nicht.«

»Bestimmt.«

»Jedenfalls ist es ihr Problem. Sie kann mit ihm schlafen, oder sie kann nach Lubero zurückgehen.«

»Aber es ist so ein mieser Trick!« Bill regte sich wieder auf.

»Mischst du dich eigentlich jedesmal ein, wenn jemand einen miesen Trick versucht?«

»Nur dann, wenn jemand seine Macht ausnutzt, um eine Frau zu zwingen, mit ihm ins Bett zu gehen.«

»Du solltest nach Hollywood gehen«, sagte Jay. »Da kämst du voll auf deine Kosten.«

Bill setzte an, um etwas zu sagen. Dann lachte er. »Der gute alte Jay, unser Zyniker.«

»Na, sicher.«

Bill ging voraus ins Küchenzelt. Jay beschloß, sich zu rasieren. In einem der Eimer war noch etwas Wasser übrig. Er tauchte den Rasierpinsel hinein und seifte sich das Gesicht ein. Armer Bill. Er machte eine schlimme Zeit durch. Schlimmer konnte es kaum kommen. Er wußte nicht, wie ernsthaft Bill in Eve verliebt war, aber es hatte ihn zweifellos getroffen, als sie ihn einen Feigling nannte. Und nun mußte er mit ansehen, wie ein anderer Mann versuchte, sie in sein Bett zu kriegen. Er hoffte, er würde nichts Gewalttätiges unternehmen. Er hoffte, er würde nicht versuchen, sich mit Cable zu schlagen. Das hätte fatale Folgen.

Es war noch immer heiß. Er zog sich ein sauberes Hemd und die braune Jagdjacke mit Patronenschlaufen an, die er in Nairobi gekauft hatte. Als er aus dem Zelt trat, war die Sonne verschwunden, aber es war noch nicht dunkel. Die Pygmäen hatten auf ihrer Seite der Lichtung drei Feuer angezündet. Neben einem davon tanzten ein halbes Dutzend Pygmäen. Der Anführer bestimmte den Ryhthmus, indem er zwei Stöcke gegeneinander schlug. Einer der Stöcke klang hohl. Die übrigen Pygmäen sangen leise. Einer der Totos brachte gerade Proviant ins Küchenzelt. Jay sah, daß Herbert neben Eves Zelt stand und den Pygmäen zusah; er ging zu ihm hinüber.

»Wie finden Sie die?« fragte er.

Herbert fuhr zusammen. »Verdammt!« Er hatte eine kleine automatische Pistole hervorgezogen. »An Ihrer Stelle würde ich das lassen.« Er steckte die Automatik zurück in ein Schulterhalfter.

»Die Pistole wird Ihnen im Dunkeln nicht viel nützen«, sagte Jay.

»Wieso nicht?«

»Mr. Palmer sagt, es gibt hier in der Gegend Leoparden.«

Herbert hatte sich ein Taschentuch über das Gesicht gebunden, um die Insekten fernzuhalten. »Wie soll ich sonst auf sie aufpassen?« fragte er.

»Vergessen Sie's.«

»Das kann ich nicht machen. Es ist mein Job.« Er hustete. »Ich halte mein Wort.« Er wandte sich von Jay ab. Sein Nacken war völlig von Insekten zerstochen.

Jay ging langsam zum Küchenzelt. Er sah das Licht der Zeltlampen, die drinnen brannten, der fahle Schein hob sich gegen das Tageslicht ab. Der Pygmäe mit dem hohlen Stock schlug noch immer den Takt *tock-tock, tock, tock; tock-tock, tock, tock*, und immer mehr Pygmäen tanzten. Ihre Haut sah im Feuerschein kupferbraun aus. Eve war mit Bill und Mr. Palmer im Küchenzelt. Er hatte ein seltsames Gefühl in der Magengegend, als sie ihn anlächelte. In dem sanften Licht sah sie wunderschön aus. Ihre Bluse stand am Hals offen, und er sah die feste weiße Haut oberhalb ihrer Brüste.

Bill goß ihm einen Drink ein. Er konnte Getreide und Malz und Rauch in dem Whisky schmecken. Lew Cable kam ins Zelt und setzte sich neben Eve. »Ich habe alles arrangiert; der Tanz beginnt, sobald wir gegessen haben.«

»Schön«, sagte Eve. »Was für einen Tanz führen sie vor?«

»Einen Jagdtanz, glaube ich«, sagte Mr. Palmer.

»Hoffentlich kommen sie nicht auf die Idee, uns zu jagen«, sagte Jay.

»Keine Gefahr.«

»Kriegen wir auch irgendwelche Rituale zu sehen?« fragte Eve.

»Wie meinen Sie das?« fragte Cable.

»Irgendwas mit Tieren. Leuten, die gemartert werden. Menschenopfer. Ziegen und Fledermäuse und so. Sie wissen schon.«

»Fürchte, nein«, sagte Mr. Palmer.

»Wie enttäuschend!«

Zum Abendessen gab es Büffel. Das Fleisch war so lange gekocht worden, daß es nur noch wenig Geschmack hatte, aber es war noch immer zäh. Zum Nachtisch gab es irgendeinen englischen Pudding mit einer Butter-Rum-Soße. Für Jay schmeckte jeder englische Pudding so, als wäre er aus alten Brotresten und Feigen und kleingehackten Blättern unter Zugabe von ein paar Zweigen zubereitet worden, aber Mr. Palmer aß drei Portionen. Er trank außerdem eine ganze Menge Whisky. Auch Bill trank sehr viel. Sie waren beim Essen ausgesprochen redselig und sehr fröhlich. Sogar Lew Cable war heiterer Stimmung, aber es lag Spannung in der Luft. Von Zeit zu Zeit trat Stille ein, und sie konnten den Gesang der Pygmäen hören.

Die Pygmäen hatten mit dem Tanz begonnen. Sie konnten sie vom Küchenzelt aus sehen. Ein sehr alter Pygmäe sang mit schriller Stimme, und ein paar von den Männern bildeten den Chor. Sie wiederholten die letzte Zeile jeder Strophe. Drei Freudenfeuer formten ein unregelmäßiges Dreieck, um das die anderen Pygmäen herumtanzten. Durch die Flammen und den Schweiß sahen ihre Körper kupferfarben aus. Die Frauen kauerten am Rand des Feuerscheins. Sie klatschten den Tänzern den Rhythmus. Der Gesang war leise, und das Händeklatschen der Frauen war leise. Der Mann mit dem hohlen Stock führte die Tänzer an. Über den Gesang hinweg war das Knistern des brennenden Holzes zu hören.

Cable führte sie vom Küchenzelt zu einem gefällten Baumstamm hinter dem Hauptsänger. Von dort durften sie dem Tanz zusehen. Die Pygmäen bemerkten sie nicht. Sie waren bereits völlig in der Musik versunken, und ihre Gesichter sahen traurig und geistesabwesend aus.

»Kommt, wir tanzen mit«, sagte Bill.

»Du bist ja betrunken.«

»Klar.«

»Es ist ein feierlicher Tanz«, sagte Jay.

»Ich bin sehr feierlich gestimmt.«

»Ruhe«, sagte Lew Cable.

Nach einer Weile steigerte der »Hauptmusiker« das Tempo seines Gesangs, und die Tänzer begannen, mit kleinen Schritten die Feuer zu umkreisen. Ein Mann kam mit einer Buschtrommel aus dem Wald und schlug mit der flachen Hand den Takt. Der Tanz schien keinerlei Regeln unterworfen. Die Pygmäen tanzten oder setzten sich nach Lust und Laune hin, und es gab keine vorgeschriebenen Schritte oder Bewegungen. Wenn ein Pygmäe müde wurde, setzte er sich neben den Alten auf den Boden und trank Bananenbier. Hin und wieder sprang einer mit frischen Kräften auf und vollführte ein kompliziertes Solo. Dann stampften die übrigen den Takt mit ihren nackten Füßen auf der Erde. Die Frauen wurden mutiger und kamen näher an die Tänzer heran. Sie klatschten leise in die Hände. Jetzt tanzten etwa vierzig Männer. Der Klang der Trommeln und der Hände und Füße und des Chores und der Stimme des ›Hauptmusikers‹ war gedämpft.

Jay sah, daß Cable seinen Arm um Eve gelegt hatte. Er wandte sich ab, damit er sie nicht sehen mußte. Er schaute dem Tanz eine ganze Weile zu. Er fand ihn nicht besonders interessant, und der Baumstamm war hart, und er stand auf und verließ die anderen, leicht gebückt, damit er die Pygmäen nicht störte. Er ging zum Küchenzelt und goß sich aus der Feldflasche, die an der Zeltstange des Vordaches hing, einen Drink ein. Während er trank, hörte er, daß jemand im Zelt war, und hob das Moskitonetz hoch. Am Tisch saß Eve. Im Licht der Zeltlampe glänzten die Tränen in ihrem Gesicht.

»Entschuldigung«, sagte er.

Er ließ das Netz fallen und schraubte den Deckel auf die Feldflasche. Eve kam heraus und stellte sich neben ihn. Das Geräusch des Tanzes war schwach. Jay konnte den gedämpften Klang der Trommeln und die schrille Stimme des ›Hauptmusikers‹ hören. Die Feuer waren heruntergebrannt, und die Gestalten der Pygmäen waren undeutlich. Nachtvögel flogen über die Lichtung.

»Warum haben Sie geweint?« fragte er.

»Ich weiß nicht.«

»Lew Cable?«

»Nein«, sagte sie. »Aber nein.«

»Warum dann?«

»Ich bin traurig.«

»Vielleicht weil Sie lieber von allein ja gesagt hätten, statt einen Handel einzugehen?«

»Was in aller Welt meinen Sie?«

»Das wissen Sie doch.«

»Ja.« Sie schwieg einen Augenblick. »Ich habe nicht gewußt, daß Sie Bescheid wissen.«

»Es ist ziemlich offensichtlich.«

»Für jeden hier?«

»Ja.«

»Na toll!«

Der Pygmäenchor unterlegte jede Zeile, die der ›Hauptmusiker‹ sang, mit einem tiefen *wuh-wuh*. Es war ein trauriges Lied, und die Tänzer bewegten sich ganz langsam um die Feuer. Es war ein Grabgesang. Die Pygmäen tanzten in einer langen Reihe, bewegten sich auf den alten Mann zu, der hinter dem ›Hauptmusiker‹ saß, und wichen wieder zurück. Jetzt stiegen aus den Feuern gelbe Flammen auf.

»Wie stehen denn so die Wetten auf Lew?« fragte sie.

»So ist das nicht.«

»Wie ist es dann?«

»Es tut uns leid für Sie.«

»Das können Sie sich sparen. Kümmern Sie sich nicht drum. Es ist mein Problem.«

»Wahrscheinlich.«

»Ja, allerdings. Es geht niemanden etwas an.«

»Ja.«

»Und ich mag ihn wirklich, Jay.«

»Schön für Sie.«

Mittlerweile hatten die ganz alten Männer angefangen zu tanzen. Sie tanzten mit steifen Beinen, den Rücken gekrümmt, den Hals gereckt. Der Chor fiel ein, *wuh-wuh*, hinter der Stimme des ›Hauptmusikers‹. Ein Dutzend alter Männer tanzte. Ihre Haut hatte die Farbe von grauem Lehm. Sie schwitzten nicht. Sie sahen aus wie tanzende Störche.

»Er weiß es nicht anders«, sagte sie. »Er ist kein schlechter Mensch. Er ist sehr sensibel. Er braucht einfach jemanden, der sich um ihn kümmert.«

Das war typisch Frau, einem ungehobelten Kerl wie Cable eine sensible Natur zuzuschreiben, dachte Jay. Frauen taten so etwas häufig. Kein Wunder, daß er den Barkeeper zusammengeschlagen hat, könnte man von einem Schläger sagen. Er ist so sensibel. Ihm hat die Krawatte des Barkeepers nicht gefallen. Kein Wunder, daß er sich hier gestritten und da geschlagen und diese Frau ruiniert und jene sitzengelassen hat. Er ist so sensibel. Die Masche zog, und eine Menge großer, gemeiner Scheißkerle beherrschte sie. Das funktionierte so lange, wie sie Frauen weismachen konnten, daß sie im Bett besser seien als andere Männer.

»Ich würde mich gern um ihn kümmern«, sagte Jay. »Ich würde ihm gern den Hals umdrehen.«

Cable kam um das Zelt herum. »Was Sie nicht sagen, Pfadfinder.« Seine Stimme klang gefährlich. Das Moskitonetz schwächte das Licht von der Zeltlampe, aber Jay konnte sein Gesicht sehen, als er näher kam. Cable blickte Eve an. »Geh bitte in dein Zelt«, sagte er.

»Ich möchte lieber hier bleiben«, sagte Eve.

»Ich will mich mit Jay unterhalten.«

»Ich bleibe hier.«

»Na schön. Dann spreche ich später mit ihm.«

»Nein«, sagte Jay. »Bringen wir's hinter uns. Bitte gehen Sie, Eve.«

»Du prügelst dich doch nicht mit ihm?« fragte sie Cable.

»Natürlich nicht.«

»Bitte, tu's nicht.«

»Bestimmt nicht, Eve.«

»Lew, ich habe mich entschieden«, sagte sie.

»Wirklich?«

»Ich tu' alles, was du willst«, sagte sie.

»Gut.«

»Mußt du immer noch mit Jay sprechen?«

»Ja.« In Cables Stimme lagen Erregung und Triumph. »Nur einen Augenblick. Dann komme ich zu dir ins Zelt.«

»Nicht heute nacht.«

»Doch, heute nacht.«

»Na gut.« Ihre Stimme war ausdruckslos. »Gute Nacht, Jay.«

»Gute Nacht.«

Sie ging.

»Und jetzt«, sagte Cable.

»Jetzt was?«

»Jetzt werd' ich mich mit dir prügeln, wie die Lady es ausdrückte.«

»Sie können mich zusammenschlagen«, sagte Jay. »Beweisen werden Sie damit nichts.«

»Nein. Aber meinen Spaß werd' ich haben.«

Cable kam auf ihn zu, die Hände gesenkt, mit seitlichen Schritten; er hatte die linke Schulter hochgezogen, so daß die

Kinnpartie halb verdeckt war, und er zog den rechten Fuß etwas nach. »Bist du feige?« fragte er. Seine linke Hand kam hervor und traf Jay an der Wange. Es war kein harter Schlag, aber es tat weh.

»Los«, sagte er. »Los, Pfadfinder.«

Jay trat Cable gegen sein lahmes Bein, duckte sich unter einen Schlag und warf sich gegen Cables Beine wie ein Rugbyspieler. Cable schlug seitlich hin, halb gegen einen Klappstuhl, halb auf Jay. Er stöhnte, als er auf den Boden aufschlug. Jay kroch unter Cables Bein hervor, kam gerade rechtzeitig wieder auf die Füße, um Cable ins Gesicht zu treten, als er sich aufsetzen wollte. Cable wich dem Tritt aus, rollte sich ab und stand wieder, bevor Jay ihn noch einmal treten konnte. Sein Bein tat ihm weh, doch er kam auf Jay zu gehumpelt. Seine Nase blutete. Er humpelte auf Jay zu, das Kinn durch die hochgezogene Schulter gedeckt. Er blockte zwei Schläge ab, traf Jay mit der linken Hand an der Schläfe, griff dann an und schlug mit den Fäusten auf Jays Körper ein. Die Schläge raubten Jay den Atem. Er versuchte, näher heranzukommen, und Cable schlug ihm zweimal mit der rechten Hand ins Gesicht.

Er kam vom Boden hoch und schlug nach Cable und verfehlte ihn, und Cable traf ihn mit der Linken. Diesmal fiel es ihm schwerer, aufzustehen. Er konnte Cable nicht deutlich sehen. Er versuchte, ihn zu umklammern, und Cable versetzte ihm zwei Schläge; erst mit der Linken und dann mit der Rechten, während er schon zu Boden ging. Jetzt wußte er nicht mehr, was er tat. Er war auch nicht mehr wütend. Er wußte nicht einmal mehr, gegen wen er kämpfte. Er kam auf die Knie, und irgend etwas explodierte in seinem Gesicht, und er lag wieder auf dem Boden. Noch zweimal gelang es ihm, seinen Körper halb hochzustemmen, aber jedesmal wieder explodierte etwas in seinem Gesicht. Er kam nicht wieder hoch. Er versuchte es, aber er kam nicht hoch. Das Wasser im Gesicht tat ihm weh. Das Wasser war kühl, und es lief ihm in den Mund. Sein Gesicht und sein Kopf und sein Körper taten weh. Cable goß ihm aus der Feldflasche Wasser ins Gesicht.

»Geht's wieder?« fragte Cable.

»Nein.«

»Kommt schon noch.« Cable hängte die Feldflasche auf. »Warum sind Sie auch immer wieder aufgestanden?«

»Hab' ich gar nicht bemerkt.«

»Beim letzten Mal mußte ich nicht mehr zuschlagen. Da sind Sie von allein umgekippt.«

»Wirklich?«

»Kommen Sie.« Cable beugte sich über ihn und griff ihm unter die Achseln. »Ich bringe Sie in Ihr Zelt.«

»Lassen Sie mich los, Sie Dreckskerl.«

»Ich will Ihnen doch nur helfen.«

»Lassen Sie mich los.«

Cable ließ ihn los und ging. Jay lag auf dem Boden, das Gesicht in dem Matsch, der sich durch das Wasser aus der Feldflasche gebildet hatte. Die Pygmäen tanzten noch immer. Es kam ihm so vor, als wäre es eine Ewigkeit her, daß er ihnen zugesehen hatte, aber er vermutete, daß es nur ein paar Minuten waren. Der Tänzer mit den Stöcken schlug einen neuen Rhythmus: *klack, tschak-klack; tschack, klack-klack*. Ein Käfer versuchte, sich durch das Moskitonetz zu zwängen, um zur Zeltlampe zu kommen, seine Flügel surrten laut vor Wut. Der Matsch an Jays Gesicht tat gut.

Er haßte Cable mit eiskalter Wut. Doch töten würde er ihn nicht. Das war es nicht wert. Es gab keinen berechtigten Grund, Cable zu töten. Er wünschte, es gäbe einen solchen Grund, ihn zu töten. Er rappelte sich hoch, kam auf alle viere und mußte sich übergeben. Was für ein verfluchter Mist! dachte er. Es war nicht nur Cables Schuld. Er hätte zwar nicht lauschen sollen, aber es war sein gutes Recht, sich über das zu ärgern, was Jay gesagt hatte. Jay stand auf. Sein ganzer Körper tat weh, und er fühlte sich benommen. Noch immer lief ihm Blut aus einer Platzwunde an der Lippe in den Mund. Das Atmen tat ihm weh. Langsam ging er zu seinem Zelt, den Gesang der Pygmäen in den Ohren. Bill war nicht da. Er zog sich die Stiefel aus, feuchtete ein Taschentuch an, drückte es sich an die Lippe und legte sich ins Bett. Es war seltsam, aber er schämte sich nicht dafür, daß er zusammengeschlagen worden war.

Er fragte sich, warum manche Männer zu Raufbolden wurden. Cable kämpfte gern. In New York war er wegen seiner Schlägereien berüchtigt gewesen. Bei einem Mann wie Cable, dachte Jay, war das eine Form von Sadismus. Er war sorgsam darauf bedacht, sich nur mit Männern zu schlagen, gegen die er ankam. Betrunkene, Reporter, schwerfällige Rausschmeißer, nicht mehr ganz junge Barkeeper und Angehörige seiner Gesellschaftsschicht hatten zu seinen Opfern gezählt. Niemand, der wirklich zäh war. Zum Teil bezog man daraus sein Selbstbewußtsein, zum Teil hatte es mit Sadismus zu tun. Man konnte grausam sein und sich gleichzeitig die Anerkennung der Leute sichern. Mit den Fäusten kämpfen war sportlich, solange man keine Frauen, Kinder oder Liliputaner schlug. Aber Jungs, die wirklich Mumm hatten, waren nicht so. Nicht die wirklich tüchtigen Jungs wie Dempsy und Tunney und Louis. Sie kämpften nur, wenn es nötig war, und nicht, um grausam zu sein oder ihr Ego aufzurichten.

Es wurde allmählich etwas kompliziert. Er versuchte, seinen Haß auf Cable zu begründen. Dazu brauchte er nur an Eve zu denken. Was hatte sie noch mal als letztes zu Cable gesagt?

»Nicht heute nacht.«

»Doch, heute nacht.«

»Na, gut.«

Wenn er nur irgend etwas tun könnte. Doch sie wollte nicht, daß er sich einmischte. Er wollte nicht daran denken, wie die

Hand verstohlen die Zeltleinwand berührte, wollte nicht an die Stimme denken, die leise »Herein« sagte, an die weiche Haut und an den Fliederduft und an die Erregung...

Bald darauf kam Bill ins Zelt.

»Bist du schon im Bett, Jay?«

»Ja.«

»Zuviel getrunken?«

»Ja.«

»Wir haben uns gefragt, wo du geblieben bist.«

»Ich war plötzlich müde.«

»Ich war auch ganz schön hinüber«, sagte Bill. »Aber jetzt bin ich wieder okay.«

»Gehst du nicht ins Bett?«

»Und ob. Am schönsten ist es doch im Bett.«

Bill zog sich aus und drehte die Lampe herunter.

»Stimmt das?«

»Stimmt was?«

»Daß es im Bett am schönsten ist.«

»Nein.«

22

Jay schlief schlecht. Seine Brust und sein Gesicht taten weh, und er hatte seltsame Träume. Er träumte, er tanzte mit den Pygmäen, den Klang der Buschtrommeln direkt hinter sich. Er wurde einen Augenblick wach und hörte die Pygmäenmusik. Der Chor war jetzt lauter, und ein Pygmäe mit einer Baritonstimme sang zusammen mit dem ›Hauptmusiker‹. Die Stimmen und die Trommeln klangen unheimlich. Er träumte, ein Leopard wäre im Zelt. Er knipste die Taschenlampe an, aber das Zelt war leer. Er lag auf dem Rücken und lauschte den Pygmäen. Er hörte Gesang und Lachen und den Klang vieler Hände, die den Takt klatschten. Er fühlte sich schlecht wegen Eve. Er wußte nicht, ob er sie liebte oder nicht, aber der Gedanke, daß sie mit Lew Cable schlief, war schrecklich.

»Nicht heute nacht.«

»Doch, heute nacht.«

»Na gut.«

Er betrachtete einen Mondstrahl auf dem Moskitonetz und schlief dabei ein. Etwas später glaubte er, das Geräusch eines Schusses zu hören. Er lauschte, halb wach, ohne sich in seinem Bett zu rühren. Ein zweiter Schuß ertönte.

»Was war das?« fragte Bill und setzte sich auf.

»Da hat jemand geschossen.«

Bill stand auf. Jay zog sich die Stiefel an und folgte ihm hinaus aus dem Zelt. Die Lichtung lag in hellem Mondlicht, die Zelte hoben sich weiß gegen den dunklen Hintergrund des Waldes ab, der Erdboden war milchig grau. Eve, Mr. Palmer und Herbert standen vor Eves Zelt.

»Was ist passiert?« fragte Bill.

»Etwas verdammt Unangenehmes«, sagte Mr. Palmer. »Cable ist angeschossen worden.«

»Wo ist er?«

»Hier.«

Sie hatten ihn nicht bemerkt. Er lag im Schatten von Eves Zelt, fast direkt vor ihren Füßen. Jetzt hörte Jay ihn atmen. Er warf Eve einen Blick zu. Sie trug einen Pyjama. Ihr Gesicht war weiß und ausdruckslos.

»Wer hat auf ihn geschossen?« fragte Bill.

»Ich«, sagte Herbert. »Der Mistkerl hat versucht, in Mrs. Salles' Zelt einzudringen.«

Bill kniete sich neben Cable.

»Stirbt er?« fragte Jay.

»Nein. Schulterwunde.«

»Wir müssen ihn irgendwo drauflegen«, sagte Mr. Palmer. »Ist nicht gut, wenn er auf dem Boden liegt.«

Er half Bill, Cable vom Boden hochzuheben.

»Dieser verdammte Mistkerl«, sagte Herbert.

»Ganz ruhig«, sagte Mr. Palmer. »Haben Sie nicht schon genug angerichtet?«

Cable war sehr schwer. Jay half ihnen. Sie überquerten die Lichtung. Herbert folgte ihnen. Eve ging in ihr Zelt. Die Freudenfeuer der Pygmäen brannten, aber die Tänzer waren verschwunden. Cable stöhnte.

»Warum haben Sie niemanden zu Hilfe gerufen?« fragte Mr. Palmer Herbert.

»Damit er mich zusammenschlägt, wie er es mit Mr. Nichols getan hat?«

Bill und Mr. Palmer sahen Jay an.

»Wir hatten eine kleine Auseinandersetzung«, sagte Jay.

Sie trugen Cable in sein Zelt und legten ihn aufs Bett. Er hatte einen gelben Seidenpyjama an, über dessen Tasche sein Monogramm in Schwarz aufgestickt war. Die Jacke war blutgetränkt. Bill zog sie ihm aus. Die Kugel war direkt oberhalb des Schlüsselbeins in die Schulter eingedrungen.

»Wo ist der andere Schuß hingegangen?« fragte Jay.

»Beim ersten Mal habe ich über seinen Kopf geschossen«, sagte Herbert. »Aber als der Kerl auf mich losging, mußte ich ihn niederschießen.«

»Wie kommt es, daß Sie ihn überhaupt gesehen haben?« fragte Mr. Palmer.

»Ich habe Wache gestanden. Sie hat mich darum gebeten. Sie hat mir gesagt, ich sollte niemanden reinlassen. Vor allem ihn nicht.«

Jay fühlte sich plötzlich gut. Sie hatte es sich anders überlegt. Sie war nicht imstande gewesen, die Sache durchzuziehen. Und vielleicht würde sie es jetzt nicht mehr müssen.

Cable öffnete die Augen. »Wie schlimm ist es?« fragte er.

»Nichts Ernstes«, sagte Bill.

»Lügen Sie mich nicht an.«

»Weshalb, zum Teufel, sollte ich? Ich wünschte, er hätte Sie zwischen den Augen erwischt.«

Cables Augen wanderten zu den anderen, doch er schloß sie, als er ihre unfreundlichen Gesichter sah. Er war bleich durch den Blutverlust. Juma und Mulu standen am Eingang des Zeltes, mit weit aufgerissenen Augen und besorgtem Blick. Die anderen Boys waren hinter ihnen.

»Mulu«, sagte Mr. Palmer.

»Ja, *Bwana.*«

»Hol mir meine Arzneitasche.«

Mulu ging. Mr. Palmer schickte die anderen Boys los, heißes Wasser zu holen. Cable lag mit geschlossenen Augen auf dem Bett. Die Wunde blutete leicht, aber das Blut verdickte sich bereits. Möglicherweise war die Schulter gebrochen. Mr. Palmer starrte Jay an.

»Sie hatten tatsächlich Streit«, sagte er.

»Und er hat gewonnen«, sagte Jay.

Er versuchte zu lächeln, aber die gerissene Lippe tat ihm dabei weh. Er war froh, daß Cable angeschossen worden war. Er war froh wegen Eve. Mulu kam mit der Arzneitasche, und Mr. Palmer öffnete eine Flasche Jod und goß den Inhalt auf Cables Wunde. Cable bäumte sich im Bett auf. Er versuchte, sich aufzusetzen.

»Halten Sie still«, sagte Bill und drückte ihn wieder runter. »Sonst fängt es wieder an zu bluten.«

Cable legte sich wieder hin. Er hatte die Hände zu Fäusten geballt und atmete gepreßt durch die Zähne. Sein Gesicht war verzerrt. Juma brachte das heiße Wasser. Mr. Palmer nahm ein sauberes Handtuch und wusch das Blut um die Wunde ab. Dann legte er einen Wattebausch auf das Einschußloch und verband die Schulter. Cable stöhnte erneut.

»Warten Sie, bis man Ihnen die Kugel herausholt«, sagte Mr. Palmer. »Dann werden Sie schreien.«

»Wie schnell können Sie mich zu einem Arzt schaffen?« fragte Cable.

»Gegen Mittag sind Sie da.«

»Wie spät ist es?«

»Nach vier.«

»Acht Stunden. Ich weiß nicht, ob ich das schaffe.«

»Das schaffen Sie schon.«

»Sie sind doch noch nie angeschossen worden.«

»Ach, meinen Sie? Fünfmal hat es mich erwischt, wenn Sie's unbedingt wissen wollen. Trag' immer noch Splitter von einer Granate bei Ypres mit mir rum.«

Bill sagte: »Geben wir ihm einen Drink.«

»Gute Idee.«

»Ich hol' einen«, sagte Jay.

Er ging ins Vorratszelt. Er nahm einen Pappbecher und eine

Flasche Whisky. Er goß sich einen Drink ein, trank ihn und warf den Becher weg. Der Whisky brannte ihm auf der gerissenen Lippe. Er nahm einen zweiten Becher für Cable. Auf dem Rückweg sah er die Träger und Mr. Palmers Boys, die um die Feuerstelle des Kochs kauerten. Sie hatten Angst. Die Feuer der Pygmäen waren heruntergebrannt, und der Tanzplatz war leer. Er konnte keine Pygmäen entdecken. Eve war ins Zelt gekommen, während er fort war. Sie hatte sich einen Kamelhaarmantel über den Pyjama gezogen. Er gab Bill Flasche und Becher.

Eve sagte: »Jay!«

»Was ist?«

»Sie sind ja verletzt.«

»Nein.«

»Aber Ihr Gesicht!«

Cable lachte. »Natürlich ist er verletzt. Fragen Sie ihn, wovon.«

Eve sah Jay an.

Cable sagte: »Er ist zusammengeschlagen worden.«

»Sie haben sich heute abend wohl großartig amüsiert, was?« sagte Eve.

Bill hielt Cable den Pappbecher an die Lippen. »Trinken Sie und halten Sie den Mund.«

Cable stieß den Whisky beiseite. »Ich hätte dich fertigmachen sollen, Pfadfinder«, sagte er.

»Trinken Sie«, sagte Bill.

»Aber ich glaube, du bist bereits fertig«, sagte Cable. »Du bist bloß feige. Dich muß man gar nicht mehr fertigmachen.«

»Verdammt noch mal, trinken Sie«, sagte Bill. »Sonst schütte ich Ihnen das Zeug ins Gesicht.«

Cable trank den Whisky, und sie ließen ihn allein. Sie gingen zum Küchenzelt. Eve machte ein gelassenes Gesicht. Jay fragte sich, was in ihr vorging. An ihrem Gesichtsausdruck war nichts abzulesen.

»So ein verdammter Mist!« sagte Mr. Palmer.

»Kann ich die Arzneitasche benutzen?« fragte Eve.

»Ja.«

»Ich möchte Jay das Gesicht verarzten.«

»Ist nicht nötig«, sagte Jay.

»Besser, Sie lassen sie«, sagte Mr. Palmer. »Sie sehen nicht besonders gut aus, Sie Draufgänger.«

Eve wusch Jay das Gesicht mit einem Handtuch und heißem Wasser ab. Sie tupfte Jod auf seine gerissene Lippe, auf eine Wunde über seinem linken Auge, die er nicht bemerkt hatte, und auf die Knöchel seiner rechten Hand. Ihre Hände waren sanft, und es war schön, Eve so nah bei sich zu spüren.

Dann ging er ins Bett. Er lag bis zum Morgengrauen wach. Auch Bill schlief nicht. Jay konnte hören, wie er sich in seinem Bett hin und her wälzte. Es war schlimm, daß Cable ihn einen Feigling genannt hatte. Es war schlimm, daß es ihm so viel ausmachte, Feigling genannt zu werden. Bislang war die ganze Expedition verdammt schlecht für ihn verlaufen. Vielleicht würde ja jetzt alles besser. Es war schon merkwürdig, wie manche Menschen ständig vom Leben gebeutelt wurden, andere dagegen nicht. War es möglich, daß das Leben unsere Schwächen ausfindig machte, um dann genau in diese Kerbe zu schlagen? Bills Schwäche war es, daß er fürchtete, Angst zu haben. Seine war Linda gewesen. Es war durchaus möglich, daß es sich so verhielt. Er stand auf, als die Affen in den Bäumen zu krakeelen begannen. Auch Bill stand auf, und sie trafen Mr. Palmer vor Cables Zelt. Der Tag erwachte im grauen Licht der Morgendämmerung.

»Wie geht's ihm?« fragte Jay.

»Er hält sich ganz gut.«

»Schade«, sagte Bill.

Die Träger warteten neben einer Trage aus Stöcken und Schlingpflanzen. Bill und Mr. Palmer gingen ins Zelt, um Cable herauszutragen. Jay betrachtete die Träger. Sie sahen verängstigt aus. Er hörte, wie Cable stöhnte, und Mr. Palmer sagte: »Vorsichtig«, und dann wurde Cable herausgebracht und auf die Trage gelegt. Als die Träger ihn sahen, machten sie große Augen. Der Himmel zeigte ein wenig Blau.

Cable sagte: »Ich möchte eine Zigarette.«

Bill gab ihm eine Zigarette und zündete sie ihm an. Cable ließ den Rauch aus seinem Mund gleiten.

»Ich habe innere Blutungen«, sagte er.

»Quatsch«, sagte Mr. Palmer.

»Verdammt noch mal! Ich weiß es.« Cable wandte abrupt den Kopf und blickte zu ihnen hoch. »Wann geht's denn endlich los?«

»Immer mit der Ruhe«, sagte Bill.

»Wollt ihr Mistkerle mich so lange hier behalten, bis ich verblutet bin? Wo ist Eve? Warum geht's noch nicht los?«

Eve kam mit Herbert. »Da bin ich.«

»Also, los«, sagte Cable. »In Gottes Namen, machen wir, daß wir wegkommen.«

Herbert hatte einen Koffer. Einer der Träger nahm ihn.

»Wo sind Ihre Sachen, Eve?« fragte Mr. Palmer.

»Ich komme nicht mit.« Sie lächelte ihn an. »Bill und Jay passen schon auf mich auf.«

Cable stützte sich mit einem Arm auf. Er sah Eve an. »Sie können nicht hierbleiben.«

»Doch, das kann ich.«

»Ich verbiete Ihnen zu bleiben«, sagte Cable. »Palmer, ich befehle Ihnen, sie mitzunehmen.«

»Das kann ich nicht machen, und das wissen Sie auch.«

»Ich habe hier die Leitung. Ich befehle Ihnen allen, das Lager abzubrechen und nach Lubero zurückzukehren.«

»Wir kommen bald nach«, sagte Bill.

»Hol Sie der Teufel«, sagte Cable. »Dann geh' ich auch nicht.«

Mr. Palmer gab den Trägern ein Zeichen, die Trage anzuheben.

»Nein!« schrie Cable die Träger an. Sie wichen von der Trage zurück. »Ich springe runter, wenn sie mich hochheben«, sagte er. »Eve kommt mit, oder ich bleibe.«

»Seien Sie nicht albern«, sagte Eve. Die Träger zögerten und sahen Mr. Palmer an.

»Der springt nicht runter«, sagte Bill.

Mr. Palmer sagte etwas zu den Trägern. Sie hoben die Trage auf ihre Schultern. Cable wälzte sich unbeholfen herunter und fiel auf die Erde; er landete auf der Seite und blieb bewußtlos am Boden liegen.

Mr. Palmer rief: »Der Kerl ist verrückt!«

»Ladet ihn wieder auf«, sagte Bill.

Die Träger waren furchtbar erschrocken, aber sie stellten die Trage auf und rollten Cable darauf. Er war bewußtlos. Seine Wunde blutete wieder.

»Vielleicht sollte ich doch mitkommen«, sagte Eve. Sie sah beunruhigt aus.

»Nein«, sagte Bill.

Die Träger hoben die Trage auf ihre Schultern. Mr. Palmer sagte: »Ich schicke einen Boten zurück, der Ihnen sagt, wie es ihm geht.« Er drehte sich zu Herbert um. »Also, los!«

»Ich komme nicht mit.«

Mr. Palmer starrte ihn an.

»Nein«, sagte Herbert. »Ich bleibe bei Mrs. Salles.«

»Jetzt reicht's aber langsam«, sagte Mr. Palmer.

»Ich muß bleiben«, sagte Herbert.

Mr. Palmer sprach mit Mulu und Juma. Sie packten Herbert bei den Armen. Die Träger gingen mit der Trage in Richtung Trampelpfad. Herbert fing an zu weinen. »Auch das noch«, sagte Mr. Palmer. Juma und Mulu führten Herbert weg. Er hustete. Er wurde weggeführt, hustend und weinend, gefolgt von dem Träger mit dem Koffer. Die Trage war schon nicht mehr zu sehen. Mr. Palmer ging als letzter. Es war heller Tag.

23

Der Koch scharrte die glühenden Holzstücke zusammen, mit denen man für Cable Wasser heiß gemacht hatte. Er füllte eine Pfanne mit Speckstreifen und stellte sie darauf. Er machte Kaffee, und einer von den Totos öffnete zwei Dosen Orangensaft. Der Duft des Specks zog durch die Morgenluft. Der andere Toto öffnete eine Dose Milch, und der Koch schnitt etwas Brot in Scheiben. Dann suchte er sich ein sauberes Stück Holz und legte den Speck zum Abtropfen darauf. Als die Streifen abkühlten, wellten sie sich knusprig. Die Totos deckten den Tisch im Küchenzelt. Dann frühstückten sie. Der Speck schmeckte gut. Jay machte sich ein Sandwich mit Speck und aß es zum Kaffee.

»Trinken Sie Ihren Orangensaft«, sagte Eve.

»Ich kann nicht.

»Er wird Ihnen guttun.«

»Nicht, wenn ich mich so fühle wie jetzt.«

Bill trank Jays Orangensaft. Er aß sechs Scheiben Brot und viele Speckstreifen. Er trank drei Tassen Kaffee.

»Das tut gut«, sagte er.

Eve sagte: »Armer Cable.«

»Tut er Ihnen wirklich leid?« fragte Jay.

»Ein bißchen.«

»Ich habe mich amüsiert wie noch nie, als er von der Trage fiel«, sagte Jay.

»Reden wir von was anderem als Cable«, sagte Bill.

»Könnte ich etwas Orangenmarmelade haben?« bat Eve.

Jay reichte ihr das Glas.

»Orangenmarmelade ist das Fundament des British Empire«, sagte Bill.

»Und Tee« sagte Jay.

»Und Schirme«, sagte Bill.

»Und Porterbier«, sagte Jay.

»Was ist denn Porterbier?« fragte Bill.

»Das ist das Fundament des British Empire«, sagte Jay.

»Sirup auch«, sagte Eve.

»Und Matrosen«, sagte Bill.

»Ich liebe Matrosen«, sagte Eve.

Sie lachten, und ihr Lachen machte die Affen in den Bäumen wütend. Die Affen schimpften auf sie. Sie waren sehr ausgelassen. Die Totos kamen ins Küchenzelt und sahen etwas verängstigt aus. Jays Gesicht und die Brust taten ihm weh. Er fragte sich, ob sein Gesicht geschwollen war. Es fühlte sich geschwollen an.

»Ich werde mich etwas hinlegen«, sagte er.

Er ging ins Zelt und zog sich aus und legte sich ins Bett. Der Himmel hatte sich bewölkt, und es war nicht heiß im Zelt. Er hoffte, Mr. Palmer würde bald zurückkommen. Er freute sich auf die Okapi-Jagd und auf Gespräche und Whisky an den Abenden. Er hoffte, Cable würde sterben. Nein, das hoffte er denn doch nicht. Aber er hoffte, er würde lange im Krankenhaus bleiben müssen.

Der große Toto brachte Jay am Mittag Suppe, die aus Büffelfleisch gekocht worden war. Er sagte etwas, das Jay nicht verstand, und stellte das Essen auf einen Stuhl neben dem Bett und ging hinaus. Jay setzte sich im Bett auf. Der Schlaf hatte nicht viel genützt. Er fühlte sich schlechter als am Morgen. Er war von der Prügelei ziemlich angeschlagen. Die Schmerzen waren nicht das schlimmste. Seine Nerven waren angeschlagen. Er war nicht hungrig. Der Toto kam mit etwas Brot zurück. Er lächelte Jay an.

»*Bwana*, essen«, sagte er.

»Ich habe keinen Hunger.«

»Suppe sehr gut.«

Jay trank etwas von der Suppe und aß ein Stück Brot. In der Suppe war Gemüse. Der Toto brachte das Geschirr weg. Jay holte sich zwei Aspirintabletten aus einer Büchse. Er nahm sie mit Wasser aus der Feldflasche neben seinem Bett. Er schlief etwas, und dann wachte er auf. Eve sah ihn an.

»Wie fühlen Sie sich?« fragte sie.

»Ganz gut.«

Sie setzte sich auf den Rand des Bettes und legte ihm die Hand auf die Stirn. »Sie haben kein Fieber.«

»Nein. Mir ist auch nicht heiß.«

»Bill und ich haben überlegt, daß wir Luciens Spur ein Stück verfolgen könnten.«

»Ich komme mit.«

»Nein. Sie schlafen. Sie brauchen Ruhe.«

»Irgendwann muß ich doch aufstehen.«

»Stehen Sie zum Abendessen auf.« Ihre Hand lag noch immer auf seiner Stirn. »Es macht Ihnen doch nichts aus?«

»Nein. Gehen Sie ruhig mit Bill.«

»Vorher wasche ich Ihnen die Wunden.«

Sie hatte ein Stück Baumwolle und eine Flasche Alkohol. Sie tränkte den Stoff mit Alkohol und wusch seine Verletzungen aus, die sie dabei ganz vorsichtig berührte. »Brennt's?« fragte sie und lächelte zu ihm hinunter.

»Ich finde, Alkohol sollte nur innerlich angewendet werden.«

»Ich möchte Ihnen etwas sagen.«

»Was denn?«

»Ich habe gestern abend meine Meinung geändert.«

»Ich weiß. Ich habe mitbekommen, was Herbert gesagt hat.«

»Ich wollte sichergehen, daß Sie es wissen.« Sie beugte sich über ihn. Ihre Augen glänzten. »Ich wünschte, Herbert hätte ihn niedergeschossen, bevor er Sie derart zurichten konnte.«

»So schlimm war es auch wieder nicht.«
»Es tut mir so leid.« Sie lächelte ihn an. »Schlafen Sie jetzt?«
»Ja.«
Sie ging hinaus, aber er roch ihr Parfüm, bis er einschlief.

24

Der Toto rief: *»Bathi, Bwana?«*

Er kratzte mit den Fingernägeln an der Zeltleinwand.

»*Bathi*, bitte?«

Jay öffnete die Augen. Er konnte dort, wo die Zeltklappe zur Seite gezogen worden war, den Wald sehen, die Blätter grün im Sonnenlicht. Die warme Luft war erfüllt vom Vogelgesang, deutlich und klar in der Stille des Waldes. In der Sonne glänzten die Blätter ölig. Er sah auf seine Armbanduhr und stellte fest, daß es acht Uhr war. Er konnte sich nicht erklären, warum es so spät noch hell war.

»Bathi, Bwana?« fragte der Toto wieder.

»Alles in Ordnung.«

Jay setzte sich auf und sah, daß Bills Bett benutzt war, und er begriff, daß es Morgen war. Er hatte eine Ewigkeit geschlafen. Sechzehn Stunden. Wahrscheinlich hatte er es auch gebraucht. Er nahm die Wanne und rasierte sich, so gut er konnte, um seine Wunden herum, dann zog er sich an und ging ins Küchenzelt. Bill zeichnete gerade Pflanzen in eine Kladde.

»Hallo, alter Junge«, sagte er. »Wie fühlst du dich?«

»Hungrig«, sagte Jay.

Der Toto brachte ihm Kaffee und gedünstete Backpflaumen.

»Tut's noch weh?« fragte Bill.

»Kaum.«

»Glaubst du, du bist fit für einen kleinen Marsch?«

»Wohin?«

»Eve möchte nach Lucien suchen.«

»Werden wir als Gegenleistung ihren Körper verlangen?«

»Hör auf mit dem Quatsch«, sagte Bill.

Mr. Palmer habe eine Nachricht geschickt, sagte Bill. Cable ginge es gut; man habe ihm die Kugel aus der Schulter entfernt. Mr. Palmer würde in ein oder zwei Tagen zurück sein. Über Herbert stand aber kein einziges Wort in der Nachricht.

»Und Kleine Orchidee ist wieder da«, sagte Bill.

»Donnerwetter! Die anderen Pygmäen auch?«

»Die sind für immer verschwunden. Er hat aber seinen Bruder mitgebracht. Kaluma. Hat 'ne richtige Ansprache gehalten. Was davon erzählt, daß er ein sehr tapferer Häuptling ist. Habe ihm ein paar Handvoll Salz geschenkt. Dachte, er könnte uns bei der Suche nach Lucien behilflich sein.«

Der Toto brachte Jay Toast und gebratenen Schinken mit Spiegelei. Er goß noch etwas Kaffee in Jays Tasse. Nach dem Frühstück holte Jay seine Springfield und eine Lederjacke. Er ging zu Bill und Eve, die gerade mit den beiden Pygmäen sprachen.

»Die Sache ist geritzt«, sagte Bill. »Glaube ich.«

Eve lächelte Jay an. »Hallo.«

»Hallo, Eve.«

Kleine Orchidee starrte Jay an. Er hatte einen strengen und forschenden Blick. Er war, dachte Jay, vermutlich der einzige arrogante Pygmäe auf der Welt. Kaluma blickte scheu zu Boden. Der Koch kam zu ihnen herüber und veranstaltete einen großen Wirbel, weil er und die Totos im Camp zurückblieben. Er hatte schreckliche Angst, daß man sie allein ließ. Er wollte mitkommen. Bill holte ein Gewehr aus Mr. Palmers Zelt und gab es ihm. Sofort war er wieder guter Dinge und hielt das Gewehr vor seinem Bauch.

»Das hättest du nicht tun sollen«, sagte Jay zu Bill. »Der knallt noch die ganze Nachbarschaft ab.«

»Er hat gar keine Munition«, sagte Bill.

Er zeigte Kleine Orchidee den Trampelpfad. Der Pygmäe nickte und winkte ihnen, ihm zu folgen. Jay ging als letzter. Der

Pfad war recht deutlich zu erkennen, und an den Bäumen waren helle Markierungen.

»Seid ihr gestern hier langgegangen?« fragte Jay Eve.

»Ja. Bis es dunkel wurde.«

Der Pfad war gut, und der Himmel blieb klar, und es tat gut, wieder ein längeres Stück zu gehen. Jay war fast eine Woche lang nicht aus dem Lager gewesen, aber seine Beine waren in Ordnung, sobald sich die Steifheit legte. Sie waren steif vom Kampf mit Cable, aber sie waren unversehrt geblieben. Das alles schien eine Ewigkeit her. Er war froh, daß er mit Eve und Bill im Wald war.

Anfangs ging Kleine Orchidee kühn voraus, sein kleines Gesicht wirkte selbstbewußt, den Speer hielt er bereit für Leoparden, Büffel, Warzenschweine oder alles, was ihnen im Dschungel über den Weg laufen könnte. Nach einer Weile schien er jedoch nicht mehr ganz so selbstbewußt. Der Wald war unverändert; er war dicht und düster, mit wucherndem Unterholz. Umgestürzte Bäume lagen herum, und auf dem schlammigen Pfad waren Spuren von Tieren zu erkennen. Tief im Wald war die Luft drückend, wie in einer Waschküche, nur daß sie etwas modrig roch. Auf der Erde wuchsen große Pilze und an den Bäumen purpurfarbene und rote und grüne Früchte und überall Orchideen. In der Luft wimmelte es von Insekten. Einmal hörten sie Affen in den Bäumen. Sie kamen auf eine Lichtung, und Kleine Orchidee machte halt. Nach der Dunkelheit im Wald tat ihnen das Sonnenlicht in den Augen weh. Kleine Orchidee sagte etwas zu Bill.

»Ich versteh' kein Wort!« sagte Bill.

»Vielleicht will er Rast machen«, schlug Jay vor.

»Ja, machen wir Rast«, sagte Eve.

Sie setzten sich in den viereckigen Schatten, den ein großer Busch spendete. Der Himmel war blau, und es waren ein paar große Wolken zu sehen. Es war windstill. Kleine Orchidee nahm die Pfeife, die um seinen Hals hing, und blies darauf. Er und Kaluma lauschten angestrengt. Es kam keine Antwort. Kleine Orchidee sprach mit Kaluma. Beide blickten sie Bill an, und Kleine Orchidee sagte etwas.

»Klar«, sagte Bill. »Was immer du meinst. Klar.«

Kleine Orchidee grinste, und er und Kaluma gingen ein Stück auf dem Trampelpfad voraus. Sie warteten schweigend. Eve rauchte eine Zigarette und blies den Rauch langsam aus, um die Insekten zu vertreiben. Ein kleiner grauer Vogel mit hellen Augen landete auf Jays Stiefel. Er musterte Jay, hüpfte dann auf den Boden und zu Eve hinüber. Er hatte keine Angst vor ihnen.

»Eine Bachstelze«, sagte Bill.

Über ihnen schwirrten Schmetterlinge, die meisten waren gelb mit goldgeränderten Flügeln. Ein Flughund segelte über eine Ecke der Lichtung. Die Bachstelze flog fort.

»Ich frage mich, ob wir hier richtig sind«, sagte Eve.

»Jemand hat die Bäume markiert«, sagte Bill.

Kleine Orchidee kam zurück, doch als sie den Weg weitergehen wollten, stellte er sich ihnen in den Weg und zeigte zurück zum Lager. Er hielt eine lange Rede. Er wollte, daß sie umkehrten.

»Vielleicht sollten wir lieber auf Mr. Palmer warten«, sagte Eve.

»Nein«, sagte Bill. »Gehen wir weiter.« Er redete auf Kleine Orchidee ein. »Weiter!«

Kaluma ging ins Unterholz. Kleine Orchidee versuchte, ihnen den Weg zu versperren. Bill schob ihn beiseite, und sie gingen den Pfad entlang. Jay blickte zurück und sah, daß die beiden Pygmäen folgten.

»Hab' mir gedacht, daß sie nachkommen«, sagte Bill.

Sie marschierten eine Stunde und machten Rast. Dann gingen sei weiter. Der Pfad war noch immer deutlich zu sehen, aber Kleine Orchidee und Kaluma waren nervös. Einmal, als Kleine

Orchidee auf seiner Pfeife blies, hörten sie in der Ferne eine Antwort, wie das Pfeifen eines Vogels. Kleine Orchidee sprach aufgeregt mit Kaluma und blies noch einmal auf der Pfeife. Es kam keine Antwort, und die Aufregung wich aus den Gesichtern der Pygmäen. Danach hielten sie sich dicht hinter den Weißen.

»Die machen mir Angst«, sagte Jay.

»Sie waren noch nie hier«, sagte Bill.

Sie gingen durch den düsteren Dschungel, der Pfad war weich unter ihren Füßen. Hin und wieder flüchtete ein Tier durch das Gestrüpp. Der Himmel war klar, doch die Sonnenstrahlen drangen nicht durch die Bäume hindurch. Hoch oben konnten sie das Sonnenlicht auf den Bäumen sehen, das die Blätter leuchtendgrün färbte. Es war bedrückend, immer im dunklen Schatten zu gehen, und Jay dachte an die Ebene, wo sie die Damaliscus gesehen hatten. Er kam zu dem Schluß, daß er nicht gern ein Pygmäe wäre und im Dschungel leben würde. Er liebte Berge und Ebenen und kleine Wälder. Er liebte auch die Sonne und den Ozean.

Plötzlich fragte Eve: »Wo sind die Pygmäen?«

Sie blieben stehen und blickten sich nach ihnen um. Die Pygmäen waren verschwunden.

»Kaluma!« rief Bill.

Sein Ruf scheuchte Vögel aus einem moosbewachsenen Baum auf.

»Kaluma! Kaluma!«

Keine Antwort. Bill rief noch einmal. Der Klang seiner Stimme wurde vom Dschungel gedämpft.

»Sie haben uns den Laufpaß gegeben«, sagte Jay.

»Sehr witzig!«

»Es hat ihnen hier nicht gefallen.«

»Aber wieso?«

»Vielleicht ist das Gebiet hier *tabu.*«

»Vielleicht.«

Eve fragte: »Was machen wir jetzt?«

»Wie spät ist es, Jay?« fragte Bill.
»Viertel nach zwölf.«
»Ich schlage vor, wir gehen weiter«, sagte Eve.
»Was meinst du, Jay?«
»Bin dafür.«
»Sehr gut«, sagte Eve.

25

Bill berührte Jays Arm und zeigte nach vorn. Links neben dem Pfad, halb vom Unterholz verdeckt, stand ein braunes Zelt. Jay war plötzlich sehr aufgeregt. Es war Salles' Zelt. Eve blickte über Bills und Jays Schultern auf das Zelt, die Augen aufgerissen und ein wenig verängstigt.

»Lassen Sie uns lieber nachsehen«, sagte Jay zu ihr.

»Nein.«

Sie gingen den Pfad entlang zu dem Zelt. Jay war sicher, daß Salles darin war. Er hatte im Tabubezirk Fieber bekommen und war nicht in der Lage gewesen, sich mit seinen Führern in Verbindung zu setzen, und war gestorben. Und natürlich würden die Pygmäen nicht in einem Gebiet nach ihm suchen, das *tabu* war. Das war die Erklärung.

Es war ein kleines Zelt, gerade groß genug für eine Person, und ein Moskitonetz hing über dem Eingang. Vor dem Zelt, auf einem schmalen Streifen Erde, der von Pflanzen befreit worden war, standen Pfannen und ein Kessel neben ganz- und halbverkohltem Holz. Hinter dem Zelt war Holz gestapelt. Bill schob das Netz zur Seite und öffnete die Zeltklappe, und sie sahen hinein. Das Zelt war leer. Auf dem Zeltboden lagen ein Schlafsack und eine Mauserpistole, fünf Schachteln Patronen und mehrere Kisten mit Kleidungsstücken und Vorräten.

»Ich wußte, er ist nicht tot«, sagte Eve.

»Ist das seine Pistole?« fragte Jay.

»Ja.« Sie trat ins Zelt. »Ich wußte doch, er ist nicht tot.« Ihre Lippen zitterten.

»Wir warten draußen auf Sie«, sagte Bill.

Er schlug die Zeltklappe hoch, damit Eve Licht hatte, und ging mit Jay auf die andere Seite der Lichtung. Jay sah auf seine Uhr. »Es ist nach Mittag.«

Bill sagte: »Wir sind nur drei Stunden vom Camp entfernt.«

»Diese verdammten Pygmäen«, sagte Jay. »Glaubst du, daß Salles lebt?«

»Ich bezweifle es. In diesem Teil des Dschungels kann einem allerhand passieren.«

Sie schritten den Rand der Lichtung ab. Eve war noch immer im Zelt. Bill entdeckte einen Fußpfad, der noch tiefer in den Dschungel führte. An seinem Rand, etwa sechs Meter entfernt, stand ein Baum, an dem eine dreieckige Markierung zu sehen war.

»Das ist seine Markierung«, sagte Bill.

»Er kann nicht weit sein«, sagte Jay. »Sonst hätte er das Zelt mitgenommen.«

Sie gingen zu dem markierten Baum. Das freigelegte Holz war verblaßt, aber die Markierung war noch nicht sehr alt. Weiter vorne konnten sie eine weitere Markierung sehen. Salles war offenbar vorsichtig gewesen. Als sie zur Lichtung zurückkamen, stand Eve vor dem Zelt. »Hallo«, sagte sie. »Ich hatte schon Angst, ihr hättet mich im Stich gelassen.«

Bill erzählte ihr von den Markierungen.

»Können wir ihnen folgen?« fragte sie ungeduldig.

»Ich weiß nicht«, sagte Bill.

»Aber weit kann er nicht gegangen sein.«

»Jedenfalls weiter, als wir mit leerem Magen gehen möchten.«

»Aber wir haben hier doch etwas zu essen«, sagte Eve. »Kommt, wir essen und gehen dann weiter.«

»Was meinst du, Jay?« fragte Bill.

Eves Blick wich nicht von Jays Gesicht. »Bitte«, sagte sie.

Jay sagte: »Na schön.«

Während Bill Feuerholz holte, öffneten Jay und Eve zwei

Büchsen Corned beef. Außerdem machten sie eine Dose Kräcker auf. Bill beugte sich über irgend etwas neben dem Holzstapel. »He«, rief er. Sie gingen zu ihm hinüber. Er zeigte ihnen den frischen Abdruck einer Leopardenpranke auf dem weichen Boden hinter dem Holzstapel. Der Abdruck war riesig.

»Kein Wunder, daß die Pygmäen nicht mitkommen wollten«, sagte Eve.

Beim Essen empfanden sie eine Art nervöser Heiterkeit. Die Leopardenfährte hatte ihnen allen einen Schock versetzt. Sie war so groß wie die Spur eines Löwen. Sie aßen das Fleisch und die Kräcker und nahmen ein paar Schlucke aus einer Flasche Cognac, die Eve im Zelt gefunden hatte. Jay hatte seine Springfield an einen Baumstamm dicht neben sich gelehnt. Durch das Gewehr und den Cognac fühlte er sich sicherer. Von allen afrikanischen Tieren konnte er Leoparden am wenigsten ausstehen. Er hatte gehört, daß sie besonders hinterhältig seien. Carl Akeley sei von einem beinahe getötet worden.

»Ein richtiges Abenteuer«, sagte Eve.

Jay sagte: »Ich glaube nicht, daß der Abdruck echt ist.«

»Ich weiß«, sagte Bill. »Es ist ein Ersatzleopard.«

»Wenn wir noch mal nachsehen gingen, wäre er verschwunden«, sagte Jay.

»Ich gehe da nicht noch mal hin, um nachzusehen«, sagte Bill.

»Vielleicht ist es ein kleiner Leopard mit sehr großen Tatzen«, sagte Eve.

»Es ist ein Ersatzleopard.«

Jay goß ihnen noch drei Drinks ein. Der Cognac roch nach Trauben. »Sie machen es mit Spiegeln«, sagte Bill.

»Deshalb schenken die Missionare den Eingeborenen immer Spiegel«, sagte Jay.

»Ich habe mich schon gefragt, weshalb«, sagte Eve.

»Sie benutzen Spiegel und machen damit Fußspuren, Wodu-Zauber, Zombies und Jungfrauen.«

»Vor allem Jungfrauen«, sagte Bill.

»Los, Jungs«, sagte Eve. »Schluß mit dem Cognac. Wir haben zu arbeiten.«

»Vielleicht können wir dazu Spiegel nehmen«, sagte Bill.

»Gehen wir eine Stunde den neuen Trampelpfad lang«, sagte Eve.

»Okay.«

Bevor sie sich auf den Weg machten, holte Bill einen Rucksack aus dem Zelt. Er tat mehrere Büchsen Rindfleisch und Lachs, einen großen Schokoladenriegel und zwei Dosen Kräcker hinein.

»Auch etwas Cognac«, sagte Jay.

Bill tat eine ungeöffnete Flasche in den Rucksack.

»Ich nehme die Pistole«, sagte Eve. »Dann fühlen wir uns sicherer.«

Sie steckte die Mauser und eine Handvoll Patronen in eine kleine Gummitasche. Sie schlossen das Zelt und zogen das Moskitonetz herunter. Bill ging auf dem Pfad voraus. Sie gingen langsam, zwängten sich zwischen Blättern und Kletterpflanzen und Zweigen hindurch, machten die Kleidung los, wenn sie sich in den Dornen verfangen hatten, stapften durch sumpfiges Gelände, wateten durch Flüsse und schlängelten sich zwischen großen Bäumen hindurch. Manchmal mußten sie warten, während Bill vorausging, um nach einer Markierung zu suchen, aber meist war der Verlauf des Pfades leicht zu erkennen. Jays Kleidung wurde schweißnaß. Im Dschungel herrschte eine drückende Hitze.

Er dachte über Eve nach. Sie hatte sich ausgezeichnet verhalten. Es hatte weder Tränen noch hochtrabende Worte gegeben. Sie war ein prima Kerl. Er war froh, daß Cable sie nicht bekommen hatte. Das Columbia-Museum würde sie allerdings nicht für einen prima Kerl halten. Sie hatte dessen Afrikaexpedition praktisch zum Scheitern gebracht, und jetzt machten die beiden übriggebliebenen Expeditionsteilnehmer nicht etwa Jagd auf

Okapis, weshalb sie eigentlich gekommen waren, sondern suchten nach ihrem Mann. Vielleicht konnten sie Salles erlegen und ihn ausgestopft dem Museum als Schenkung überreichen. Er gäbe ein Ausstellungsstück ab, das es zumindest mit Akeleys Afrikasaal aufnehmen könnte. Das würde ihnen bestimmt gefallen. Vermutlich hätten sie ganz gern noch ein paar ausgestopfte Eingeborene dazu.

Bill wußte nicht, wo es weiterging. Er ging voraus, und Jay setzte sich mit Eve auf einen Baumstamm. Sie zündeten sich eine Zigarette an und warteten. Der Tabak roch gut.

»Haben Sie nicht auch ein Geräusch hinter uns gehört?« fragte Eve.

»Nein.«

»Aber ich. Irgend etwas folgt uns.«

»Vielleicht ist es der Ersatzleopard.«

»Ich hoffe nicht.«

Bill kam zurück. »Der Pfad wird langsam ziemlich undeutlich«, sagte er.

»Keine Markierungen?« fragte Jay.

»Hast du denn überhaupt nicht aufgepaßt? Wir haben seit zehn Minuten keine mehr gesehen.«

»Bist du sicher, daß du auf dem Pfad bist?«

»Ja.«

»Also gehen wir.«

Eve sagte: »Was ist mit meiner Raubkatze?«

»Ich geh' ein Stückchen zurück«, sagte Jay. »Ihr spitzt die Ohren.«

Nach ein paar Schritten schloß sich das dichte Blattwerk hinter ihm, und die anderen konnten ihn nicht mehr sehen. Er ging so leise, daß er die Geräusche des Dschungels hörte. Die Wolken hingen tief, und er konnte den Himmel nicht sehen. Er fühlte sich unbehaglich so allein. Er folgte den Spuren, die sie auf dem weichen Boden des Pfades hinterlassen hatten. Dann sah er, über

Eves Abdrücken, den Abdruck eines Leoparden. Der Leopard war nicht so groß wie derjenige, dessen Spuren sie bei Salles' Zelt gesehen hatten, aber er war groß genug. Er fand die Stelle, wo die Spuren des Leoparden aufhörten. Der Leopard mußte ihn kommen gehört haben und mit einem Satz ins Dickicht verschwunden sein. Er ging zu den anderen zurück.

»Was entdeckt?« fragte Bill.

»Nein. Nichts. Gehen wir noch fünf Minuten weiter. Dann kehren wir um.«

Der Pfad war sehr undeutlich. Jay fragte sich, warum Salles aufgehört hatte, die Bäume zu markieren. Hatte Bill irgendwann die falsche Richtung eingeschlagen? Er war beunruhigt. Ihm behagte es nicht, daß der Leopard ihnen folgte. Ihm behagte es nicht, ohne Mr. Palmer durch den Dschungel zu gehen.

»Hättest du nicht lieber die Bäume markieren sollen?« fragte er Bill.

»Ich weiß, wo es zurückgeht.«

Es begann zu donnern. Zunächst war das Geräusch weit weg, aber es wurde immer lauter. Der Donner breitete sich über den ganzen Urwald aus. Schwarze Wolken trieben am Himmel, aber es war windstill. Die Luft im Wald war wie elektrisch geladen.

»Jetzt sitzen wir ganz schön in der Patsche«, sagte Jay.

»Können wir uns nicht einen Unterstand bauen?« fragte Eve.

»Wenn wir eine Lichtung finden.«

Es gab keine Möglichkeit, den Pfad zu verlassen. Büsche, junge Bäume und Dschungelpflanzen, mit Lianen durchwachsen, bildeten auf beiden Seiten eine grüne Wand. Sie gingen rasch weiter. Es war mittlerweile ziemlich dunkel, und der Donner klang wie Ziegelsteine, die auf Holz aufschlugen. Blitzstrahlen reflektierten am dunklen Himmel. Sie kamen an eine Lichtung am Ufer eines Flusses, die Lichtung war mit weißem Sand und Lehm bedeckt. Die Spuren vieler Tiere bildeten Muster im Sand. Jay sah die Abdrücke von Okapis. Jetzt konnten sie die treibenden schwarzen Wolken deutlich sehen. Weit in der Ferne erklang ein tosendes Geräusch. Jay wußte nicht, ob es Wind oder Regen war. Bill zeigte auf einen runden, buschartigen Baum am Rand der Lichtung.

»Unser Unterstand«, verkündete er.

Er ließ sich von Eve und Jay Blätter und Kletterpflanzen bringen, die er mit dem oberen Teil des Baumes verflocht. Jay entdeckte eine Gruppe wilder Bananenbäume und schnitt die Blätter ab. Bill legte sie wie Dachschindeln oben auf ihren Baum und befestigte sie mit Schlingpflanzen. Dann schnitt er drei junge Bäume und stieß sie in den Boden, so daß ihre Zweige unten um den Baum herum eine Wand bildeten. Die Zweige verflocht er mit anderen Zweigen und mit noch mehr Bananenblättern, die Jay geholt hatte, so daß eine dichte Wand entstand. Überall um sie herum blitzte es. Das Tosen war stärker geworden. Sie arbeiteten schnell, versuchten den Unterstand fertig zu bekommen. Dann sahen sie den Regen. Er kam als weiße Wand, wie ein Tuch aus Wasser, wie ein undurchdringlicher Vorhang, über den Fluß auf sie zu, peitschte die dunkle, glatte Oberfläche des Flusses. Sie krochen in die Schutzhütte, und durch die Öffnung sahen sie den Wasserfall näher kommen. Drei große Vögel flogen flußabwärts, mit kräftigen Flügelschlägen, die Beine nach hinten gestreckt. Der Wind und der Regen tosten in den Bäumen, die die Lichtung umstanden.

»Festhalten!« rief Bill und grinste vor Aufregung.

Wasser ergoß sich auf das Schutzdach. Etwas sickerte durch, aber Bill konnte die undichten Stellen von innen stopfen. Nach dem ersten Schwall regnete es sich ein, und der Regen fiel gleichmäßig und schwer, hüllte die Lichtung und den Fluß ein. Die Luft hatte sich abgekühlt, und sie saßen da, die Kleidung eng an sich gezogen.

»Wir haben vergessen, eine Zentralheizung einzubauen«, sagte Jay.

»Ich hab' eine Zentralheizung dabei«, sagte Bill.

Er nahm die Flasche Cognac aus dem Rucksack und öffnete sie und gab sie Eve. »Keine Becher«, sagte er.

»Ich trinke gern aus der Flasche«, sagte Eve. »Ich fühl' mich dann immer so frivol.«

Sie trank und gab Jay die Flasche. Er nahm einen zu großen Schluck, und er mußte kurz würgen. Der Alkohol brannte ihm im Hals, aber als er seinen Magen erreichte, war es ein angenehmes Gefühl.

»Bill, der Baumeister«, sagte er und reichte die Flasche weiter.

»Häuser im Nu, Sie sehen zu«, sagte Bill und trank.

»Noch dazu schöne Häuser«, sagte Eve.

»Möchten Sie noch etwas Zentralheizung, Eve?«

»Ja, bitte.«

Sie tranken alle noch einen Schluck. Sie wurden sehr ausgelassen. Jay verkündete, er würde ohne Cognac an keiner Afrikaexpedition mehr teilnehmen. Sobald er wieder zu Hause wäre, würde er ein Buch über Cognac schreiben. Er hätte Cognac vorher nie richtig zu schätzen gewußt. »Cognac ist etwas Feines«, sagte er.

Es regnete noch immer, und der Fluß stieg allmählich an. Sie konnten ihn nicht sehen, aber die Strömung machte ein rauschendes Geräusch, und es waren Wellen zu hören. Es wurde kälter.

»Glauben Sie, daß das Wasser bis zu uns kommt?« sagte Eve.

»Ich glaube nicht«, sagte Jay.

»Es klingt ziemlich bedrohlich.«

»Ich geh' zum Fluß und gebiete dem Wasser Einhalt«, sagte Bill.

Irgendwo hinter ihnen im Dschungel ertönte ein ohrenbetäubender Knall. Darauf folgten ein reißendes Geräusch und das Bersten von Ästen und schließlich ein lautes Krachen. Ein großer Baum war umgestürzt. Der Klang des Regens war wieder zu hören. Eine Herde Tiere kam vom Pfad her auf die Lichtung und rannte stampfend auf den Fluß zu. Jay sah flüchtig untersetzte graue Körper durch den Regen hindurch, die dicht aneinander gedrängt waren und sich sehr schnell bewegten. Die Tiere waren nicht groß. Wasser platschte laut auf, als sie in den Fluß stürmten. Im Nu war das Geräusch verklungen.

»Was zum Teufel war denn das?« fragte Bill.

»Ich weiß nicht.«

»Die hatten's aber eilig.«

Eve fragte: »Was riecht hier so?«

Jay atmete tief durch die Nase. Es roch scharf. »Ich kenne den Geruch«, sagte Eve.

Bill sagte: »Das Elefantenhaus im Zoo.«

»Aber die waren höchstens einsfünfzig groß.«

»Pygmäenelefanten«, sagte Bill.

»Aha.«

Jay sagte: »Der Baum hat sie in Panik versetzt.«

»Es ist wirklich ein unheimliches Land«, sagte Eve. »Ersatzleoparden und Elefanten so groß wie Ponys und Gewitter, wie man sie noch nie erlebt hat.«

»Langsam nehme ich Monsieur Delage immer ernster«, sagte Bill. »Erinnert ihr euch an das Einhorn? Und die Höhlenmenschen? Und die behaarten Vögel?«

»Ja.«

»Ich glaube ihm jedes Wort«, sagte Bill.

So plötzlich, wie es gekommen war, ließ das Gewitter nach. Der Donner zuerst. Dann hörte der Regen auf. Im Westen zeigte sich blauer Himmel. Jay sah auf seine Uhr. Es war kurz vor vier. Das Gewitter hatte fast eine Stunde gedauert. Er verließ hinter Eve und Bill die Schutzhütte. Der Fluß war doppelt so breit wie zuvor, das Wasser war schlammig und floß schnell. Die Lichtung war übersät mit den runden Spuren von Elefanten. In jedem Abdruck stand das Wasser.

»Wir sollten uns auf den Rückweg machen«, sagte Jay.

»Ich denke auch«, sagte Eve. »Aber trotzdem gebe ich nicht gern auf.«

»Wir kommen ja wieder.«

»Klar«, sagte Bill. »Wir kommen wieder.«

Sie gingen zum Flußufer. Das Flußbett verlief in vielen Windungen, und sie konnten nur ein paar hundert Meter in beide Richtungen blicken. Zur Linken war eine kleine Insel. Das Hochwasser überschwemmte sie zum Teil, aber in der Mitte gab es einen trockenen Erdhügel. Jay fragte sich, ob es im Fluß Fische gab. Über Fische in Afrika hatte er nie viel gelesen.

Bill faßte ihn am Arm. »Sieh mal.«

An dem zum Dschungel gelegenen Rand der Lichtung, unweit vom Pfad, stand ein Leopard. Er beobachtete sie, sein Schwanz bewegte sich langsam hin und her. Er hatte wilde gelbe Augen. Er fürchtete sich nicht vor den Menschen. Jay entsicherte seine Springfield, legte das Gewehr an und zielte auf den Kopf des Tieres. Gerade als er den Finger krümmte, glitt der Leopard geschmeidig in Richtung der grünen Blätterwand zu. Die Kugel traf ihn in der Hinterhand, und er schwankte. Jay schoß gleich darauf noch einmal, als er im Gestrüpp neben dem Pfad verschwand. Jay war nicht sicher, ob der zweite Schuß getroffen hatte.

»Mein Gott! Was für ein Exemplar!« sagte Bill.

Eve blickte auf die Stelle, wo der Leopard in den Wald gesprungen war. »Was machen wir jetzt?«

Jay sagte: »Vielleicht habe ich ihn erwischt.«

Das Unterholz war sehr dicht. Sie konnten nicht in das Gewirr aus Gras und Ranken und Pflanzen hineinsehen. Jay feuerte vier Schüsse in den dichtesten Teil hinein, und ihr Klang hallte vom Fluß her wider. Hinter sich hörte er die Flügel von Wasservögeln. Der Leopard rührte sich nicht.

»Er ist abgehauen oder tot«, sagte Bill.

»Ja.«

»Ich hoffe, er ist tot«, sagte Eve.

Jay wußte, daß es eigentlich für einen Waidmann üblich war, einem verletzten Tier so lange zu folgen, bis er es getötet hatte. Das war gut und schön, dachte er, wenn der Waidmann nichts Besseres zu tun hatte. Aber sie mußten zurück ins Lager, bevor es dunkel wurde. Er lud die Springfield. Um ein Waidmann zu sein, war keine Zeit.

»Sollen wir jetzt gehen?« fragte er.

Bill holte den Rucksack aus der Schutzhütte. Er verbeugte sich vor der Hütte. »Dank dir, bescheidene Hütte«, sagte er. Er warf sich den Rucksack über die Schulter und ging auf den Pfad zu. Die Sonne war wieder hervorgekommen. Eve folgte Bill, und Jay folgte ihr, sie blieben dicht beisammen. Es wurde augenblicklich dunkel, als sie die Lichtung verließen. Jay hatte ein ungutes Gefühl. Er hatte immer Angst vor Höhlen gehabt, und der Wald war wie eine Höhle. Er versuchte, beide Seiten des Pfades im Auge zu behalten, aber es war unmöglich, durch den dichten Bewuchs hindurchzusehen. Er hörte ein leichtes Rascheln und drehte sich um und sah, wie der Leopard auf ihn zukam, dicht am Boden und sehr schnell. Er riß die Springfield hoch und feuerte und verfehlte ihn, und der gelbe Körper kam, mit ausgestreckten Krallen, durch die Luft auf ihn zu. Er drehte die rechte Schulter und schwenkte den Körper, und die Krallen rissen ihm den Hemdsärmel und die Haut vom rechten Arm, als der Leopard vorbeisprang, sich umdrehte und wieder über ihm war, die Richtung wechselte und mit fließenden Bewegungen sprang, die an einen wirbelnden gelben Umhang erinnerten. Eve schrie. Er fiel ins Unterholz, der Leopard über ihm, wild fauchend und beißend und kratzend. Er griff mit den Händen in das weiche Fell am Hals und versuchte, dem Leoparden die Luft abzudrücken, zog dabei die Knie an, um Bauch und Unterleib vor den Krallen der Hinterläufe zu schützen; er empfand weder

Angst noch Schmerz, nur Wut, die in ihm aufstieg, um sich mit der des Leoparden zu messen. Der Leopard wand sich unter seinen Händen. Er fauchte ihn an, die Ohren angelegt, die Augen rotgelb und wütend; die Krallen zerfurchten seine Arme. Jay versuchte, sich auf den Leoparden zu rollen, aber er war nicht stark genug. Der Atem des Tieres roch nach verwestem Fleisch. Er wälzte sich im Unterholz, kämpfte mit ihm in einem Gewirr aus Ranken und Gestrüpp. Die Zähne des Leoparden schlossen sich um seinen Arm, und zum erstenmal fühlte er Schmerz.

Bill packte den Leoparden am Schwanz und zog ihn von Jay weg. Der Leopard wirbelte herum, kletterte an Bills Körper hoch und biß ihn in den Hals. Bill schlug ihm mit beiden Händen ins Gesicht, aber der Leopard ließ nicht los, die Zähne in Bills Hals, die Vordertatzen auf Bills Schultern. Seine Hinterkrallen gruben sich in Bills Bauch. Jay versuchte aufzustehen. Sein linker Arm gab unter seinem Gewicht nach, und er fiel ins Gras. Er stand auf, stützte sich auf den rechten Arm. Der Leopard hatte Bill in die Knie gezwungen, die Hintertatzen krallten sich tief in Bills Bauch. Eve hatte die Mauserpistole in der Hand, aber sie wagte nicht zu schießen aus Angst, Bill zu treffen. Jay nahm ihr die Pistole ab und ging dicht an den Leoparden heran; der Leopard sah ihn an und fauchte, hielt Bill aber noch immer mit den Krallen fest; Jay drückte den Lauf gegen die gelbe Brust und drückte ab; die Pistole leerte sich mit donnerndem Stakkatorhythmus, das Rot verschwand aus den Augen des Leoparden, die Vordertatzen rutschten von Bills Schultern, und der Körper glitt auf den Boden. Der Leopard sah schön aus, wie er so dalag, das weiche, cremefarbene Fell am Bauch färbte sich vom austretenden Blut kastanienbraun. Das Fell war dicht, und die schwarzen Flecken auf dem Rücken hoben sich sehr deutlich ab. Jay warf Eve einen Blick zu, aber sie sah Bill an, die Augen vor Entsetzen weit aufgerissen.

26

Sie trugen Bill zu der Lichtung am Fluß und legten ihn unter einen Baum, an dem rosa Blüten wuchsen. Die Nachmittagssonne war gelb auf dem Sand am Wasser, und sie drehten ihn mit dem Rücken in diese Richtung, damit das Licht ihm nicht in den Augen weh tat. Er wollte nicht auf der Erde liegen, sondern setzte sich aufrecht hin, hielt die Hände vor den Bauch. An seinen Fingern war Blut.

»Sie müssen einen Verband machen«, sagte Jay.

»Ihr Hemd«, sagte Eve.

»Es ist nicht sauber.«

»Wir haben nichts anderes.«

Jay zog sein Hemd aus. Eve holte Wasser in einem Pappbecher, und er bereitete eine Lösung aus Permanganatkristallen zu, die er in einer Streichholzschachtel hatte. Bill saß unter dem Baum, rührte sich nicht, sondern starrte mit offenen Augen auf die rosa Blüten, die zwischen den Blättern wuchsen. Jay beugte sich über ihn.

»Nein«, sagte Bill.

»Aber Bill.«

»Laß mich in Ruhe.«

»Wir müssen dich verbinden.«

»Es ist sinnlos.«

»Ach, Bill.«

»Ich weiß es. Ich spüre es. Sieh doch.«

Bills Hände waren blutbeschmiert. Der Duft des Baumes vermischte sich mit dem Blutgeruch. Jay stand auf. Eves Blick war auf Bills Hände gerichtet.

»Was machen wir bloß?« fragte Jay.

»Wir müssen ihn verbinden.«

»Komm schon, Bill. Sonst verblutest du.«

»Hoffentlich. Und zwar schnell.«

»Bitte, wir wollen dir doch helfen«, sagte Eve.

»Wenn ich die Hände wegnehme«, sagte Bill, »kommen mir die Gedärme raus.«

Jay sah Eve an. Sie fing an zu weinen. Sie sah ihn an und schüttelte den Kopf. Sie wußten nicht, was sie tun sollten.

»Nimm die Lösung für dich, Jay«, sagte Bill.

»Ich brauch' sie nicht.«

»Du kriegst eine Blutvergiftung.«

»Nein.«

»Doch. Nimm sie. Du mußt Eve hier rausbringen.«

»Wir werden alle hier rauskommen.«

»Sei nicht albern. Verdammt noch mal! Sieh doch.«

Bill nahm eine Hand von seinem Bauch, und Jay wandte sich von ihm ab und sah auf den Fluß. Das Wasser war noch immer schlammig vom Regen. Er stand weiter mit dem Rücken zu Bill, bis er seine Gesichtszüge in der Gewalt hatte, betrachtete den Fluß und den gelben Sand. Er hörte Wind in den Bäumen.

»An dieser Stelle setzen immer die Geigen ein«, sagte Bill.

»Oh, Bill«, sagte Jay.

»Verbinden Sie ihm den Arm, Eve.«

»Okay, Bill«, sagte sie.

Die Permanganatlösung brannte wie Feuer, aber Jay konnte vor Bill nicht aufschreien. Seine Beine waren unverletzt; die Stiefel und die dicke Hose hatten sie geschützt, aber der Leopard hatte ihm Arme und Schultern aufgerissen. An manchen Stellen hatten die Krallen gelbweiße Knochen bloßgelegt, über denen noch lose Fleischlappen hingen. Sein linker Arm war dort, wo er gebissen worden war, eine fleischige Masse. Eve goß ihm den Rest der Lösung auf den Arm.

»Halten Sie doch still«, sagte sie.

Sie schnitt einen Streifen vom Hemd ab und wickelte ihn um den Arm. Sein Körper brannte von der Permanganatlösung. Sie machte den Verband fest.

»Das ist alles, was ich tun kann.«

»Es ist hervorragend.«

»Ich wünschte, ich könnte mehr tun.«

Bill beobachtete sie. Sein Gesicht hatte sich verfärbt, und er saß da mit eingefallener Brust, die Hände gegen den Bauch gepreßt. Hellrotes Blut sickerte zwischen seinen Fingern hervor.

»Jay«, sagte er.

»Ja, Bill?«

»Tust du mir einen Gefallen?«

»Ja, jeden.«

»Sag meinem alten Herrn, ich bin anständig gestorben.«

»Du wirst nicht sterben.«

»Sag's ihm, Jay.«

»Ich sag's ihm.«

»Er hat mich immer für einen Feigling gehalten.«

»Das wird er jetzt nicht mehr.«

»Sag ihm, daß ich wollte, daß er sich an Bombi erinnert. Er wird es verstehen. Es ist ein Witz, den wir immer gemacht haben, als ich klein war.«

»Bombi«, sagte Jay.

Der Wind in den Bäumen klang wie eine Brandung in weiter Ferne. Er wehte mit einem seufzenden Geräusch über die Lichtung, bewegte Bills Baum, und ein paar rosa Blüten fielen herab.

»Nicht weinen, Eve«, sagte Bill.

»Ich weine nicht.«

»Es tut nicht weh.« Er lächelte sie an. »Ich habe bloß ein taubes Gefühl.«

Eves Lippen bebten, und Tränen liefen ihr über das Gesicht,

aber sie gab keinen Laut von sich. Sie weinte, anscheinend ohne zu wissen, daß sie weinte. Bills Gesicht war grau.

»Gib meine Unterlagen dem Professor«, sagte er zu Jay. »Er will sie bestimmt sehen.«

»Ich werde sie ihm geben.«

»So schlecht stehe ich am Ende doch nicht da, was?«

»Du hast uns das Leben gerettet.«

»Ich hatte Angst, aber ich habe nicht...« Irgend etwas geschah in seinem Innern, und er sprach nicht weiter. Schweiß bildete sich auf seinem Gesicht. Er hielt die Hände auf den Bauch gepreßt und schloß die Augen.

Eve fragte: »Möchten Sie etwas Brandy, Bill?«

Bill schüttelte den Kopf.

»Kühlen Sie ihm das Gesicht, Jay«, sagte sie.

Jay ging zum Fluß und tauchte sein Hemd ins Wasser. Die Sonne stand niedrig, aber das Licht war noch immer stark. Es glitzerte auf dem Wasser und blendete ihn. Der Fluß wurde langsam wieder klar nach dem Regen, und an den seichten Stellen konnte Jay den sandigen Grund sehen. Am anderen Ufer waren Schilf und eine grüne Wand aus Bäumen. Im Schilf auf der rechten Seite suchten sich Vögel ihre Nahrung. Er sah einen blauen Kranich mit einem Federbüschel auf dem Kopf. Auf dem Rückweg versanken seine Füße im Sand. Er kniete sich neben Bill.

»Laß mich«, sagte Bill.

»Ich will dir nur das Gesicht kühlen.«

»Rühr mich nicht an.«

»Bloß das Gesicht.«

»Bitte!« sagte Bill. »Kannst du mich nicht in Ruhe sterben lassen?«

»Du stirbst nicht.«

Bill atmete in kurzen Zügen, als wäre er gerannt. Er schwitzte immer noch. Er bewegte sich nicht, außer wenn er beim Atmen erbebte. Jay versuchte nicht, ihm das Gesicht zu kühlen.

»Eve«, sagte Bill, »denken Sie immer noch, daß ich ein Feigling bin?«

»Dafür, daß ich das gesagt habe, könnte ich mir die Zunge abschneiden.«

»Ich war ein Feigling.«

»Sie sind ein mutiger Mann.«

»Ich habe mich so geschämt wegen der Sache mit dem Löwen.«

»Das hast du wettgemacht«, sagte Jay. »Tausendmal.«

»Sie sind ein sehr mutiger Mann«, sagte Eve.

»Immerhin, ich habe keine Angst zu sterben.«

»Ach, Bill.«

»Nein, das ist gelogen«, sagte Bill. »Ich habe furchtbare Angst. Aber ich kann nichts daran ändern.«

»Du wirst nicht sterben.«

»Nein«, sagte Bill. »Nicht in den nächsten drei, vier Minuten.«

Sein Gesicht war jetzt ganz grau. Eine Wolke schob sich vor die Sonne, und sofort war es kühler. Wenn der Wind nicht blies, konnte man das gleichmäßige Rauschen des Flusses und das Geräusch von Bills Atmen hören.

»Jay«, sagte er.

»Ja.«

»Sag meinem Vater das mit Bombi.«

»Bestimmt.«

»Es war ein Witz, den wir immer gemacht haben.«

»Ich weiß, Bill.«

»Und gib dem Professor meine Unterlagen.«

»Ja.«

Er versuchte nicht mehr zu sprechen. Er saß auf dem Boden, hielt dabei den Rücken so gerade wie möglich. Das Blut sickerte noch immer zwischen seinen Fingern hervor. Er schloß die Augen. Nur dank seiner Willenskraft saß er noch aufrecht, aber er wollte sich nicht hinlegen. Einmal versuchte Jay, ihm zu helfen. Er setzte sich neben ihn.

»Halt dich an mir fest, Bill.«

Bill gab keine Antwort.

»Dann geht's besser«, sagte Jay. »Halt dich fest.«

Als Bill nicht antwortete, versuchte er, ihn zu stützen, indem er seinen Ellbogen nahm. »Rühr mich nicht an«, sagte Bill.

Jay stand auf und ging hinüber zu Eve. Sie saßen lange nicht weit von dem Baum, dankbar, wenn der Wind aufkam und sie Bill nicht mehr atmen hören konnten. Jays Wunden taten sehr weh. Die Sonne näherte sich über den Fluß hinweg den Wipfeln der Bäume und verschwand dann dahinter. Es wurde allmählich dunkel auf der Lichtung.

»Sollten wir nicht lieber ein Feuer machen?« fragte Eve.

»Wahrscheinlich.« Jay stand auf. »Ich geh' Holz suchen.«

Entlang dem Ufer lag Treibholz. Zum Teil war es vom Regen naß, aber im Dickicht war das Treibholz trocken. Als er merkte, daß er sich nur unter Schmerzen bücken konnte, kniete er sich hin, um das Holz aufzuheben. Sein linker Arm war geschwächt, und er konnte nur vier Stücke tragen. Er brachte sie zu der Schutzhütte, die sie unter dem Baum gebaut hatten. Dann ging er wieder zum Fluß.

»Jay!« rief Eve. Ihre Stimme klang beunruhigt. Er lief zu ihr.

Bill war auf die Seite gefallen. Er hielt sich noch immer mit beiden Händen den Bauch, aber sein Gesicht lag auf der Erde.

»Holen Sie den Cognac«, sagte Eve.

Als Jay mit dem Cognac zurückkam, hatte sie Bills Kopf in ihren Schoß genommen. Er wollte nicht trinken. Jay versuchte, ihm welchen einzuflößen, aber er hatte die Zähne aufeinandergepreßt.

»Trink doch etwas«, sagte Eve.

Bill schüttelte den Kopf. Er öffnete die Augen und sah zu ihr hoch und lächelte. Seine Lippen bewegten sich, aber sie konnten nicht hören, was er sagte. Er schloß die Augen wieder. Seine Lippen waren blaß, und die Haut war bläulichweiß wie Seife. Einige

Minuten später hörte er auf zu atmen. Es war fast so, als würde er einschlafen, nur daß seine Augen sich am Ende öffneten. Sein Gesicht sah friedlich aus. Nach und nach rutschten die Hände von seinem Bauch, und sie konnten die nackten Eingeweide sehen, die die Farbe von Terrakotta hatten.

Eve fing an zu weinen. Jay nahm den Rucksack und kippte die Konservendosen und die Schokolade aus. Eve weinte, hielt noch immer Bills Kopf. Jay hob den Kopf an, und sie stand auf, und er schob den Rucksack unter den Kopf. Er versuchte, Bills Augen zu schließen, aber die Lider gingen immer wieder auf. Er nahm die Flasche Cognac, füllte einen Pappbecher und reichte ihn Eve.

»Trink das«, sagte er.

Der Sand um Bill herum war dunkel und naß vom Blut. Er war verblutet. Das Blut färbte den Sand dunkelbraun.

»Ich fühle mich ganz schrecklich«, sagte Eve.

»Trink«, sagte Jay.

Sie trank die Hälfte von dem Cognac. Er nahm den Becher, trank den Rest und schenkte nach. »Noch einen«, sagte er.

Sie trank, und wieder trank er aus, was sie übriggelassen hatte. Er sah auf die Flasche. Sie war fast halbvoll. Der Cognac hatte keine Wirkung auf ihn. Er hatte ihn nicht einmal schmecken können.

»Hätten wir nicht irgend etwas tun können?« fragte Eve.

»Ich weiß nicht.«

»Ich glaube, ja.«

»Und was?«

»Irgend etwas«, sagte sie. »Ach, ganz bestimmt.«

»Reden wir nicht davon.«

»Ich fühle mich so schrecklich«, sagte sie. »Ich bin sicher, es ist unsere Schuld.«

»Red keinen Unsinn.«

»Es ist unsere Schuld.« Sie begann zu weinen. »Es ist unsere Schuld. Wir hätten etwas tun können.«

»Halt den Mund«, sagte er.

Sie sah ihn überrascht an.

»Führ dich doch nicht auf wie das letzte Schulmädchen«, sagte er.

»Ist es dir etwa egal, daß er da tot liegt?«

»Ja.«

»Du gefühlloses Scheusal«, sagte sie.

»Verdammt noch mal, halt den Mund.« Er wandte sich ab.

»Wohin gehst du?«

Er antwortete ihr nicht. Er ging hinüber auf die andere Seite der Lichtung. Hier war es ziemlich dunkel, aber er konnte noch immer den Pfad erkennen. Der Wind blies nicht, und in den Bäumen war kein Geräusch zu hören. Eve lief ihm nach.

»Laß mich nicht allein.«

»Tu' ich ja nicht.«

»Ich habe Angst allein.«

»Dann komm mit.«

Der Pfad war jetzt genau wie eine Höhle. Es war viel dunkler im Wald. Eve blieb dicht hinter ihm. Als er an die Stelle kam, wo der Leopard ihn angegriffen hatte, lief ein Tier ins Unterholz. Das Geräusch erschreckte ihn. Einen Augenblick lang lief das Tier geräuschvoll, dann blieb es stehen. Jay spürte, daß es sie aus dem Wald beobachtete. Er fand den Leoparden, der schon angefressen war; die Hinterläufe waren zum Teil weg. Er kniete sich an der Stelle hin, wo seiner Erinnerung nach die Springfield auf den Boden gefallen war, und tastete mit den Händen im Gras herum. Es war sehr dunkel. Er versuchte, nicht an Schlangen zu denken. Das Gras war naß. Seine Finger berührten Metall, und er hob das Gewehr am Lauf hoch und hielt es in der rechten Hand. Dann drehte er sich um und ging rasch aus dem Wald hinaus. Eve berührte ihn am Arm, als sie die Lichtung erreichten.

»Es tut mir leid, daß ich mich so schlecht benommen habe«, sagte sie.

»Ich hatte Angst, du würdest hysterisch.«

»Ich war auch nahe dran.«

»Ich mußte grob werden.«

»Ich weiß«, sagte sie. »Was ich gesagt habe, war nicht so gemeint.«

»Schon gut.«

»Ich sage immer das Falsche.«

»Zünden wir das Feuer an.«

Er machte das Feuer vor dem Unterstand. Er schnitt Splitter von dem trockensten Stück Holz ab und zündete sie zuerst an. Dann schnitt er etwas dickere Stücke ab, und schließlich konnte er ganze Scheite auflegen. Er wünschte, er hätte einen Baumstamm, mit dem er das Feuer schützen könnte. Die Flammen erhellten einen Teil der Lichtung. Der Lichtkreis reichte nicht ganz bis zu Bills Leichnam unter dem Baum. Jay holte die Büchsen mit Fleisch und die Kräcker und die Schokolade. Eve saß am Feuer, sah hinaus auf den Fluß. Das Geräusch der Strömung kam zu ihnen herüber und übertönte das Knistern des Feuers.

»Möchtest du etwas essen?« fragte er.

»Kannst du etwas essen?«

»Nein.«

»Ich auch nicht.«

»Wie wär's mit etwas Cognac?«

»Ja, gern.«

Sie tranken etwas von dem Cognac. Diesmal konnte Jay ihn schmecken, und er spürte ihn in der Magengrube. Die Luft war jetzt kühl, und er fragte sich, ob sie sich die Nacht über würden warm halten können. Er nahm ein glühendes Holzscheit vom Feuer, und im Licht der Glut sammelte er so viel Treibholz, wie nötig war, um das Feuer bis zum nächsten Morgen in Gang zu halten. Er brachte auch etwas feuchtes Holz mit, weil es nicht so schnell abbrennen würde. Jedesmal, wenn er zum Feuer ging, sah er Eve weinen. Er unternahm nichts, damit sie aufhörte.

Er dachte, daß es ihr guttat zu weinen. Er wünschte, er könnte weinen oder sich besaufen. Es war fast das gleiche, dachte er. Beides waren emotionale Fluchten. Er warf das Holzscheit ins Feuer.

»Du solltest dich hinlegen«, sagte er.

»Ich kann doch nicht schlafen.«

»Ruh dich trotzdem aus. Morgen brauchst du Kraft.«

»Na schön.« Sie ging nicht in die Hütte. »Darf ich draußen bleiben? Ich möchte nicht da drin allein sein.«

»Ich leg' mich in den Eingang.«

»Das würde mich beruhigen.«

»Ich bewache das Feuer vom Eingang aus.«

Sie ging in die Hütte. Er legte nasses Holz um das Feuer herum und setzte sich in den Eingang. Insekten schwärmten um ihn herum, ihre Flügel erzeugten ein hohes Summen. Lange versuchte er, sie zu vertreiben, aber schließlich gab er es auf und wickelte sich die Überbleibsel seines Hemdes um Gesicht und Hals. Seine Lederjacke schützte den Rest des Oberkörpers.

»Leg dich besser auch hin«, sagte Eve.

Ihre Stimme drang aus der Dunkelheit der Hütte zu ihm. »Ist wohl besser«, sagte er.

Er legte sich auf die Seite, ruhte auf seinem unverletzten rechten Arm. Die Insekten summten um seinen Kopf. Er konnte Sterne am Himmel über der Lichtung sehen, einige sahen groß und ganz nahe aus. Der Himmel war violett. Das nasse Holz im Feuer zischte, und das trockene Holz brannte mit einem Geräusch von brechenden Zweigen, und hinter all dem erklang geheimnisvoll der Fluß. Die Luft war erfüllt vom Duft der Pflanzen. Er konnte gerade noch die dunkle Erhebung ausmachen, die Bills Körper unter dem Baum bildete.

Erst Linda; und jetzt Bill, dachte er. Seine Frau und sein bester Freund. Schließlich mußte jeder sterben. Möglicherweise war es besser, jung zu sterben, eines gewaltsamen Todes, schnell, mit

Mut, als mit dem wachsenden Bewußtsein zu leben, daß der Tod auch im endgültigen Zerfallen und Verfaulen des eigenen Körpers liegt. Es war schon ein verrückter Gedanke. Der junge Mensch sieht dem Tod nur ein einziges Mal ins Auge, der alte Mensch dagegen lebt mit dem Tod. So würde ein Dichter es wohl nicht gerade ausdrücken, aber es war ein sehr philosophischer Satz. Aber was nützte es? Der Tod war eine Tragödie, wenn das Opfer nicht bereit war zu sterben. Und praktisch niemand war bereit zu sterben. War er bereit zu sterben? Er dachte bei sich, ja; aber er wußte, daß er log. Selbst jetzt, wo Bill tot war, und Linda, war er nicht bereit zu sterben. Dem alten Mann mit dem Rauschebart war es ohnehin egal. Er wählte aus, ganz gleich ob man bereit war oder nicht. Wenn es diesen alten Mann mit dem Rauschebart überhaupt gab. Darüber war er bislang noch zu keinem endgültigen Schluß gekommen.

Er stand auf und legte Holz auf das Feuer. Schmerzen pochten in seinem Körper, und er fühlte sich sehr steif. Der Kopf tat ihm weh, und sein Gesicht fühlte sich heiß an. Er hatte Fieber. Das würde erklären, warum er sich solche Gedanken machte. Worüber hatte er zuletzt nachgedacht? Über den alten Mann mit dem Rauschebart. Gott wäre bestimmt interessiert zu erfahren, daß Jay Nichols über ihn noch zu keinem endgültigen Schluß hatte kommen können. Er legte sich wieder hin.

Armer alter Bill. Er erinnerte sich plötzlich an den Geruch nach ledergebundenen Büchern im Arbeitszimmer des Pfarrers und daran, wie der Pfarrer förmlich fragte: »Wer gibt die Braut ihrem Bräutigam?«, und wie Bill grinsend sagte: »Ich, und dieses eine Mal ist es wirklich seliger zu nehmen denn zu geben«, und an das Gesicht des Pfarrers, das plötzlich erstarrte, und dann küßte er Linda, sie weinte etwas, und sie stiegen ins Kabrio, und Bill sagte: »Hinten im Kofferraum liegt noch was für euch.« New England war an dem Tag wunderschön, das Land braun und grün, und einige Bäume wurden bereits rot, der Fluß glitt ruhig dahin, das Wasser silbrigblau, und in der Luft lag der Duft von Äpfeln und Mais und Heuschobern und Kürbissen und brennendem Laub, doch als die Sonne unterging, waren sie froh, daß sie den Gasthof erreichten. Und im Kofferraum lagen sechs Flaschen Veuve Cliquot, Jahrgang 26, von der Abendluft eisgekühlt. Sie tranken ihn zum Essen in ihrem Zimmer, zu dem knusprigen, zarten, goldbraungebratenen Hähnchen und dem Kartoffelpüree mit Bratensoße und dem Kürbis und dem Weißbrot und dem Johannisbeergelee. Das Serviermädchen war vergnügt und wunderte sich nicht über den Champagner, weil sie ihn aus dem Kino kannte, und auch sie waren vergnügt, aber insgeheim etwas ängstlich, denn sie liebten sich wirklich, und diese Nacht würde zeigen, was sie einander bedeuteten.

»Jay.«

»Ja, Liebling.«

»Ich bin's, Eve, Jay.«

»Oh.« Er schüttelte den Kopf, um zu sich zu kommen. Es war nicht Linda. Er mußte geschlafen haben. »Was ist?«

»Ich habe irgendwas gehört, bei Bill.«

Das Feuer war bis auf einen Rest Glut heruntergebrannt. Er nahm die Springfield und stand auf. Zwei Schatten lösten sich von Bills Leichnam und glitten auf den Wald zu. Er schoß aufs Geratewohl auf den zweiten Schatten, das Donnern des Gewehrs zerriß die Stille der Lichtung und verklang und hallte dann von den Bäumen auf der anderen Seite des Flusses wider. Vom Rückschlag der Springfield tat ihm die Schulter weh.

Kreischend und mit flatternden Flügeln erhoben sich Wasservögel aus dem Schilf und flogen den Fluß hinauf. Er legte trockenes Holz auf das Feuer und ging zu Bills Leichnam. Das Gesicht war angefressen. Eine Wange war aufgerissen, und der Kiefer und die Zähne waren bloßgelegt. Er ging zurück zum Feuer und fand einen zerbrochenen Ast mit einem spitzen Ende.

»Was war los?« fragte Eve mit leiser Stimme.

»Hyänen.«

»Ist Bill okay?«

»Ja.«

»Was hast du vor?«

»Ich werde ihn begraben.«

Sie sagte nichts.

»Ich kann ihn im Sand begraben«, sagte er. »Der Sand ist weich.«

»Aber wieso?«

»Wenn wir einschlafen, werden die Hyänen ihn kriegen.«

»Ich werde nicht einschlafen«, sagte sie.

»Vielleicht doch.«

Sie schwieg wieder. Sie hatte Angst. Er fand ein breites Stück Holz zum Sandschaufeln und legte noch mehr Holz auf das Feuer.

»Behalt bitte das Feuer im Auge«, sagte er.

Er wollte nicht, daß sie sah, wie die Hyänen Bill zugerichtet hatten. Sie stand am Eingang der Schutzhütte. Ihre Augen sahen im Feuerschein seltsam aus. Ihr Gesicht war blaß. Er nahm die zwei Stöcke und die Springfield und ging zum Rand des Flusses. Ein paar Meter von der Stelle entfernt, wo Bill lag, war der Sand weich. Er kniete sich hin und begann, den Sand mit dem abgebrochenen Ast zu lockern. Er stieß den spitzen Stock tief in den Sand und zeichnete ein etwa zwei Meter langes und einen Meter breites Rechteck vor. Dann nahm er das breite Stück Holz und fing an, den Sand auszukratzen. Es war anstrengend, mit einer Hand zu kratzen. Der Sand war oben trocken, aber in etwa dreißig Zentimeter Tiefe war er feucht.

Nun wurde Bill also in der kühlen feuchten Erde am Fluß begraben. Wo war Linda begraben, die er auch geliebt hatte? Auf einem neumodischen Friedhof mit einem Rasen, der aussah wie ein nahtloser Teppich, mit asphaltierten Wegen und Weiden und weißen Kreuzen aus Marmor, sämtliche Gräber so sauber und einheitlich wie Einfamilienreihenhäuser in einer Vorstadt. Aber selbst auf so einem Friedhof würde er gern neben ihr begraben liegen, doch ihre Familie würde das nicht zulassen, und deshalb würde er auf einem Hügel auf der Farm seines Großvaters, die einmal ihm gehören würde, begraben werden, in der Nähe von Bäumen, allein; niemand würde sich um sein Grab kümmern, nur der Regen und die Sonne und der Viehmist und das wildwachsende Gras, niemand anders läge neben ihm begraben, um ihm Gesellschaft zu leisten, es gäbe keine Geister, keine Trauernden, die sonntags mit Kränzen und Tränen und Picknickkörben seine Ruhe stören würden. Aber auch keine Linda.

Eve rief: »Bist du eingeschlafen, Jay?« Sie war ein gutes Stück auf ihn zugekommen.

»Ich glaube nicht.«

»Du hast so lange dagekniet, ohne dich zu bewegen.«

»Ich habe mich ausgeruht.«

»Bitte, laß mich dir helfen.«

»Na schön.«

Sie kam zu ihm. »Können wir damit nicht bis morgen warten?«

»Nein.«

Sie kniete sich neben ihn und schaufelte den Sand mit den Händen aus. Der Himmel war ziemlich hell, aber Jay konnte den Mond nicht sehen. Er war noch nicht über den Bäumen. Als die Grube tiefer wurde, gaben, die Wände nach, und sie mußten aufhören, noch tiefer zu graben, und erst den losen Sand herausschaffen. Sie arbeiteten lange, das leise Rauschen des Flusses in den Ohren, der Sand jetzt kühl und naß in ihren Händen. Schließlich war das Grab tief genug. Es war ungefähr neunzig Zentimeter tief. Jay half Eve auf die Beine, und dann ging er hinüber zu Bill. Sie wollte ihm folgen.

»Moment«, sagte er.

Er nahm sein Hemd und bedeckte Bills Gesicht und band die Ärmel hinter Bills Kopf fest. »Jetzt kannst du helfen«, sagte er.

Sie kam zu Bill herüber. Ihr Gesicht sah verängstigt aus. Er sah sie deutlich im Licht des silbervioletten Himmels. Sie sprach nicht. Hinter ihr stieg Dunst vom Fluß auf.

»Nimm seine Füße«, sagte er.

Sie sah auf das Hemd über Bills Gesicht. »Weshalb hast du das gemacht?«

»Ich dachte, es wäre besser.«

»Armer Bill«, sagte sie.

Sie zogen den Leichnam zur Grube und hinterließen einen dunklen Streifen im Sand. Wasser war ins Grab eingesickert. Es stand etwa dreißig Zentimeter hoch. Als sie Bill hineinlegten, mit dem vom Hemd bedeckten Gesicht nach oben, die Arme über der Brust verschränkt, bedeckte das Wasser ihn fast vollständig. Jay begann, Sand über den Leichnam zu schieben. Er wollte Bill begraben, bevor das Wasser höher stieg.

»Willst du nicht ein paar Worte sprechen?« fragte Eve.

»Und was?«

»Ich weiß nicht.«

»Ich auch nicht.«

»Du solltest ein paar Worte sprechen.«

Er überlegte einen Augenblick. Er kannte keine Gebete. Bill würde ohnehin keine Gebete wollen. Ihm fiel nichts ein, was er sagen könnte. Er sah den Dunst über dem Fluß aufsteigen. Er hörte das Murmeln des Flusses und das Geräusch der Wasservögel im Schilf und das Schwirren von Insekten um seinen Kopf. Die Luft am Fluß war feucht und kalt. Es würde bald Tag werden.

»Er war ein prima Kerl«, sagte er schließlich. »Paß bitte gut auf ihn auf.«

Sie schoben den Sand über Bills Körper. Im Nu war er nicht mehr zu sehen. Sie arbeiteten, bis der ganze Sand den Körper bedeckte. Jay strich die Oberfläche des Grabes mit seiner gesunden Hand glatt. Dann ging er mit Eve zur Schutzhütte zurück. Sie ging hinein. Er legte etwas Holz auf das Feuer und setzte sich in den Eingang. Er hörte Eve weinen. Vom Eingang aus konnte er die Stelle, wo Bill begraben war, nicht genau erkennen.

27

Der Lärm der Vögel in den Bäumen weckte sie. Der Himmel war mit Wolken bedeckt, und der Dschungel war dunkel, doch es sah nicht nach Regen aus. Eve ging sich im Fluß waschen. Sie ging so weit sie konnte von Bills Grab weg. Jay behielt sie im Auge, aber er versuchte nicht, sich aufzusetzen. Er wollte sich nie mehr von der Stelle rühren. Bill! Warum mußte das geschehen! Er schloß die Augen und versuchte, nicht an ihn zu denken.

Eve sagte: »Frühstück ist fertig, Jay.« Sie war zurückgekommen.

»Ich habe keinen Hunger.«

»Komm. Du mußt etwas essen.«

»Ich möchte nichts.«

Er sah, daß sie ihn besorgt ansah, und er setzte sich auf. Seine Verletzungen pochten, und er war etwas benommen.

»Es geht mir gut«, sagte er. »Ich habe nur keinen Hunger.«

Er ging zum Fluß und wusch sich. Das Wasser war kühl. Er dachte, daß er leichtes Fieber hatte. Nicht weit von ihm, am Rand des Waldes, schwebte ein grüner Kolibri über einer trompetenförmigen Blüte. Als Jay sich bewegte, flog der Kolibri mit einem metallischen Klicken davon, das so klang, als würden Murmeln in einen Beutel mit anderen Murmeln geworfen. Jay ging zu Bills Grab. Der Sand war etwas eingesackt, und es hatte sich eine flache Grube gebildet, die genauso groß wie der Leichnam war. Er schaufelte Sand mit den Händen, bis sich da, wo die Grube gewesen war, ein Hügel wölbte. Es gab keine Steine, aber er fand vier große Stücke Treibholz und legte sie auf das Grab. Er hoffte, das Holz würde Tiere davon abhalten, den Leichnam auszugraben. Er ging zurück zur Hütte.

»Willst du auch bestimmt nichts essen?« fragte Eve.

»Nein. Ich habe keinen Hunger.«

»Dann könnten wir ja eigentlich aufbrechen.«

»Wir kommen doch noch mal zurück, wegen Bill, nicht wahr?«

Sie blickte überrascht. »Natürlich, Jay.«

»Ich könnte nicht von hier weggehen, wenn wir nicht zurückkämen.«

»Aber wir kommen zurück. Mr. Palmer wird uns herführen.«

»Danke.«

Er spürte, daß sie ihn ansah. Er war sich nicht sicher, was er gesagt hatte, ihm tat der Kopf so weh. Was er meinte, war, daß er den Gedanken nicht ertragen konnte, Bill allein an einem Ort zurückzulassen, an dem er nicht hätte allein sein wollen. Das hatte er eigentlich sagen wollen. Sie brauchte ihn nicht so komisch anzusehen.

»Ich werde den Rucksack tragen.«

»Jay, möchtest du lieber noch etwas warten?«

»Nein.«

»Ich warte gern noch, wenn du dich nicht gut fühlst.«

»Ich fühle mich ausgezeichnet.«

Er füllte die Feldflasche mit Flußwasser und steckte sie in den Rucksack und hängte sich den Rucksack über die unverletzte Schulter und hob die Springfield auf und ging los, den Pfad entlang durch den Wald. Er blickte sich nicht zu Bills Grab um. Der Rucksack war schwer und tat ihm an der Schulter weh. Im Wald suchte er nach dem toten Leoparden. Er entdeckte die Stelle, wo er mit ihm gekämpft hatte. Der Kadaver war verschwunden. Vermutlich Hyänen. Es war sehr dunkel im Wald, und er hatte große Mühe, nicht vom Pfad abzukommen. Er konnte hören, wie Eve hinter ihm ging. Sie kamen an eine Gabelung, und er blieb stehen. Er suchte auf beiden Abzweigungen nach Fußabdrücken, aber um welche zu entdecken, war es zu dunkel. Die Trampelpfade waren gut zu erkennen.

»Ich glaube, zum Camp geht es nach rechts«, sagte Eve.

»Glaubst du?«

»Du nicht?«

»Nein. Ich glaube, es geht nach links.«

»Was sollen wir tun?« fragte sie.

»Ich weiß nicht.«

»Vielleicht sollten wir es eine Zeitlang in einer Richtung versuchen?«

»Ja. Gehen wir in deine Richtung nach rechts.«

»Wir können jederzeit hierher zurückkommen«, sagte sie.

»Sicher.«

In der Dunkelheit des Waldes tat ihm der Kopf nicht ganz so weh. Ihm war kühler, und das Gehen fiel leichter. Sie kamen an eine weitere Gabelung auf dem Pfad und nahmen wieder die rechte Abzweigung. Eine Viertelmeile weiter gabelte sich der Pfad erneut. Er war in keiner Richtung sehr deutlich zu erkennen.

»Wir gehen besser zurück«, sagte er.

Bald darauf kamen sie an die Gabelung, und er ging nach links, da er sich erinnerte, daß sie zuvor nach rechts gegangen waren. Im Wald war es ruhig, und ihre Schritte wurden vom Moos auf dem Pfad gedämpft. Das Moos war grün und dick, und ihre Füße hinterließen darauf nasse Spuren. Ein Vorhang aus rosa Orchideen, die von einem abgestorbenen Ast hingen, versperrte den Pfad.

»Ich kann mich nicht daran erinnern«, sagte Eve.

»Nein.«

»Oh, Jay, ich hoffe, wir haben uns nicht verirrt.«

»Wir gehen zurück.«

Das dumme war, so stellte er fest, als sie über das weiche Moos zurückgingen, daß die Gabelungen, auf die sie stießen, wenn sie in eine Richtung gingen, nicht die Gabelungen waren, die sie auf dem Rückweg entdeckten. Womöglich hatten sie, ohne es zu merken, an einer Gabelung eine falsche Richtung eingeschlagen. Wenn der Wald nur nicht so dunkel wäre. Sie gingen lange Zeit über das Moos und kamen an eine Gabelung, die ihnen beiden nicht bekannt vorkam.

»Wir müssen weiter«, sagte Jay.

Sie gingen viele Pfade entlang, versuchten es in einer Richtung, verfolgten ihre Spuren zurück, versuchten es in einer anderen, fanden einige Pfade, die breit und offenbar vielbegangen waren, und andere, die nach ein paar hundert Metern einfach im Nichts verliefen. Jays Kopf wurde müde. Er schaffte es nicht, seine Gedanken auf das Problem zu konzentrieren. Er dachte ständig an einen Wasserfall, keinen besonders hohen, aber einen, über den gleichmäßig kühles brausendes Wasser strömte, und er versuchte sich vorzustellen, wie es wäre, wenn er darunter stände. Der Wasserfall, der über eine schieferfarbene Wand brandete, gerade und glatt in einen Teich voller Felsen stürzte, in einem einzigen tiefen Ton toste, den Teich mit Schaum sprenkelte, die grauen Felsblöcke glitschig machte, wurde für ihn wirklicher als die Pfade, denen sie folgten. Sie waren der Traum, und der Wasserfall war Wirklichkeit. Nicht weit von der oberen Kante des Wasserfalls wuchs eine krumme Tanne, die Wurzeln fest in einer Felsspalte verankert. Die Tanne war verkümmert, weil sie nicht genug Erde hatte, aber die Zweige waren grün und gesund. Wenn man sich schnell am Rand des Teiches bewegte, schossen Forellen davon wie aufblitzende Sonnenstrahlen.

»Möchtest du schwimmen, Linda?« fragte er.

»Bitte?«

»Die Forellen stört das nicht.«

»Jay! Jay!«

Wieso sah Linda ihn so merkwürdig an? Es war nicht Linda.

Es war Eve. Woran hatte er doch gleich gedacht? Eves Gesicht sah besorgt aus.

»Jay, ruh dich lieber aus.«

»Haben wir noch immer nicht den richtigen Weg gefunden?«

»Nein.«

»Ich habe an irgend etwas gedacht.«

»Du hast Fieber. Möchtest du dich nicht ausruhen?«

»Nein. Es ist besser, ich gehe weiter.«

»Ich weiß nicht, was ich machen soll«, sagte sie.

»Keine Sorge. Ich gehe weiter.«

Er versuchte, sich auf den Wald zu konzentrieren. In seinem Kopf pochte es, und ihm war, als würde mit dem Wald irgend etwas nicht stimmen. Es war nicht in Ordnung, daß er vor ihm zurückwich, während er ging. Das gehörte sich schließlich nicht für einen Wald. Er sah aus wie eine Landschaft, durch die Wellen heißer Luft betrachtet, die über einer Straße in der Wüste aufsteigen, die Bäume und die Erde sahen mal scharf, mal unscharf aus. Es war sehr komisch. Er wollte darüber lachen. Seine Schulter streifte einen Baum, und er fiel hin. In seinem Kopf züngelten rote Flammen. Er setzte sich auf und lehnte sich gegen den Baum. Sein Kopf pochte vor Schmerz.

»Oh, Jay!« sagte Eve. »Halt durch.«

»Laß mich einen Augenblick hier sitzen.«

»Du Armer! Ich lege dir ein feuchtes Tuch auf den Kopf.«

»Ich möchte auch was trinken.«

Er war sehr durstig. Er trank gierig Wasser aus der Feldflasche. Dann feuchtete Eve ein Taschentuch an und legte es ihm auf die Stirn.

»Ist es so besser?«

»Viel besser.«

Es war eigenartig, im dunklen Urwald so starke Kopfschmerzen zu haben. Die bekam man normalerweise von einem Sonnenstich. Er konnte die Sonne in seinem Kopf spüren.

»Nach Sonnenuntergang wird es besser sein«, erklärte er.

»Was, Jay?«

»Die Sonne in meinem Kopf. Sie wird untergehen.«

»Ach, Liebling.«

»Glaubst du, ich weiß nicht, wovon ich rede?«

»Natürlich weißt du das, Jay.«

An dem Baumstamm, gegen den er lehnte, waren spröde Flechten. Er versuchte, sie mit dem Daumennagel abzulösen. Der Stamm des Baumes ragte immer höher hinauf, bis er sich im grünen Kuppeldach des Dschungels verlor. Er konnte den Himmel überhaupt nicht sehen. Auf einer freigelegten Wurzel des Baumes saß ein Chamäleon und beobachtete ihn mit schwarzen, unerschrockenen Augen. Jay starrte das Chamäleon an. Er würde es so lange anstarren, bis es aufgab. Er fixierte das Tier mit seinem Blick, und es wurde größer und größer. Es war so groß wie eine Eidechse. Es war so groß wie ein Gilamonster. Es war so groß wie ein Leguan. Seine Augen waren schwarz und unheilvoll. Er trat nach ihm; es wurde wieder ein Chamäleon und lief ins Gras. So mußte man es machen. Nach ihnen treten. Er hatte es fertiggemacht. Wenn es nur nicht Hilfe holte. Genau. Es holte Hilfe. Gegen ein Dutzend Leguane kam er nicht an. Er stand auf.

»Gehen wir«, sagte er. »Machen wir, daß wir hier rauskommen.«

Er ging los, den Pfad entlang. Die Leguane würden ihn nicht kriegen. Er würde ihnen ein Schnippchen schlagen.

»Von da sind wir doch eben gekommen«, rief Eve ihm nach.

»Egal. Komm.«

Er ging schnell. Der Pfad schien sich hinter ihm zu schließen. Wenn er nicht schnell genug ging, würde der Pfad ihn einschließen. Der Pfad war dunkel und eng, und Blätter stachen ihm ins Gesicht. Die ganze Zeit über wurde er immer enger und enger.

»Bitte, warte, Jay«, rief Eve.

»Komm.«

»Ich kann nicht so schnell.«

Er versuchte, nicht so schnell zu gehen, aber es war schwierig. Er spürte, wie der Pfad ihn einschloß. An einer Gabelung auf dem Pfad ging er nach links und dachte triumphierend, er habe die Leguane von der Spur abgelenkt. Er konnte sehen, wie sie in die falsche Richtung liefen, große Leguane mit roten Zungen, lechzend und bellend wie Bluthunde. Er lachte, als er dachte, wie sehr sich Leguane und Bluthunde ähnlich waren. Sie waren sich genau ähnlich. Wieso war das noch niemandem aufgefallen? Er würde es Bill sagen, wenn er ihnen und ihren roten, lechzenden Zungen entkommen konnte.

»Jay!« rief Eves Stimme. Sie klang weit entfernt. »Jay!« Sie klang weit entfernt und ängstlich.

Er atmete schwer, und er lief jetzt. Er wußte nicht mehr, warum. Wo war er? Er hörte auf zu laufen und sah sich um. Sein Kopf schmerzte. Er dachte angestrengt nach und erinnerte sich, daß er im Ituridschungel war. Er sah wieder die nackten, grauen Baumstämme, das verschlungene Gras, die Farnwedel wie blaßgrüne Spitzenstickerei, die grauen und braunen und rötlichen Fahnen aus Flechten, die nach unten hängenden Wurzeln von Parasitenpflanzen, die sich nach fruchtbarem Boden reckten. Er würde sich an einen Baum lehnen und ausruhen. Er ging auf einen Stamm zu, um den sich eine armdicke Liane schlang, und sah, daß aus einem Spalt zwischen der Pflanze und dem Stamm gelbe Blumen mit schwarzer Mitte wuchsen, und dann berührte er mit den Fingern die rauhe, dicke Rinde und spürte, wie er fiel.

28

Eve beugte sich über ihn. »Trink das, Jay.« Sie hielt ihm eine Kondensmilchdose an den Mund.

Er sagte: »Hallo.«

»Hallo.« Sie blickte überrascht. »Erkennst du mich, Jay?«

»Natürlich. Wieso nicht?«

»Du hattest etwas Fieber.« Sie fühlte seinen Kopf. »Oh, er ist tatsächlich nicht mehr so heiß.«

»Er tut noch weh.«

»Das kann ich mir denken. Trink das.«

Er trank die heiße Brühe, die in der Milchdose war. Der Geschmack kam ihm bekannt vor. Er trank ein oder zwei Schlucke jedesmal, wenn Eve ihm die Dose an die Lippen hielt. Er lag in einer Schutzhütte auf einem Bett aus Blättern und Strauchwerk, und durch die Öffnung konnte er den Rauch eines Feuers sehen, der im Sonnenlicht aufstieg. Er hatte keinen Hunger.

»Wo sind wir?« fragte er.

»Ich habe das hier gebaut, als du ohnmächtig wurdest.«

»Wie lange sind wir schon hier?«

»Zwei Tage. Bitte sprich nicht. Es strengt dich an.«

Er spürte das Fieber in seinem Kopf, und nachdem er die Brühe ausgetrunken hatte, schlief er ein. Später wachte er auf und trank noch etwas Brühe und aß ein paar Kräcker und lag dann da und dachte nach, halb wach, halb träumend.

Eine Melodie ging ihm ständig durch den Kopf: *The Blue Room. We'll have... a blue room... a two-room...* Er dachte an die Schallplatte *The Blue Room,* ein Stück von den Revelers. Es war auf der Rückseite von *Valencia,* und zuerst hatte ihnen

Valencia gefallen, aber später hatten sie nur *The Blue Room* gespielt. Es war ein herrlicher Sommer. Er war verliebt gewesen in Bee – Bee, und weiter? Jedenfalls, sie hatte rotes Haar, und sie war mit ihm zum Tanzen in den Club gegangen, die Mädchen hübsch und gebräunt in ihren Abendkleidern, die Mädchen so schön, wie es nur Mädchen mit sechzehn, siebzehn, achtzehn sind, alles straff und nichts zu weich und keine übertriebenen Rundungen; just Mr. und Mrs. *...with nothing but kisses... on little blue chairs;* und in Potters Wagen standen zwei Kästen grünes selbstgebrautes Bier, das sie von dem Polen in Traverse City gekauft hatten, der später durchgedreht ist und seine Frau und seine zwei kleinen Töchter mit einem Stein totgeschlagen hat; er hat den großen Stein in beide Hände genommen und ihnen im Schlaf den Schädel eingeschlagen; und fünf von ihnen haben das bittere grüne Bier getrunken, geschmeckt hat's ihnen nicht, und sie haben ganz schön das Gesicht verzogen, aber sie sind sich erwachsen und ganz toll vorgekommen, und Bee hatte ihn nach Hause fahren müssen. Die Stücke, die er damals gern gehört hatte und die er sein Leben lang gern hören würde, hießen *Who, Sweet Sue, The Limehouse Blues, The St. Louis Blues, The Wabash Blues, Way Down Yonder in New Orleans, My Blue Heaven, Three O'Clock in the Morning*, und das Stück, das so ging: *Sometimes I'm happy, sometimes I'm blue, my disposition depends on you.* Es war der Sommer, in dem er die Mädchen nackt gesehen hatte, als sie im Michigansee schwimmen waren. Es war das erste Mal, daß er überhaupt ein Mädchen nackt gesehen hatte. Es war seltsam, daß er sich nach all den Jahren daran erinnerte, daß das Wasser auf ihrer ebenmäßigen Haut perlte wie auf Marmor, daß ihre Körper lilienweiß in der Morgensonne glänzten, daß sie, flink wie Rehe, lachend vor ihm und seinem Pferd die Flucht ergriffen. *You'll sew... your trousseau... and Robinson Crusoe... isnotsofarfrom... world-ly cares... as a lit-tle blue room... away upstairs.* Und das Blau des Sees, wenn das Wetter schön war, blauer als jeder andere See auf der Welt, hob sich gegen den gelbbraunen Sand und die grünen jungen Bäume ab.

»Noch etwas Brühe, Jay«, sagte Eve.

»Du bist furchtbar nett zu mir.«

»Ja, nicht wahr?«

Er hatte nicht bemerkt, wie die Sonne unterging, aber jetzt malten die Flammen des Feuers rote und gelbe Streifen in das dunkle Rechteck, das den Eingang der Hütte bildete. Die Brühe war warm und salzig.

»Es ist sehr tapfer von dir, daß du bei mir bleibst, Eve.«

»Ich käme nicht allein hier raus.«

»Das stimmt.«

»Aber ich wäre trotzdem geblieben.«

»Du bist eine tolle Frau.«

»Es geht dir besser. Versuch zu schlafen.«

»Was habe ich gemacht?«

»Du hast vor dich hin gemurmelt.«

»Ich glaube, das kommt vom Fieber.«

»Ja. Am Nachmittag wird es schlimmer. Versuch jetzt zu schlafen.«

»Du bist so eine tolle Frau«, sagte er.

Sie nahm die leere Milchdose und ging hinaus zum Feuer. Er fragte sich, ob er sterben würde. Es wäre sehr schlimm für sie, wenn er sterben würde. Es wäre einsam im Dschungel. Sonst wäre es ihm egal. Bill war nicht mehr da. Und Linda. Es gab nur noch Eve. Er wollte ihretwegen am Leben bleiben. Sie war schön und gut und tapfer. Er liebte sie auf eine gewisse Weise; er wußte nicht genau, wie. Aber er wollte nicht, daß sie litt. Wie konnte man eigentlich feststellen, ob man starb? In Büchern wußte die sterbende Figur es immer ganz genau. Kam der Tod in Gestalt von Kopfschmerzen? Zeigte er sich als ein Klingeln in den Ohren, als das Gefühl, Pfeffer im Blut zu haben? Dann lag er ganz bestimmt im Sterben. Er hatte Cayennepfeffer im Blut. Er hatte den Tod und Cayennepfeffer im Blut. Er lachte. Was für eine komische Verbindung. Tod und Cayennepfeffer.

»Liebling.«

Linda beugte sich über ihn. »Ach, Linda.«

»Ich lege dir ein kühles Tuch auf den Kopf.«

»Ach, Linda, mein Liebling.«

Wasser rann von dem Tuch auf seine Augenbrauen. Das Tuch war kühl auf seiner Stirn.

»Du bist nicht Linda«, sagt er. »Du bist Eve.«

»Versuch zu schlafen, Jay.«

In Büchern starben Menschen immer an der richtigen Stelle. Das war auch so eine komische Sache. Sie starben, damit das Buch enden konnte oder damit es anfangen konnte oder damit die Heldin den Mann heiraten konnte, den sie wirklich liebte. Sie wußten, daß sie starben, und sie lebten gerade noch lang genug, um die richtigen Worte zu sprechen, und dann starben sie genau an der richtigen Stelle. Der Tod war eine gute Möglichkeit, einem Buch Bedeutung zu verleihen, dachte er. Der Tod gibt einem Buch Bedeutung, und Liebe gibt ihm Romantik, und Kinder bekommen gibt ihm Realität. Und wenn jemand darin glaubt, jeder sollte genug zu essen haben, und es sagt und dafür auf den elektrischen Stuhl kommt, dann erhält das Buch dadurch gesellschaftliche Relevanz. Er würde irgendwann ein Buch schreiben, in dem Tod und Liebe und Kinderkriegen vorkommen, aber gesellschaftliche Relevanz würde er ihm dadurch verleihen, daß sämtliche Figuren sich auf Klobrillen die Syphilis holen würden. Ja, das würde er, wenn er nicht sterben würde. Er konnte den Pfeffer in seinem Blut spüren.

Niemals würde er vergessen, wie der Gorilla auf der Trage aus Schlingpflanzen ins Lager gebracht wurde, riesig und traurig, eine gewaltige Masse aus Leib und Schultern und Kopf, das Gesicht wie nasses schwarzes Leder, undeutlich im Schein der Freudenfeuer, ein toter König, ein toter Gott, und wie die Träger einen Gesang anstimmten, der das Geräusch des Regens im Bambus und das ungleichmäßige Rauschen des Windes und das Donnerrollen übertönte, und wie der Gorilla aufrecht auf der Trage saß und sich sein Kopf mit jedem Schritt der Träger bewegte. Und nie würde er vergessen, wie übel ihm war, als das Weibchen auf seiner Trage gebracht wurde, denn er erinnerte sich an den erschreckten, menschlichen Ausdruck in ihrem Gesicht, als sie sich im Laufen nach den Jägern umgesehen hatte. Er hatte sie getötet, und er hatte Linda getötet.

Nein, Linda war bei ihm. Er hatte sie gerade gesehen. Ja, das hatte er.

»Linda, wo bist du?«

»Hier.«

»Bitte versteck dich nicht vor mir, Schatz.«

»Aber nein.«

»Es ist so einsam.«

»Ich bin bei dir.«

»Leg dich neben mich.«

»Ich muß wieder Wasser auf das Tuch gießen.«

»Geh nicht weg, Linda.«

»Ich komme ja gleich wieder.«

Sie ging und kam zurück.

»Ich hab' dich doch nicht getötet, nicht wahr, Liebling?«

»Laß mich das auf deinen Kopf legen.«

»Liebling, habe ich dich getötet?«

»Natürlich nicht.«

»Bitte leg dich neben mich. Bitte.«

»Na schön.«

Er griff ihre Hand. Sie war kühl.

Er trank wieder etwas Brühe. Blauer Rauch stieg vom Feuer im Sonnenlicht auf. Um die Schutzhütte herum sangen Vögel.

»Ist es Morgen?« fragte er Eve.

»Es ist fast Mittag.«

»Die Brühe ist gut.«

»Ich bin froh, daß sie dir schmeckt.«

»Ich mache furchtbar viel Umstände.«

»Aber nein.«

»Du wärst besser dran, wenn ich sterben würde.«

»Sprich nicht vom Sterben.«

»Dann könntest du hier rauskommen.«

»Sprich nicht so.«

»Ich habe mich gefragt, woran man merkt, daß man stirbt.«

»Bitte«, sagte Eve. »Bitte sprich nicht vom Sterben.«

»Gut.«

»Schmeckt dir die Brühe?«

»Ja. Sie ist gut.«

»Trink alles aus, Jay.«

Am frühen Nachmittag, bevor das Fieber wieder anstieg, fühlte er sich nicht so schlecht. Er sah zu, wie Eve Holz für das Feuer sammelte. Sie trug Holzstücke zu einem Stapel, den er durch die Öffnung der Hütte gerade noch sehen konnte, und sie nahm immer nur ein oder zwei Stücke auf den Arm. Sie hatte eine gute Figur und eine gute Haltung, und ihre Haut war straff und gebräunt, und es war ein Vergnügen, sie zu beobachten. Sie hatte schöne feste Brüste. Einmal warf sie einen kurzen Blick in die Hütte und sah, daß er sie betrachtete, und lächelte. Später gab sie ihm Wasser zu trinken.

»Möchtest du etwas Brühe?« fragte sie.

»Nein. Jetzt nicht.«

»Wie fühlst du dich?«

»Ausgezeichnet.«

»Nein. Ich meine im Ernst.«

»Ich weiß nicht. Besser, glaube ich. Ich habe es ganz bequem.«

»Da bin ich froh.«

Er schlief eine Weile, und das Fieber kam wieder, und es war dunkel, und er trank Brühe. Er wußte nicht, ob es Linda oder

Eve war, die sie ihm gab. Bei jedem Herzschlag tat ihm der Kopf weh.

Die Frauen hatten nicht geweint, sondern zwei Tage lang mit einer Art trotziger Feindseligkeit am Bergwerksschacht gewacht, ihre Gesichter butterfarben im Sonnenlicht, aber nicht traurig; ihre Augen ausdruckslos, aber wachsam, als wären sie dort postiert worden, um nach irgend etwas Ausschau zu halten, das weder interessant noch gut, noch schlecht, noch sonderlich bedrohlich war. Damals war gerade Weihnachten, und sie bahrten die sechsundfünfzig Bergleute im Gemeindehaus der Stadt auf, das mit Lametta und Stechpalmenzweigen und rotem Tuch geschmückt worden war, der Baum mit den Spielsachen und den Kerzen und den Sternen und dem Silberschnee wurde beiseite geschoben, um für die unlackierten Holzsärge Platz zu schaffen. Im Bergwerk hatte es eine Gasexplosion gegeben, und die Toten sahen nicht aus wie gewöhnliche Tote. Ihre Gesichter waren so entsetzlich verbrannt, daß der Leichenbestatter sie mit warmem Paraffin bestreichen mußte, und das glänzte so feucht, daß jedes Gesicht aussah, als würde es unter einer fischweißen Maske qualvoll schwitzen. Der Gastod färbte ihre Hände und Füße blau und griff die inneren Organe an, so daß die Bäuche der Männer unter den weißen Laken anschwollen, bis die Leichen wie bleiche Ballons aussahen, die auf den Startschuß zu einem Wettflug warteten. Und Tony, dem Fotoreporter des *Star,* war es nicht gelungen, auf Wunsch der Lokalredaktion das Foto von einer weinenden Frau zu schießen. »Diese dämlichen Polacken«, sagte er. »Die fühlen überhaupt nichts.« Aber für fünf Dollar weinte die Kellnerin im Gewerkschaftshaus für die Kamera und ging noch dazu mit Tony ins Bett, und so waren am Ende alle zufrieden.

»Ach, Linda, bleib bei mir.«

»Ich bin hier.«

»Bitte, geh nicht weg.«

»Schlaf jetzt, Jay.«

29

Irgendwann in der Nacht sank das Fieber, und am Morgen wachte er mit einem klaren Kopf auf. Die Schmerzen waren verschwunden, und er fand es schön, auf dem Rücken zu liegen und den Himmel zu betrachten. Er konnte sehen, daß Rauch vom Feuer aufstieg. Er war hungrig, und er hoffte, daß noch etwas zu essen da war. Er fragte sich, wie lange er krank gewesen war. Es war eigentlich nicht wichtig; er würde gesund werden. Er schloß die Augen und lauschte dem Knistern des Feuers und dem Wind in den Bäumen. Er hörte, wie Eve Holz auf das Feuer legte; er öffnete die Augen, und sie sah zu ihm herab. Ihre Haut sah frisch aus. Sie war schön.

»Hallo«, sagte er.

»Oh, Jay, es geht dir besser!«

»Mir geht's gut.«

»Ich bin ja so froh.« Sie berührte sein Gesicht mit den Fingern. »Ich habe mir solche Sorgen gemacht.«

»Haben wir etwas zu essen?«

»Natürlich. Jede Menge.«

Sie brachte ihm Kräcker und Kondensmilch, mit Wasser verdünnt, und etwas Lachs. Während er aß, saß sie neben ihm, lächelte und wandte den Blick nicht von seinem Gesicht.

»Hast du gegessen?« fragte er.

»Oh, ja.«

»Wann?«

»Als ich aufgestanden bin.«

»Hast du nicht. Sei ehrlich.«

»Wirklich, ich habe gegessen.«

»Wir müssen beide etwas essen, Eve. Wir haben noch einen langen Marsch vor uns.«

Er überredete sie, einige Kräcker und etwas Lachs zu essen. Er aß mit ihr. Das Essen kräftigte ihn.

»Wo warst du heute morgen?« fragte er. »Ich habe zwar das Feuer gehört, aber dich nicht.«

»Ich habe gebadet.«

»Deshalb siehst du so hübsch aus.«

»Wirklich?«

»Du bist wunderschön.«

»Ich bin sogar ganz untergetaucht.«

»Hattest du keine Angst vor Krokodilen?«

»Doch. Aber ich konnte den Dreck nicht mehr ertragen.«

»Du hättest mich rufen sollen«, sagte er. »Dann hätte ich den Fluß beobachten können.«

»Du hättest vermutlich mich beobachtet.«

»Ja.«

»Männer sind so lüstern«, sagte sie lächelnd.

»Ich bin lüstern.«

»Erinnerst du dich, daß ich mich neben dich legen sollte?«

»Ich erinnere mich, daß ich mich gefragt habe, was du da machst.«

»Du wolltest es. Du hast gedacht, ich wäre jemand anders.«

»Linda?«

»Ja. Und ich mußte dich doch ruhighalten.«

»Ich hab' doch wohl nicht...«

»Aber nein. Du warst ganz artig.«

»Danke, daß du so nett warst.«

Sie lächelte wieder. »Nichts zu danken.«

»Das Problem ist, daß du so hübsch bist, Eve«, sagte er. »Ich möchte dich jetzt küssen.«

»Okay.« Sie beugte sich herunter und küßte ihn. »Ich bin so froh, daß es dir besser geht, Jay.«

Am späten Nachmittag ging er hinunter zum Fluß. Er war sehr schwach, aber er konnte gehen. Er fand eine Sandbank, die hinaus ins Wasser führte. Krokodile schien es keine zu geben. Er zog sich aus und ging über die Sandbank in den Fluß. Das warme Wasser reichte ihm bis zu den Knien. Er nahm Sand, um sich zu säubern, scheuerte mit dem Sand über die Haut. Die Wunden, die ihm der Leopard zugefügt hatte, verheilten gut. Die Permanganatkristalle hatten eine Infektion verhindert. Er versuchte nicht, den Verband an seinem Arm abzunehmen. Er dachte an Bill, der im Sand begraben lag. Es war nicht gut, an solche Dinge zu denken. Er nahm seine Kleidungsstücke und tauchte sie ins Wasser und breitete sie dann in der Sonne aus. Er wollte in der Gegenwart leben. Er streckte sich auf dem Bauch im Sand aus, in einiger Entfernung vom Fluß, damit sich kein Krokodil an ihn heranschleichen konnte.

Einige Zeit später kam Eve vom Lager und rief ihm zu: »Alles in Ordnung?«

»Ich komme.«

Seine Kleidung war trocken. Er zog sie an und ging zur Schutzhütte. »Ich hatte schon Angst, es wäre was passiert«, sagte Eve.

»Ich fühle mich viel kräftiger.«

»War das Wasser nicht herrlich?«

»Es war toll«, sagte er. »Das hier wäre kein schlechter Platz für ein Lager, wenn man wüßte, daß man wieder rauskommt.«

»Wenn wir bloß je wieder hier rauskommen, Jay.«

»Das werden wir. Du wirst sehen.«

Sie öffneten eine Büchse Rindfleisch zum Abendessen. Es waren nur noch zwei Dosen Kräcker übrig, und Jay teilte sich und Eve sechs Kräcker zu. Er trank den Rest von der Kondensmilch.

»Morgen werde ich uns etwas schießen«, sagte er.

»Das mußt du auch.«

»Frisches Fleisch wird uns guttun.«

»Sei nicht allzu optimistisch.«

»Irgendwas muß es doch geben, das ich schießen kann«, sagte er.

»Ja.«

Sie hatte bis dahin dicht neben seinem Bett geschlafen, aber in dieser Nacht legte sie sich weiter weg. Sie half ihm, für die Nacht Asche auf das Feuer zu häufen, und ging dann hinüber zu ihrem Bett aus Blättern.

»Ich bin so froh, daß es dir besser geht«, sagte sie.

»Ich auch.«

»Weißt du, in dieser Einsamkeit, abgeschnitten vom Rest der Welt, habe ich das Gefühl, wir wären eine Familie.«

»Das sind wir auch, in gewisser Weise.«

»Es ist fast so, als wärst du mein Mann.«

»Fast.«

»Nur, da ist schließlich noch Lucien.«

»Ja, da ist noch Lucien.«

»Gute Nacht.«

»Gute Nacht.«

Er hörte, wie sie sich auf ihr Bett legte. Die Blätter machten ein raschelndes Geräusch.

Am Morgen war er kräftiger, und nach einem aus Kräckern und Lachs bestehenden Frühstück beschlossen sie, das Lager zu verlassen. Er steckte die Kräcker, einen Schokoladenriegel, die Flasche Cognac und die Dosen Lachs in den Rucksack und füllte die Feldflasche.«

»Alles gepackt«, sagte er.

»Ich trage die Feldflasche«, sagte Eve.

»Okay.«

Sie betrachtete die Schutzhütte und die beiden Blätterhaufen, auf denen sie geschlafen hatten, und dann den Fluß.

»Auf Wiedersehen, geliebtes Zuhause«, sagte sie.

»Dank dir, bescheidene Hütte, wie Bill gesagt hat.«

»Bitte«, sagte sie. »Laß uns nicht mehr von Bill reden.«

»Nein.«

»In welche Richtung sollen wir gehen?«

»Nach Osten. Wenn wir weit genug nach Osten gehen, kommen wir zur Straße.«

»Dann fahren wir per Anhalter nach Hause.«

»Auf Elefanten«, sagte er.

An der Morgensonne war leicht zu erkennen, in welcher Richtung Osten lag, aber es gab keine Pfade, die nach Osten gingen. Sie verließen die Lichtung auf einem undeutlichen Pfad, der nach Nordosten führte, gingen ihn etwa eine Stunde entlang und schlugen dann die östliche Richtung ein, als er sich gabelte. Doch nach einer halben Stunde merkten sie, daß sie fast genau nach Westen gingen.

»Sollen wir umkehren?« fragte Jay.

»Ungern.«

»Vielleicht gabelt sich der Pfad noch.«

»Oder biegt nach Osten«, sagte Eve.

Der Pfad wand sich durch den Wald, beschrieb manchmal Schleifen, die sie zurück auf einen Pfad führten, der parallel zu dem verlief, den sie gerade begangen hatten. Sie hörten Tiere, aber Jay sah keine, die er schießen konnte. Ein neuer Pfad kreuzte ihren Pfad. Jay bog in den neuen ein, weil er eher in östlicher Richtung verlief, aber nach ein paar Minuten gingen sie genau nach Süden. Er beschloß, daß er einfach jedesmal die östliche Richtung einschlagen würde, wenn sie an eine Gabelung kämen. Vielleicht würden sie so am Ende einen Pfad finden, der tatsächlich nach Osten ging. Sie aßen nicht zu Mittag, um mit dem Proviant zu sparen, sondern gingen weiter, bogen, so oft sie konnten, nach Osten ab. Einen direkten Pfad fanden sie jedoch nicht, und später verdeckten Wolken die Sonne, so daß sie nur schwer bestimmen konnten, in welcher Richtung Osten war. Die Luft im Wald wurde heiß und drückend, und das Atmen fiel ihnen schwer. Sie fanden einen breiten Pfad, den Elefanten getreten haben mußten, aber er verlief in Windungen, so daß sie allmählich die Hoffnung verloren, daß er irgendwohin führte.

»Können wir einen Moment Rast machen?« fragte Eve.

»Wir suchen uns eine Lichtung. Dann können wir dort übernachten.«

»In Ordnung.«

»Es sei denn, du willst jetzt Rast machen?«

»Nein. Nicht, wenn wir sowieso bald haltmachen.«

In der Ferne donnerte es. Der Pfad führte sie in Sumpfland, und im Morast waren Büffelspuren. Das saugende Geräusch des Morastes unter ihren Füßen und das ferne Donnern waren das einzige, was sie hörten. Jay machte die Stille nervös. Er hatte das Gefühl, beobachtet zu werden. Ihm war, als ob sie aus dem Dunkel des Waldes beobachtet würden. Die Urwaldmenschen und die Tiere beobachteten sie still. Seine Augen und Ohren waren wachsam, aber er konnte weder etwas sehen noch hören. Es lag nur diese nervöse Spannung in der Luft. Warum war der Wald so still?«

»Jay!«

»Ja.«

»Ich komme nicht mehr mit.«

»Bin ich so schnell gegangen?«

»Du bist fast gelaufen.«

»Tut mir leid.«

Das Grollen des Donners wurde lauter. Der Himmel war schiefergrau, und der Wald war dunkel. Die Bäume erstickten den Klang des Donners. Der Pfad führte aus dem Sumpf hinaus, und weiter vorn sah Jay eine kleine Lichtung. Große Bäume breiteten ihre Äste über der Lichtung aus, so daß sie fast wie ein Zimmer wirkte, doch darüber sah er ein Stück des schiefergrauen Himmels. Auf der Lichtung wuchsen hohes Gras und Kriechpflanzen und Büsche, und dahinter war Sumpfland.

»Gefällt dir das?« fragte Jay.

»Es ist herrlich.«

Er legte den Rucksack auf eine freie Stelle. »Ich hole Holz.«

»Ich komme mit«, sagte Eve.

»Nein. Du ruhst dich aus.«

»Ich möchte lieber mitkommen. Ich kriege Angst hier. Ich fürchte mich hier allein.«

»Wir können auch noch weitergehen.«

»Ich meine nicht diese Lichtung«, sagte sie. »Ich meine den ganzen Dschungel. Es ist seltsam hier. Es ist so fremd. Man hat so ein Gefühl, als ob es hier spuken würde.«

»Das kommt nur von dem Unwetter.«

»Ich weiß«, sagte sie. »Aber, ich möchte trotzdem mitkommen.«

Auf der anderen Seite der Lichtung entdeckten sie einen Baum, der in ein Gewirr aus Schlingpflanzen gefallen war. Das Holz war verfault, aber Jay dachte, es würde brennen. Er suchte ein paar kleine Äste und gab sie Eve. Ein großer Hauptast war beim Sturz abgebrochen, und er zog ihn aus den Schlingpflanzen heraus. Der Donner war sehr viel lauter. »Wir müssen uns beeilen«, sagte Eve.

Er nahm trockene Blätter und Zweige und häufte sie vor dem großen Stamm auf. Er riß mit dem Daumennagel ein Streichholz an und hielt es an die Blätter. Die Zweige waren feucht, und er mußte noch mehr Blätter darunter legen, bevor sie Feuer fingen. Eve sah ihm zu, mit großen und besorgten Augen. Er kniete sich neben das Feuer und blies auf die Blätter, um einen Luftzug zu erzeugen. Der Rauch war weiß und dick, und er blieb dicht am Boden. Eve holte noch mehr Blätter. Schließlich brannten die Zweige, und er legte ein paar kleine Äste darauf. Sie fingen rasch Feuer, die gelben Flammen stiegen über dem knisternden Holz auf. Er legte größere Äste darüber und stand auf.

»Schatz, ich dachte schon, es würde nicht angehen«, sagte Eve.

»Die Zweige waren grün.«

»Ich wäre durchgedreht, wenn es nicht angegangen wäre.«

»Es lag nur an den grünen Zweigen.«

Ihre Stimme bebte. »Feuer ist doch alles, was wir haben.«

»Wir haben die Springfield.«

»Die nützt uns nachts nichts. Ich würde verrückt, wenn wir kein Feuer hätten. Was, wenn es nicht angegangen wäre?«

»Ist es aber.«

»Ja, aber was, wenn nicht?«

»Dann hätte ich noch ein Streichholz angemacht.«

Einen Augenblick lang wehte ein Wind, wie ein schneller, kühler Atem durch den Wald. Dann konnten sie hören, wie der Wind sich legte, und es war still bis auf das gedämpfte Donnern. Jetzt zuckte Wetterleuchten über das Stück grauen Himmel. Die Stille im Wald war sonderbar. Eve legte noch mehr Holz auf das Feuer. Es brannte jetzt gut. Das ganze Holz hatte sich entzündet. Sogar der Baumstamm brannte.

»Wie viele Streichhölzer haben wir noch?« fragte sie.

Er sah in die Schachtel. »Noch 'ne ganze Menge.«

»Wie viele?«

Es waren sechs in der Schachtel. »Siebzehn«, sagte er.

»Siebzehn Tage«, sagte sie. »Prima. Bevor die alle sind, sind wir längst tot.«

»Ach, Eve.«

»Ich hätte das nicht sagen sollen«, sagte sie. »Es tut mir leid. Ich bin zur Zeit kein guter Kumpel. Sollen wir jetzt was essen?«

Er nahm die Kräcker aus dem Rucksack und machte eine der drei restlichen Dosen Lachs mit dem angehängten Öffner auf. Er belegte vier Kräcker mit der Hälfte vom Fisch. Er öffnete die Feldflasche und reichte sie Eve zusammen mit einem Kräcker.

»Probier mal das Hähnchenfilet«, sagte er.

Sie lächelte. »Ich bin kein Kind mehr. Du mußt mich nicht aufheitern. Es war nur diese bedrückende Stille.«

»Es ist so still, weil ein Gewitter aufzieht.«

»Ob davon unser Feuer ausgeht?«

»Nein.«

Nachdem sie die Kräcker mit dem Lachs gegessen hatten, gab er ihr ein Viertel von dem Schokoladenriegel und aß selbst ein Viertel. Er wußte nicht, ob er ihren Proviant richtig rationierte, aber es war bestimmt vernünftig, genug zu essen, damit sie bei Kräften blieben. Sie waren irgendwo im Tabuwald, und es war unwahrscheinlich, daß man sie fand, wenn sie einfach blieben, wo sie waren. Suchtrupps waren auf Eingeborene angewiesen, und Eingeborene würden den Tabuwald nicht betreten. Sie mußten selbst einen Weg hinaus finden, und dazu würden sie Kraft brauchen. Wenn er nur irgendein Tier schießen könnte.

»Was ist das für ein Geräusch?« fragte Eve.

Das Donnern war ganz nah, und es blitzte am Himmel. Ein tiefes grollendes Geräusch kam vom Wald her. Ein kalter Wind wehte durch die Bäume um die Lichtung, versetzte Tausende von Blättern in Bewegung, doch das dabei entstehende Geräusch war leiser als das ferne Grollen.

»Das muß der Regen sein«, sagte Jay.

Das Grollen klang seltsam. Es wurde lauter, als das Gewitter näher kam; es klang, als ob Lastwagen über die losen Planken einer Brücke fuhren. Die Lichtung war sehr dunkel, und sie konnten die Blitze deutlich sehen. Das Grollen des nahenden Regens versetzte Jays Magen in Unruhe. Er hätte sich gern davor versteckt. Das Geräusch schien seinen ganzen Körper zu durchdringen. Er stand auf und legte noch mehr Holz auf das Feuer.

»Es hört sich an wie ein Kavallerieangriff«, sagte Eve.

»Du gehst besser unter einem Busch in Deckung.«

»Jay, bist du sicher, daß das Feuer weiterbrennt?«

»Ich werde es sichern.«

Er grub ein Loch in die Erde unter dem Baumstamm, nahm einen Ast und schob die Glut und das brennende Holz des Feuers hinein. Dann nahm er fünf Holzstücke und legte sie so über das Loch, daß sie mit einem Ende auf dem Stamm lagen. Sie würden das Feuer vor dem Regen schützen, bis der Stamm Feuer fing. Dann grub er daneben ein zweites Loch, nicht weit von dem Feuer. Er grub hastig, spürte in seinem Magen, wie der Regen näher kam, legte ein Dutzend Holzstücke in das Loch, bedeckte sie mit Erde und lief dann zu dem Busch, den Eve ausgesucht hatte. Sie verflocht gerade Blätter und Zweige mit dem Busch, befestigte jedes einzelne breite Blatt mit einem Stück Schlingpflanze. Er half ihr beim Bau des Schutzdaches. Es war dunkel auf der Lichtung, und die Blitze erhellten die vorbeiziehenden Wolkengebilde. Das grollende Geräusch tat ihnen in den Ohren weh.

»Schnell!« sagte sie. »Schnell! Schnell!«

Das Schutzdach war halb fertig, als das Gewitter losbrach. Der Regen kam wie ein dichter weißer Vorhang, durchnäßte sie, bevor sie unter den Busch kriechen konnten. Das Geräusch war ohrenbetäubend. Der Wind und der Regen wirbelten Blätter auf und brachen Äste ab und schüttelten ihren Busch. Im Wald hinter ihnen stürzte ein Baum um. Das Donnern ertönte direkt über ihnen. Ein Tier streifte ihren Busch, eine dunkle, schnaubende Gestalt von mittlerer Größe, und flüchtete, bevor Jay die Springfield in Anschlag bringen konnte. Der Regen ebbte einen Moment lang etwas ab und kam dann wieder, noch immer dicht und weiß. Wasser begann durch den Busch durchzusickern. Die Luft war kalt.

»Ich habe Angst, Jay.«

»Mußt du nicht.«

»Wir sind so schrecklich allein.«

Er legte seine Arme um sie. Einander so nah zu sein schien das Geräusch des Gewitters und die Kälte und die Nässe auszusperren. Er hielt sie in den Armen, und als sie ihm das Gesicht zuwandte, küßte er ihre Lippen. Ihr Mund war kühl und süß, und ihr Haar roch so sauber, als ob es frisch mit Seife gewaschen worden war. Der Busch schüttelte sich im Wind, und die Blitze, die von den Wolken reflektierten, erhellten den Boden in kurzen Abständen. Er konnte ihre Brüste an seiner Brust spüren.

»Mein Liebling«, sagte er.

Es tat ihm gut, nach langer Zeit wieder ein drängendes Verlangen und Kraft zu spüren. Es war ein Jahr her. Ein Jahr. Er hatte vergessen, wie schön das wäre. Es war wie ein Feuer, das in ihm brannte. Er öffnete ihre Bluse und umschloß ihre Brust mit der Hand. Die Brustwarze kitzelte seine Handfläche. Er konnte spüren, wie sie bebte.

»Jay.«

»Ja.«

»Laß mich nicht los.«

Er zog sie noch näher an sich heran. Sein linker Arm schmerzte, aber es war ihm egal.

»Oh, mein Liebling!« sagte sie.

Der Regen hörte auf, und der Wind wehte nicht mehr, aber der Himmel war von ziehenden grauen Wolken verdeckt, die so niedrig hingen, daß ihre Ausläufer die Bäume berührten. Überall grollte der Donner und leuchteten Blitze auf. Es waren mehrere Unwetter, die über den Dschungel zogen. Jay stand auf und ging zum Feuer. Unter dem Baumstamm lagen glühende Asche und kleine Stücke brennenden Holzes. Er grub das Holz aus, das er vergraben hatte. Es war trocken, und er legte es auf das Feuer, kniete daneben, bis die Flammen aufstiegen. Dann ging er zurück zum Busch.

»Brennt das Feuer, Liebling?« fragte Eve.

»Es brennt gut.«

Er legte sich neben sie.

»Jay, es tut mir leid«, sagte sie.

»Das muß es nicht.«

»Es war meine Schuld.«

»Nein.«

»Tut es dir nicht leid?«

»Ich wollte, daß es passiert.«

»Ich auch«, sagte sie. »Sehr sogar, Liebling.«

Er nahm ihre Hand und küßte ihre Handfläche.

»Hältst du mich für ein bißchen verrückt?« fragte sie.

»Nein.«

»Liebst du mich?«

»Ja, ich liebe dich.«

»Das tust du nicht, aber es ist schön, daß du das sagst.«

»Ich liebe dich wirklich, Schatz.«

»Laß uns einfach ein bißchen still sein.«

Sie lagen schweigend da. Er hörte, wie Wasser tropfte und nasse Zweige sich wieder aufrichteten und die Erde trank. Über der Lichtung waren noch immer die schwarzen Formen ziehender Wolken.

Eve litt, dachte er, weil sie zu drängend gewesen war. Es war üblich, daß der Mann den ersten Schritt machte. So wie es üblich war, daß ein Mann seinen Hut abnahm, wenn er mit einer Dame auf der Straße sprach. Von einer Dame wurde nicht erwartet, daß sie ihren Hut abnahm. Von einer Dame wurde nicht erwartet, daß sie dich fragte, ob du mit ihr schlafen wolltest, obwohl es wahrscheinlich mehr Damen gab, die das taten, als ihren Hut abzunehmen, wenn sie auf der Straße mit dir sprachen. Eve würde bald darüber hinwegkommen. Er würde schon dafür sorgen, daß sie darüber hinwegkam. Irgendwie liebte er sie wirklich. Aber er wußte nicht, wie sehr er sie liebte. Es hatte gewisse Umstände gegeben, die ihn davon abgehalten hatten, über sie nachzudenken. Da war ihr Mann. Und da war Lew Cable gewesen. Und da war die Erinnerung an Linda. Man dachte nicht an Liebe, wenn alles so kompliziert war. Das war es jetzt aber nicht mehr. Plötzlich wurde ihm klar, daß es überhaupt nicht kompliziert war. Nicht, solange sie im Dschungel waren. Und mittlerweile sah es so aus, daß sie vielleicht für immer hier blieben. Er tastete nach dem Rucksack, nahm die Flasche Cognac und zog den Korken heraus.

»Möchtest du einen Schluck, Liebling?« fragte er sie.

»Ja, danke.« Sie trank und gab ihm die Flasche zurück. »Ich kann mich nicht daran gewöhnen, aus der Flasche zu trinken«, sagte sie. »Ich komme mir immer noch so zügellos vor.«

»Ich fühle mich wohl dabei«, sagte er und trank.

»Sei nicht albern. Das habe ich nicht gemeint.«

»Warte, bis wir erst die Flasche leer haben«, sagte er. »Dann sind wir beide albern.«

»Trinken wir sie denn leer?«

»Besser ja. Es fängt gleich wieder an zu regnen.«

»Das ergibt keinen Sinn.«

»Für mich schon«, sagte er.

Er nahm wieder einen Schluck. Es war guter Cognac. Er konnte die Trauben am Ende des Flaschenhalses riechen. Es war so dunkel auf der Lichtung, daß er nicht sehen konnte, wieviel noch drin war. Die Flasche fühlte sich an, als wäre sie noch zu einem Drittel voll. Er gab ihr einen Schluck.

»Was ist das für ein Plätschern?« fragte Eve.

Er lauschte. Von jenseits des Feuers war das Geräusch von fließendem Wasser zu hören. Es kam aus dem Sumpfland. Er stand auf und ging an den Rand des Schilfes. Er konnte Wasser hören, das durch das Schilf floß, aber er konnte es nicht sehen. Das Wasser hatte den Rand des Sumpfes noch nicht erreicht. Er kam zurück zum Busch. »Der Regen hat eine kleine Flutwelle verursacht«, sagte er.

»Sollen wir unsere Schutzhütte nicht lieber befestigen?«

»Ja.«

Er half ihr aufstehen. Ihr Gesicht sah im Feuerschein wunderschön aus. Er hielt sie fest und küßte sie.

»Nicht, Jay.«

»Du bist so süß.«

»Du liebst mich doch ein bißchen, nicht?«

»Natürlich.«

Sie ließ zu, daß er sie noch einmal küßte, aber sie küßte ihn nicht.

»Ich bin schon komisch«, sagte sie.

Sie sammelten Feuerholz für die Nacht, brachen Äste von dem großen Baum ab. Noch immer waren über dem Wald viele Gewitter, aber es regnete nicht auf der Lichtung. Jay fand eine Schlingpflanze mit trompetenförmigen Blüten und riesigen Blättern. Er pflückte einen Armvoll Blätter und befestigte sie oben über dem Busch. Er flocht Schlingpflanzen über den Blättern, damit sie nicht herunterfielen. Dann schnitt er etwas von dem unteren Teil des Busches mit dem Messer weg. Es war keine kunstvolle Hütte, aber sie würde ihren Zweck erfüllen. Sie würde den meisten Regen abhalten. Er hob Eve hoch und trug sie unter den Busch, wobei er sie fast nur mit dem rechten Arm hielt.

»Wie im Film«, sagte er.

»Die Braut wird über die Türschwelle getragen.«

»Ja.«

»Ich fühle mich wirklich ein bißchen wie eine Braut.«

»Kein Wunder, Liebling. Du bist auch eine Braut.«

»Nein, ich bin bloß eine schlechte Frau.«

»Das bist du nicht. Du bist meine Frau.«

»Wirklich, Jay?«

»Erinnerst du dich an damals, als ich dich so merkwürdig angesehen habe?«

»Oh, ja.«

»Da habe ich mich verliebt.«

»Ich glaube, ich auch«, sagte sie.

»Ich habe es dir nur nicht gesagt wegen deines Mannes.«

Sie schwieg. Wieder kam heftiger Regen auf. Er konnte den Regen in den Bäumen hören. Über dem Wald hingen ein Dutzend Gewitter. Die Luft war schwer von Feuchtigkeit. Selbst wenn der Regen aufhörte, wurde die Luft nicht trockener.

»Jay«, sagte sie.

»Ja.«

»Du mußt mir glauben, daß ich ihn nie geliebt habe.«

»Das tue ich.«

»Ich habe außer dir noch niemanden geliebt.«

Er hielt sie fest und küßte sie.

»Oh, das darfst du nicht«, sagte sie.

»Ich möchte es.«

»Es ist nicht gut für dich.«

»Es ist sehr gut für mich.«

»Du warst krank«, sagte sie. »Du bist noch nicht ganz bei Kräften, Liebling.«

»Glaubst du?«

30

In der Nacht wurde Jay vom Geräusch des Regens geweckt, der laut auf das Schutzdach fiel, und er stand auf und sah nach dem Feuer. Es regnete heftig, doch das Feuer brannte hell unter dem Baumstamm. Das frische Holz zischte, als er es auf die Glut legte. Es würde langsam trocknen und dann brennen. Er war überzeugt, daß das Feuer sich die ganze Nacht halten würde. Der Regen rauschte gleichmäßig in den Bäumen, und aus der Ferne klang das Grollen des Donners. Er konnte hören, wie Wasser durch das Sumpfland floß. Er ging zur Hütte zurück. Eve schlief ruhig. Er legte sich neben sie. Das gedämpfte Brausen des Regens in den Bäumen und die lauteren Tropfgeräusche auf dem Schutzdach hielten unvermindert an, und er schlief ein. Viel später weckte Eve ihn.

»Liebling.«

»Ja.«

»Mit unserem Feuer stimmt was nicht.«

Er setzte sich auf. Dort, wo das Feuer gewesen war, schimmerte schwach ein roter Fleck in der Dunkelheit. Flammen waren keine zu sehen. Er ging hinaus in den Regen und trat in Wasser. Die Überschwemmung im Sumpf war gestiegen. Er watete zum Feuer, aber er konnte nichts tun. Das dunkle, fließende Wasser hatte das Holz und die Glut gelöscht, und es war nur ein rötlichbrauner Fleck auf der Unterseite des Baumstammes übrig. Er ging zurück zur Schutzhütte und erzählte Eve, was geschehen war.

»Was können wir bloß tun?«

»Ich weiß nicht.«

»Ohne Feuer fühle ich mich verloren.«

»Wir müssen bloß warten, bis der Regen aufhört.«

»Er wird nie mehr aufhören.«

Sie legte ihre Hand in seine. Ihre Haut war kalt. »Ganz bestimmt, Liebling«, sagte er.

Aber auch er hatte Angst. Ohne das Feuer war die Lage schlecht. Es war zu dunkel. Da er nichts sehen konnte, wurden alle anderen Sinne geschärft. Er saß da, hielt Eves kalte Hand und lauschte den Geräuschen des Waldes. Der Klang des Regens in den Bäumen änderte sich immer wieder; man hörte ein tiefes Platschen, wenn sich kelchförmige Blätter füllten, von dem Gewicht des Wassers hinuntergedrückt wurden und überliefen; man hörte ein nasses Schwirren, wenn Äste gegen Äste peitschten; man hörte das tiefe Knarren von dicken Ästen. Regen kam durch das Schutzdach und tropfte ihm ins Gesicht. Die Luft war kalt, und er hatte am ganzen Körper Gänsehaut. Donner krachte in der Ferne.

Eve sagte: »Das Wasser steigt, Jay.«

»Wo?«

»Hier.«

Sie nahm seine Hand und legte sie auf den Boden beim Eingang. Es war das Wasser aus dem Sumpf. Er legte die Finger an den Rand des Wassers und ließ sie dort. Er konnte spüren, wie das Wasser stieg.

»Ich glaub', wir müssen weg hier«, sagte er.

»Wo sollen wir hin?«

»Auf ein höhergelegenes Stück Land.«

»Liebling, weißt du denn, wo das ist?«

»Wir finden schon was.«

Er warf sich den Rucksack über die Schulter und nahm die Springfield. Er reichte Eve die Feldflasche.

»Ich möchte nicht von hier weg«, sagte sie mit leiser Stimme.

»Wieso nicht?«

»Ich habe Angst.«

»Willst du die Nacht im Wasser verbringen?«

»Da draußen ist es vielleicht noch schlimmer. Wir wissen nicht, was uns da erwartet. Hier ist nur Wasser.«

»Also gut«, sagte er. »Wir bleiben hier.«

»Sei nicht böse«, sagte sie. »Ich habe doch nur Angst. Ich möchte gehen, wohin du willst, Liebling.«

»Das Wasser steigt vielleicht sehr hoch.«

»Ja. Von mir aus können wir gehen, Liebling.«

»Okay.«

Draußen vor der Hütte ging Jay das Wasser bis über die Knöchel. Er konnte den Sog der Strömung spüren. Er nahm Eves Hand. Es regnete heftig. Er konnte nicht das geringste sehen. Er wandte sich vom Geräusch des Wassers im Sumpfland ab und ging langsam durch die Finsternis. Er geriet in einen Busch und ging ein paar Schritte rückwärts und um den Busch herum. Er ging wieder vorwärts und kam in ein Gewirr aus Nesseln. Sie brannten ihm im Gesicht.

»Kannst du dich an meinem Gürtel festhalten, Eve?«

»Ja.«

»Ich brauche beide Hände.«

Sie packte seinen Gürtel. Er zwängte sich durch die Nesseln hindurch. Seine Füße klatschten durch tieferes Wasser. Er blieb stehen und lauschte. Das Geräusch von fließendem Wasser war noch immer hinter ihnen. Es war so laut wie das Geräusch des Regens. Es war fast so laut wie der Fluß, wo Bill gestorben war. Er ging weiter, aber das Wasser blieb tief. Er ging langsam, tastete nach Bäumen und Sträuchern. Über ihnen war ein Gewitter, der Donner wütend und laut. Es blitzte, aber der Lichtschein drang nicht durch die Bäume. Er rutschte auf einer Wurzel aus und fiel mit dem Gesicht nach unten ins Wasser. Eve fiel auf ihn drauf. Sein Gesicht war unter Wasser. Bevor er sich mühsam wieder aufrappelte, überkam ihn einen Augenblick nackte Todesangst. Es war, als ob jemand versucht hätte, ihn zu ertränken. Er half Eve hoch und tastete dann im Wasser herum und fand die Springfield.

»Bist du in Ordnung?« fragte er Eve.

»Ich bin naß.«

»Ich auch.«

»Wenn du noch mal hinfällst, laß ich los.«

»Nein. Fall auf mich drauf. Das macht Spaß.«

»Ja«, sagte sie. »Und was für einen.«

Der Schlamm und das Wasser zerrten an seinen Füßen. Er konnte den Sog des fließenden Wassers spüren. Er wollte rennen. Er wollte weg von dem Brausen des Regens in den Bäumen, von dem wütenden Donnerkrachen, von steigendem Wasser, von Dunkelheit, in der man das Gefühl hatte, blind zu sein. Er wollte einen trockenen, sicheren Platz. Irgendwo mußte es Sicherheit geben. Er ging weiter, bog Gestrüpp und Schlingpflanzen und Zweige von Bäumen beiseite. Das ganze Iturigebiet konnte doch nicht unter Wasser stehen. Das war unmöglich. Er ging durch ein Nesselgestrüpp, die Haut brannte ihm von den winzigen Rissen. Seine Hände stießen gegen den nackten Stamm eines Baumes. Er blieb stehen und tastete sich um ihn herum. Der Baum war dick, und das nackte Holz war glitschig unter seinen Handflächen. Er ging weg von dem Baum und zwängte sich zwischen Schlingpflanzen hindurch. Die langen, faserigen, nassen Ausläufer der Flechten streiften über sein Gesicht. Er trat einen Busch nieder und überquerte eine kleine Lichtung. Eve klammerte sich an seinen Gürtel. Der Regen fiel heftig, und das Wasser schien hier tiefer. Wieder überkam ihn panische Angst. Es war, als wäre er in einer Höhle gefangen, in der ein unterirdischer Fluß langsam höherstieg. Sein Fuß verfing sich in einem Gewirr aus Gras; er hielt sich krampfhaft an Schlingpflanzen fest, die unter seinem Gewicht nachgaben, und fiel ins Wasser; die Schlingpflanzen fielen auf ihn herab. Eve fiel nicht. Sie hatte den Gürtel losgelassen. Er stand auf und schob die herabgefallenen Schlingpflanzen von seiner Schulter. Eve packte den Gürtel erneut, und sie gingen weiter.

Sie kamen in einen Teil des Waldes, wo kein Wasser stand. Jay tastete mit dem Fuß und fand einen Platz, wo Eve sich hinsetzen konnte. Er setzte sich neben sie, berührte ihren Arm. Der Regen prasselte auf ihre Köpfe nieder, und sie hörten das Geräusch des fließenden Wassers. Links von ihnen donnerte es laut. Er konnte spüren, daß Eve zitterte.

»Das haben wir davon«, sagte sie.

»Was meinst du?«

»Mein Großvater hat immer zu uns gesagt: ›Was der Mensch sät, das wird er ernten.‹«

»Ach, Eve.«

»Wir haben gesündigt, oder etwa nicht?«

»Nein.«

»Doch, das haben wir. Gott bestraft uns dafür, daß wir gesündigt haben.«

»Liebling, er macht sich nicht all die Mühe hier, um uns zu kriegen. Das könnte er einfacher haben. Er muß dafür nicht halb Afrika unter Wasser setzen.«

»Ich glaube, er wird uns hier sterben lassen.«

»Red nicht so.« Er legte den Arm um sie. »Wir kommen hier raus.« Er suchte mit den Lippen, bis er ihre Wange fand. Ihre Haut war kalt. Wieder donnerte es links von ihnen.

»Ich lasse schnell den Kopf hängen, wenn ich durchnäßt bin«, sagte sie.

Er wußte nicht, wie lange er so dasaß und sie im Arm hielt. Das Gewitter zu ihrer Linken zog ab, aber es regnete immer noch. Er schlief nicht, aber er dachte nicht viel nach. Er war zu müde. Noch nie war er so müde gewesen. Er vermutete, es lag an den Verletzungen vom Kampf mit dem Leoparden. Und weil er mit Eve geschlafen hatte. Wenn Gott dich holte, dachte er, holte er dich wahrscheinlich auf diese Weise. Er sorgte dafür, daß du von deiner bösen Tat so müde wurdest, daß du der Flut nicht entrinnen konntest. Aber es war nichts Böses, was sie getan hatten. Das glaubte er nicht. Es war etwas ganz Normales. Er sah in Eve nicht mehr die Ehefrau eines anderen Mannes. Sie liebten sich. Es war etwas ganz Normales. Es war etwas sehr Schönes. Er würde noch viele Male mit ihr schlafen. Er läge jetzt gern mit ihr in einem warmen, sauberen Bett, in einem Hotel, wo sie morgens einfach aufwachten und den Zimmerservice anriefen, um das Frühstück zu bestellen und bevor der Kellner mit dem Frühstückstablett kam, würden sie sich noch einmal lieben. Und das Frühstück bestände aus Erdbeeren mit Sahne und Zucker und Kaffee und dünnem Toast und Rührei und Würstchen.

»Schläfst du, Jay?« fragte Eve.

»Nein.«

»Das Wasser steigt wieder.«

Er war so durchnäßt, daß er es nicht bemerkt hatte. Der Boden, wo sie saßen, war naß. Er fühlte mit der Hand, und das Wasser war überall. Es stieg immer noch.

»Warten wir noch eine Minute«, sagte er.

»Gut, Liebling.«

Das Wasser stieg rasch, floß von rechts nach links mit zunehmender Stärke an ihnen vorbei. Als Jay wieder die Erde mit der Hand berührte, ging ihm das Wasser bis über das Handgelenk. Er gab Eve die Springfield und sagte ihr, daß er in der Nähe nach einer Stelle suchen würde, wo es höher war. Er ging zehn Schritte nach rechts und fühlte den Boden. Das Wasser stand über seinem Handgelenk. Er wandte sich wieder nach rechts, kam aber in noch tieferes Wasser. Er konnte nichts sehen. Er watete in einem großen Kreis, zwängte sich durch den Dschungel hindurch, und überall war Wasser. Sie hatten auf einer kleinen Kuppe haltgemacht. Bei dem Tempo, mit dem das Wasser stieg, konnten sie dort nicht mehr lange bleiben.

»Eve«, sagte er.

Sie antwortete nicht. Er hörte nur das Rauschen von Regen und fließendem Wasser.

»Eve«, sagte er noch einmal.

Angst überkam ihn, als sie nicht antwortete. Was war mit ihr? Er war nicht weit gegangen. Was konnte passiert sein?

»Eve! Eve!«

Ihre Stimme erreichte ihn schwach. »Jay! Ich bin hier! Hier!«

Ihre Stimme schien von hinten zu kommen. Er drehte sich um, machte einige Schritte und rief erneut. Ihre Stimme war etwas lauter. Er ging ein paar Schritte weiter und rief. Ihre Antwort klang schwach zu ihm herüber. Mein Gott! dachte er. Die Dunkelheit und das Geräusch des Regens verwirrten ihn. »Eve! Eve!« Er stolperte vorwärts. Ihre Stimme klang noch immer entfernt. Er durfte sie nicht verlieren. Mein Gott! »Eve! Eve!« Er versuchte zu laufen, doch er sah ein, daß ihn seine Panik womöglich völlig von ihrer Stimme entfernen würde. Er blieb stehen.

»Eve!«

»Hier, Jay.«

Ihre Stimme kam von links. Er machte einen Schritt und rief. Sie antwortete. Er machte einen weiteren Schritt und rief. Als ihre Stimme ganz nahe war, stellte er fest, daß er in einem Dickicht war, durch das er nicht hindurchkam. Er mußte um das Dickicht herumgehen, und ihre Stimme klang schwächer. Er hatte Angst, er würde sie ganz verlieren. Schließlich war er an dem Dickicht vorbei und erreichte Eve. Er berührte ihre Hüfte. Sie ergriff seine Hand.

»Liebling!« sagte sie. »Oh, Liebling!«

»Es ist alles gut.«

»Geh bitte nicht mehr weg.«

»Nein.«

»Ich wäre vor Angst fast gestorben, als du weg warst.«

»Ich werde nie mehr weggehen.«

Das Wasser reichte ihnen fast bis zu den Knien. Die Strömung war stark. Hinter ihren Beinen bildete das Wasser kleine Strudel. Es war seltsam, es nicht sehen zu können. Der Regen fiel unvermindert stark.

»Wir müssen weiter, Eve.«

»Ja, Liebling.«

»Faß meinen Gürtel.«

Sie faßte seinen Gürtel, und sie verließen die Kuppe. Er versuchte, vom Tosen des Wassers wegzukommen, aber das Geräusch des Wassers war schwer vom Geräusch des Regens zu unterscheiden. Er ging, so schnell er sich eben traute, teils mit der Strömung, teils quer durch sie hindurch. Das ging ganz gut, aber es war ein schreckliches Gefühl, wenn sie wegen eines Baumes oder eines Schlingpflanzengestrüpps nicht weiter konnten. Dann staute sich das Wasser an ihnen auf, als versuchte es, sie unterzutauchen. Das Wasser reichte ihnen bis über die Knie, und es war schwer, der Strömung standzuhalten. Wenn er es doch nur sehen könnte, dachte Jay. Die Augen taten ihm von der Dunkelheit weh. Es war nicht gut, ständig vor dem Wasser davonzulaufen. Wenn sie einen trockenen Platz finden könnten und für die Nacht mit Feuer einen Sicherheitskreis um sich herum bilden, dann könnten sie die Angst bekämpfen. Er wankte, aber er stieß mit der Schulter gegen den Stamm eines Baumes, und er konnte sein Gleichgewicht halten. Was ihnen angst machte, war, daß sie in Bewegung waren, dachte er. Daß sie auf der Flucht waren, und in der Flucht lag das Entsetzen. In der Flucht und im Wasser und in der Dunkelheit.

Eve sagte: »Es wird immer tiefer, Liebling.«

»Ich weiß.«

»Es geht mir bis zur Hüfte.«

»Wir müssen weiter.«

Er blieb stehen und lauschte nach dem Tosen des Wassers. Es

war hinter ihnen. Er würde nicht in der Richtung zurückgehen. Er wollte es zwar, denn er haßte es, zu spüren, wie das Wasser vor ihm tiefer wurde, aber er mußte weiter. Er ging weiter. In dieser Richtung lag die Rettung; wenn es überhaupt irgendwo Rettung gab, dann dort. Er sagte, bitte, Gott, mach, daß wir höher gelegenes Land finden! Bitte, Gott, bitte! Er rutschte aus und fiel auf ein Knie. Die Strömung drückte ihm gegen die Brust, und er verlor das Gleichgewicht und ließ die Springfield fallen und wurde mit der Strömung mitgerissen. Eve klammerte sich an seinem Gürtel fest, wurde auch mitgerissen. Er konnte die Füße auf den Grund setzen und stemmte sich mit aller Kraft gegen die Strömung und zog Eve auf die Beine. Er hustete etwas Wasser aus. In seinem Mund war Schlamm. Er knirschte ihm zwischen den Zähnen.

»Das Gewehr«, sagte er. Seine Stimme klang ihm merkwürdig in den Ohren.

Das Wasser drückte ihn nach unten. Er stemmte sich dagegen. Das Wasser war stark.

»Wir haben kein Gewehr«, sagte er. Seine Stimme klang merkwürdig und ängstlich. »Ich habe es fallen gelassen.«

»Mich hast du auch fast fallen gelassen, Liebling«, sagte Eve.

»Verstehst du denn nicht«, sagte er. »Das Gewehr ist weg.«

»Gehen wir zurück und suchen es.«

»Das geht nicht.«

»Dann gehen wir weiter, Liebling.«

»Ohne Gewehr sind wir verloren«, sagte er.

Er stemmte sich gegen das Wasser, aber es drückte ihn zurück, und er mußte sich noch stärker gegen die Strömung legen. Er war sehr müde. Er hörte einen Zweig peitschen, der ins Wasser hing. Er konnte sich nicht vorstellen, ohne das Gewehr weiterzugehen. Der Regen war noch immer in den Bäumen. Das Wasser verstärkte wieder den Druck, und er machte einen Schritt zurück.

»Wir können hier nicht bleiben, Jay«, sagte Eve.
»Aber das Gewehr.«
»Wir müssen es zurücklassen.«
»Es ist irgendwo hier in der Nähe.«
»Bitte, gehen wir weiter, Liebling.«
»Aber das Gewehr!«
»Komm schon, Liebling.«

Er ging wieder mit der Strömung, versuchte ständig, eine Richtung zu finden, die sie vom Tosen des Wassers wegführte. Eve hielt seinen Gürtel umklammert. Er stieß gegen einen treibenden Baumstamm, verfing sich mit dem Fuß in Gras und fiel, schmeckte das schlammige Wasser, hielt den Atem an, bis ihm die Lunge wehtat, kam wieder an die Oberfläche, ertastete den glitschigen Stamm eines Baumes, schnappte keuchend nach Luft; er rappelte sich hoch und ging wieder mit dem Strom, die nassen Blätter schlugen ihm ins Gesicht, die Dornen und Nesseln bissen ihm in die Haut, seine Kehle war trocken vor Angst, das Blut dröhnte ihm in den Ohren, sein Herz hämmerte, seine Beine waren taub, sein Körper erschöpft, er wollte aufgeben, wollte im Wasser liegen bleiben, beneidete Bill, der unter dem Sand und dem Wasser schlief, den Regen und den Donner und das strömende Wasser nicht hören konnte; und dann fiel er wieder hin und faßte mit der Hand in Schlamm; der Schlamm war tief und kühl, eine Wohltat für die Risse von den Dornen und Nesseln; und er stand auf und entfernte sich wieder von dem Tosen des Wassers. Eve hielt sich krampfhaft an seinem Gürtel fest, sagte kein Wort, atmete keuchend; und er fragte sich, ob sie noch lange durchhalten würde, wußte, daß auch er aufgeben und sterben würde, wenn sie aufgab; und er ging weiter durch das Wasser, platschend, fallend, stolpernd, stieß gegen Bäume, schleuderte Schlingpflanzen beiseite, brach durch Gestrüpp hindurch, roch die grünen nassen Pflanzen und den Duft von Blumen und Kräutern, fremdartig in der Nacht und in dem

Unwetter, und einmal den schweren Verwesungsgeruch von Aas und ständig den Duft nach feuchter Erde, nach Fäulnis, nach grünen Blättern, nach Regen, der unaufhörlich niederging; und er fiel wieder hin und stand auf und ruhte sich einen Moment aus, stand da, gegen das Wasser gestemmt, Eve dicht hinter ihm; die durchnäßte Kleidung klebte ihm auf der Haut, seine Wollsocken matschig, seine Stiefel glitschig naß, und er beneidete Bill, der tot und begraben war; und dann ging er weiter, hörte Eves Atmen und das Rauschen von Wasser und das Tropfen von Wasser und das Platschen von Wasser und das vom Dschungel gedämpfte Geräusch von Donner und das Krachen von Ästen und das Schlagen eines Zweiges in die fließende Strömung; und er fiel und stand auf, kannte inzwischen das kalte Gefühl des Wassers, kälter als die Luft, aber nicht kälter als der ständige, unnachgiebige Regen; und ging weiter, blind, sah nur die matten Streifen reflektierender Blitze, blaßviolett, weniger real als das rote Flackern, das die Erschöpfung in seinem Kopf erzeugte, und plötzlich hatte er das Gefühl, daß das Wasser nicht ganz so tief war. Er blieb stehen und lauschte und hörte das Tosen der Flut zu seiner Linken. Er machte zwei Schritte nach rechts und rutschte aus und fiel hin, Eve mit ihm; und die Strömung riß sie mit gegen einen Baum. Seine Hände fanden Moos auf dem Baumstamm, weich wie ein Teppich, und er rappelte sich hoch. Eve klammerte sich an seinen Gürtel. Unter seinen Händen bewegte sich irgend etwas Kaltes und Glitschiges. Er schrie heiser auf.

»Was ist?« rief Eve.

Er lief ein paar Schritte gegen die Strömung.

»Jay! Was ist?«

»Nichts.«

»Irgendwas muß da gewesen sein.«

»Nein. Bestimmt nicht.«

»Du hast auf eine Schlange gefaßt«, sagte sie.

»Nein. Irgendwas hat sich unter meiner Hand bewegt. Ein Zweig.«

»Bitte, laß es keine Schlange gewesen sein.«

»Hier gibt's keine Schlangen.«

Er wollte auf keinen Fall, daß die Strömung sie wieder zu dem Baum zurückriß. Da war irgend etwas gewesen. Er hatte schon immer Angst vor Schlangen gehabt. Es wäre schrecklich, dieses Ding wieder zu berühren. Er ging gegen die Strömung, bis er nicht mehr weiter konnte. Er war erschöpft. Der Versuch, auf der Stelle stehenzubleiben und sich auszuruhen, war sinnlos. Es war schwieriger, im Wasser stehenzubleiben, während der Druck sich verstärkte, als mit der Strömung zu gehen. Er stolperte und fiel hin. Eve fiel auf ihn. Die Strömung trieb ihn gegen einen Baum und hielt ihn mit dem Kopf über Wasser. Er kam nicht wieder hoch. Er war zu müde. Eve riß an seinem Gürtel. Sie stand.

»Jay«, sagte sie. »Steh auf. Bitte, Liebling.«

Sie zerrte an seinem Gürtel. Er stand auf. Er hatte Wasser geschluckt. Er hustete etwas aus. Er wollte sich wieder hinlegen. Er wollte schlafen.

»Wir müssen weiter«, sagte Eve.

Er ging ein paar Schritte mit der Strömung. Er hatte keine Angst zu sterben. Er würde gern sterben. Das schreckliche war, mit einem Körper, der schon seit langer Zeit am Ende seiner Kräfte war, weiter gegen das Wasser anzukämpfen, das mit großer Kraft und ohne Unterlaß durch den Wald floß. Es war viel einfacher zu sterben als zu kämpfen.

Er machte Schritte, zählte sie: eins, zwei, drei, vier. Das Wasser war jetzt nicht mehr so tief. Es reichte allerdings, um darin zu ertrinken. Er machte noch vier Schritte, und das Wasser fiel. Er fragte sich, wo das Wasser hinfloß. Er fiel, und diesmal traf er auf Erde.

Eve fiel neben ihn. Sie klammerte sich an seinen Gürtel. Er

versuchte nicht aufzustehen. Er kroch auf allen vieren, bewegte sich langsam und mühsam, zentimeterweise. Eve kroch mit ihm. Er kroch einen Hang hoch, zog sich an Sträuchern und Unkraut weiter. Er kroch, bis ihn die Kräfte verließen. Er tastete nach Eve und fand sie und schlief ein.

31

Am Morgen hörte der Regen auf, und die Wolken zogen weiter, und die Sonne erwärmte den Wald. Jay wurde vom Licht und von der Hitze geweckt. Er setzte sich auf, blinzelte in die Sonne und sah sich nach Eve um. Sie lag dicht neben ihm, das Gesicht auf die Arme gebettet, Kleidung, Hände und Haare mit getrocknetem Schlamm verkrustet. Sie atmete leise im Schlaf. Der hohe Stand der Sonne sagte ihm, daß es fast Mittag war. Er sah, wo sie in der Nacht den Hang hochgekrochen waren. Ihre Spur führte aus einem sumpfigen Tal herauf. In dem Tal am Fuße des Hanges war nasser Schlamm, und durch die Bäume konnte er sehen, wie das Sonnenlicht auf fließendem Wasser glitzerte. Noch immer bedeckte das Hochwasser das Tal. Er stand auf, um zu sehen, wie weit das Tal verlief, aber in der Ferne bildeten die Bäume eine dunkle, grüne Wand.

Eve öffnete die Augen und sah ihn an. »Hallo.«

»Hallo, Schatz.«

Sie setzte sich auf. »Meine Güte, du siehst vielleicht aus.«

»So fühle ich mich auch. Ich würde gern ein Bad nehmen. Wie fühlst du dich?«

»Eigentlich ganz fit.«

»Schlammbäder sollen angeblich guttun.«

»Liebling«, sagte sie, »von Schlammbädern habe ich für immer genug.«

Sie ließ ihn allein, und er öffnete den Rucksack. Wasser war eingedrungen, doch die Blechdosen hatten die Kräcker und den Lachs trocken gehalten. Sogar das Stück Schokolade war unter der Silberfolie trocken geblieben. Es waren zwei Dosen Lachs da.

Genug für zweite weitere Mahlzeiten. Er erinnerte sich auf einmal an die Springfield. Er fühlte sich schlecht. Mit dem Gewehr hätte er vielleicht etwas schießen können. Wie hatte er es nur verlieren können. Es war genauso wichtig wie Feuer. Er tastete nach seinen Streichhölzern und stellte fest, daß sie in ihrer Schachtel trocken waren. Sechs Streichhölzer. Aber kein Gewehr.

Eve kam zurück. Sie hatte sich das Gesicht und die Hände mit Blättern vom Schlamm gesäubert. »Was ist los, Liebling?« fragte sie.

»Ich habe an das Gewehr gedacht.«

»Mach dir keine Sorgen.«

»Ich kann nicht anders.«

»Bitte nicht. Denk daran, um wieviel besser wir dran sind im Vergleich zu letzter Nacht.«

Er war sich nicht sicher, ob sie besser dran waren, aber er sagte nichts. Sie hatten die Wahl zwischen Ertrinken und Verhungern. Wo lag der Unterschied? Aber sie hatte recht. Es nützte nichts, sich Sorgen zu machen. Er öffnete eine Dose Lachs und belegte einen Kräcker und reichte ihn ihr. Dann belegte er einen für sich. Der Lachs schmeckte gut. Er war hungrig.

»Ist es nicht schön hier?« fragte Eve.

»Ja.«

»Ich bin so froh, daß wir aus dem Tal raus sind.«

Ihm kam ein Gedanke. »Eve, hast du noch die Mauser?«

»Ja. In dem kleinen Gummibeutel.«

Hoffnung keimte in ihm auf. Er versuchte, seine Stimme gleichgültig klingen zu lassen. »Und die Patronen?«

»Auch in dem Beutel.«

»Oh, wunderbar! Ich hatte die Mauser vergessen. Völlig vergessen. Du bist großartig.«

»Mein armer Liebling. Deshalb hast du dich wegen des Gewehrs so aufgeregt.«

»Du bist wunderbar.«

»Nicht wahr?« Sie gab ihm den Gummibeutel. »Das ist meine Aussteuer, Liebling.«

»Eine schönere Aussteuer kann niemand haben.«

Sie leerten die Dose Lachs und aßen etwas von der Schokolade. Jay war noch immer hungrig. Er wollte frisches Fleisch. Er nahm ein Taschentuch und reinigte die Mauser. Sie hatte ihm Hoffnung gegeben. Vielleicht konnte er etwas schießen.

»Sollen wir weiter?« fragte er.

»Bist du stark genug?«

»Es geht mir gut.«

»Es gefällt mir ganz und gar nicht, daß wir so nah an dem Tal sind«, sagte Eve. »Einer von uns könnte reinfallen.«

»Wir gehen in die andere Richtung.«

»Gott sei Dank. Ich hatte schon befürchtet, wir müßten es durchqueren.«

»Ich würde das Tal nicht durchqueren, und wenn wir auf der anderen Seite die Dächer von Lubero sehen könnten.«

»Ich auch nicht«, sagte Eve.

Es gab keine Pfade, und sie gingen nach Osten durch den Wald. Sie gingen in Richtung der Schatten, die die Nachmittagssonne malte. Der Wald war dicht, und das Unterholz war naß vom Regen. Feuchte Blätter und Schlingpflanzen und hohes Gras wuschen ihnen den Schmutz von der Kleidung. Der Himmel war wolkenlos, und es war windstill, und die Sonne brannte heiß. Im Wald stieg Dunst auf. Vom Dunst und vom Unterholz wurde ihre Kleidung naß. Das Gehen war mühselig, und Insekten plagten sie. Ihre Haut am Hals und im Gesicht war von Stichen bedeckt. Nachmittags schoß Jay auf einen dicken, braunweißen Vogel auf einem Ast. Der Vogel flog davon, hinterließ eine einzelne braune Feder, die durch die Luft segelte. Sie hörten die heisere, erschrockene Stimme des Vogels in den Bäumen.

»Da fliegt unser Abendessen davon«, sagte Jay.

Sie kamen an einen Pfad, der nur sehr schwer zu erkennen war und fast in östlicher Richtung verlief. Auf dem Pfad zu gehen war einfacher. Die Kratzwunden von Jays Kampf mit dem Leoparden brannten jetzt, und er fühlte sich etwas fiebrig. Er wußte nicht, ob es von der Hitze kam oder ob er wirklich Fieber hatte. Sein zerfleischter linker Arm schmerzte. Der Pfad führte einen weiten Hang hinab an eine Stelle, wo nur wenige Bäume standen. Sie sahen unter sich einen breiten Fluß und einen halbmondförmigen Sandstrand. Der Fluß lag etwa dreißig Meter tief am Fuße eines Erddammes. Der Fluß hatte eine starke Strömung, und auf dem Wasser trieben Baumstämme und Blätter und Äste und Gras und Schaumblasen. Fast direkt unter ihnen, vom Fluß durch Sand abgetrennt, war ein kleiner Teich.

»Kampieren wir hier«, sagte Jay.

»So nah am Fluß?«

»Bis hier oben kann er nicht kommen, Liebling.«

Sie lächelte ihn an. »Es sieht wirklich so aus, als ob er ziemlich tief liegt.«

»Und wir können baden und unsere Sachen waschen.«

Sie sammelten Holz und machten ein Feuer und häuften unter einem Baum Blätter zum Schlafen auf. Dann gingen sie hinunter zum Teich. Jay konnte den sandigen Grund sehen. Er hielt die Hand ins Wasser. Es war kalt.

»Wirf mir deine Sachen zu«, sagte Eve. »Ich wasche sie, während du schwimmst.«

»Das kann ich doch selbst machen.«

»Nein, Liebling. Das Waschen übernehme ich.«

Sie drehte ihm den Rücken zu, während er sich auszog. Er ließ den Verband an seinem Arm. Er legte seine Kleidung zu einem Haufen zusammen und watete in den Teich. Das Wasser auf seiner Haut tat ihm wohl. »Okay«, rief er.

»Wie ist das Wasser?«

»Es ist herrlich.«

Sie ging zum Fluß, um die Kleidung zu waschen. Er reinigte sich den Körper und die Haare mit Sand und ließ sich dann auf dem Rücken treiben, bewegte nur die Hände, um nicht unterzugehen. Das kühle Wasser war wunderbar. Es war auch ein schönes Gefühl, wieder sauber zu sein. Er fragte sich, ob es hier Krokodile gäbe, aber er konnte sich nicht vorstellen, daß es einem Krokodil gelänge, schneller in den Teich zu kommen, als er hinaus könnte. Er glaubte nicht, daß Krokodile gern über Land gingen, um ihre Beute zu erwischen. Sie sonnten sich zwar im Sand am Fluß, aber sie gingen nicht gern vom Fluß weg. Und wahrscheinlich hatten sie auch Probleme mit dem Hochwasser. Er konnte sich ihretwegen keine Gedanken machen. Nach letzter Nacht würde er sich wegen nichts mehr Gedanken machen.

Wasser klatschte. Er erschrak, doch dann sah er Eve auf sich zuschwimmen. Ihre Schultern waren gebräunt, aber ihre Brüste waren weiß unter der Wasseroberfläche. Sie sah wunderschön aus, wie sie so in dem Teich schwamm.

»Ich habe die Sachen zum Trocknen ausgelegt«, rief sie ihm zu.

»Das ging aber schnell.«

»Ich bin eine sehr gute Waschfrau.«

»Könntest du nicht für unseren Unterhalt sorgen, indem du für andere wäschst?«

»Natürlich könnte ich das.«

»Und ich schreibe hinten auf die Waschzettel Sonette.«

»Das würde den Umsatz steigern«, sagte sie. »Für jedes Wäschepaket über ein Pfund Gewicht gibt's ein Sonett.«

»Du bist die geborene Geschäftsfrau.«

»Nicht wahr?«

»Außerdem bist du wunderschön.«

Er schwamm auf sie zu. Sie versuchte wegzuschwimmen, aber er faßte sie bei den Schultern und drehte sie um. »Ich liebe dich sehr, Eve«, sagte er. Es war zu tief, um stehen zu können, und als er sie küßte, gingen sie beide unter. Lachend kamen sie wieder hoch. Er hielt sie mit einem Arm fest und schwamm mit dem anderen und küßte sie. Ihre Haut war naß und weich. Er konnte ihren weißen Körper in dem klaren Wasser sehen.

»Ach, Liebling«, sagte sie.

»Komm, wir schwimmen ans Ufer.«

»Oh, nein.«

»Bitte. Ich begehre dich so sehr, Eve.«

»Du bist noch nicht wieder ganz bei Kräften.«

»Doch. Mir geht es gut.«

»Du warst sehr krank.«

»Mir geht es gut. Komm näher ran. Hier. Ich bin wieder bei Kräften.«

»Oh ja, du bist wieder bei Kräften, Liebling.«

»Dann komm mit ans Ufer.«

»Liebling, bitte nicht! Es ist nicht gut für dich.«

»Bitte, komm.«

»Lieber nicht.«

»Bitte.« Er drückte sie an sich. »Bitte.«

»Liebling, warte, bis wir am Ufer sind.«

»Ja. Aber komm jetzt.«

Er schwamm mit ihr an den Rand des Teiches, zu dem braunen, wassergetränkten, kühlen, feuchten Sand.

An diesem Abend machte Jay neben dem Baum qualmende Feuer, um die Insekten fernzuhalten. Er ließ grüne Zweige auf den Feuern schwelen. Sie aßen Schokolade und die Hälfte der restlichen Kräcker, den Lachs bewahrten sie für den nächsten Tag auf. Die Flammen zischelten in den grünen Zweigen, und der Rauch breitete sich in dichten Schwaden aus. Sie aßen, ihre Schultern berührten sich.

»Ob unsere Vorfahren sich wohl vor zehntausend Jahren so gefühlt haben?« sagte Eve.

»Wie gefühlt?«

»Glücklich und voller Angst.«

»Sie hatten keine Angst«, sagte er. »Sie waren daran gewöhnt.«

»Hast du Angst, Liebling?«

»Im Moment nicht. Aber gestern nacht hatte ich Angst.«

»Es war wie ein schrecklicher Traum.«

»Es gibt nichts, wovor wir jetzt Angst haben müßten.«

»Nein, wahrscheinlich nicht.«

»Nichts außer vor Löwen, Elefanten, Pygmäen, Leoparden, Schlangen, Lungenentzündung, dem Hungertod und dem Altwerden.«

»Sei ernst, Liebling. Weißt du was?«

»Nein.«

»Was mir wirklich angst macht, ist das, was der Professor in jener Nacht in den Bergen gesagt hat.«

»Das mit der Sackgasse?«

»Ja. Die Vorstellung macht mir angst, daß eines Tages ein Tier oder ein Fisch den Menschen ersetzen könnte. Jay, vielleicht gräbt man eines Tages unsere Knochen aus und stellt sie in einem Museum aus, mit der Aufschrift: ›Ausgestorbenes afrikanisches Säugetier, hat vermutlich auf zwei Beinen gehen können.‹«

»Komisch, daß du vor so etwas Angst hast.«

»Liebling«, sagte sie. »Ich merke, daß du nicht oft zur Kirche gegangen bist.«

»Nein.«

»Aber ich. Mein Großvater wollte es so. Er war sehr religiös.«

»Mein Großvater hat eine Bank geleitet.«

»Ich war auf einer Klosterschule«, sagte sie. »Du lernst dort viel Tröstliches. Du lernst einiges über Gott. Du lernst, daß er über dich wacht. Und dann lernst du noch, daß du eine Seele hast, daß du dich von den Tieren unterscheidest. Das ist ein schönes Gefühl. Und du lernst, daß am Ende deines Lebens der Himmel auf dich wartet, wo es warm und gemütlich und hell ist, wo Mutter und Vater und Oma sind und dich wieder liebhaben. Deshalb ist es ein ziemlicher Schock, Liebling, wenn du hörst, du bist eine Art Lungenfisch, der sich blindlings seiner Umgebung anpaßt, die sich zwangsläufig verändert und dich am Ende vernichten wird.«

»Du mußt das ja nicht glauben.«

»Ich weiß. Aber es ist so ungemein logisch.«

»Das muß es sein«, sagte Jay. »Jede wissenschaftliche Theorie muß logisch sein. Andernfalls würde niemand sie akzeptieren.«

»Woran glaubst du?«

»Ich weiß nicht. Ich wäre wahrscheinlich auch Katholik, wenn mir die Iren nicht so unsympathisch wären.«

»Aber macht dir denn die Vorstellung keine Angst, ein Lungenfisch zu sein?«

»Ich denke einfach nicht darüber nach.«

Eve schwieg eine Weile. Insekten summten über dem Rauch der Feuer. »Das ist wahrscheinlich auch das Beste, was man tun kann«, sagte sie. »Wir sind ganz schön philosophisch, was?«

Er beugte sich über sie und küßte sie. Ihre Lippen waren kalt. Er öffnete sie mit drängenden Lippen und küßte sie noch einmal.

»Aber nicht nur«, sagte er.

Kurz vor Sonnenaufgang berührte Eve seine Schulter. Als er die Augen öffnete, legte sie ihm eine Hand auf den Mund. Er setzte sich rasch auf.

»Irgendwas trinkt an unserem Teich«, sagte sie.

Er holte die Mauser hervor und kroch zum Tümpel. Die Sonne war noch nicht aufgegangen, aber der Himmel war bereits blau. Einige der Wolken im Osten waren rot. Der Wald schien sehr ruhig. Jay erreichte den Rand des Erddammes. Drei große schwarze Tiere und ein Kalb standen mit den Vorderbeinen im Teich und tranken das klare Wasser. In der Nacht war der Fluß zurückgegangen, und das halbmondförmige Sandufer war breiter geworden. Die Tiere tranken friedlich. Eins von ihnen hob den Kopf und sah sich auf der sandigen Lichtung um. Jay konnte geöffnete Nüstern und weit auseinanderstehende Hörner sehen. Es waren Büffel. Er kroch an eine Stelle auf dem Damm, die direkt oberhalb des Teiches lag. Das Kalb hörte auf zu trinken, kam aus dem Teich und wartete neben seiner Mutter. Es hatte sanfte braune Augen und rieb sein Maul an der Flanke der Kuh. Es waren noch eine Kuh und ein Bulle da. Der Bulle war sehr groß. Sein Fell war schorfig, als ob er eine Hautkrankheit hätte, aber seine Hörner waren glänzend schwarz. Jay drückte die Pistole in die Beuge seines linken Armes, legte auf das Kalb an und zielte auf das untere Ende der Wirbelsäule. Er drückte ab, ein Feuerblitz, ein Knall, der vom Fluß widerhallte; das Kalb lag mit zuckenden Beinen am Teich, und die drei Büffel rannten schwerfällig über den Sand davon. Sie liefen ins Unterholz. Jay wollte gerade die Böschung hinunterlaufen. Eve hatte das Ganze beobachtet, und jetzt kam sie ihm nach.

»Bleib da oben«, sagte er zu ihr.

»Weshalb?«

»Die großen sind sehr gefährlich. Sie kommen vielleicht zurück.«

»Ist mir egal.«

Das Kalb versuchte aufzustehen. Es stand bereits auf den Vorderbeinen, doch die Hinterbeine waren gelähmt. Seine braunen Augen blickten ängstlich. Jay ging zu ihm und schoß ihm ins Ohr.

»Was für ein Glück«, sagte er.

»Das arme Kleine«, sagte Eve.

»Ich mußte es schießen.«

»Es sieht so süß aus.«

»Einen von den großen hätte ich niemals erlegen können.«

»Ich weiß, Liebling.«

Er schnitt dem Kalb den Bauch auf und nahm die Eingeweide

heraus. Die Sonne ging gerade auf, und die Strahlen erhellten die Wipfel der Bäume auf der anderen Seite des Flusses. Das Licht war gelbgrün auf den Blättern. Er schnitt das Kalb in vier Stücke, damit es leichter zu tragen war. Er machte sich Sorgen wegen der anderen Büffel. Sie galten als sehr gefährlich. Er hatte von verwundeten Bullen gehört, die ihre Jäger meilenweit verfolgt und dann unerwartet angegriffen hatten. Der Gedanke, daß die anderen Büffel ihn und Eve verfolgen könnten, behagte ihm nicht. Aber das Risiko mußten sie auf sich nehmen. Sie mußten es auf sich nehmen – oder verhungern.

Das Fleisch des Kalbs war rosa. Er trug die Viertel zum Feuer. Das Feuer hatte die ganze Nacht über gebrannt, und viele Holzstücke glühten noch. Er nahm eines der Hinterviertel und legte es zwischen zwei Holzscheite auf die Glut. Die Koteletts würden zuerst gar sein, und dann das Bein. Sie würden essen müssen, soviel sie konnten. Er wußte nicht, wie lange das Fleisch sich halten würde.

»Es riecht wirklich gut«, sagte Eve.

»Ja. Kannst du gut kochen?«

»Überhaupt nicht.«

»Keinerlei Vorschläge?«

»Du machst das hervorragend.«

Das Bein und die Koteletts wurden allmählich braun. Das Fleisch roch sehr gut, und sie sahen zu, wie es briet. Jay wollte die Koteletts vom Bein abschneiden, aber er zwang sich zu warten, bis sie gar waren. Schließlich waren sie auf beiden Seiten braun, und er hielt das Bein fest, während Eve die Koteletts abschnitt. Dann legte er das Bein wieder auf das Feuer. Sie gab ihm ein Stück, und er nahm einen Bissen und verbrannte sich die Lippe. Er hatte schrecklichen Hunger. Er knabberte an der Außenseite des Fleischstückes. Das Fleisch war warm und fest und schmeckte süßlich nach Blut. Es erinnerte ein bißchen an Kalbsbraten.

»So etwas Gutes habe ich noch nie gegessen«, sagte Eve.

»Das liegt daran, weil wir hungrig sind.«

»Das glaub' ich nicht. Das schmeckt einfach gut.«

»Ich bin eben ein prima Koch.«

»Ja. Das stimmt, Liebling.« Sie lächelte ihn an. »Iß noch ein Stück.«

Sie aßen die Koteletts und dann das Bein. Jay konnte gar nicht genug davon bekommen. Er aß noch lange, nachdem Eve fertig war. Sie kamen zu dem Schluß, daß sich das Kalbfleisch besser halten würde, wenn sie es brieten. Er aß, während Eve sich um das zweite Hinterviertel kümmerte.

»Hast du keine Angst, daß du platzt?« fragte sie.

»Das wäre ein schöner Tod.«

Es war nach Mittag, als das Fleisch gar war. Von den Büffeln war nichts mehr zu sehen. Der Himmel war voller Wolken, und in der Ferne hörten sie Donner. Sie wickelten Blätter um das Fleisch, um die Insekten fernzuhalten. Jay nahm den Rucksack und zwei der Fleischviertel. Eve nahm das letzte Viertel, und sie machten sich auf den Weg nach Osten.

32

Während die Tage verstrichen, reifte in Jay die Gewißheit, daß sie niemals aus dem Iturigebiet herauskommen würden. Aus irgendeinem Grunde stärkte dieses Wissen sein Erinnerungsvermögen. Er wachte oft in der Nacht auf, hörte die Geräusche von Insekten und Eves Atem und dachte an die Vergangenheit. Die Erinnerungen kamen wild durcheinander, ungeordnet, wahllos und ohne irgendeinen erkennbaren Zusammenhang; einige waren gut und einige schlecht, einige bedeutsam und einige bedeutungslos; häufig fast wie Träume; sie vermischten Wahrheit und Unwahrheit, ließen die Zeit außer acht, verfuhren willkürlich mit Orten und Personen. Das war merkwürdig, da er sein ganzes Leben lang von seiner Phantasie gelebt hatte, nicht von seinen Erinnerungen; außer bei Linda. Und jetzt dachte er kaum noch an sie. Denn nun war Eve da. Doch er hatte nicht das Gefühl, daß er Linda untreu war. Es hieß, man könne nur einmal lieben. So hieß es in Büchern und in Gedichten und in Theaterstücken, aber so war es nicht. Man brauchte sich nur anzugucken, wie glücklich Menschen waren, die zum zweitenmal geheiratet hatten, um das zu erkennen. Oder das Liebesleben irgendeines beliebigen erwachsenen Mannes. Er hatte Linda aufrichtig geliebt, und jetzt liebte er Eve. Sie waren unterschiedlich, und er liebte sie auf unterschiedliche Weise, doch beide liebte er aufrichtig. Er suchte nicht nach Erklärungen, aber es war so, und er fühlte sich nicht schuldig.

Manchmal, wenn er neben Eve auf weichen Blättern am Feuer lag, das gelb in der Nacht loderte, dachte er an Lucien Salles. Er fragte sich, ob er auch im Dschungel war, oder tot, oder ob man ihn gefunden hatte. Es wäre unerfreulich, wenn sie hier rauskämen, und Salles wäre gefunden worden und würde dann Eve zurückfordern. Die Entscheidung läge bei Eve. Aber wahrscheinlich würde das nicht passieren, und er machte sich deswegen keine Gedanken. Sein Verstand und seine Gefühle waren ohnehin durcheinandergeraten. Er war traurig, weil er und Eve im Urwald sterben würden, aber er war sehr glücklich, weil sie zusammen waren. Große Angst hatte er nicht, aber das kam vermutlich noch, wenn sie nichts mehr zu essen hatten.

Am häufigsten erinnerte er sich an seine Kindheit. Sein Verstand funktionierte wie der eines sehr alten Menschen, der sich am besten an das erinnert, was vor sehr langer Zeit geschehen war. Er fragte sich, ob der Körper sich auf diese Weise auf den Tod vorbereitete, indem er die Gedanken immer weiter zurück in die Vergangenheit reichen ließ, bis zu dem Zeitpunkt, als er das Licht der Welt erblickte. Er erinnerte sich, wie er nach einer verlorenen Prügelei in der Schule weinend nach Hause gekommen war, wie unglücklich er gewesen war, weil er aufgegeben hatte, obwohl es nicht nötig gewesen wäre, und an eine andere Prügelei im Zeltlager, bei der er zusammengeschlagen worden war, aber nicht aufgegeben hatte, und wie er zum erstenmal ein Mädchen, Nancy, in der Tanzschule geküßt hatte, im Flur, wo die Mäntel hingen. Er erinnerte sich an die Bande, mit der er gespielt hatte, und wie er im Schlamm an der Küste Krebse gesucht hatte und wie sein Fahrrad gestohlen worden war, und an Limonade, und wie er mit seiner Steinschleuder eine Fensterscheibe eingeschossen hatte und drei Monate den Rasen mähen mußte, um den Schaden zu bezahlen, und an das Haus, wo es spukte, und an die Lakritzstangen und Gummidrops, und an Pete, den scheckigen Zuchtbullen mit dem eingerissenen Ohr, und an Knallfrösche, und an Pearl White im Kino, und an die Tom-Swift-Bücher, und an die schwarze Katze, die im Haus seines Großvaters im Keller lebte, und an das Pony, das er zu Weihnachten bekommen hatte und das ihn gebissen hatte, und an den Lehrer im Werkunterricht, den er verprügeln wollte, wenn er groß war, und an lange Hosen, und wie er Keuchhusten hatte und Olivenöl trinken mußte, und an vieles andere mehr.

Er ging immer weiter nach Osten, wußte, daß es zu nichts nütze war, aber gab nicht auf, weil er Eve keine Angst machen wollte; jagte nach Wild; schlief am Feuer; liebte Eve; war hungrig; redete; und die Gedanken und Erinnerungen, die so weit von Afrika entfernt waren, ließen die Tage verstreichen.

33

An diesem Morgen brachen sie früh auf. Sie gingen, lange bevor der graue Dunst über die Baumwipfel stieg und sich auflöste und die Sonne durch die Löcher im Dach des Waldes drang. Dann wurde es sehr heiß. Schmetterlinge flogen vor ihnen her, und in den Bäumen sahen sie Blüten und Vögel. Wenn die Sonne den Boden der Lichtungen erreichte, fing die Erde an zu dampfen. Es wurde laut im Wald, sobald sich der Dunst hob. Sie gingen auf dem Pfad vorbei an schrillen Pfiffen, Klängen, die an eine Harfe erinnerten, Krächzen, Grunzen, dem hellen Klang einer Glocke, dem Motor eines Traktors, einer Frau, die vor Schmerzen schrie, Zischen, Beckenschlägen, einem Jungen, der an einem Lattenzaun entlanglief, an den er einen Stock hielt, Hupen, Heulen, Muhen, knirschenden Zähnen, Störungsgeräuschen eines Radios, einem tropfenden Wasserhahn. Diese Geräusche, die von den Insekten, den Fröschen und Kröten, den Reptilien und kleinen Tieren und Vögeln des Iturigebietes stammten, beunruhigten sie nicht. Sie hatten sich mit der Zeit daran gewöhnt. Sie gingen eine Stunde lang, nachdem der Dunst verschwunden war.

»Machen wir Rast«, sagte Jay.

Sie setzten sich auf einen umgestürzten Baumstamm. Eve sah mager aus, ihre Haut spannte sich über den Wangenknochen und dem Kiefer. Sie sah, daß Jay sie anblickte, und lächelte.

»Ich denke ständig an Roastbeef«, sagte sie.

»Tu's nicht.«

»Roastbeef, nur kurz angebraten«, sagte sie. »Im ›Simpson's‹ in London. Ich kann nichts dagegen tun, Liebling. Ich habe so großen Hunger.«

»Essen wir was.«

»Das bringt uns ja völlig aus dem Rhythmus.«

»Egal«, sagte er.

»Wir können warten. Wir müssen sogar. Wieviel haben wir noch?«

»Genug für sechs Mahlzeiten.«

»Mahlzeiten! Das nennst du Mahlzeiten?«

»Nein.«

»Wieso können wir nicht schnell verhungern? Liebling, komm, wir essen uns satt, und dann verhungern wir schnell.«

»Das wäre nicht sehr vernünftig.«

Ihr Gesicht wurde traurig. »Ja, wir müssen vernünftig sein«, sagte sie.

Später an diesem Tag verhüllten niedrige Wolken den Himmel. Die Wolken kühlten den Wald ab, aber es war schwieriger, dem Pfad in dem Zwielicht zu folgen. Jay beschloß, das Nachtlager aufzuschlagen, sobald sie auf eine Lichtung oder an einen Fluß kämen. Er wollte noch vor Sonnenuntergang ein Feuer machen. Er hatte noch drei Streichhölzer. Er wußte nicht, was sie tun würden, wenn die Streichhölzer verbraucht waren. Er fragte sich, ob es möglich war, glühende Holzstücke mit sich herumzutragen. Er wußte, daß die Pygmäen es taten. Plötzlich fiel ihm etwas Ungewöhnliches an dem Wald auf. Es herrschte vollkommene Stille. Er hörte nicht einen einzigen Laut. Er sah sich nach Vögeln und Schmetterlingen um, aber der Wald war wie ausgestorben. Er konnte nicht einmal Insekten sehen. Es war sonderbar. Er hatte noch nie eine so vollkommene Stille erlebt. Auch Eve fiel es auf. Sie kam näher, bis sie dicht hinter ihm war. Es war, als ob der Wald verhext wäre. Jay bekam Angst. Er berührte Eves Hand, und sie gingen sehr schnell den Pfad entlang; ihre Füße tappten leise auf dem weichen Boden. Er konnte sich die Stille nicht erklären. Sein Atem rasselte ihm im Hals. Er ging etwas schneller. Sie rannten fast, als sie wieder den Gesang eines Vogels hörten und einen Schmetterling sahen.

Das Mondlicht ließ den Nachtnebel schimmern. Es färbte die nackten Stämme der Bäume um die Lichtung herum silberweiß. Die Stämme hoben sich deutlich gegen die schwarze Wand des Waldes ab. Im Wald schrie ein Nachtvogel. Er wiederholte ständig einen einzigen Ton, tief und traurig. Im Mondlicht sah alles fremd und unwirklich aus.

»Schläfst du, Jay?« fragte Eve.

»Nein.«

»Ich habe nachgedacht«, sagte sie.

»Worüber?«

»Wir haben doch wirklich viel Spaß, nicht, Liebling?«

»Mehr als sonst jemand.«

»Ja, mehr als sonst jemand.«

Der treibende Nebel erinnerte an die Innenseite einer Austernschale. Jay sah darin Purpur- und Blau- und Violettöne. Feuchtigkeit glitzerte auf dem Gras.

»Hast du darüber nachgedacht?« fragte er.

»Nein.«

»Worüber dann?«

»Liebling«, sagte sie, »was machen Leute, die sich verirrt haben, eigentlich dagegen, Babys zu bekommen?«

»Was meinst du?«

»Nun ja, in Büchern scheinen die Leute niemals Kinder zu bekommen. Ich meine Verirrte oder Schiffbrüchige.«

»Wahrscheinlich wird immer eine Packung Verhütungsmittel mit an Land gespült.«

»Davon sagen die Schriftsteller aber kein Wort.«

»Eve, du bekommst doch nicht etwa ein Kind?«

»Nein, aber möglich wär's.«

»Bitte nicht.«

»Ich will keins, das weißt du doch.«

»Ich weiß, Liebes.«

»Wieso meint man immer, daß es allein Sache der Frau ist?«

»Es tut mir leid. Ich habe nun mal eine traurige Erfahrung mit einem Kind hinter mir.«

»Oh, Liebling, ich weiß. Ich habe nur so dahergeredet. Ist der Mondschein nicht herrlich?«

Als es Tag wurde, lag ein feuchter, baumwollweißer Nebel über dem Wald, und später begann es zu regnen. Es regnete den ganzen Tag, und sie blieben in ihrem Lager und saßen ganz nah am Feuer und versuchten, sich warm und trocken zu halten, rochen den Rauch des Holzes und unterhielten sich und schliefen. Es war kein starker Regen. Es war eher Dunst als Regen, und der Wald rauschte nicht wie während des Gewitters. Doch unaufhörlich war das Geräusch von tropfendem Wasser zu hören. Sie waren beide sehr hungrig, aber sie versuchten, nicht vom Essen zu sprechen. Jay erzählte Eve von Linda. Die Ehe mit ihr und ihr Tod schienen jetzt, da er darüber sprach, ganz unwirklich. Er erzählte Eve, wie Lindas Familie ihren Leichnam weggeholt hatte.

»Was hast du danach gemacht?« fragte sie.

»Ich weiß nicht. Zwei Monate sind völlig aus meinem Gedächtnis gelöscht. Zumindest fast. Ich war in Savannah und New Orleans, und dann fuhr ich zurück nach Miami. Dort hat Bill mich aufgespürt.«

»Hast du viel getrunken?«

»Ja. Aber daran lag's nicht. Ich bin wie in einem Traum herumgelaufen. Fast so, als hätte ich einen Schlag auf den Kopf bekommen.«

»Hast du was mit Frauen gehabt?«

»Nein.«

Das stimmte nicht ganz. Da war die kleine, schwarzhaarige Hure in New Orleans gewesen. Er hatte zuviel Absinth getrunken. Er erinnerte sich, wie ihre Rippen unter ihren Brüsten vortraten. Er war mit ihr in ein Hotel gegangen, aber es hatte ihm nicht geholfen.

»Ich glaube dir nicht«, sagte Eve.

»Aber es stimmt.«

»Meine Zimmergenossin in der Klosterschule hat mir erzählt, daß alle Männer was mit Frauen haben, wenn es ihnen schlecht geht.«

»Tja, aber ich nicht.«

»Das freut mich, aber ich glaube dir nicht.«

»Liebling, ich habe mit Hunderten von Frauen geschlafen. Ich hatte zwei oder drei pro Nacht.«

»Das stimmt nun auch wieder nicht.«

»Doch, es stimmt. Bist du jetzt nicht eifersüchtig?«

»Nein. Ich bin nur auf Linda eifersüchtig.«

»Sie ist tot. Du kannst doch nicht auf eine Tote eifersüchtig sein.«

»Bin ich aber. Und zwar schrecklich eifersüchtig. Ich hasse sie. Nein, das tue ich nicht. Nicht richtig. Aber ich wäre gern die einzige Frau in deinem Leben.«

»Das bist du.«

»Nein. Ich bin deine zweite.«

»Ich bin auch dein zweiter.«

»Lucien zählt nicht. Das habe ich dir schon gesagt. Ich habe ihn nie geliebt.«

»Trotzdem hat er mit dir geschlafen.«

»Ja. Du weißt ja nicht, wie leid mir das tut.«

»Das muß es nicht. Im Grunde macht es mir nichts aus.«

»Doch. Und mir auch. Ich fände es schön, wenn es außer dir keinen anderen Mann in meinem Leben gegeben hätte. Tief in ihrem Herzen empfinden die meisten Frauen so.«

»Es macht mir nichts aus. Ehrlich.«

»Du bist so gut zu mir.«

»Ich bin verrückt nach dir. Du bist so wundervoll und so schön.«

»Wohl kaum. Kein Lippenstift. Kein Puder. Nicht mal ein anständiges Bad.«

»Deine Lippen sind schön.« Er küßte sie. »Und so weich.«

»Ach, Liebling!«

»Bitte.«

»Warten wir, bis es dunkel ist. Dann ist es besonders schön.«

»Jetzt, und dann noch einmal, wenn es dunkel ist.«

»Kannst du wirklich nicht warten?«

»Nein.«

»Ich bin so glücklich«, sagte sie. »Und so schamlos.«

»Du bist einfach wunderbar.«

Der Regen hörte noch in der Nacht auf, und am Morgen war es kühl und bewölkt. Sie hatten auf einem breiten Pfad kampiert, der in nordöstlicher Richtung verlief. Der Pfad war mit Elefantenspuren übersät. Jay schnitt zwei Stücke Fleisch vom letzten Viertel des Büffelkalbes ab, und sie aßen und gingen dann auf dem Pfad weiter. Jay ging voraus und hielt Ausschau nach Wild. Sie brauchten bald wieder Fleisch. Er fragte sich, was die Pygmäen außer Fleisch aßen. Er wagte nicht, die Früchte und die Pilze zu probieren, die im Wald wuchsen. Selbst wenn sie nicht giftig waren, würden sie wahrscheinlich davon krank werden. Er wollte nicht wieder krank werden.

Der Pfad verengte sich, und aus den dunklen Bäumen vor ihnen erklangen seltsame Geräusche. Sie hörten Gekreische und Geschnatter und das Geräusch von Ästen, die sich bewegten, und ein immer stärker werdender Gestank schlug ihnen entgegen, während sie weitergingen. Das dichte Blätterdach ließ kein Licht durch. Sie kamen an eine Stelle, wo der Boden mit Affenkot bedeckt war. Der Gestank schnürte Jay die Kehle zu. Überall auf dem Boden waren gelbe Schleimspuren. Sie gingen schnell weiter, hielten den Atem an, bis sie, hoch oben in den Bäumen, von Zweigen und Blättern verborgen, ein Rudel Schimpansen erspähten. Die Affen kreischten und brüllten und schrien in den Bäumen. Es waren mehrere hundert. Jay bemerkte, daß das Blattwerk bebte, und zweimal sah er, wie graue Körper sich bewegten. Er holte die Mauser hervor, und als ein Schimpanse sich von einem Ast zum Stamm eines schlanken Baumes schwang, feuerte er. Er hörte einen Aufschrei, und der Schimpanse verschwand zwischen den Blättern. Die übrigen Affen wurden still. Sie flohen schweigend durch den Wald.

»Ich bin froh, daß du nicht getroffen hast«, sagte Eve.

»Wirklich?«

»Ich hätte niemals einen von ihnen essen können.«

Der Pfad wechselte häufig die Richtung, doch am Ende führte er immer wieder nach Nordosten. Jay glaubte, daß sie im Verlauf des Vormittags mindestens zwei Meilen zurückgelegt hatten. Es war bislang ihr bester Tag. Sie befanden sich in einem höher gelegenen Teil des Waldes, und der Boden war fest unter ihren Füßen. Zwischen den Bäumen waren freie Räume. Sie sahen viele braune Eichhörnchen mit spitzen Gesichtern. Diese Eichhörnchen hätten sie zwar auch essen können, aber sie waren so klein, daß Jay keine Kugeln an sie verschwenden wollte. Kurz vor Mittag machten sie am Fuße eines großen Baumes Rast, hielten sich an den Händen, glücklich, sich wieder berühren zu können.

»Ich bin froh, daß du bei mir bist«, sagte Jay.

»Ich auch.«

»Allein hätte ich schreckliche Angst.«

»Ich habe nur nachts Angst«, sagte sie. »Und dann auch nicht besonders schlimm.«

»Warum hast du mir nichts gesagt? Ich hätte dich in meinen Armen gehalten.«

»Jaja, und dann hätten wir besonders viel Schlaf gekriegt, so aneinandergeschmiegt.«

»Wir hätten viel Spaß gehabt.«

»Das einzige Mal, wo ich schreckliche Angst hatte«, sagte sie, »war, als ich dachte, du würdest sterben.«

»Es würde mir nicht im Traum einfallen zu sterben.«

»Ich habe nie richtig Angst, solange du bei mir bist.« Sie lächelte ihn an. »Das klingt kitschig, nicht, Liebling?«

»Na hör' mal. Ich bin wirklich ein richtig guter Spurenleser und Pistolenschütze.«

»Du kannst beides nicht besonders gut. Aber es ist sehr beruhigend, dich dabei zu haben.«

»Mr. Palmer wäre besser für dich.«

»Er ist nett. Er hat so blaue Augen. Aber du bist mir lieber, Schatz.«

»Das will ich hoffen.«

»Ich habe wirklich großes Vertrauen zu dir. In dem Hochwasser habe ich mir immer wieder gesagt: ›Jay bringt uns hier raus; Jay bringt uns hier raus.‹ Und das hast du auch.«

»Da hattest du mehr Vertrauen als ich.«

»Es war schrecklich, nicht wahr?«

»Und wie.«

Eine smaragdgrüne Spinne mit goldenen Punkten kroch über Jays Bein. Er schnippte sie mit den Fingern fort. Dann versuchte er, den Insektenschwarm über seinem Kopf zu verscheuchen.

»Ich frage mich, ob Lucien vielleicht in eine Flut geraten ist«, sagte Eve.

»Ich weiß nicht.«

»Ich habe heute morgen über ihn nachgedacht.«

»Und was hast du gedacht?«

»Wieviel glücklicher ich doch hier bin, verirrt und hungrig und durstig, als ich es je mit ihm war.«

»Es ist sehr lieb von dir, daß du das sagst.«

»Ich bin wirklich glücklich«, sagte sie. »Ich würde es nicht missen wollen. Nicht einmal, wenn wir am Ende sterben.«

»Sei nicht morbid, Liebes. Wir werden nicht sterben.«

»Was soll's, wenn du zusammen mit dem richtigen Menschen sterben kannst?«

»Liebling«, sagte er, »vielleicht bin ich gar nicht der richtige.«

»Du weißt, daß du das bist.« Sie sah ihn ernst an. »Du bist gut. Du bist zärtlich. Du liebst mich. Und ich liebe dich. Liebling, Lucien ist nie zärtlich gewesen.«

»Vielleicht weil er dein Mann war.«

»Nein«, sagte sie. »Weil er Franzose war.«

»Ein Liebhaber wäre zärtlich gewesen«, sagte er. »Hättest du dir keinen nehmen können?«

»Ja. Hunderte. Aber ich wollte nicht. Am ehesten Lew Cable. Und das hatte einen anderen Grund. Ich wollte in den Dschungel. Und ich war nicht fähig, die Sache zu Ende zu bringen. Du hast es ja gesehen. Liebhaber sind nichts für mich, Schatz.«

»Was ist mit mir?«

»Jay, fühlst du dich wie ein Liebhaber?«

»Nein.«

»Wenn einer mein Ehemann ist, dann du.«

»Ja. Und du bist meine...« Er zögerte.

»Liebling, du mußt es nicht sagen.«

»Du bist meine Frau.«

»Du mußtest das jetzt nicht sagen.«

»Ich wollte es.« Er berührte ihren Arm. »Wir sind Mann und Frau.«

»Oh, was für ein schönes Gefühl.«

Am Nachmittag war der Pfad plötzlich zu Ende. Er mündete in eine kleine Lichtung, aber sie konnten keine Stelle entdecken, wo er weiterführte. Sie gingen um die Lichtung herum, ohne irgend etwas finden zu können. Der Pfad war einfach zu Ende. Es war äußerst merkwürdig. Sie waren müde und hungrig. In der Mitte der Lichtung war eine Graskuppe, und dort machten sie Rast.

Der Himmel war mit grauen Wolken bedeckt. Jay kam zu dem Schluß, daß sie auf der Lichtung genausogut wie irgendwoanders die Nacht verbringen konnten. Er stand auf und begann, Holz für das Feuer zu sammeln. Es waren noch zwei Streichhölzer übrig; das reichte, um noch ein weiteres Mal zu kampieren. Er wußte nicht, was sie danach machen würden. Eve stand auf der Graskuppe.

»Hörst du nichts?« fragte sie.

Er lauschte.

»Hört sich an wie Buschtrommeln«, sagte sie.

In weiter Ferne erklang ein Trommelgeräusch. Es gab mehrere dumpfe Schläge, dann eine Pause, dann weitere Schläge. Es hörte sich an, als ob eine Botschaft getrommelt würde.

»Könnte irgendein Vogel sein«, sagte er.

»Glaubst du?«

»Ich weiß nicht. Sollen wir versuchen, dahin zu kommen?«

»Ja«, sagte sie. »Oh, Liebling, wäre es nicht schön, wenn da jemand wäre?«

»Sei nicht zu optimistisch.«

»Nein«, sagte sie. »Aber Liebling, wäre das nicht wunderbar?«

Das Trommeln kam aus nördlicher Richtung und war mindestens eine Meile entfernt. Sie gingen in den Wald. Sie mußten sich durch Dornenbüsche zwängen. Die Dornen rissen ihnen die Haut auf. Dann gingen sie durch hohes Gras. Einmal verstummte die Trommel für lange Zeit, und sie bekamen beide Angst. Sie dachten, sie hätten sie verloren. Sie warteten, und das Trommeln setzte wieder ein. Jay war sehr aufgeregt. Eve faßte ihn am Handgelenk, damit er nicht weiterging. Ein Pfeifen vor ihnen wurde von einem Pfeifen erwidert, das sehr viel weiter entfernt war.

»Kleine Orchidee!« sagte sie.

»Es sind auf jeden Fall Pygmäen.«

»Los, schnell«, sagte sie. »Schnell!«

Sie gingen lange durch den Wald, versuchten, schnell voranzukommen, wurden aber von der Vegetation zurückgehalten. Ein dicker Ast mit großen Dornen riß Jay zwei Knöpfe von der Lederjacke. Er durchschnitt mit dem Messer einen Vorhang aus Schlingpflanzen. Schweiß brannte ihm in den Rissen an Händen und Hals. Einmal stolperte Eve und fiel gegen ihn. Sie krochen durch ein Gebüsch aus kräftigen Pflanzen mit stacheligen Blättern. Dann waren sie wieder im Gras. Weit vorn erklangen Pfeifgeräusche.

»Sie entfernen sich«, sagte Eve.

Jay rief: »Hallo!« Der Wald war still. Es war kein Pfeifen zu hören. Er rief noch einmal: »Hallo! Wir haben uns verirrt. Könnt ihr uns helfen?«

Sie lauschten, aber es kam keine Antwort. Jay feuerte mit der Mauser drei Schüsse in die Luft. Er rief wieder. »Hilfe! Hilfe!« Er kam sich albern vor, weil er so schrie. Im Wald war kein Geräusch zu hören.

»Zum Teufel mit ihnen«, sagte er.

Eve saß im Gras. Ihr Gesicht war weiß. Aus einem Dornenkratzer lief ihr ein dünner Faden Blut über die Wange. Das Gras ging ihr bis zu den Schultern.

»Nimm dich vor Schlangen in acht«, sagte Jay.

»Ist mir egal.«

»Wirklich schade. Aber wir haben getan, was wir konnten.«

»Ich weiß.« Tränen standen ihr in den Augen.

»Vielleicht wären die Pygmäen sowieso unsere Feinde gewesen.«

»Ich breche schon nicht zusammen, Liebling«, sagte sie.

»Ist schon gut. Wein ruhig. Ich weine auch.« Er setzte sich neben sie ins Gras. »Verflucht sollen sie sein!«

»Ich werde nicht weinen.« Sie weinte und lächelte. »Ich bin nur so müde und so hungrig.«

»Ich weiß.«

»Nimm mich einen Moment in die Arme.«

Er nahm sie in die Arme. Sie weinte noch immer. Sie war so mager. Er konnte ihre Schulterblätter und die Knochen ihrer Arme spüren. Sie lächelte ihn unter Tränen an. Oh Gott! betete er, bitte hol uns hier raus. Oder laß uns bald sterben.

34

An jenem Abend benutzte Jay eines der beiden übriggebliebenen Streichhölzer für das Feuer, und am Morgen aßen sie das restliche Fleisch. Sie hatten noch immer die Dose Lachs, aber Jay wußte, daß er in einem oder zwei Tagen irgend etwas schießen mußte. Bald würde er zum Jagen zu schwach sein. Er warf sich den Rucksack über die Schulter und steckte die Mauser in die Tasche. Er war sehr müde.

»Sollen wir gehen?« fragte er Eve.

»Ja.« Sie stand vom Feuer auf. »Obwohl es sinnlos ist.«

»Wir brauchen Bewegung.«

»Ich habe genug Bewegung gehabt, Liebling.«

Sie kampierten neben einem kleinen Pfad, der sich in östlicher Richtung durch den Wald schlängelte. Am Abend zuvor hatten sie Okapispuren auf dem Pfad gesehen. Jay war darüber beunruhigt. Die Spuren brachten ihn ins Grübeln. Okapis lebten meist in den entlegenen Teilen des Iturigebietes. War es möglich, daß sie in die falsche Richtung gingen? Er glaubte es nicht. Er ging den Pfad entlang und dachte, es gäbe noch eine Menge anderer Dinge als Okapispuren, über die er sich Gedanken machen mußte. Eve kam nicht hinterher. Sie stand am Feuer.

»Komm, Schatz.«

»Ich habe es satt zu gehen«, sagte sie.

»Vielleicht erreichen wir heute den Indischen Ozean.«

»Ist mir egal.«

»Komm, Schatz. Bitte.«

Sie kam ihm nach. Er ging langsam, damit es leichter für sie war. Es war ein schöner Tag. Wind schüttelte die Baumwipfel und schickte kühle Luft hinunter in den Wald. Der Himmel war voller Schäfchenwolken. Im Sonnenlicht leuchteten die tanzenden Blätter hellgrün. Jay beschloß, tagsüber so weit wie möglich zu gehen. Dann würde er lernen müssen, wie man Feuer bei sich trug. Es war nur das eine Streichholz übrig. Er tastete in seiner Tasche herum, um zu sehen, ob die Schachtel noch da war. Es wäre das Ende, wenn das Streichholz nicht anginge. Es würde aber angehen, und sie würden eine Möglichkeit finden, das Feuer zu tragen. Vielleicht konnten sie glühende Holzscheite in Blätter einwickeln, zusammen mit kleinen Holzstückchen, die das Feuer in Gang hielten. So machten es die Pygmäen, dachte er. Es war wirklich bedauerlich, daß er die Zeit bei den Pfadfindern nicht ernster genommen hatte. Ein Pfadfinder sollte eigentlich imstande sein, ohne Streichhölzer Feuer zu machen.

Er fühlte sich allmählich besser. Es hing irgendwie mit der körperlichen Bewegung zusammen, daß er sich besser fühlte. Zumindest taten sie etwas. Der Pfad verlief in Windungen, aber er führte nach Osten. Es war ein Glück gewesen, daß sie ihn gefunden hatten. Sie gingen zwei Stunden, und dann machten sie Rast. Er setzte sich neben Eve.

»Morgens ist es hier deprimierend«, sagte sie.

»Das ist es überall.«

»Deshalb ist es so schön, im Bett zu frühstücken.« Sie lächelte. »So steht man die Morgendepression besser durch.«

»Wir haben genau die gleichen Gedanken«, sagte er.

»Wir werden zusammen sehr glücklich sein«, sagte sie.

»Wir sind jetzt glücklich.«

»Jay, glaubst du, wir kommen jemals hier raus?«

»Bestimmt.«

»Glaubst du das wirklich?«

»Du etwa nicht?«

»Aber ja.«

Sie gingen zwei Stunden und machten wieder Rast. Am Nachmittag gingen sie im Halbdunkel, weil sich der Himmel bezogen hatte. Sie gingen nicht schnell. In der Dunkelheit des Waldes war der Pfad nicht gut zu erkennen. Eve war sehr müde, aber sie wollte nicht haltmachen. Sie wurde wütend, als er versuchte, sie dazu zu bewegen. Sie wollte so weit wie möglich gehen. Durch die Wolken, die die Sonne verhüllten, war es kühler, aber Jay schwitzte stark. Er spürte, wie das Blut in seinen Ohren pulsierte und wie sein Herz schlug. Er fragte sich, ob er wieder Fieber hatte. Es war merkwürdig, in diesem Wald unterwegs zu sein, dachte er; man hatte das Gefühl, als ginge man ohne Ziel. Das war am Ende des Tages, wenn man müde war, wohl auch nicht anders zu erwarten. Man ging weiter und weiter und immer weiter, die Beine taten dir weh, deine Füße waren wund, du warst vor Hunger geschwächt, wolltest dich hinlegen, schwitztest, und die ganze Zeit über gingst du durch einen Gang, den der Pfad durch den Wald schlug, und immer strich dieselbe grüne Vegetation über deine Schultern. Die Farbe Grün würde er nie mehr ausstehen können. Sogar die Lichtungen waren gleich, mit dem schilfartigen Sumpfgras und den buschigen Bäumen und den Wildblumen und den Schmetterlingen und den riesigen Bäumen, die wie eine grüne Wand im Kreis drum herumstanden. Er hörte Eve nicht. Er blickte sich um und sah sie weit hinten kommen und stehenbleiben. Es ging ihr schlecht. Ihr Gesicht war weiß vor Erschöpfung.

»Machen wir halt«, sagte er.

»Noch nicht. Ich kann noch weiter.«

»Du willst dich doch nicht umbringen?«

»Nein.«

»Gehen wir noch eine halbe Stunde.«

»Okay, Liebling.«

Sie gingen, bis sie an einen kleinen Fluß kamen. Der Pfad führte hinunter zu dem schwarzen, trüb aussehenden Wasser, aus dem Schilf und Sumpfgras wuchsen. Am anderen Ufer konnten sie sehen, wo der Pfad weiter in den Wald führte. Auf dem Grund des Flusses war Schlamm, und während sie sich fragten, ob sie ihn überqueren sollten, kam ein Pygmäe auf der gegenüberliegenden Seite aus dem Wald. Er sah sie auf der anderen Flußseite und rief jemandem hinter sich etwas zu. Weitere Pygmäen tauchten auf. Dann kam ein großer Schwarzer in Shorts und einem braunen Pullover aus dem Wald.

»Mein Gott!« rief Jay. »Das ist Mulu!« Er schrie über den Fluß. »Mulu!«

Mulu rief ihnen etwas zu. Sie konnten ihn nicht verstehen. Er winkte ihnen zu, den Fluß zu überqueren. Jay drehte sich zu Eve um. Sie bekreuzigte sich, und ihre Lippen bewegten sich. »Danke, Herr«, hörte er sie sagen. Sie sagte noch etwas, aber er konnte es nicht verstehen. Er bekam plötzlich Angst; sie sah so anders aus. Er hatte nicht das Gefühl, daß sie noch zu ihm gehörte. Sie war wie eine Fremde. Er wartete, bis sie fertig war, und dann ging er zum Fluß, setzte die Füße vorsichtig auf, um nicht im Schlamm einzusinken. Eve lief ihm nach und faßte ihn am Arm.

»Was ist los, Liebling?« fragte sie.

»Nichts.«

»Ändert es etwas, daß man uns gefunden hat?«

»Ich weiß nicht«, sagte er.

»Ich liebe dich wirklich, Jay.«

»Ich liebe dich, Eve.«

»Wir halten doch zusammen, oder?«

»Ja, Liebling.«

Er nahm ihre Hand, und sie betraten das Wasser. Der Fluß ging ihnen gerade bis zu den Knien. Jay fühlte sich besser, doch er hatte immer noch Angst. Er wußte nicht, wieso. Er wußte nicht einmal, was geschehen war. Es mußte damit zusammenhängen, daß sie gebetet hatte. Mulu half ihnen auf der anderen Seite ans Ufer. Dann tanzte er vor ihnen herum, grinste und sagte etwas auf suaheli. Sie verstanden ihn nicht. Auch die Pygmäen tanzten und sprachen, vergaßen vor Aufregung ihre Scheu, drängten sich ganz dicht heran, und dann hörte Mulu etwas im Wald und rief: *»Bwana!* Komm!« – und schon lächelte Mr. Palmers rotes Gesicht sie an, und er schüttelte Jay die Hand und sagte: »Bei Gott! Wie ich mich freue, Sie zu sehen! Bei Gott!« Dann wandte sein Blick sich Eve zu. »Sagen Sie mal!« sagte er. »Sie müssen ja einiges durchgemacht haben.«

»So schlimm war es auch wieder nicht.«

»Sie sehen aus, als hätten Sie nicht viel gegessen.«

»Wir haben noch eine Dose Lachs übrig«, sagte Jay.

»Aber wir könnten einen Happen vertragen«, sagte Eve.

»Kriegen Sie. Sofort.« Mr. Palmer sprach mit Mulu. Dann sagte er: »Wir haben Wein und etwas Brot und kalten Braten.«

»Klingt einfach wunderbar.«

Mulu nahm Fleisch und Brot aus einer Dose. »Ich habe Neuigkeiten für Sie«, sagte Mr. Palmer zu Eve.

»Ja? Was denn für welche?«

»Ihr Mann ist in Lubero. Ist letzte Woche aus dem Dschungel gekommen.«

»Oh.«

»Er ist ganz gut beieinander«, sagte Mr. Palmer. »Hat bei einem Pygmäenstamm gelebt. Macht sich aber schreckliche Sorgen um Sie.«

»Ich bin so froh, daß er in Sicherheit ist«, sagte Eve.

Mr. Palmer starrte sie an. Er konnte sich ihren Gesichtsausdruck nicht erklären. Mulu brachte ihnen Pappbecher mit Weißwein. Der Wein war kalt und sehr herb.

»Oh, bei Gott!« sagte Mr. Palmer plötzlich. »Wo ist denn der gute alte Bill?«

»Er ist tot«, sagte Jay.

»Nein! Ist das Ihr Ernst?«

»Ja. Mein völliger Ernst«, sagte Jay. »Tot und begraben.«

35

Der Wein und das Essen kräftigten sie. Mulu schenkte den Pygmäen Salz. Dann gingen sie zwei Meilen bis zur Straße, wo Mr. Palmer einen Geländewagen abgestellt hatte, den ihm ein belgischer Beamter geliehen hatte. Es war fast dunkel, als sie den Wagen erreichten. Eve stieg mit Mr. Palmer vorn ein, und Jay setzte sich mit Mulu auf die Rückbank. Bis Lubero waren es vierzig Meilen. Sie fuhren nicht schnell. Die Straße war in gutem Zustand, aber es war eine bergige Gegend. Die Straße stieg ständig an. Eve war sehr schweigsam. Jay fühlte sich sehr allein, so getrennt von ihr. Er lauschte dem vorbeiziehenden Wind und spürte die kalte Luft auf seinem Gesicht. Er versuchte, sich die Form von Eves Kopf einzuprägen, wie sie sich gegen das Licht der Scheinwerfer abzeichnete. Sie schwiegen alle, wo sie doch eigentlich fröhlich sein sollten. Jay dachte, daß bei ihrem Anblick keiner auf den Gedanken kommen könnte, sie wären gerade aus dem Urwald gerettet worden. Eher schien es, als seien sie unterwegs zu einer Beerdigung, oder zum Sterbebett eines nahestehenden Menschen, oder ins Gefängnis.

Während er fuhr, erzählte ihnen Mr. Palmer alle Neuigkeiten. Lew Cables Wunde hatte sich infiziert, und er war ins Krankenhaus in Nairobi gebracht worden. Er war außer sich gewesen, als er hörte, daß sie verschollen seien. Glaubte, sie hätten es absichtlich getan. »Bei Gott! War der wütend!« sagte Mr. Palmer. Der Professor war auch in Nairobi. Aber beiden ging es gut. Der Professor war auch sehr krank gewesen. Alle möglichen Komplikationen. Herbert war von den Belgiern zu sechzig Tagen Gefängnis verurteilt worden. Er hätte zwei Jahre bekommen, sagte

Mr. Palmer, wenn Salles sich nicht für ihn eingesetzt hätte. Für die Belgier war seine Schießerei ein schweres Vergehen. Die Gorillas waren in guter Verfassung an der Küste angekommen. Sie würden zunächst nach Rom und dann auf der ›Rex‹ nach New York gebracht. Das Museum war in schrecklicher Aufregung gewesen. Alle möglichen Suchtrupps waren losgeschickt worden. Salles hatte selbst einen geleitet. Und damit hatte es sich auch schon fast. Das Ganze war ziemlich übel gewesen. Die Belgier hatten sich als nicht gerade hilfsbereit erwiesen, bis Salles auftauchte. Er hatte sie ganz schön auf Trab gebracht. Aber wirkliche Hilfe war nur von den Pygmäen gekommen. Sie hatten von Schüssen berichtet, die sie gehört hatten. Deshalb war er überhaupt in dieser Gegend gewesen. Zum Glück, was? Oh, ja, da war noch was. Bills Vater würde in zwei Tagen in Stanleyville eintreffen. Er war zufällig in London gewesen, als er die Nachricht erhielt. »Ist sofort losgeflogen, der arme Kerl«, sagte Mr. Palmer.

»Ich werde zu ihm fahren«, sagte Jay.

»Das sollte auch jemand«, sagte Mr. Palmer.

Es regnete, als sie in Lubero ankamen. Die Straßen waren menschenleer. Es war sehr spät. Es war nach zehn Uhr. Ihre Scheinwerfer erfaßten das Rot der Backsteinhäuser, und dann sahen sie das Hotel. Sie gingen die Stufen zur Holzveranda hoch und in die Hotelhalle und weckten den belgischen Nachtportier. Er blinzelte sie verschlafen an. Er wußte nicht, wer sie waren. Er wußte nicht, ob noch Zimmer frei waren.

»Holen Sie Madame«, sagte Mr. Palmer. »Sie wird es wissen.«

»Madame schläft«, sagte der Portier.

»Dann wecken Sie sie«, sagte Mr. Palmer.

»Es ist sehr spät«, sagte der Portier.

»Wecken Sie sie, und zwar sofort«, sagte Mr. Palmer.

»Sie wird ärgerlich sein.« Der Portier schüttelte den Kopf. »Sie wird sehr ärgerlich sein«, sagte er. »Aber ich werde sie wecken.«

Er verließ die Hotelhalle, und Mr. Palmer sagte: »Verdammter Idiot!« Dann sprach er Eve an. »Ihr Mann wohnt in dem Flügel auf der obersten Etage.«

»Er mietet immer gleich einen ganzen Flügel«, sagte Eve.

Madame Chambord kam in einem rosa Morgenrock die Treppe herunter. Sie sah darin sehr groß und unförmig aus. In ihrem Haar steckten Lockenwickler. »Was ist los?« begann sie. Dann sah sie Eve, und ihr Gesicht veränderte sich. »Madame Salles!« In ärgerlichem Ton sagte sie etwas auf flämisch zu dem Portier. Der Portier ging davon. Madame wandte sich wieder an Eve. »Ach, Madame, Sie leben!« rief sie. »Und Ihr Mann –«

»Ich weiß«, sagte Eve.

»Wie er sich freuen wird!« Madame Chambord blickte Jay an. »Und Sie! Sie leben auch! Aber wo ist Ihr Freund?«

»Er ist tot.«

»Das ist doch nicht möglich.«

»Doch, er ist tot.«

»Ich möchte hinaufgehen«, sagte Eve.

»Wie bedauerlich! So ein junger Mann!« sagte Madame zu Jay. »Woran ist er gestorben?«

»Ein Leopard hat ihn angefallen.«

»Mon Dieu!«

»Ich würde gern sofort hinaufgehen«, sagte Eve.

»Aber natürlich. Wie dumm von mir! Ihr Mann wartet.« Madame nahm Eves Arm. »Sie sind ja ganz mager! Es war wohl sehr schlimm, dort im Dschungel!«

»Wir möchten gern hinaufgehen«, sagte Jay.

»Sofort«, sagte Mr. Palmer.

»Ich gehe voraus!« Madame führte Eve die Treppe hinauf. Jay und Mr. Palmer folgten. »Sie möchten bestimmt etwas essen«, sagte Madame zu Eve.

»Das möchten wir beide. Und Mr. Nichols hätte gern ein Zimmer.«

Sie kamen auf einen Korridor mit einem gelbbraunen Teppich. In einer roten Kugellampe am Ende des Korridors brannte Licht. Madame Chambord machte Jay ein Zeichen und öffnete eine Tür. »Das Zimmer ist für Monsieur«, sagte sie.

Jay sah Eve an. Ihr Gesicht war ausdruckslos. In dem roten Licht sah sie blaß und müde aus. Sie nahm seine Hand. Ihre Haut war kalt.

»Gute Nacht«, sagte er.

»Gute Nacht, Jay.«

»Sehen wir uns morgen?«

»Ja.« Ihr Hand schloß sich fest um seine Hand. »Mach dir keine Sorgen.«

Sie ging mit Madame Chambord weiter. Jay ging in sein Zimmer. Mr. Palmer folgte ihm. Jay machte das Licht an. »Möchten Sie was trinken?« fragte Mr. Palmer.

»Whisky.«

Er hörte, wie am Ende des Flurs an eine Tür geklopft wurde. Die Stimme eines Mannes erklang. Die Tür wurde geöffnet, und Madame Chambord setzte an, etwas zu sagen. Die Stimme des Mannes hob sich, rief: »Eve!« Dann sprachen mehrere Leute auf einmal. Es folgte ein Augenblick Stille, dann wurde die Tür geschlossen. Schließlich waren Madame Chambords Schritte im Korridor zu hören.

»Soll ich eine ganze Flasche holen?« fragte Mr. Palmer.

»Ja. Eine ganze Flasche.«

Mr. Palmer ging, und Jay schloß die Tür und setzte sich auf das Bett. Er fühlte sich müde. Das Zimmer sah fast so aus wie das, in dem er mit Bill gewohnt hatte. Es hatte ein Doppelbett. Außerdem stand da ein Schaukelstuhl aus Holz, ein Toilettentisch, ein Mahagoniwaschtisch mit Handtüchern und einer Waschschüssel und einem Krug. Am Kopfende des Doppelbettes hing ein quadratisches Leinentuch, auf das mit rotem und schwarzem Faden ein Gedicht aufgestickt war. Er konnte das Gedicht nicht lesen.

Er glaubte, es war Flämisch. Mr. Palmer kam mit einem blauen Pyjama und dem Whisky und einer Schale Eis. Er legte den Pyjama auf das Bett und holte zwei Gläser von dem Mahagoniwaschtisch und goß zwei Drinks ein.

»Cheerio!«

Der Whisky hatte sehr wenig Geschmack, aber die Flüssigkeit rann kühl durch Jays Kehle. Jay konnte hören, wie Leute über den Flur gingen. Er trank das Glas leer, doch der Alkohol munterte ihn nicht auf. Mr. Palmer trank langsamer. Er sprach darüber, was sie alle am nächsten Tag tun sollten. Er sagte, die Expedition sei am Ende, absolut am Ende. Das beste wäre, sie würden so bald wie möglich nach Nairobi zurückfahren. Immerhin hatten sie die Gorillas. Natürlich mußte jemand die Sachen aus dem Basislager im Iturigebiet holen. Das würde er machen. Er würde am nächsten Morgen in aller Frühe aufbrechen. Aber die Expedition war am Ende. Absolut. Könnte Jay nach Stanleyville fahren, um Bills Vater abzuholen? Wenn er wollte, sagte Mr. Palmer, würde er ihm einen Platz in dem Geländewagen verschaffen, der die Post beförderte. Der Wagen fuhr abends um sieben vom Hotel ab.

»Schön«, sagte Jay.

Mr. Palmer nippte an seinem Whisky. »War ganz schön anstrengend mit Cable«, sagte er. »Vor allem, ihn aus dem Dschungel rauszubekommen.«

»Ja?«

»Glaube, der Kerl ist durchgedreht. Ehrlich. Sein einziger Gedanke war, wieder zurück ins Lager zu gehen.«

»Hat er sich etwa wieder auf die Erde fallen lassen?«

»Nein. Dazu war er zu krank. Aber er hat den ganzen Weg über geflucht. Hat mir ständig befohlen umzukehren. Schließlich hab' ich ihm etwas Morphium gegeben, um ihn ruhigzustellen.«

Mr. Palmer goß Whisky in sein Glas.

»Aber am schlimmsten wurde es«, sagte er, »als er hörte, daß Sie verschollen waren.«

»Was hat er gemacht?«

»Er ist aus dem Krankenhaus abgehauen und wollte los ins Iturigebiet. Weiß nicht, ob er total den Verstand verloren hatte oder nicht. Sah jedenfalls so aus. Erst der Arzt und zwei eingeborene Pfleger schafften es, ihn wieder ins Bett zu bugsieren. Verdammt unangenehme Geschichte. Dabei hat sich auch die Wunde infiziert.«

»Hat er schon mit Mr. Salles gesprochen?« fragte Jay.

»Nein. Wir hatten ihn nach Nairobi verfrachtet, bevor Salles auftauchte.« Mr. Palmer hielt sein Glas gegen das Licht. Seine blauen Augen schweiften von dem Glas zu Jay. »Dieser Salles ist ein cleverer Bursche.«

»Armer Cable«, sagte Jay.

»Tut er Ihnen wirklich leid, Kleiner?«

»Ein wenig. Aber verdammt wenig.«

Mr. Palmer trank seinen Drink aus. Er stand auf. »Wollen Sie, daß sich ein Arzt mal Ihren Arm ansieht?«

»Morgen früh.«

»Essen ist bestellt.« Mr. Palmer ging zur Tür hinaus. »Und ein Bad hat man Ihnen auch eingelassen. Am Ende des Flurs.«

»Ich werd's schon finden.«

»Wenn Sie erst geschlafen haben, fühlen Sie sich besser.«

»Sicher.«

»Gute Nacht.«

Das Bad war in einem fensterlosen Raum am Ende des Flurs neben der Treppe. In der Wanne war warmes Wasser. Er zog sich gerade aus, als ein schwarzer Boy mit heißem Wasser kam. Jay gab ihm ein Zeichen, das Wasser in die Wanne zu schütten.

Der schwarze Boy hielt den leeren Eimer fragend hoch. Jay prüfte mit der Hand das Wasser in der Wanne. Es war heiß. *»Non«*, sagte er. Der schwarze Boy ging.

Das warme Wasser in der Wanne machte ihn schläfrig. Er lag zunächst still da, mit geschlossenen Augen, und dachte, daß er sehr müde war, und dann seifte er sich ein, ließ den cremigen Schaum auf seinem Bart und auf dem Kopf, während er den Rest seines Körpers wusch. Es war ein merkwürdiges Gefühl, einen Bart zu haben. Er spritzte sich Wasser über den Kopf und trocknete sich ab und zog den Pyjama an. Er war ihm zu klein. Jay rührte den Verband an seinem linken Arm nicht an. Als er zu seinem Zimmer ging, seine Kleider gebündelt über dem Arm, sah er unter der Tür zu Salles' Zimmern Licht. Er hörte Stimmen. Er ging in sein Zimmer, nahm seine Travellerschecks aus der Hosentasche und legte die Kleidungsstücke auf den Toilettentisch. Die Travellerschecks waren zerknittert, aber die Tinte war nicht verlaufen. Er trank noch einen Whisky, bevor der Portier ihm auf einem Tablett etwas zu essen brachte. Es gab Bohnensuppe und ein Tomatenomelette und Brot und eine Flasche Weißwein. Während der Portier einen Stuhl hereinbrachte, um das Tablett darauf zu stellen, hörte Jay Schritte im Flur. Silberbesteck klimperte gegen Porzellan. Man brachte Eve etwas zu essen.

»Haben Monsieur sonst noch einen Wunsch?« fragte der Portier, als er das Tablett auf den Stuhl gestellt hatte.

»Nein.«

»Wann darf ich das Tablett wieder abholen?«

»Ich stelle es draußen vor die Tür.«

»Bon.« Der Portier zögerte an der Tür. »Ist es sehr schlimm im Dschungel?« fragte er.

»Sehr«, sagte Jay.

»Ich war selbst nur mal in den Randgebieten.«

»Das ist sehr interessant.«

»Ich war in Beni und in den Minen von Butembo.«

»Davon müssen Sie mir irgendwann einmal erzählen.«

»Und ich war auch auf der Elefantenfarm«, sagte der Portier.

»Die Elefanten würden mich brennend interessieren.«

»Monsieur macht sich lustig«, sagte der Portier.

»Nein. Doch. Ich bin sehr müde.«

Der Portier ging. Jay aß und trank etwas von dem Wein. Der Wein schmeckte leicht nach Korken. Er goß sich einen Whisky ein. Während er den Whisky trank, herrschte auf dem Flur ein ständiges Kommen und Gehen. Er stellte das Tablett auf den Flur, schloß die Tür, legte sich ins Bett und zog an der Lichtkordel. Es war ein komisches Gefühl, in einem Bett zu liegen, nachdem er so lange auf der Erde geschlafen hatte. Draußen vor dem Fenster machte ein Baumfrosch ein schabendes Geräusch. Jay war müde, aber er konnte nicht einschlafen. Er dachte über Eve nach. Was tat sie wohl gerade? Er vermißte sie sehr. Was tat Salles wohl gerade? War es nicht Soames Forsythe, der seine Frau vergewaltigt hatte, als sie in einen anderen Mann verliebt war und nicht mit ihm schlafen wollte? Wie viele Ehemänner wohl ihre Frauen vergewaltigten? Eve tat ihm leid, aber er war auch eifersüchtig. Am liebsten würde er Salles erschießen. Sollte er zu ihnen gehen und verlangen, daß Salles sie aufgab? Nein, es war nicht seine Schuld. Niemand war schuld. Was würde Eve tun? Es war ihr Problem; sie würde schon eine Lösung finden. Er würde ihr vertrauen. Jedenfalls würde er am nächsten Morgen wissen, ob sie mit ihrem Mann geschlafen hatte. Er würde es ihr ansehen.

Die Kopfkissen fühlten sich an, als ob sie prall mit Baumwolle vollgestopft waren. Er stieß sie vom Bett. Es war komisch, dachte er, was für schmutzige Geschichten sich das Schicksal ausdenken konnte. Es war nicht gerade angenehm, sich zu fragen, ob die Frau, die man liebte, gerade mit ihrem Ehemann schlief. Oder vergewaltigt wurde. Es war verdammt unangenehm. Aber eigentlich war es ja nicht ihre Schuld. Sie hatten angenommen, Salles wäre tot. Und sie hatten sich wirklich geliebt. Wir haben uns doch wirklich geliebt, oder nicht? Oder etwa nicht? Sei jetzt treu, Eve. Oh, bitte, sei treu. Sei heute nacht treu, und morgen fahren wir zusammen fort. Wir fahren nach Stanleyville. Wir fahren nach Frankreich oder England oder Buenos Aires oder Mexiko oder an irgendeinem anderen schönen Ort auf der Welt. Wir wollen nichts anderes, als wieder zusammensein. Treu sein und zusammensein und zusammensein und treu sein. Aufrichtig treu sein. Er langte nach unten und ertastete ein Kopfkissen und legte es sich über den Kopf. Es würde das Geräusch von dem Laubfrosch und die Schritte im Flur fernhalten. Vielleicht würde es seine Gedanken fernhalten.

Er machte das Licht an und stand auf und holte die Flasche Whisky ans Bett. Er nahm einen langen Schluck, der Alkohol wärmte ihm Kehle und Magen, und er stellte die Flasche auf den Boden neben das Bett und machte das Licht aus. Später trank er wieder einen Schluck und irgendwann später, er wußte nicht wann, schlief er ein. Einmal wurde er in der Nacht halb wach und tastete nach Eve und bekam Angst, als er sie nicht finden konnte, dachte, sie wären noch immer im Dschungel, und rief ihren Namen, und während er rief, wurde er vollständig wach, und dann erinnerte er sich. Es dauerte lange, bis er wieder einschlief.

36

Als Jay erwachte, regnete es. Es war grau im Zimmer, und Wasser tropfte draußen vor dem Fenster. Die Luft war feucht. Als er aufstand, trat er gegen die Whiskyflasche, so daß sie umkippte, aber er packte sie, bevor viel Whisky ausgelaufen war. Die Flasche war fast halbvoll. Seine Kleidung hing an einem Haken neben dem Waschtisch. Sie war gereinigt und geflickt worden. Er zog sich an und ging hinunter in den Speisesaal. Auf mehreren Tischen war mit Porzellangeschirr und Silberbesteck gedeckt, und daneben standen wie Admiralshüte gefaltete Servietten. Er nahm eine Gabel und schlug ein Glas an. Der Speisesaal roch nach Salatsoße und Käse und gestärktem Leinen. Ein Kellner mit einem herabhängenden, rostfarbenen Schnurrbart kam herein und führte ihn an einen Tisch neben dem Fenster zum Hof. Er sah aus wie der Nachtportier, war es aber nicht. Das Haar auf seinem Kopf war schütter.

»Was wünschen Monsieur zu essen?« fragte der Kellner.

»Wie spät ist es?«

»Es ist kurz nach vier.«

»Nach vier?« Jay war überrascht. »Das kann nicht sein.«

Der Kellner blickte gekränkt. Er holte eine dicke goldene Uhr hervor. »Es ist sechs Minuten nach vier.« Er hielt die Uhr so, daß Jay sich selbst überzeugen konnte.«

»Ich glaube Ihnen ja«, sagte Jay. »Ich war nur überrascht, daß es so spät ist. Bringen Sie mir bitte Obst und Schokolade und Eier mit Speck.«

Er aß gerade die Rühreier, als Eve an seinen Tisch kam. Sie sah dünn, aber schön aus. Sie hatte ein graues Seidenkleid an, das an den Schultern etwas gebauscht war. Es war am Hals mit einer Kamee geschlossen. Er hatte sie noch nie so schön gesehen. Er zog einen Stuhl für sie zurecht.

»Du hast dich nicht rasiert«, sagte sie.

»Kein Rasiermesser. Gott, siehst du hübsch aus.«

»Ich habe mich gefragt, wie du aussehen würdest, wenn du rasiert bist.« Sie lächelte ihn an. »Aber es ist mir egal. Mit einem Bart siehst du so männlich aus.«

»Wie fühlst du dich?«

»Sehr gut.«

Er war befangen und glücklich und aufgeregt, als er sie ansah. Sie schwiegen, und dann sagte sie: »Ich habe mit ihm geredet.«

»Was hat er gesagt?«

»Er will nichts davon wissen, daß ich ihn verlasse.«

»Hast du ihm erzählt, was im Dschungel zwischen uns war?«

»Nein. Aber er weiß es.«

»Und es macht ihm nichts aus?«

»Doch, das tut es.« Ihre Stimme klang heiser. »Es macht ihm sehr viel aus. Aber er will mich nicht gehen lassen. Er tut es einfach als kindliche Schwärmerei ab.«

»Ist es das?«

»Ach, Liebling!«

Der Hof war mit Kopfsteinen gepflastert. Sie glänzten im Regen. Zwischen manchen Steinen hatten sich kleine Pfützen aus dunklem Wasser gebildet. Jay sah, wie der Regen in die Pfützen tropfte. In einer Ecke des Hofes lag ein Haufen helles Stroh.

»Es tut mir leid«, sagte er. »Ich hatte eine fürchterliche Nacht.«

»Ich auch«, sagte sie. »Ich habe dauernd daran denken müssen, wie du da ganz allein in deinem Zimmer bist.«

»Eve, warst du auch allein?«

»Ach, mein armer Liebling!«

»Ich habe dauernd an Soames Forsythe gedacht.«

»Ich hätte um Hilfe geschrien.«

»Ich bin so froh.«

»Lucien ist nicht so.« Sie langte über den Tisch und ergriff seine Hand. »Oh, Jay, was soll ich bloß machen?«

»Du sollst mit mir mitkommen.«

»Oh, das würde ich gern.«

»Heißt das, du kommst nicht mit?«

»Ich weiß nicht.« Sie nahm ihre Hand weg und sah zum Fenster hinaus. Es regnete leise. Zwei kleine Vögel pickten an dem Strohhaufen. Ihr Gefieder war vom Regen durchnäßt. Schließlich flog einer der Vögel mit einem kurzen Strohhalm davon, und der andere folgte.

»Pater André hat mit mir gesprochen«, sagte sie.

»Oh.«

»Liebling, du weißt, ich bin Katholikin.«

»Ja, ich weiß.«

»Es ist so schwierig. Ich weiß nicht, was ich tun soll.«

»Den religiösen Teil überlasse ich ganz dir.«

»Sei bitte nicht böse.«

»Ich bin nicht böse.«

Der Kellner kam, um den Tisch abzuräumen. Er nahm die Teller vom Tisch und bürstete dann die Krümel ab. Er bürstete lange. Dann zog er das Tischtuch gerade. Er legte neues Besteck und eine neue Serviette vor Jay hin. Dann ordnete er die Salz- und Pfefferstreuer. Schließlich ging er.

»Aber du mußt dich entscheiden«, sagte Jay. »Ich kann dir nur eines sagen: Ich möchte, daß du mit mir mitkommst, Liebling. Ich liebe dich. Ich werde wahrscheinlich sterben, wenn du nicht mitkommst.«

»Ach, Schatz.«

»Nein, ich werde nicht sterben. Aber fast. Bitte entscheide dich jetzt.«

»Ich kann nicht, Schatz. Obwohl ich es wirklich will. Aber ich habe Pater André versprochen, daß ich noch einmal mit ihm reden würde.« Sie warf einen Blick über Jays Schulter und sagte: »Liebling, da kommt Lucien.«

Lucien Salles hatte gute Manieren. Er verbeugte sich, als Eve Jay vorstellte, dann schüttelte er ihm die Hand. Er war groß und dünn, und er hatte einen schwarzen Schnurrbart. Er wirkte sehr distinguiert, aber er sah nicht gesund aus. Seine Wangen waren eingefallen, und die Knochen seines Gesichts traten unter der gelben Haut hervor.

»Ich weiß nicht, wie ich Ihnen danken soll, daß Sie sich um meine Frau gekümmert haben«, sagte er auf englisch, während er eine Hand um Eves Schultern gelegt hatte.

Jay sagte: »Es gibt nichts, wofür Sie mir danken müßten.«

»Da bin ich anderer Meinung«, sagte Salles. »Sie sind zu höflich. Aber wir wollen uns nicht streiten. Würden Sie gern etwas Champagner trinken? Ich habe einen recht guten Cliquot an der Bar auf Eis legen lassen.«

»Ja, trinken wir etwas Champagner«, sagte Eve.

Sie gingen in die Bar und setzten sich an einen Tisch vor dem Fenster, das auf den Hof hinausging. Jay konnte den Haufen helles Stroh von einem anderen Blickwinkel aus sehen. Auf dem Tisch waren ein Tischtuch mit Schachbrettmuster und runde Pappuntersetzer für Biergläser. Die Bierdeckel waren mit blauen Wappen bedruckt. Der Kellner holte den Champagner aus dem Eiskübel, öffnete die Flasche und füllte ihre Gläser.

»Auf Ihr Wohl«, sagte Salles zu Jay.

»Danke.«

Sie tranken den Champagner und unterhielten sich über das Iturigebiet. Salles bestritt den größten Teil des Gesprächs. Es sah nicht so aus, als wollte er ihr Problem ansprechen. Vielleicht glaubte er, es gäbe kein Problem. Jay wußte nicht, was er tun sollte. Er wußte nicht, was Eve von ihm erwartete. Er gab zu, daß das Iturigebiet eine geheimnisvolle Gegend war. Ja, er hatte

Pygmäenelefanten gesehen. Aber nur kurz. Doch keinen mit vier Stoßzähnen. Salles beschrieb eine Elefantenfährte, die er gesehen hatte. Sie war unglaublich, sagte er. Sie war so groß wie ein Faß. Er benahm sich, als unterhielte er sich mit einer Hotelbekanntschaft und nicht mit dem Mann, der mit seiner Frau geschlafen hatte. Jay wurde plötzlich klar, wie leicht es war, mit einem Mann wie Lew Cable fertigzuwerden im Vergleich zu einem Mann wie Salles. Mit Lew Cable gab es Streit, einer ging zu Boden, und es war vorüber. Mit Salles konnte es keinen Streit geben; nichts, das offen ausgetragen wurde. Dafür war er zu clever. Er würde Eve wahrscheinlich erst recht verlieren, falls er wütend wurde. Jay trank Champagner, während Salles von den Pygmäen erzählte, bei denen er gelebt hatte. Der Champagner war gut, und es war schön, Eve anzusehen. Wenn sie doch nur mit ihm käme. Ja, er hatte einen Jagdtanz gesehen. Sehr interessant. Ob er einen Hochzeitstanz gesehen hatte? Nein. Salles beschrieb einen. Es gab viele Städte in Amerika, wo er und Eve leben könnten, dachte Jay. Und wenn Amerika ihr nicht gefiel, dann gab es noch viele andere Städte in anderen Ländern. Er hatte schon immer in Mexico City wohnen wollen. Oder in Buenos Aires. Er konnte als Schriftsteller den Lebensunterhalt für sie beide verdienen. Sie wären nicht reich, aber sie kämen gut über die Runden. Er bemerkte, daß Salles ihn anblickte.

»Bitte?«

»Lucien hat gefragt, ob du Wissenschaftler bist«, sagte Eve.

»Verzeihung. Ich habe gerade nicht zugehört. Nein.«

»Ich fürchte, Mr. Nichols ist müde«, sagte Salles.

»Nein. Es tut mir sehr leid. Ich war mit den Gedanken woanders. Fahren Sie bitte fort.«

»Ein andermal.« Salles stand auf und sah Eve an. »Ich glaube, wir müssen gehen.«

»Ich habe mich gerade gefragt«, sagte Jay, »was Sie wegen Eve zu tun gedenken.«

Salles starrte auf ihn herab. »Wie bitte?«

»Ich liebe sie. Ich möchte, daß sie mit mir fortgeht.«

Salles Lippen verzogen sich zu einem dünnen Lächeln. »Was geht mich das an?« fragte er.

Jay stand auf. Es war unangenehm, zu Salles aufsehen zu müssen, während er mit ihm sprach.

»Ich dachte, es würde Sie interessieren«, sagte er.

»Ich habe bereits mit Eve darüber gesprochen. Ich bin natürlich dagegen.«

»Natürlich.«

»Ich sehe keine Veranlassung zu einem weiteren Gespräch.« Salles lächelte nicht mehr. »Aber ich darf Sie vielleicht daran erinnern, daß ich ein reicher Mann bin. Eve ist mittlerweile an Reichtum gewöhnt. Sie bekommt von mir Dienstpersonal, schöne Häuser, Kleidung, Schmuck, alles, was sie sich wünscht. Ist es nicht so, meine Liebe?«

»Ja«, sagte Eve mit leiser Stimme.

»Werden Sie ihr damit einen Dienst erweisen, Mr. Nichols, wenn Sie sie bitten, dieses Leben aufzugeben für das, was Sie ihr bieten können.«

»Ich weiß nicht.«

»Und dann ist da noch ihre Religion. Sind Sie Katholik?«

»Nein.«

»Das habe ich mir gedacht.« Salles verbeugte sich. »Auf Wiedersehen, Mr. Nichols.«

»Auf Wiedersehen«, sagte Jay.

Eve legte ihre Hand auf Jays Arm. »Ich sehe dich bald, Jay.« Sie folgte Salles hinaus aus der Bar. Sie sah traurig und verängstigt aus. Jay sah, daß Pater André im Korridor wartete. Er hatte die ganze Zeit über da gestanden. Sein Gesicht war sehr ernst. Er ging mit Eve weg.

Der Kellner nahm die Champagnerflasche aus dem Kübel. Wasser glitzerte auf dem gelben Siegel, und am Glas hatten sich

Perlen gebildet. »Es ist noch was übrig«, sagte er. »Möchten Monsieur den Rest?«

»Warum nicht?« sagte Jay.

Der Kellner lachte. »Warum nicht?« wiederholte er und lachte wieder. »Ha, ha, ha«, lachte er.

»Sie sollten mich mal erleben, wenn ich nicht gerade meine Frau verliere«, sagte Jay. »Dann bin ich zum Schreien.«

»Wie bitte?«

»Schon gut.«

Der Champagner war sehr kalt und trocken. Der Kellner füllte ihm zweimal das Glas, aber beim dritten Mal reichte der Champagner gerade noch, um den Boden zu bedecken. Jay trank den letzten Schluck und stand auf.

»Legen Sie bitte noch eine Flasche auf Eis«, sagte er zu dem Kellner. »Servieren Sie sie Monsieur Salles mit meinen besten Empfehlungen.«

»Oui, monsieur«, sagte der Kellner. Er war sehr beeindruckt.

In der Hotelhalle begegnete Jay Madame Chambord. Sie hatte ihn gesucht. Der Arzt war gekommen, und sie hatte eine Nachricht von Mr. Palmer. Sie gab ihm die Nachricht und sah zu, während er las.

Alter Junge,

ich habe mit dem Fahrer des Postwagens vereinbart, daß er Sie nach S. mitnimmt. Er fährt um sieben Uhr los. Lassen Sie mich wissen, was mit Bill geschehen soll. Viel Glück.

P.

»Die Post«, fragte Jay, »geht die pünktlich ab?«

»Immer um sieben«, sagte Madame Chambord.

»Ich fahre mit dem Wagen nach Stanleyville.«

»Ja, Monsieur.« Sie wußte es bereits.

»Wo ist der Doktor?«

»Ich werde ihn suchen.«

»Schicken Sie ihn auf mein Zimmer.« Sie wandte sich ab, um zu gehen, aber er hielt sie zurück. Er schrieb: »Komm bitte, Liebling«, auf Mr. Palmers Nachricht und reichte sie ihr. »Geben Sie das bitte Mrs. Salles. Ich sehe sie vielleicht nicht mehr.«

Der Arzt war ein kleiner, ausgezehrter Mann, der etwas Verstohlenes an sich hatte. Er schlich ins Zimmer und schloß die Tür sehr leise und stellte seine Tasche aufs Bett. Er löste den Verband an Jays Arm, wobei er den schmutzigen Stoff mit großem Widerwillen behandelte. Er säuberte die Wunde. Eine große Narbe hatte sich gebildet, aber die Wunde war fast verheilt. Der Arzt tastete den Arm ab und machte ein schnalzendes Geräusch mit den Lippen.

»Was ist?« fragte Jay.

»Das gibt eine böse Narbe.«

»Macht nichts.«

»Sie hätten sofort medizinische Hilfe kommen lassen sollen«, sagte der Arzt. »Dann hätte es keine Narbe gegeben.«

Man hatte ihm offenbar nicht erzählt, wo Jay gewesen war. Jay sagte es ihm nicht. Er stimmte zu, daß man besser einen Arzt hätte holen sollen. Der Doktor legte einen sauberen Verband an, wickelte den Mull fest um den Arm. Die Wunde juckte.

»Jetzt«, sagte der Arzt, »wird es verheilen. Aber eine Narbe bleibt.«

»Ist mir egal.«

»In so einem Fall müssen Sie immer einen Arzt rufen.«

»Ich werde es mir merken«, sagte Jay.

Er setzte sich auf das Bett, nachdem der Arzt gegangen war. Draußen war es dunkler geworden, aber es hatte aufgehört zu regnen. Statt dessen war Nebel aufgekommen. Durch das Fenster konnte Jay nichts als treibende graue Nebelschwaden sehen. Er hatte das Gefühl, als wäre er von der Welt ausgesperrt. Der Nebel roch nach Schnee und dem feuchten Urwald und den Bergen. Er trieb durch das offene Fenster, so daß man sich im Zimmer wie draußen im Freien vorkam. Jay spürte ihn kalt auf der Haut. Er fragte sich, was Eve gerade tat. Sie sprach wahrscheinlich mit dem Priester. Ihm war übel, und er hatte Angst; so ging es ihm sonst immer, wenn er vor einem Kampf stand. Nur, daß er jetzt nicht kämpfen würde. Es gab nichts zu bekämpfen. Man konnte nicht gegen die Kirche kämpfen. Er fröstelte. Er faltete den blauen Pyjama zusammen und legte ihn aufs Bett. Er wußte nicht, von wem er war. Es gab sonst nichts in dem Zimmer, das ihm gehörte. Er besaß nur das, was er am Körper trug. Er war bereit abzufahren.

Er ging in die Bar und bestellte einen Cognac. Kurz darauf kam der Priester.

»Kann ich Sie einen Moment sprechen, Mr. Nichols?« fragte er.

»Natürlich. Bitte setzen Sie sich. Möchten Sie etwas trinken?«

»Einen Wermut, bitte.«

Jay bestellte.

»Es ist schwierig für mich, das, was ich sagen muß, auf Englisch zu sagen«, sagte der Priester. »Ich spreche nicht gut Englisch.«

»Sie sprechen es sehr gut.«

»Danke.«

Jay wartete, daß der Priester weiterredete. Ihm fiel wieder auf, wie weiß und zart seine Haut war. Sein Gesicht wirkte dadurch aber nicht unmännlich. Er hatte etwas Habichtartiges an sich, die Askese und die Grausamkeit.

»Wissen Sie, ich bin seit achtzehn Jahren in Afrika«, sagte der Priester.

»Wirklich? Das hätte ich nicht gedacht. Sie sehen noch so jung aus.«

»Ich wurde mit zwanzig hierhergesandt«, sagte der Priester. »Ich erwähnte das aus einem bestimmten Grund; damit Sie wissen, was ich erlebt habe.« Er sprach sehr langsam. »Ich habe gesehen, wie Eingeborene unter den Peitschenhieben von Siedlern gestorben sind. Ich habe Sklavenhändler gesehen und weiße Männer, die mit Eingeborenenfrauen gelebt haben, und Kannibalen und Leopardenmänner –«

Der Kellner brachte den Wermut. Der Priester schwieg. Er machte ein grimmiges Gesicht. Er dachte wohl gerade an schreckliche Dinge. Der Kellner ging.

»Ja«, sagte der Priester, »ich habe viele böse Männer und Frauen erlebt. Aber ich glaube nicht, daß Sie dazu zählen.«

»Ich hoffe nicht, Pater.«

»Nein. Sicher nicht.« Der Priester sah ihn an. »Sind Sie ein gläubiger Mensch?«

»Nur, wenn ich Angst habe«, sagte Jay lächelnd.

»Sie sind nicht römisch-katholisch?«

»Nein.«

»Wenn Sie es wären«, sagte der Priester, »würden Sie verstehen, was sie zur Zeit durchmacht.«

»Ich glaube, ich verstehe es.«

»Nein. Wenn Sie es täten, würden Sie sie nicht bitten, mit Ihnen zu gehen.«

»Da bin ich leider anderer Ansicht, Pater.«

»Wollen Sie, daß sie die Gesetze Gottes bricht?« fragte der Priester.

»Ich weiß nicht, was die Gesetze Gottes sind.«

»Nein. Das ist wohl wahr. Sie sind nicht einer von uns«, sagte der Priester. »Deshalb verstehen Sie nicht. Sie ist Katholikin.«

»Ja, ich weiß.«

»Der Kellner kam an den Tisch. Die Gläser waren leer. *»Encore?«* fragte er.

»Möchten Sie noch einen?« fragte Jay den Priester.

»Ja, bitte.«

»Und einen Cognac«, sagte Jay zu dem Kellner.

»Sie ist Katholikin«, wiederholte der Priester. »Sie hat gelernt, daß sie nicht ein zweites Mal heiraten darf.«

»Ja.«

»Wenn Sie mit Ihnen mitgeht«, sagte der Priester, »wird sie nicht mehr die Tröstungen ihrer Kirche empfangen.«

»Liegt die Entscheidung nicht bei ihr?«

»Frauen lassen sich leicht verunsichern«, sagte der Priester. »Der Mann ist stärker, er kann die Dinge klarer sehen.«

»Was erwarten Sie von mir?«

Der Kellner kam mit den Getränken zurück. Er stellte eine Schlüssel mit grünen Oliven auf den Tisch. Dann ging er.

»Sie müssen ihr sagen, daß Sie ohne sie abfahren«, sagte der Priester.

»Das kann ich nicht.«

»Wenn Sie sie lieben, werden Sie doch nicht wollen, daß sie leidet.«

»Ich will, daß sie genau das tut, was sie möchte.«

Der Priester spielte mit seinem Glas Wermut.

»Wollen Sie nicht, daß sie das tut, was am besten ist?«

»Ich weiß nicht, was am besten ist«, sagte Jay. »Sie etwa?«

»Ja.«

»Sie Glücklicher.«

»Wenn Sie gläubig wären, wüßten Sie es auch.«

»Vielleicht.«

»Zweifellos.«

Die Stimme des Priesters war ausdruckslos. Er wurde allmählich ärgerlich.

»Hören Sie, Pater«, sagte Jay, »es hat wirklich keinen Sinn, mit mir zu reden. Wieso tun Sie es dann?«

»Mrs. Salles und ihr Mann haben mich dringend gebeten, ihnen bei ihrem Problem zu helfen.«

»Sie meinen, ihr Mann.«

»Nein. Auch sie hat mich um Hilfe gebeten.«

»Warum reden Sie dann nicht mit ihr?«

»Es wird für sie leichter sein, wenn Sie die Entscheidung treffen.«

»Ich habe mich entschieden«, sagte Jay. »Ich möchte, daß sie mit mir kommt.«

»Sie sind sehr dickköpfig«, sagte der Priester scharf.

»Ja.«

»Und Sie irren sich. Ich weiß, was am besten ist. Glauben Sie mir«, sagte der Priester, »durch meinen Glauben weiß ich, was am besten ist.«

Jay schwieg.

»Und daher verlange ich von Ihnen, daß Sie diese Frau aufgeben.«

»Mit welchem Recht?«

»Mit dem Recht, das mir nach den Gesetzen Gottes gegeben ist.«

»Zum Teufel mit den Gesetzen Gottes«, sagte Jay.

Einen Augenblick lang verstand der Priester nicht, was er gesagt hatte. Dann wurde er weiß vor Zorn. Er saß vollkommen regungslos da, das Gesicht weiß und starr, und dann stand er auf und ging davon. Jay sah ihm nach, wie er die Bar verließ. Dann trank er den Cognac. Der Priester hatte seinen zweiten Wermut nicht angerührt.

37

Es war jetzt ganz dunkel draußen. Jay konnte den Strohhaufen im Hof nicht mehr sehen. Dicht vor der Glastür konnte er da, wo der Boden vom Licht aus der Bar erhellt wurde, das Kopfsteinpflaster sehen. Es glänzte vom Regen, der wieder eingesetzt hatte. Drei belgische Beamte kamen in die Bar. Sie nickten Jay zu und setzten sich an einen Tisch am Kamin. Der Kellner brachte ihnen Dubonnets. Sie tranken, ohne zu reden. Sie sahen müde aus. Jay rief den Kellner zu sich an den Tisch.

»Wie spät ist es?«

Der Kellner holte die goldene Uhr hervor. »Es ist dreizehn Minuten vor sieben.«

»Und die Post fährt um sieben ab?«

»Oui, monsieur.«

»Bringen Sie mir bitte noch einen Cognac.«

Er trank den Cognac und aß zwei Oliven. Wer hatte die Gesetze Gottes gemacht? fragte er sich. Sicherlich nicht Gott. Die Hebräer hatten sie gemacht, als einen für die damalige Zeit geltenden Kodex. Der Kodex war gut gewesen und hatte damals vermutlich seine Funktion erfüllt. Das hieß aber nicht, daß man sich heute danach richten mußte, zumal es keine Propheten mit Bärten und Schwertern gab, die ihn mit Gewalt durchsetzten. Der Priester hatte keinen Bart und auch kein Schwert. Er hatte durchaus Autorität, aber nur so lange man nichts in Frage stellte. Religion beruhte darauf, daß man nichts in Frage stellen durfte. Das, was er zu dem Priester gesagt hatte, tat ihm wirklich leid, aber er hatte ihm seinen Standpunkt klarmachen wollen. Doch die Entscheidung lag wirklich bei Eve. Es war ihre Religion und ihr Problem. Sie mußte einiges in Frage stellen. Sie hatte noch zehn Minuten. Die Zeit war sehr kurz. Das wichtige war, dachte er, so glücklich zu werden wie möglich. Wenn die Gesetze Gottes, oder der Hebräer, oder des Priesters, einen glücklich machten, sollte man sie auf alle Fälle befolgen. Wenn es einen glücklich, wirklich glücklich machte, sie zu brechen, sollte man sie auf alle Fälle brechen. So sah er das. Er wußte nicht, wie Eve das sah. Aber er wollte nicht, daß sie unglücklich war. Sie mußte sich entscheiden. Zehn Minuten. Er hatte große Angst, sie würde sich für die Gesetze entscheiden. Oh, Eve, bitte komm. Bitte vergiß die Gesetze und komm. Mach mich glücklich, und werde glücklich, dachte er. Wir können ein so glückliches Leben zusammen verbringen. Ein so herrliches Leben! Komm. Bitte, komm!

Der Kellner stand neben dem Tisch und sah ihn merkwürdig an. Er fragte den Kellner, wie spät es sei. Es war fünf Minuten vor sieben, nach der goldenen Uhr.

»Danke«, sagte Jay. »Bringen Sie mir bitte die Rechnung. Und Papier und etwas zu schreiben.«

Er schrieb eine Nachricht an Mr. Palmer, bat ihn, seine Kleidung und Ausrüstung nach Stanleyville zu schicken, und gab sie dem Kellner, der dafür sorgen sollte, daß Mr. Palmer sie bekam. Die drei Belgier waren in den Speisesaal gegangen. Er konnte sie an dem Tisch essen sehen, wo er mit Eve gesessen hatte. Er bestellte noch einen Cognac. Der Wagen mußte jeden Augenblick dasein. Er hörte Frauenschritte, und sein Magen zog sich zusammen. Aber es war nicht Eve. Es war Madame Chambord mit der Rechnung. Er unterzeichnete einen Travellerscheck über fünfzig Dollar, und sie brachte ihm das Wechselgeld. Das Auto würde in zwei oder drei Minuten abfahrbereit sein, teilte sie ihm mit.

»Bon voyage«, sagte sie und lächelte zu ihm herab.

»Danke.«

Der Kellner ging die Belgier im Speisesaal bedienen. Jay trank den Cognac langsam. Er dachte daran, wie er mit Eve im Dschungel Cognac getrunken hatte. Es würde eine kalte Fahrt durch den Regen werden. Er würde Bills Vater in Stanleyville treffen. Er würde ihm das von Bill erzählen. Das war das letzte, was er noch tun mußte. Er konnte sich zusammenreißen, bis er das erledigt hatte. Was dann geschah, spielte keine Rolle mehr. Er wußte nicht, wohin er von dort aus fahren würde. Es war ihm egal. Ein Ort war so gut oder so schlecht wie der andere. Leb wohl, Eve. Der Kellner kam, um ihm zu sagen, daß der Wagen bereit sei. Jay trank den Cognac aus. Er gab dem Kellner zehn Francs und stand auf.

»Die Getränke waren in der Rechnung inbegriffen«, sagte der Kellner.

»Das ist für Sie.«

»Merci, monsieur«, sagte der Kellner. *»Merci.«*

Jay verließ das Hotel durch die Eingangshalle, überquerte die Veranda und ging die Steinstufen hinunter. Ein großer Geländewagen mit Seitengardinen wartete, der Motor lief langsam und unregelmäßig. Im Licht der Scheinwerfer konnte er sehen, wie der Regen fiel. Der Fahrer war nicht beim Wagen. Jay atmete tief die kühle, feuchte Luft ein.

»Monsieur.«

Es war der Kellner.

»Was gibt's?«

»Ihre Travellerschecks. Sie haben sie liegengelassen.«

»Oh, danke.« Er nahm die Schecks. »Sehr freundlich, daß Sie sie mir bringen.«

Der Kellner sah ihn merkwürdig an. »Ist Ihnen nicht gut, *Monsieur?«*

»Doch.«

»Das Klima hier ist schwer verträglich«, sagte der Kellner. »Besonders, wenn man es nicht gewohnt ist.«

»Das habe ich auch schon gehört.«

Der Kellner sah ihn wieder an. *»Bon voyage, monsieur.«*

»Danke, gleichfalls«, sgate Jay auf englisch.

Der Kellner ging die Stufen hinauf und ins Hotel. Jay setzte sich auf den Rücksitz des Wagens. Es roch stark nach feuchtem Leder und Benzin. Der Motor schüttelte die Karosserie unregelmäßig. Jay konnte das Hotel, groß und schwarz, durch das Glas der Heckscheibe sehen. In einigen Fenstern brannte Licht. Leb wohl, Eve. Leb wohl, Liebling. Leb wohl, leb wohl, leb wohl. Der Regen schlug auf das Planverdeck des Wagens. Seine Haut fühlte sich feucht an. Auf der Hotelveranda brannte eine Glühbirne, und darunter konnte er einen Mann sehen. Es war der Priester. Er beobachtete den Wagen. Jay konnte sein weißes Gesicht sehen. Er stand bewegungslos da, beobachtete den Wagen, das Gesicht durch den fallenden Regen leicht verschwommen.

Der Fahrer, ein junger Belgier mit einem dicken Schnurrbart, kam und brachte einen quadratischen Reisekoffer. Er stellte ihn auf den Vordersitz, und dann öffnete er die hintere Wagentür und legte Jay eine Decke über die Beine.

»Auf der Fahrt wird's kalt«, sagte er.

»Wie lange fahren wir?«

Der Fahrer zuckte mit den Schultern. »Laut Plan elf Stunden. Aber bei dem Regen –«

Der Fahrer ließ die Tür auf und setzte sich auf den Vordersitz. Er gab einmal kurz Gas und ließ dann den Motor wieder im Leerlauf tuckern. Jay wandte den Kopf und sah zu dem Priester hinüber. Er stand da im Licht und beobachtete den Wagen. Eve kam aus dem Hotel und ging die Treppe hinunter. Sie kam durch den Regen auf den Wagen zu.

»Hallo, Liebling«, sagte sie.

Er brachte kein Wort heraus. Sie setzte sich zu ihm auf den Rücksitz und zog die Tür zu. »Wir sind soweit«, sagte sie zu dem Fahrer. Ihr Gesicht war naß. Der Fahrer legte den Gang ein.

»Du weinst ja«, sagte Jay.

»Ja. Albern, nicht wahr?«

»Nein.«

Sie sah zu dem Priester hinüber. »Ich habe solche Angst vor ihm«, sagte sie.

Als der Wagen vom Hotel abfuhr, drehten sie sich beide nach dem Priester um. Sie konnten sein weißes Gesicht im Licht der Glühbirne sehen. Er stand unbeweglich da. Der Fahrer legte den zweiten Gang ein, und bald darauf verhüllte der Regen den Priester und das Hotel. Sie fuhren auf der nassen Straße aus der Stadt hinaus.

»Hab keine Angst«, sagte Jay.

»Ich kann nichts dagegen tun.«

Er küßte sie.

»Ach, Liebling«, sagte sie. »Jetzt ist alles gut.«

Jonathan Latimer im Diogenes Verlag

Leiche auf Abwegen

Roman. Aus dem Amerikanischen
von Ulrike Wasel und Klaus Timmermann

William Crane, Latimers etwas verkommener, oft etwas betrunkener und durchaus lebensfroher Privatdetektiv, verfolgt auf einer halsbrecherischen Jagd durch die Hinterzimmer des swingenden Harlem die umworbene Leiche einer Nachtclubsängerin, die sich auf merkwürdige Weise das Leben genommen hat…

»Auf die Frage, was er denn von Beruf sei, antwortet der Hallodri: ›Für die Welt bin ich ein einfacher Geschäftsmann. Tatsächlich aber bin ich ein großer Detektiv.‹ Stimmt, auch wenn er natürlich das schwarze Schaf aus der illustren Familie der Spürnasen ist. Aber sind sie nicht alle ein bißchen meschugge, diese Sherlock Holmes, Hercule Poirots, Miss Marples, Nero Wolfes, Perry Masons, bis hin zu Sam Spade und Philip Marlowe? Diese Eierköpfe und einsamen Wölfe, die die kranke bürgerliche Gesellschaft von ihren Geschwüren zu befreien versuchen? Latimers Romane, die mit rasantem Tempo ablaufen und voll leichtfüßiger Pingpong-Dialoge sind, mehr mit Ben Hecht und Frank Capra zu tun haben, waren nie so recht akzeptiert im Krimi-Kanon. Hoffentlich werden bald alle ins Deutsche übersetzt. Sie haben es verdient, denn sie sind von zeitlosem Witz.«
Wolfram Knorr/Die Weltwoche, Zürich

Wettlauf mit der Zeit

Roman. Deutsch von Nikolaus Stingl

Nur noch sechs Tage trennen Robert Westland vom elektrischen Stuhl, als er beschließt, daß er nicht sterben will für eine Tat, die er gar nicht begangen hat.

Acht Personen, allesamt aus Westlands engstem Bekanntenkreis, kommen als Mörder von Westlands Frau Joan in Frage. Detektiv Crane tut sein Möglichstes, aber alle Spuren weisen immer wieder auf Westland. Bis Crane eines Tages eine sensationelle Entdeckung macht...

»Ausgrabungen sind immer dann willkommen, wenn sie kompetent gemacht und vor allem sinnvoll sind. Die Crane-Romane von Jonathan Latimer schreien gerade danach, wieder unter die Leute zu kommen, und es ist Diogenes hoch anzurechnen, daß man die alten Romane neu übersetzt nach und nach herausbringen will. Denn Latimer ist nicht nur ein äußerst eleganter und intelligenter Geschichtenerzähler, er hatte auch schon in den 30er Jahren die sich gerade etablierenden hard–boiled–PIs ironisiert und gebrochen, ohne sie dumm gegen eher langweilige andere Konzepte der Crime-Fiction auszuspielen: durch Suff, hemmungslose Blödelei, wohlgemute Anarchie und wirklich komische Dialoge. Dabei bringt er es in *Wettlauf mit der Zeit* (verfilmt übrigens unter dem Titel *The Westland Case*) auch noch fertig, seine Frivolitäten mit beklemmenden Szenen aus der Death Row zu kombinieren. Kann man nicht? Latimer lesen!« *Thomas Wörtche/Underground, Das internationale Krimi-Magazin, Berlin*

Mord bei Vollmond

Roman. Deutsch von Kurt Bracharz

William Crane läßt sich freiwillig in eine Privatklinik für Geistesgestörte einweisen, um eine kleine alte Dame zu beschützen. Als der erste Patient erdrosselt aufgefunden wird, wird Crane klar, wie gefährlich sein Auftrag ist. Die örtliche Polizei versucht das Verbrechen aufzuklären, stößt dabei auf die Beteuerungen eines Verrückten namens Crane, der behauptet, Privatdetektiv zu sein...

Rote Gardenien

Roman. Deutsch von Walter Kolbenhoff

Gemeinsam mit Ann Fortune, der Nichte seines Chefs, soll William Crane die Todesfälle in der Industriellenfamilie March aufklären. Daß die beiden dabei als Ehepaar auftreten müssen, gefällt Latimers lebenslustigem und trinkfreudigem Detektiv immer mehr. Aber auch Lady Carmel March hat es ihm angetan. Die schöne Dame ist stets von Gardenienduft umgeben, und nach diesem Parfüm rochen auch die ermordeten Männer. Außerdem gibt es da noch die Lippenstiftspuren im Gesicht des toten Richard...

Salomons Weinberg

Roman. Deutsch von Kurt Bracharz

Privatdetektiv Carl Craven erhält den Auftrag, Penelope Grayson aus dem Refugium einer obskuren Sekte zu befreien. Doch als er in der Kleinstadt eintrifft, ist sein Partner schon tot.

»*Salomons Weinberg* ist von zeitloser Aktualität: Es geht um eine Sekte, die ihre Mitglieder erst schröpft und dann mißbraucht. Craven, Latimers Alter ego, prügelt und schwadroniert sich durch das Bestiarium aus Gangstern, Blondinen und windigen Anwälten wie später Eddie Constantin als Lemmy Caution – nur mit mehr Stil. *Salomons Weinberg* ist erstmals ins Deutsche übersetzt worden und deshalb dringendst zu empfehlen.«
Wolfram Knorr/Die Weltwoche, Zürich

Den Toten ist's egal

Deutsch von Helmut Gerstberger

Weißes Marmorhaus, Palmen, Swimmingpool und die dazugehörigen Blondinen in Florida. Das mußte das Paradies sein, und doch hing überallem ein Hauch von Terror. Ein Phantom ging um und machte selbst vor verschlossenen Türen nicht halt. Mr. Essex wurde bedroht. Ein neuer Fall für Privatdetektiv William Crane.

»Latimer mundet so viel besser als das Zeug, das man üblicherweise an Hard-boiled-Krimis aufgetischt bekommt. Der Autor hat sich perfide Fälle ausgedacht und zu deren Lösung die Figur des William Crane, einen distinguierten Detektiv mit – wenn's drauf ankommt – drastischen Sauf- und Raufallüren. Auch alles übrige an Personal und Arsenal ist geschmackssicher ausgewählt und wird von Latimer mit dramaturgischem Scharfsinn eingesetzt, der den abgebrühten Drehbuchschreiber verrät. Die wenigen Handlungsfäden, mit denen er auskommt, bleiben von vorne bis hinten klar überschaubar, obwohl Latimer sie labyrinthisch drapiert.«
Andreas Schäfler/Kowalski, Hamburg

Verbotener Dschungel

Roman. Deutsch von Ulrike Wasel und Klaus Timmermann

Ostafrika in den 30er Jahren. Jay, ein wortkarger, in sich gekehrter Mann, nimmt als Chauffeur an einer Expedition teil. Es sollen Gorillas für ein paläontologisches Institut erlegt werden. Zwei Dinge lassen Jay keine Ruhe: das Jagdfieber und die Erinnerung an seine Geliebte Linda. Im Dschungel trifft er auf Eve Selles, deren Stimme Lindas Stimme zum Verwechseln ähnlich ist.

»Jonathan Latimers verantwortungslose Fröhlichkeit läßt seine Bücher aus den Hard-boiled-Krimis herausragen.« *Julian Symons*

»Latimers parodistische Thriller aus den düsteren vierziger Jahren gehören zu den amüsantesten der Hard-boiled-Kultur. Nichts ist ihm heilig, alles zieht er durch den Kakao und erzählt gleichwohl immer spannend.«
Wolfram Knorr/Die Weltwoche, Zürich